L'HOMME QUI AIMAIT YNGVE

Tore Renberg

roman

L'Homme qui aimait Yngve

Traduit du norvégien par Alex Fouillet

ODIN éditions
01 30 61 24 45 odin.ed@noos.fr www.odin-editions.com

KHARIS

La Mémoire des sables, Nicolas Ragu
La Vie d'un autre, Thierry Acot-Mirande
Rats, Brigitte Tsobgny

OUVRAGE PUBLIÉ AVEC LE CONCOURS DE NORLA,
(LITTÉRATURE NORVÉGIENNE À L'ÉTRANGER)

ISBN 2-913167-39-X

© ODIN éditions, octobre 2004 pour la version française

© Oktober forlag, Norvège, 2003 pour la version originale

ISBN original 82-495-0147-0
Titre original : Mannen som elsket Yngve
Graphisme et illustration : François A. Warzala

Le code de la propriété intellectuelle interdit les copies ou reproductions destinées à une utilisation collective. Toute représentation ou reproduction intégrale ou partielle faite par quelque procédé que ce soit, sans le consentement de l'auteur ou de ses ayants cause, est illicite et constitue une contrefaçon sanctionnée par les articles 425 et suivants du Code pénal.

Why am I going out of my mind
Whenever you're around ?
The answer is obvious
Love has come to town
— Talking Heads,
"Uh-oh, love has come to town"

"*Cependant, il n'y a pas de doute qu'une époque de l'histoire mondiale prit fin et qu'une nouvelle débuta entre la fin des années 1980 et le début des années 1990.*"

— Eric Hobsbawm,
"L'âge des extrémismes"

Toutes les notes sont du traducteur.

SOMMAIRE

Mathias Rust Band..11
Un beau garçon..21
Le père de Hebbelille est mort..43
Samedi 20 janvier 1990..55
Le dalaï-lama vient dans le Finnmark..................................89
Je change..101
Écouter les nouvelles sportives du dimanche avec papa......119
Tu es socialiste ?..135
Je crois que tout va s'arranger..151
Fittesatan anarkikommando..171
Je ne peux pas être à trois endroits en même temps..........185
Hypocrite..219
Je dis : pierre, gravier, sable..251
Samedi 3 février 1990..267
Tu es une honte, Jarle Klepp..319
Ne peut-on pas coucher ensemble une dernière fois ?..............329
Une surprise..361
Le chien au-dessus du Rennesøyhorn..................................377

1

MATHIAS RUST BAND

L'essence de la vie, c'est le présent
- Thomas Mann

OK : ça ne s'appelle pas l'UE, ça ne s'appelle pas la Russie et ça ne s'appelle pas *Either you are with us or you are with the terrorists*. Il n'y a pas de guerre du Golfe, il n'y a pas de génocide dans les Balkans et il n'y a pas de gamins de 10 ans qui meurent à cause du LSD. Le courrier électronique, c'est de la science-fiction, Internet c'est du mumbo jumbo et de la théorie, et personne ne peut graver ses propres CD. Personne n'a entendu Kurt Cobain chanter *Smells like Teen Spirit*, ce n'est pas le grunge qui compte et personne n'a lu dans le journal que Cobain est mort d'une overdose. Le monde n'a pas eu droit aux Spice Girls, à Boyzone ou à Destiny's Child, Bono n'a pas parlé "live" avec des chefs d'État lors de ses tournées et Blur ne s'est pas disputé avec Oasis à propos de la nouvelle pop britannique. Keanu Reeves n'a pas aboli la loi de la gravité dans Matrix, personne n'a vu Ernst-Hugo Järegård sur le toit du Riget à Copenhague, brandissant le poing en direction de la Baltique en criant "Putains d'enfoirés de Danois" ; Ross, Monica, Chandler, Rachel, Phoebe et Joey n'ont pas forcé les jeunes entre 20 et 40 ans à rester à la maison tous les mardis soir. Personne ne parle de web-design, on ne peut pas avoir un boulot comme hôtesse de *chat*, et personne n'a entendu parler des SMS. Bill Clinton n'a pas dû avouer en pleurant lors d'une conférence de presse qu'il avait fricoté avec son assistante, la princesse Diana n'a pas révélé son anorexie à l'antenne et n'est pas morte. Greta Garbo non plus n'est pas morte, Astrid Lindgren n'est pas morte, Pol Pot n'est pas mort et le roi Olav n'est pas mort. Les gamins britanniques Robert Thompson et Jon Venables n'ont pas assassiné James Bulger, 2 ans, sur une ligne de chemin de fer à Manchester ; Eric Harris, 18 ans, et Dylan Klebold, 17 ans, n'ont pas descendu douze camarades d'école et un professeur à Columbine High Scool dans le comté de Jefferson, Colorado.

Est-ce difficile de s'imaginer que rien de tout ça ne soit arrivé ?
Tu trouves que ça sonne bien ?
Ce n'est pas arrivé.

En y réfléchissant, ça te manquerait ? Est-ce que tu aurais aussi bien pu t'en passer ? Est-ce que tu peux t'imaginer la vie sans ces événements avec lesquels tu as vécu, les bons comme les mauvais ? Allons-nous dire adieu à tout ça – Slobodan Milosevic et les Balkans rasés, Léonardo DiCaprio et Kate Winslet à bord du Titanic, Gary Barlow, Robbie Williams et les autres du Take That ?

Et pour le reste, alors ? Les choses de ta vie ? Ce jour, il y a quelques années, où tu es passé par le parc de l'hôpital, où tu t'es arrêté sous les grands chênes et où tu as tout à coup compris que *bon Dieu, c'est pédagogue spécialisé que je veux faire, je ne vais pas être acteur.* Ou encore le jour où tu es rentré de vacances de chez un ami en Sicile et où ta mère t'a accueilli sur le seuil avec un *ton père et moi, on va divorcer, tu veux habiter avec lui ou avec moi ?* Et que dire du festival de Roskilde, quand tu avais 20 ans, quand tu fumais des pétards au point d'avoir les oreilles toutes chaudes et les membres tout mous, la fois où tu as vu *Primal Scream* tard dans la nuit, sous le chapiteau orange et constaté que Bobby Gillespie était plus stone que toi, tout en roulant une pelle à une fille de Malmö dont tu as oublié le nom, ce qui t'emmerde encore aujourd'hui ?

Tu peux te passer de ça aussi ? Ta grand-mère maternelle, qui est morte il y a quelques années, avec qui tu étais si lié, qui faisait bouillir les carottes jusqu'à ce qu'elles deviennent aussi molles que des bananes, qui avait un grand jardin où poussaient des marguerites que tu cueillais pour les lui offrir quand tu étais petit ? Peux-tu imaginer ta vie sans regretter d'avoir perdu tout ça ?

Tu peux ?

OK : alors ça ne s'appelle pas l'UE, ça ne s'appelle pas la Russie et ça ne s'appelle pas *Either you are with us or you are with the terrorists.*

Ça s'appelle la CEE et on est contre, ça s'appelle l'Union soviétique et ça change de jour en jour, ça s'appelle Perestroïka, désarmement et Glasnost. Des troupes américaines sont envoyées vers Panamá et son dictateur Manuel Noriega, l'Intifada dans les territoires occupés et la ligne de Gaza viennent de fêter leurs deux ans, et il n'y a pas si longtemps que des militaires chinois pénétraient sur la place Tienanmen à Pékin dans des chars, utilisant des gaz lacrymogènes et des balles traçantes, ouvrant le feu à balles réelles, fauchant des milliers de manifestants. Nous n'avons pas de téléphones mobiles, mais il y a des paternels friqués qui ont des Radiocom 2000 dans leur bagnole, peu de gens possèdent un ordinateur personnel, en tout cas un qui ait une autre utilisation que les jeux, mais ils ont commencé à troquer leur machine à écrire au travail et à suivre des cours d'informatique après le boulot, et il est grand temps d'échanger sa collection de vinyles contre des CD. Il faut compter avec Bruce Springsteen ; la Canadienne Céline Dion, 20 ans, vient de gagner l'Eurovision, et REM commence à se faire connaître auprès d'un public plus large que les "Indies". On porte des pardessus noirs et des foulards de Palestine si on se considère de gauche, tandis que le reste de la société s'accroche à la permanente, à la coupe hockey*, aux 501 coupe droite, à la moustache et à la ceinture large. Il n'y a pas une seule personne qui n'ait vu *Le Dernier Empereur*, tout le monde est bien d'accord pour dire que Tom Cruise est bigrement bon dans *Born on the fourth of july*, et *Pelle le Conquérant* est un triomphe pour l'industrie cinématographique scandinave. Margaret Thatcher est Premier ministre en Grande-Bretagne pour la dixième année consécutive, Mikhail Gorbatchev fait un discours devant l'assemblée générale des Nations unies pour annoncer la fin de la guerre froide, il voyage dans le monde entier pour parler du désarmement et c'est Gorbie qui est élu "homme de la décennie" par *The Thimes*. Le patriotisme prospère chez les minorités, et pendant que les républiques baltes se

---

* Coupe de cheveux très populaire dans les années 80 : court et plus ou moins permanenté sur le dessus et autour des oreilles, long dans la nuque. Appelée "(football) mullet" ou "neck warmer" dans les pays anglo-saxons.

battent pour leur indépendance, les États communistes glissent plus ou moins douloureusement, les uns après les autres, vers le capitalisme et la démocratie parlementaire. La fièvre des réformes se répand dans les pays de l'Est et le Politburo, la Stasi, Ceausescu, Egon Krenz, le pacte de Varsovie ou le massif mur de Berlin, 28 ans d'âge, ne parviennent ni les uns ni les autres à éviter la contamination. Tout un monde, une façon de penser, un siècle entier, un petit siècle, s'anéantit sous nos yeux sans qu'on sache que faire des miettes, et la nature fait ce qu'elle entend : l'ouragan Hugo fait des ravages aux États-Unis et dans les Caraïbes. Devant le Congrès américain, Reagan fait son dernier discours, dans lequel il affirme qu'il est fier d'avoir contribué à rétablir la dignité américaine, tandis que George Bush tient son discours d'investiture dans lequel il exprime son souhait d'une nation plus modérée et plus affable ; plus de coopération, plus de loyauté et une plus grande moralité. En Norvège, Gro Harlem Brundtland[1] fête ses 50 ans, le chômage atteint un nouveau record. En Suède, Christer Petterson, 42 ans, est écroué pour le meurtre d'Olof Palme et condamné à la réclusion à perpétuité, mais il est relâché quelques mois plus tard. Il fait beau, trop beau selon beaucoup de gens, c'est la faute des trous dans la couche d'ozone, et c'est de notre faute. Des jeunes prennent leur carte de membre de Natur og Ungdom[2], ils écrivent sur du papier tacheté marron recyclé de chez Hippopotamus et se mettent à faire l'éducation de leurs parents, grands consommateurs et adeptes de l'antenne parabolique, au recyclage, à la réutilisation des emballages pour le pain – *Voyons, maman, tu dois les passer sous l'eau et les mettre à sécher pour les réutiliser ; mais ce n'est pas vrai, plus égoïste que ça, ce n'est pas possible !*

Est-ce que tout fout le camp, ou est-ce que tout ça finira bien ?

Le père va-t-il cesser de chauffer la voiture en mettant le moteur en marche, au petit matin, parce que sa fille lui affirme que ça détruit l'environnement ? Vendra-t-il sa deuxième voiture pour aller

---

[1] Gro Harlem Brundtland, première femme Premier ministre, parti socialiste (du 4 février 1981 au 14 octobre 1981 et du 9 mai 1986 au 16 octobre 1989).

[2] Organisation écologique "Nature et Jeunesse".

au boulot à vélo ? Les optimistes prétendent qu'il n'est pas encore trop tard pour s'en sortir, tant qu'on a intégré l'autocritique et la conscience de ce qui va mal. *Pollution, sida, guerre froide et communisme*, les pessimistes observent le trou dans la couche d'ozone qui s'agrandit de plus en plus, telle une gueule grande ouverte, et disent *voilà où ça nous mène* ; ben oui, maintenant l'huissier en chef est arrivé et les factures sont à régler ; confesser ses erreurs sur son lit de mort ne guérit que sa mauvaise conscience.

Et moi ?

Je suis un petit homme d'une petite ville d'un tout petit pays, et même à peine un homme ; j'ai bientôt 17 ans et demi, je fais un 1,93 mètre pour 69 kilos, le matin à poil, j'ai de l'acné autour de la bouche et sur le cou, une petite déformation au pied droit, une petite amie depuis cinq mois – un exploit. J'habite Stavanger, capitale norvégienne du pétrole, petite ville commerçante qui s'est bien enrichie durant la dernière décennie et qui a subvenu aux besoins des parents de plusieurs de mes potes. Ils travaillent ou bien dans le pétrole, ou bien dans le commerce qui en découle, possèdent deux voitures, au moins un chalet à la campagne et bien souvent un bateau, dans le port où dans le Sørland. À Stavanger, l'ambiance est aussi confuse que partout ailleurs, une apocalypse sévère accompagne une foi immuable dans l'avenir et la jouissance d'investissements sans soucis ; à l'intérieur du centre culturel, au cœur de la ville, se trouve un messager de Dieu exclu de la cathédrale et son fils, traînant avec eux une pancarte annonçant la fin du monde qu'ils avaient déjà annoncée l'année dernière et l'année précédente – *Jésus arrive bientôt* – alors que l'économie de la ville bâtit des hôtels qui seront suffisamment cossus pour Jésus au cas où il arriverait cette année pour de vrai.

J'habite à Bjergsted, un quartier central, avec ma mère divorcée, je suis en première au lycée le plus ancien de la ville, Kongsgård, en plein centre. Je m'appelle Jarle Klepp – Klepp, c'est le nom de jeune fille de maman, et ce nom indique à tous ceux qui y accordent de l'importance que nous sommes originaires de Jæren. La mythologie locale raconte que l'héritage géographique et spirituel nous a rendus un peu lents, réfléchis et méditatifs. Mais ni maman ni moi n'avons jamais vécu à Jæren, et je ne trouve pas que cela me corresponde. Je suis impatient et relativement impulsif, je fonce, mais souvent pour faire des conneries. Et si tu me demandes comment je vais, je crois que je te répondrai : bien. Un peu fébrile peut-être, fatigué des cours, en rébellion, mais tout de même : bien. Voilà ce que je répondrai.

Je vais bien, non ?

J'ai une gonzesse quand même, j'ai des amis, j'ai des projets, des fascinations et des ambitions. Mais si, je vais bien, non ? J'ai maman et j'ai mon père, une histoire singulière, une union affreuse qui a heureusement pris fin, bien qu'ils doivent à cause de moi adopter une sorte de diplomatie et un semblant de relation. Alors, j'imagine que je vais plutôt bien en entrant dans le monde des adultes, plongé – plus ou moins consciemment – dans une époque que mon prof d'histoire qualifie à chaque cours d'"exceptionnelle", lui qui enseigne de plus en plus souvent l'histoire contemporaine, en laissant bien souvent tomber le programme pour nous communiquer son enthousiasme de vivre maintenant, précisément maintenant, quand ça déborde au Proche-Orient, quand Gorbie court partout, son angiome sur le front, donner un coup de main à la démocratie dans le monde entier ; et vous allez voir, dit-il, lui, le prof d'histoire qui adore annoncer des prophéties, le prochain événement se produira dans les Balkans.

Et moi, Jarle Klepp, je vais bien, n'est-ce pas ? Je vais bien ? Est-ce qu'il me manque quelque chose ?

L'avenir. Comme d'habitude. Celui qui ne s'est pas encore produit. Les hasards qui arrivent dans la vie, tel un fleuve tranquille, les jours qui passent, les résultats futurs de choses préparées il y a déjà un bail ; tout, d'une certaine manière, est guidé par ce que je désire. C'est ça qui me manque, ce que je ne connais pas : l'Avenir. Celui que je dois maintenant effacer, comme si c'était possible, pour tenter de me retrouver de nouveau là : c'est l'hiver, on est en janvier 1990 et je viens de reprendre les cours du deuxième trimestre à Kongsgård. J'ai une copine, je suis un type plutôt arrogant, je pense tout savoir sur tout ou presque, je trouve que bien plus de 80 % des gens de mon âge sont des imbéciles ignorants et conservateurs ; s'il y a une chose à laquelle je m'oppose, c'est bien la CEE, s'il y a quelque chose que je déteste, c'est bien les croyants et en particulier le genre de Ten-Sing, et s'il y a quelque chose que j'exècre, c'est bien le sens des affaires, le manque de conscience pour l'environnement, le top cinquante et le capitalisme.

Ce que j'aime, ce sont les gens qui ne font pas comme les autres. Si quelqu'un dit oui, tu peux parier que Jarle Klepp dira non. Si trop de gens aiment un disque, par exemple un de REM, de DeLillos ou The Cure, tu peux être certain que Jarle Klepp affirmera que le groupe était meilleur avant ; *non, ils ont perdu de leur truc.* Ceux qui marchent à contre-courant, ceux-là, je peux les apprécier. Ceux qui ne font pas comme les autres.

Mathias Rust, par exemple, y a-t-il quelqu'un qui se souvienne de lui ?

Le gars de 19 ans qui a atterri dans un petit Cessna près du Kremlin et de la place Rouge à Moscou ? Rust a décollé de Hambourg dans un avion de location, il a fait une escale en Norvège puis à Helsinki avant de mettre le cap sur l'Union soviétique. Il a réussi l'impossible : entrer dans le territoire des Soviets et atterrir au cœur du communisme. Je me rappelle l'avoir vu à la télé en 1987, j'avais 15 ans et je le trouvais super. Il avait l'air d'un jeune homme des plus ordinaires quand il fut appelé devant la cour quelques mois après son arrestation, affublé de lunettes, d'un gilet bleu et d'une cravate, et proclama que le vol et l'atterrissage au centre de Moscou étaient des actes de paix pour réveiller l'opinion mondiale. J'ai découpé une photo de lui que j'ai accrochée sur le tableau de liège de ma chambre. Qui c'est ? m'a demandé maman. C'est Mathias Rust. Je trouvais qu'il se plaçait au-dessus de nous tous, je le trouvais trop mortel. Il a écopé de quatre ans dans un camp de travail soviétique. Mais putain, il était d'enfer, non ? Son voyage en avion entraîna la démission du ministre de la Défense et du chef de l'aviation militaire soviétiques ; hé, ce n'est pas dingue ça ? Il est devenu une icône pour moi, je l'ai magnifié pour en faire un idéologue et je l'ai mis sur le même piédestal que les autres opposants de ma galerie de héros ; le Che, Bakounine, Marx, Arafat. Oui, ce sont des hommes comme ça que j'aime.

Je le dis à mon meilleur pote, un jour vers la fin des années 80, alors qu'on était en train de boire une bière, un vendredi après les cours, dans la forêt de Ullandhaug, 16 ans seulement et en seconde : "Putain Helge, si un jour on crée notre groupe, on l'appellera Mathias Rust Band, OK ?"

- Putain, on ne va pas créer de groupe, répliqua Helge, on ne sait même pas jouer.

- Non, non, mais tout de même, hein ? Mathias Rust Band ?

- Plutôt Fittesatan Anarkikommando*, dit Helge.

- Merde, Hegga, c'est quand même quelque chose, hein ?

- Quoi ?

- Faire comme lui ? Simplement y aller, comme ça, direct en Union soviétique.

- Pfft, lâcha Helge en ouvrant une autre bouteille, ce n'est qu'une connerie de petit bourge, arrête ; il aurait mieux fait d'écraser son Cessna sur la Maison-Blanche et de laisser les communistes tranquilles.

Je n'ai jamais fait comme Mathias Rust, mais Helge et moi, on participait à toutes les manifestations possibles, je me suis acheté une guitare, et j'étais là. L'hiver était arrivé à Stavanger, l'école venait de reprendre après les fêtes de Noël, et le monde existait vraiment, il se produisait de véritables événements : le prix du pétrole avait grimpé vers les sommets d'antan, Samuel Becket était mort, le chômage gagnait du terrain, Ceausescu avait été exécuté en Roumanie, Vaclav Havel, élu président en Tchécoslovaquie, la RDA entrait dans l'histoire après la chute du mur le 9 novembre, et il y avait tout un tas de gens qui pensaient que maintenant, là, les choses allaient trop vite, si vite que c'était trop, si vite qu'il fallait acheter une voiture pour ne pas se faire dépasser ; et il y en avait d'autres, comme mon prof d'histoire, qui adoraient l'époque dans laquelle on vivait.

---

* Un débit de vulgarités absolues.

Ce qui ne s'était pas passé, c'était le futur.

C'est 1990 – *tu imagines ?*

Ce n'est pas le XXIe siècle, c'est le petit matin du vendredi 19 janvier 1990, et je vais au lycée à vélo, sous la pluie.

Dans quelques secondes, ma vie va changer à tout jamais.

2

UN BEAU GARÇON

Je me cache dans le vent
Qui dépose sur ta bouche un baiser
                - Bob Hund

C'est si rare ? Avoir le sentiment de se trouver à un baiser du bonheur ?

La bouche d'Yngve... Il avait les lèvres charnues, fortes, pas féminines, mais l'arc des lèvres pointait délicatement en avant, un peu comme celles d'une jeune fille, pourtant. Les commissures piquaient légèrement vers le bas, ce qui à première vue lui donnait l'air mélancolique. Mais quand il souriait, Yngve, ce détail métamorphosait totalement son visage. Les commissures s'affaissaient encore plus et se transformaient en sourire sur une bouche fermée.

Ses lèvres étaient d'une couleur sublime, un rouge chaud qui tranchait sur sa peau pâle, fine et un peu délicate. Au-dessus des maxillaires, des lueurs rouges s'enflammaient sur les joues. Pas un rouge aussi prononcé que la bouche, plutôt une sorte de pâle imitation. Comme si les joues jalousaient la bouche d'Yngve, désirant être comme elle mais n'y parvenant pas tout à fait, comme si tout ce à quoi elles pouvaient prétendre, c'était cette copie terne, un genre de rougissement pratiquement chronique, comme un parent maladroit et charmeur.

De tout ce que je n'ai jamais fait alors que j'en avais l'occasion, c'est cela que je regrette le plus. La bouche d'Yngve. Pourquoi ne l'ai-je pas embrassée ? Dans mon monde à moi, j'ai le sentiment qu'il y a un acte, une grande expérience, qui dissocie la vie du bonheur. Non, je n'ai jamais eu le temps de voir Pixies en live. Non, je n'ai jamais questionné mon grand-père maternel sur son enfance avant qu'il ne soit trop tard. Mais malgré tout, de ces regrets agaçants ainsi que d'autres plus ou moins importants, aucun ne peut se mesurer à cette bouche que j'aurais dû embrasser.

Je tente de l'apercevoir, ce Jarle Klepp, en première au lycée Kongsgård, lui qui à cet instant, un vendredi de janvier 1990, reçoit le ciel sur la tête alors qu'il est le maître du monde. Lui qui va affronter quelques semaines agitées et fébriles. Lui qui part à vélo de Bjergsted pour aller au lycée, pour ne pas rater le premier cours de 8 heures 25. Je tente de le visualiser et je me demande : pourquoi ne l'as-tu pas fait, Jarle ? Un baiser ? C'est comme si je me trouvais là, avec lui, à suivre ses mouvements, ses gestes plus ou moins bien contrôlés ; excité, je le suis, je l'implore de faire ce qu'il veut vraiment : embrasser Yngve.

N'était-ce pas comme si Yngve souriait tout le temps ? Pas de ce grand sourire chaleureux tirant vers le bas, mais d'un plus petit et plus timoré ? C'était comme si ce sourire était figé sur son visage. Pas arrogant et sûr de lui, ni effronté et poseur, mais plutôt sans assurance, la bouche fermée.

Il y avait probablement de nombreux autres garçons de première plus éblouissants qu'Yngve. Les filles auraient probablement opté pour Jonas, de la classe D. Lui était selon tous les standards possibles irrésistiblement beau. Déjà à cette époque, alors que nous autres nous battions toujours avec le manque d'assurance et les proportions déséquilibrées de la fin de l'adolescence, Jonas était comme taillé dans un bloc de granit. Des traits sûrs et achevés, des pommettes marquées, des maxillaires apparents. Sa beauté se transmettait à sa façon d'être. Ses mains ne s'agitaient pas nerveusement dans ses poches, elles étaient posées avec aplomb. Quand il balançait son cartable sur ses épaules, on aurait dit que c'était la chose la plus évidente à faire. Quand il s'asseyait sur son vélo, on aurait cru que sa selle n'avait attendu que ça toute la journée. Tout ce que faisait Jonas, tout ce qu'il touchait s'assortissait à lui, devenant aussi assuré, aussi beau que lui. Jonas était également conscient de l'époque dans laquelle il vivait : une nouvelle décennie, les années 90. Il faisait partie de ces natures prévoyantes que l'on pourrait soupçonner de vivre à l'envers ; autrement, comment se peut-il que tout ait semblé si juste ? C'était comme si Jonas avait déjà vécu l'époque à venir, il savait quel look adopter avant que la décennie trouve son expression propre, il savait que la coupe hockey devait dorénavant être plus courte, il savait qu'il était temps de faire don de sa chemise en soie vert pastel à l'Armée du salut.

Avec Yngve, ce n'était pas ça. Sa beauté n'était pas certaine, il ne savait pas qu'elle était réelle. Elle ne ressemblait pas à celle de Jonas, sûre d'elle, séductrice et prévoyante, impressionnante et frappante, ni même maladroite et mignonne comme pour Pål, un autre vainqueur évident de la portée. Pål, un petit gars de Flekkefjord, qui mesurait à peine 1,65 mètre et qui exerçait une attraction évidente sur les filles de par sa gaucherie apparente. Il triomphait parce qu'il était maladroit et singulier, et avec le temps - il devait être en troisième - il apprit à s'en servir ; il fit de sa faiblesse sa qualité suprême. Conscient de l'effet qu'il produisait auprès d'un entourage féminin, il devint un pataud professionnel ; les garçons, eux, voyaient clair dans son jeu, mais avec les filles, ça marchait. Pål s'était procuré des lunettes qu'il avait découvertes dans les *high-school movies* américains, il veillait à trébucher en public dans les escaliers qui conduisaient à la salle de classe, il avait troqué ses goûts musicaux de groupes straight contre des groupes mi-marginaux et introvertis de la dernière période de la pop Indie : The Sundays, House of Love, The Charlatans – ce genre de trucs - et ça gazait pour Pål et les objectifs qu'il s'était fixés en 1990. Les filles qu'il avait ciblées se laissaient envoûter avec admiration par sa poudre de perlimpinpin, dont l'essence était faite de cette musique introvertie et de son apparence consciemment maladroite.

Avec Yngve, ce n'était pas ça. Il n'était ni mignon ni gauche, et surtout pas calculateur. Il n'était pas sûr de lui... Yngve souriait, bouche toujours close, l'arc des lèvres dépassant à peine sur la lèvre inférieure, et il paraissait sans assurance. Il semblait avoir peur. Sans que cela saute d'emblée aux yeux, mais on comprenait peu à peu qu'au cœur de sa simplicité, au milieu de sa beauté, se trouvait la crainte. C'est pour ça qu'il souriait. Peut-être peut-on dire qu'il y avait chez lui quelque chose d'inquiétant ? Pas redoutable, certainement pas effrayant, mais angoissant ; on aurait voulu le surveiller, comme si on s'attendait à ce qu'il lui arrive quelque chose. Yngve n'était pas particulièrement drôle. Yngve n'était pas mignon. Yngve était beau et troublant.

À l'époque, je n'y ai pas pensé, mais aujourd'hui ça me frappe, ce côté étrangement peu calculateur. Peau pâle, joues rouges, bouche fougueuse, nez étroit, yeux accueillants d'un bleu de mer. Une coupe toute simple, hors cliché mode, une petite raie sur le côté dans ses cheveux blonds. Il n'y avait chez lui nulle hypocrisie ou vanité, un peu comme chez les tout-petits ou les handicapés mentaux. Mais Yngve n'était ni un enfant ni un taré. C'était un étudiant normal, préparant un bac sciences sociales, comme moi. En première, en 1990, au printemps.

Le premier trimestre, il n'était pas là. Il arriva après les fêtes de Noël, dans la classe C. Moi, j'étais en B. Yngve avait quitté Haugesund pour venir s'installer là, parlant le dialecte de la côte Ouest avec ses voyelles appuyées. Il avait un an de plus que les autres, étant né en 1971, mais il se retrouvait avec nous. Sa famille avait voyagé pendant une année, disait-on, et c'était pour cette raison qu'il avait du retard. Yngve était la première personne d'Haugesund que j'aie jamais connue. Son père avait obtenu un poste dans le pétrole à Stavanger, comme tant d'autres à cette époque-là, et la famille avait donc déménagé un peu plus bas sur la côte, d'une petite ville pétrolière pour une plus grande.

Et que pouvait savoir Yngve des émotions qu'il allait provoquer chez autrui ? Et moi, que pouvais-je deviner, tandis que je pédalais le long du Vågen, en route pour le premier cours matinal, de ce qui allait advenir ?

Les surprises se cachent, c'est pourquoi elles surprennent. D'autres événements, moins forts en caractère, ne parviennent jamais à se dissimuler, remplis qu'ils sont d'un besoin de papoter ; ils se mettent à chuchoter sur ce qui va arriver, des rumeurs circulent sur leur arrivée en ville, et les gens attendent avec exaltation. À l'inverse des surprises – qui deviennent souvent de bonnes histoires toujours empreintes d'une nuance de nostalgie, car on les raconte de la même façon que les vieux souvenirs – les événements impatients se dessèchent avant même de se produire. Avec les surprises, ce n'est pas comme ça. Même si, comme tout, elles suivent les mêmes schémas mythologiques, elles sont extraordinaires, brutales et scandaleuses. On admire les surprises. *Mais comment font-elles ?* Pouvoir être si fières, si grandioses, souvent dangereuses, et ne pas se trahir une seule seconde ? Cet aplomb inépuisable nous fait penser aux gens tenaces comme Gandhi, Thomas Mann ou Nelson Mandela, alors que le côté odieux du même aplomb nous fait penser à ces gens qu'on peut rencontrer à la campagne, les rustiques qui habitent les forêts, des gens pour lesquels les voisins disent après coup *"non, on ne se doutait de rien, Sivertsen ne disait jamais rien, on n'avait aucune idée, on le voyait une fois par semaine quand il passait au village prendre du gasoil pour son tracteur, il n'y avait pas de changement apparent"* ; mais dans la grange, il y avait cinquante-huit vaches mortes de faim parce que Sivertsen avait perdu sa femme, qui se trouvait toujours dans le lit où elle était morte. Mais Sivertsen ne disait rien, laissant tout simplement les bêtes pourrir dans la grange, laissant sa femme à ses côtés dans le lit, ne laissant rien paraître à quiconque ; mais quelle ne fut pas la surprise qu'éprouva son frère quand il vint lui rendre visite ! C'est comme ça avec les surprises. Elles éclatent un jour, uniquement pour vous.

On était vendredi 19 janvier 1990. La montre qui se trouvait à mon poignet, au-dessus de mon poing qui serrait le guidon du vélo, sous la manche de mon pull, sous la doudoune censée protéger du vent coriace, marquait près de 8 heures 25.

Les vieux bâtiments en bois peints en blanc qui constituent le lycée Kongsgård se situent en plein centre de Stavanger, et sont les voisins les plus proches de la cathédrale et du lac Breiavann. Un endroit plus beau que cette troïka de sagesse, de christianisme et d'eau n'existe nulle part en ce bas monde, prétendent les patriotes de la ville ; oh, oui, c'est un bel endroit, disent les touristes qui sont toujours plus dignes de confiance. Certains proclament que ce centre-ville leur font penser à Reykjavík, en Islande, avec son étang, l'église et les montagnes environnantes, vu qu'ils se doivent de comparer les villes du monde ; une certaine similarité existe, les deux sont des villes d'environ 110 000 habitants, et les deux sont des cités côtières.

Le bâtiment principal de Kongsgård date du XIIe siècle. De vieilles fondations supportent cette solide construction en bois. Quand j'étais écolier, un sentiment écrasant de n'être qu'un minuscule homme piégé dans un torrent d'événements m'envahissait de temps à autre. Cette sensation n'apparaissait jamais si je passais devant, si je me baladais sur le bitume devant Kongsgård, où l'on ne discernait plus aucun lien avec le passé. Des serviettes en papier de chez Oscars dans une poubelle et les horaires du car pour Tasta et Randaberg sur un panneau dans un abribus ne racontent pas l'histoire ancienne. Mais à l'intérieur du bâtiment, je la ressentais, cette impression d'être tout petit. De savoir qu'au Moyen Âge, l'endroit avait servi de refuge au roi quand il passait à Stavanger, que le bâtiment dans lequel j'avais mes cours avait abrité des nobles et des préfets, et qui bien souvent avait reçu la visite du pouvoir, plusieurs centaines d'années auparavant, ça me ratatinait. Savoir aussi que Kongsgård était une institution éducative depuis 1829 me fascinait et m'irritait à la fois. C'était une tradition lourde, une histoire pesante ; comment y trouver une place pour nous, pour moi, pour nos vies, pour 1990 ? La proximité de neuf cents ans d'histoire n'avait rien à voir avec des fantômes ; au contraire, c'était très concret, une épaisse masse d'années, une quantité colossale de gens et d'événements ; rois, nobles, gens de pouvoir, étudiants en latin, élèves des premières écoles publiques norvégiennes, lycéens – et maintenant c'était nous qui nous retrouvions là, des jeunes gens nés en 1972, en Norvège, affligés d'acné, de parents encombrants, de devoirs jusqu'au cou, dans un monde que certains d'entre nous avaient la prétention de changer, et par-dessus le marché : de nos propres personnalités en pleine révolution.

Je longeai le Vågen à vélo en direction du marché aux poissons, contournai le bâtiment Anker, le vent me fouettait comme s'il cherchait à me faire mal, comme s'il voulait me chasser pour me faire rentrer chez moi, mais moi, je devais grimper le coteau depuis le Vågen. J'appuyai sur les pédales, me mis debout, laissant tendons et muscles des mollets s'activer, ressentant le poids du sac à dos, le vent qui comprimait mon visage comme si quelqu'un y posait un film plastique et tirait dessus alors que je bataillais pour les derniers mètres jusqu'au portail. Arrivé là-haut, mieux protégé du vent du nord, je pénétrai dans la cour et freinai devant l'abri à vélos.

On allait avoir deux heures de norvégien à la suite, et je tentais de conjuguer mentalement des verbes en nynorsk* en passant l'antivol dans la roue arrière, tout en essayant de mémoriser la rivalité des deux langues entre les deux guerres. J'ai une mémoire courte très efficace, je suis capable d'apprendre rapidement des choses dont je me souviendrai vingt-quatre heures environ. Ce matin-là comme les autres, je me servais de cette antisèche cérébrale et j'aurais profité indécemment de cette mémoire courte si je n'avais pas été jeté à terre par toute autre chose. J'aurais eu une bonne note, probablement 16 ou 17, grâce à une révision d'un quart d'heure la veille, plus un petit rafraîchissement au petit-déjeuner et une mémorisation sur le vélo. Un système foncièrement injuste. Cette forme de mémoire aurait dû être interdite, ôtée par lobotomie avec d'autres fatras injustes et néfastes qu'on traîne.

J'attachai mon vélo. La tête contre les rayons, j'entendis un bruit et j'aperçus aussitôt les roues d'un vélo qui s'était arrêté à côté.

Quand je me redressai, mon regard se perdit dans une paire d'yeux.

J'admirai une bouche fermée, des lèvres rouges, des joues fraîches sur une peau pâle, et des iris bleus.

Yngve sourit, sans desserrer les lèvres, fit un léger salut de la tête et se dirigea vers l'une des portes d'entrée.

Je restai figé là. Tout autour de moi, le vent se déchaînait.

Yngve était entré, mais j'avais toujours son visage souriant devant les yeux, oscillant légèrement. Quand la sonnerie annonçant le début des cours retentit, je revins à moi et sentis que les coins de

---

* Deuxième langue officielle du pays.

ma bouche tremblaient. Ma poitrine était comme prise dans un étau, et je cherchais mon souffle.
Que se passait-il ?
Je partis rejoindre mon cours de norvégien. Je ne me rappelais plus d'aucune conjugaison de verbes en nynorsk, aucune rivalité des langues, rien de ce que ma mémoire courte était censée sortir du chapeau. Je me trouvais au quatrième rang, dans un état comateux. J'aurais souhaité demander à quelqu'un s'il savait ce qui se passait – comme si un gros événement bouleversant s'était produit, un fait inhabituel ayant une grande importance pour tous ; *il y a un nouveau au lycée ! Qui est-il ?* aurais-je aimé demander. *D'où vient-il ?*

Je cherchai dans la classe d'autres personnes fascinées autant que moi, éprouvant un besoin vif de partager avec quelqu'un. J'aurais aimé que tout le monde ressente la même chose que moi, ça me dépassait totalement que les vingt-six autres élèves de la classe ne montrent pas le même intérêt pressant envers le nouveau. Mais autour de moi, personne ne semblait se comporter différemment de la veille. Ils étaient fatigués, comme d'habitude, ils se foutaient des conjugaisons des verbes en nynorsk, comme d'habitude. On était vendredi matin et les élèves n'attendaient que le week-end. Je ressentis le besoin de me lever, de me dresser face à eux pour leur demander s'ils n'avaient vraiment rien remarqué. Pouvez-vous réellement rester assis là, comme si le monde était toujours le même ? Alors que ce qui était gris à l'instant est devenu rouge, que les feuilles sont remontées sur les arbres, que la pluie s'est retirée dans les nuages, que le soleil a percé le brouillard, qu'une personne a traversé la cour en laissant de la poussière d'or sur le gravier derrière elle, comment pouvez-vous juste rester là et prétendre que tout est comme avant ? Je voulais me lever et les accuser : des cyniques, tous.

Je ne le fis pas. Je m'enfermai avec Yngve. Je ne parvenais pas à me débarrasser de mes pensées pour lui, je me sentais tout fiévreux et agité.

Vers la fin des cours, je me trouvais dans un état plus rationnel, dans l'attente de la pause, et je pensai qu'il allait très probablement se montrer dans la cour. J'allais pouvoir découvrir dans quelle classe il était, qui il fréquentait, peut-être même comment il s'appelait. Je me mis à observer ma montre, je n'éprouvais plus le sentiment des premières minutes selon lequel tous auraient dû ressentir la même chose que moi. En peu de temps, Yngve était passé d'un personnage que je souhaitais faire découvrir à tous les autres à une personne n'appartenant qu'à moi, secrètement. Cette situation allait durer longtemps.

Bien évidemment, je ne savais pas que j'étais en train de tomber amoureux. Aucun des signes que j'évoque ne parvenait à ma conscience pour y être analysé. Ce dont je me rappelle, c'est ce que je visualise : Jarle Klepp arraché au monde et qui brusquement commence à perdre le contrôle, mais qui ne s'en rend pas compte. Quand je me mis à regarder ma montre, je le fis inconsciemment.

Je ne parvenais pas à étaler mes pensées devant moi, à les examiner avec lucidité et à formuler ce qu'elles représentaient. Car Yngve était un mec. Et moi, j'étais un mec. Et je ne suis pas homo, tout simplement. Au contraire, j'ai toujours été dingue de toutes sortes de filles ou femmes ; à l'époque où j'ai rencontré Yngve, j'idolâtrais les filles comme si elles représentaient la bonté et la beauté même, et j'avais une copine pour le cinquième mois consécutif. Katrine. Dont j'étais amoureux et qui était amoureuse de moi. Je n'étais pas homophobe, et mes opinions politiques me dictaient d'être libéral au sujet des problématiques homo ; allons-y, disais-je, qu'ils se marient, qu'ils aient des gosses, tout baigne ; mais personnellement, je gardais mes distances. Ce n'était pas pour moi. Ce n'était pas mon genre. Je ne pensais pas aux garçons. Je ne les trouvais pas beaux. Ni moches d'ailleurs. Je ne pensais tout simplement pas à eux, pas de cette façon. Ma fascination impubère pour les artistes anglais androgynes – Nick Rhodes de Duran Duran, Martin Gore du Depeche Mode, Boy George – était surannée, et depuis longtemps. J'avais 17 ans et j'aimais les filles. J'avais une mère que j'aimais, une grand-mère que j'admirais, et je pensais sans arrêt aux femmes. Toujours, sans relâche. J'aimais tout chez les nanas ; leur façon de marcher, leur façon de saisir leur crayon, leur voix limpide, petits seins, gros seins, cheveux longs qu'elles devaient enrouler autour du cou en se penchant sur la table pour écrire, cheveux courts, tirés... tout chez elles. On aurait pu m'offrir n'importe quoi si c'était attaché à une fille : bâtons en bois, courroies, boîtes de conserve, et j'aurais accepté. Puis Yngve arriva.

La sonnerie retentit. Mon corps réagit avant même que le prof n'ait eu le temps de dire "c'est tout pour aujourd'hui", et avant que je m'en rende compte, j'avais perdu le contrôle et sautai de ma chaise. Helge, qui était assis derrière moi, m'observa de derrière ses cheveux longs, bruns et gras.

- Bon sang, dit-il. Putain, du calme, Jalla... t'as besoin d'une branlette ou quoi ?

- Putain, j'ai une de ces envies de pisser, répondis-je en arrivant à la porte. Derrière moi, je pus entendre Helge lancer "profite bien !".

J'étais le premier sorti dans la cour.

Où était-il ?

La classe émergea derrière mon dos.

- Punaise, c'était vite fait. Helge se trouvait à côté de moi, me tendant un paquet de Marlboro. Une malb ?

- Euh... non, murmurai-je sans le regarder, le souhaitant pour une fois à mille lieues de là.

Pendant les pauses, on se retrouvait en général Helge et moi. Nous deux. On fumait, convaincus de notre supériorité sur les autres. Arrogants, politiciens, punks. On était bien assortis. On discutait politique, littérature, nanas et bière, on était bien d'accord pour dire que les U2 avaient depuis longtemps perdu le truc et qu'ils étaient devenus trop commerciaux, on trouvait que les bouquins dont on nous parlait en classe n'étaient que des merdes conformistes, on kiffait Barfly, Charles Bukowski, The Smiths, Dead Kennedys, Jim Jarmusch, Stanley Kubrick, on disait NON à tout ce qui n'entrait pas dans notre carcan alternatif. C'était l'époque des principes pour des types comme nous, et le principe le plus important était d'être comme nous, justement, et pas comme eux. Merci à tous ceux qui nous définissaient comme différents de la masse. Sans eux, qu'ils aient représenté la société, les politiques, les réglos, les chrétiens ou les riches, on aurait été dans la merde, Helge et moi. On était rares, et l'on jouissait du fait d'être rares et alternatifs. Se trouver côte à côte dans la cour, fumer des Marlboro, débattre de problèmes écologiques, du nouveau disque de Nick Cave ou d'un morceau du Mathias Rust Band.

On avait créé ce groupe, à propos duquel Helge m'avait nargué l'autre fois dans la forêt d'Ullandhaugskogen. L'idée s'était engluée dans mes neurones, je m'étais acheté une guitare, et je défiai Helge : Tu marches ou tu ne marches pas ? Il faut faire quelque chose, lui dis-je, proclamant qu'on allait devenir un groupe intelligent et revendicatif, frappant fort. Helge dit que ça ne marcherait jamais, prétextant qu'il était déjà moins doué pour la musique que moi – *et bon sang, qui allait écrire les morceaux, hein ?* Mais il finit par se laisser convaincre. Helge passa à la batterie, et pour la basse, on avait un type avec nous, Andreas, que Helge connaissait et qui allait au lycée St Svithun. Il ne composait pas les morceaux et ne se mêlait pas de la formation du groupe, c'était le bassiste, point. Un type bien. Calme, posé, on se sentait toujours en sécurité quand Andreas était dans les parages. Helge et moi avions besoin d'un gars comme lui. Mais le Mathias Rust Band, c'était notre trip, et on passait la plupart de nos pauses à parler du groupe, dans des discussions qui tournaient souvent aux disputes. Helge trouvait la musique qu'on jouait trop soft, il voulait plus de punk et de hardcore, plus dans le genre Hüsker Dü, alors que moi, je tenais à notre mélange de pop et de new-wave ; lui pensait qu'il fallait franchir le cap et commencer à chanter en anglais, et pourquoi pas dégoter un guitariste, un vrai, je pourrais alors me concentrer davantage sur le chant – *car, franchement Jalla, tu ne sais pas jouer de la guitare.* Et puisqu'on y était, ce nom, sur lequel Helge avait tiqué depuis le premier jour, *il était temps, bordel, de s'en débarrasser, et plus vite que ça. Je trouve toujours que Fittesatan Anarkikommando, c'est top*, disait-il.

Mais à présent ça ne m'arrangeait pas que Helge soit là, à côté de moi, me tendant des Marlboro, discutant de CEE et du groupe.

Je regardai autour de moi.
- Bordel, qu'est-ce que tu cherches ? Katrine ?
J'opinai. Helge se mit à rire. Je scrutai la cour, sans capter pourquoi il rigolait, et sans y faire gaffe. Rien ne pouvait arrêter mon regard.
Helge continuait à rire, je l'entendais derrière mon épaule.
- Allô, elle est là, crétin.
Je ne compris pas ce qu'il voulait dire et me retournai, énervé. Katrine était à côté de lui.
Je me ressaisis et parvins à éviter une situation dont j'aurais eu du mal à me sortir.
- OK, te voilà, dis-je en souriant. Katrine avança de quelques pas et me prit dans ses bras. Je posai les miens sur ses épaules et tout à coup, je sentis que je l'aimais plus que d'habitude. Je la regardai. Je la trouvais aussi plus jolie que d'habitude, je remarquai ses cheveux mi-longs et lui demandai si elle se les était coupés. Je me rendis compte qu'elle avait mis un pull rouge que je ne me rappelais pas avoir déjà vu. Ses joues étaient fraîches et roses. Mon état amoureux – qui ne lui était pas destiné – se transposa sur elle.
Jusqu'à la fin de la pause, nous restâmes debout, à débattre. De la CEE. Helge nous rappela le référendum de 1972, demanda si on voulait jouer dans le camp de Jan Peder Syse*: "Écoutez, il s'agit là du temple de la droite européenne". Katrine était d'accord, "historiquement", mais pensait que Helge portait des œillères. "Il y a beaucoup de choses positives aussi dans le fait que les gens cherchent à s'organiser". Elle savait quoi rétorquer à Helge pour qu'il soit dans le jus. "S'organiser ! Tu crois vraiment qu'il s'agit d'un syndicat ouvrier ! Bon Dieu, Katri !" Katrine riait. Moi, j'étais sceptique, "principalement sur la question du pouvoir de décision", et je prétendis qu'on devait tous se tuer à la tâche pour le mouvement NON à la CEE. Les minutes s'écoulant, je me calmai : je me retrouvais là, le bras sur les épaules de Katrine, ressentant la chaleur qu'elle dégageait et que d'une façon prodigieuse j'estimais être un signe venant de lui ; la chaleur d'Yngve se transmettait par elle.

---

* Premier ministre de la droite, du 16 octobre 1989 au 3 novembre 1990.

Je ne jetais plus autant de regards dans la cour, où je ne le voyais d'ailleurs pas.

- Tu t'es acheté un nouveau pull ? demandai-je à Katrine juste après que Helge nous eut bombardé de quelques arguments imbattables contre la politique extérieure de la CEE.

- Non, pas du tout, répondit-elle avec un sourire, ça fait des années que je l'ai.

Je souris à mon tour et lui dis qu'elle était drôlement jolie aujourd'hui ; "c'est pour ça", dis-je.

Au moment d'entrer en classe, j'embrassai Katrine. Plus longuement que d'habitude. Plus intensément que d'habitude. Je serrai son corps contre le mien et pressai doucement mon bassin contre le sien. Aussitôt, elle recula d'un pas, me fixa d'un regard surpris, la tête penchée sur le côté, le menton légèrement vers le haut ; un tressaillement traversa son visage et elle fronça un tantinet les sourcils tout en souriant légèrement.

Je jetai un dernier regard dans la cour. Il n'était pas là. Alors, j'embrassai Katrine de nouveau.

Pourquoi ne sortait-il pas pendant la pause ? N'osait-il pas ? Trouvait-il inconfortable de devoir se frotter à tout ce monde, préférait-il rester en classe pour lire, dans l'espoir qu'un élève prévenant se rendrait compte de sa présence ? Après avoir passé une demi-journée sans l'avoir revu, ça commençait à me tirailler, j'avais la bouche toute sèche et mon cerveau était hypertendu.

À chaque intercours, je restai tout près de Katrine, à tel point que Helge finit par craquer : "Putain, ce que t'es collant !", dit-il.

Avons-nous des mécanismes en nous ? Y a-t-il des appareils, des réglages, des roues dentées, des manettes et des boutons qui se déclenchent suivant des schémas définis, préprogrammés aux événements nouveaux ? À présent, ce mécanisme était en marche : plus j'étais obsédé par Yngve, plus j'étais amoureux de Katrine. Ce que je ne pouvais pas donner à Yngve, je le lui donnais à elle. Cette manœuvre de remplacement faisait office de dissimulation. Je lâchai la bride à mon état amoureux envers Katrine, le laissant s'alimenter, le laissant pousser comme une plante parasite sur elle.

J'étreignis Katrine, me sentant moins seul et plus près d'Yngve ; elle se sentait plus désirée que d'habitude et me le rendait bien, notre relation ne s'en trouvait que plus renforcée. Au début.
Mais où était-il passé ?
Comment s'appelle-t-il, pensai-je en serrant Katrine plus fortement dans mes bras.
Durant le quatrième intercours, je demandai à Helge et à Katrine quels étaient les prénoms masculins qu'ils préféraient.
Tous deux me dévisagèrent d'un air bizarre.
- Oui, ben... simplement, qu'est-ce que vous aimez comme prénoms ?
- Putain, tu l'as mise en cloque ou quoi ? C'est bien tôt, dit Helge en allumant une clope.
- Non ! répondit Katrine en partant d'un fou rire.
- Alors, qu'est-ce que vous aimez comme prénoms ? insistai-je.
- Helge, dit Helge.
- Déconne pas, m'énervai-je. Non, sérieusement...
- Pål, fit Katrine. Et Gorm.
- Gorm ? Gorm ? ! cria Helge qui imita de sa main droite un combiné de téléphone qu'il mit à l'oreille : - OK, oui, ici Helge Ombo, je voudrais passer commande pour une victime de harcèlement – Gorm, oui, c'est ça ; *Gorm*.
Nous passâmes la pause entière à énumérer des prénoms masculins. J'avais toujours le bras sur l'épaule de Katrine, lui souriant, lui caressant la joue. On discutait de prénoms et j'examinais la cour. Arne, Tom, Inge, Tarald, comme le père de Katrine. (Helge : "Tarald ! Tarald ? ! Comme si ça ne suffisait pas avec son père !") Stein. Kristoffer. Rolf. (Helge : "Rolf ! Rolf ? Tu veux que ton gosse devienne un criminel, ou quoi ?") Tous ces prénoms eurent un effet apaisant sur moi. Je me souviens avoir ressenti une grande joie, imaginant Yngve dans la peau de tous ces prénoms, tout en l'étreignant, elle.
Après midi, il réapparut.
Yngve se tenait là, juste devant la porte centrale du bâtiment rectangulaire.

Qui es-tu ? pensai-je. Comment t'appelles-tu ?

Le beau garçon élancé sans nom ne bougeait pas, les bras le long du corps, la tête un peu de biais, légèrement relevée, un petit sourire en coin. Bien évidemment, de là où j'étais, à une soixantaine de mètres, je ne pouvais pas deviner clairement tous les détails, mais je crus voir que sa tête et son regard étaient tournés vers le haut, sa lèvre inférieure effleurant à peine sa lèvre supérieure.

Personne n'adressait la parole à Yngve. Aucun de ses camarades de classe ne lui posait de questions. Ces derniers appartenaient à ces cercles excluant toute approche, ces réseaux clos les uns pour les autres, des états hiérarchiques qui subissaient à intervalle régulier des coups d'État et putsch divers, au grand désespoir de certains de leurs membres. Personne ne semblait remarquer qu'Yngve était seul. Putain, pensai-je, putain, c'est trop cruel. Voilà qu'arrive un nouveau dans la classe, et personne ne s'en préoccupe. Quelle putain de société de misère, sans égard pour ses individus ! Même les nanas cul bénit de la classe ne montraient aucune sollicitude. Dans toutes les classes, il y a à coup sûr une bande de deux à cinq bonnes sœurs, et d'où j'étais, je pensais même pouvoir les repérer. Pour deux d'entre elles, je savais vaguement qui elles étaient ; Trude et Hilde, les filles de la chorale, bien qu'elle soient transparentes à un point impressionnant et qu'elles ne fréquentent jamais les soirées ou les pubs où nous, on avait l'habitude de traîner. Même pas elles, pensais-je, laissant ma hargne se déverser en premier lieu sur elles. Je pensais qu'elles se devaient obligatoirement de s'occuper des autres, comme une conséquence logique de leur morale religieuse, et pour cette raison, je nourris une rage violente ; putains de grenouilles de bénitier qui ne le remarquaient même pas, tandis que je laissais les autres à l'abri de ma colère ; la jeunesse socialiste, les Amnesty et les gens de la Jeunesse nationaliste, qui restaient au sein de leur groupe, et les fayots qui n'avaient que des 18 ou des 20 dans toutes les matières, qui ne sortaient pas du leur.

Comment pouvais-je m'y prendre pour l'approcher ? La pause ne durait que dix minutes. Je passai les cinq premières avec Helge et Katrine sur les marches, j'avais branché le pilote automatique et je proposais des actions en faveur de l'environnement tout en m'énervant de sa solitude et en me demandant ce que je pourrais bien inventer pour devenir son premier interlocuteur – le premier copain d'Yngve – à l'école.

- Que de la tchatche, Helge ! dit Katrine, énervée.
- Pourquoi, que de la tchatche ? répliqua Helge.
- Tu fais que dalle... quand tu étais à Oslo cet été, tu es bien allé chez Mc Do, non ?
- Mc Do ? Et alors ? demanda Helge en recrachant la fumée.
- Et c'est reparti, fit Katrine en levant les yeux au ciel. Ils participent à la destruction de la forêt tropicale, tu le sais très bien ; la protection de l'environnement, ce n'est pas seulement dire ce que tu penses, c'est surtout ce que tu fais ! Hein, Jarle ?
- Quoi ? Mc Donalds ? Oui, oui, c'est sûr, bafouillai-je.
- C'est un discours de merde, ça, Katri, lança Helge. Le temps que toi tu passes à discuter de merde, moi j'ai déjà fait des choses pour lesquelles tu mets des années à te demander si tu vas te décider à les faire.
- Alors là, c'est un pur mensonge ! s'indigna Katrine.

Helge se marrait. La pause touchait à sa fin, et Yngve allait bientôt rentrer. J'observai l'abri à vélos. Nos vélos, celui d'Yngve et le mien, se trouvaient côte à côte, alors que moi, je demeurais là-haut, à une soixantaine de mètres d'Yngve.

- Oh putain ! dis-je tout à coup, tandis que Katrine poursuivait auprès de Helge son interrogatoire poussé au sujet du tri des ordures.
- Quoi ? demanda Katrine.
- Le vélo, dis-je.
- Et alors, c'est quoi le problème avec le vélo ? s'énerva Helge.
- Je crois que j'ai oublié de l'attacher.
- Allons-y, alors, qu'on s'en débarrasse, soupira Helge, exaspéré, et Katrine opina du chef.

Seigneur, il fallait qu'on y aille à trois pour attacher un vélo... Je n'avais pas le choix, je ne pouvais bien évidemment pas leur interdire de descendre les marches donnant sur la cour, la traverser en direction de l'abri et passer à dix mètres d'Yngve. Voir cinq si je parvenais à les pousser un peu sur la gauche en marchant.

Attacher le vélo, certes, une grande idée, pensai-je, en pétard contre moi-même. Nous descendîmes les marches. Nous traversâmes la cour, passâmes devant un groupe de jeunes, devant Yngve, qui ne se trouvait qu'à huit mètres de moi lorsque je passai à sa hauteur. Je ralentis. Les autres marchaient au rythme habituel. Mon ventre se nouait, mon cœur se serrait.

Nous arrivâmes près de l'abri. Bien évidemment, le vélo était attaché. Helge me tapota l'arrière de la tête du creux de la main.

- Et voilà, couillon... et ta cafetière, tu l'as débranchée, ce matin ?

En repartant, j'étais désespéré. Dans quelques minutes, la sonnerie allait mettre fin à la pause. J'observais Yngve qui se tenait exactement dans la même posture que lorsque nous étions sortis. Même position, même sourire. Je choisis la solution la plus bruyante, la plus maladroite, mais aussi la plus rapide. Après l'avoir dépassé de peu, je me frappai le front et lançai que j'avais quelque chose à remettre à Henrik, en C, dont la salle de classe était derrière la porte où se trouvait justement Yngve. Je partis en courant. Henrik et moi avions tous deux choisi l'option photo, je ne l'avais pas repéré dehors, alors le plan était de passer la tête par l'entrebâillement de la porte – tout près d'Yngve.

Je m'arrêtai devant la porte, prétendis avoir le souffle plus court que la réalité et être plus pressé que je ne l'étais. Je jetai à peine un regard sur Yngve, qui ne m'avait pas vu, et ouvris la porte du couloir entre les deux salles de classe du rez-de-chaussée. Il y avait quelques élèves, trois pour être précis, des livres ouverts sur les genoux. L'un d'entre eux leva la tête et m'interrogea du regard, et je secouai la tête. Heureusement, Henrik n'y était pas. Je reculai d'un pas, refermai la porte, et me retrouvai à côté d'Yngve. Jusque-là, mon plan avait fonctionné.

- Merde, grommelai-je assez distinctement pour que Yngve puisse m'entendre, et donc me voir.

Il n'en fut rien.

D'ailleurs, pourquoi aurait-il dû dire quoi que ce fût ? Il est là, ignoré de tous ceux qui auraient dû s'occuper de lui, comme pour tout nouveau dans une classe, et voilà qu'un étranger absolu arrive en courant, passe la tête par une porte, jette un coup d'œil, recule d'un pas et bougonne "merde" en solo. Aucune raison pour lui de s'effarer.

Je m'arrêtai. Je tournai la tête vers Yngve, mais il demeura tout aussi immobile, le regard légèrement tourné vers le haut, un sourire en coin. J'ouvris la bouche, voulus dire quelque chose, mais ma mâchoire se bloqua, comme s'il était trop beau pour qu'on puisse lui adresser la parole.

Qu'est-ce que tu me fais ?

Je raclai ma gorge. Ça faisait maintenant trop longtemps que je restais là pour que ça semble naturel. Yngve baissa la tête et me regarda. Il sourit.

Il me fallait dire quelque chose.

- Euh... tu n'as pas vu Henrik, par hasard ? réussis-je à émettre.
- Non, je suis nouveau ici.

Je suis nouveau ici.

Sa voix. Elle n'était ni grave ni limpide, mais avait une tonalité assez claire. Belle voix pour chanter, probablement, pensai-je, dialecte de Haugesund. Je me détendis un peu.

- Tu es nouveau – d'accord... OK.

Je lui tendis ma main droite. Touche-la, pensai-je. Touche-la !

- Jarle.

Il me tendit une main blanche aux doigts effilés. Je la saisis, la serrai, la lâchai.

- Yngve.

Yngve, pensai-je.

Mais oui, bien sûr, tu t'appelles Yngve.

- Haugesund ? demandai-je.
- Oui, dit-il. Je viens d'emménager. En fait, aujourd'hui c'est mon premier jour...

- OK, mm... oui, tu t'y plais, alors ?
- Quoi, ici ? Au lycée ? demanda-t-il.
- Oui, ici, dans cette ville, ce genre de trucs.
- Ça peut aller, c'est un peu comme chez moi, un peu plus grand seulement.

Nous nous dévisageâmes. Ses yeux étaient clairs, plus gamins que le reste de son visage. Yngve devait mesurer environ cinq, peut-être sept centimètres de plus que moi, et il était plus maigre. Que voyait-il en moi ? Étais-je juste un gars banal qui avait passé la tête par une porte pour demander un "Henrik" ? Juste un quelconque de ses pairs qui passait devant lui un vendredi après-midi de janvier ? Je suppose que oui. Je ne pense pas qu'il pouvait soupçonner, même intuitivement, que face à lui se trouvait un être qui était tombé raide amoureux de lui, qui était prêt à tout pour lui. Je ne le savais d'ailleurs pas moi-même. Je ne faisais qu'agir.

- Donc, comme ça tu t'appelles Yngve.

Il opina et sourit, étreignant plus fort son blouson bleu pour se protéger du vent.

- Ben, dans ce cas, bienvenu ! dis-je, remarquant que les mots roulaient comme de gros cubes en bois dans ma bouche ; je parlais comme un vieillard qui souhaite la bienvenue à un jeune couple s'installant dans son quartier. "Dans ce cas, bienvenu..."
- Merci bien. Yngve regarda autour de lui. Tu ne l'as pas trouvé ?
- Quoi ? Je secouai la tête très vite. Qui ?
- Le... comment s'appelle-t-il déjà ? Trond ?
- Quoi ? Mes jambes reposaient sur le gravier devant lui, le ciel s'appesantissait sur nous, les nuages glissaient au-dessus de nos têtes et le vent nous mordait les joues. Quoi ?
- Non... Henrik, c'est ça ?

La sonnerie retentit, inondant la cour comme une alerte, nous menaçant, Yngve et moi. Tout nous menaçait, Yngve et moi.

- Ce n'est pas grave, dis-je, je le verrai plus tard.

Yngve fit un pas de côté et partit rejoindre sa classe. Moi, je restai là, comme un imbécile. Puis Yngve s'arrêta.

- On s'est déjà vus ? demanda-t-il en fronçant les sourcils.

- Non, dis-je, je ne crois pas.

Il me dévisagea. Pour la première fois, son regard changea, devint plus scrutateur, il m'étudia. Étais-je beau ?

- Non, je suppose que non, dit-il. OK, on se reverra, j'imagine.
- Attends, dis-je très vite, tu t'appelles Yngve comment ?
- Lima, répondit-il.

Yngve se retourna, rejoignit les autres élèves et rentra.

"Yngve, marmonnai-je. Tu t'appelles Yngve Lima et tu m'as vu ce matin."

Je fus l'un des derniers à rentrer dans le bâtiment principal après cet intercours-là. C'était l'heure du cours d'histoire. Je traversai la cour, montai les marches, fis quelques grands pas vers la porte, avançai la main vers la poignée. M'arrêtai. La main figée dans le vide, à quelques centimètres du bouton de porte. Cette main même qui, il y a quelques instants seulement, avait été serrée par celle d'Yngve. Je ne voulais pas qu'elle soit touchée par quoi que ce soit d'autre.

Après la fin des cours, je guettai Yngve parmi les élèves qui sortaient. Je ne le vis pas. Arrivé aux vélos, je constatai que le sien n'était déjà plus là.

Mais je sais comment tu t'appelles, pensai-je.

Helge me rejoignit.

- Alors... pour ce week-end ?

Je me détournai et lançai qu'en fin de compte, je ne pensais pas pouvoir aller à ce concert au Folken, samedi. Trois groupes locaux ; Hareng Crocodile and the Saltpastill, Bever et l'Antichambre de l'Enfer. Un pote de terminale de Helge jouait de la batterie dans AE.

- Tu n'y vas pas ? Putain, faut quand même se manifester, même si nous, on ne joue pas !
- Ce n'est pas pour ça, dis-je. Je sais bien qu'on n'est pas encore prêts pour jouer sur scène.
- Non, non, mais bientôt... alors pourquoi, bon sang ? L'Enfer joue, et tout et tout !

Je concoctai un scénario, genre je devais aider mon vieux dans l'appart qu'il venait d'acheter dans le quartier de Forus, lui donner un coup de main pour déménager tout un tas de bazars qu'il avait stockés dans un entrepôt qui lui avait appartenu, fallait quand même entretenir un semblant d'entente avec mon père malgré tout, et en plus, dis-je, j'en ai ma claque de devoir stresser tous les week-ends pour tenter d'entrer dans n'importe quel pub où on accepte que les plus de 18 ans.

Helge me regarda, saisi de doutes. Je n'avais auparavant jamais exprimé quelque chose de semblable, bien au contraire, je faisais en général partie des plus assidus pour entrer à une soirée, bien qu'on n'ait pas l'âge.

- Bon Dieu, il vaut mieux entendre ça que d'être sourd. OK, dit-il en haussant les épaules d'un geste contrarié. Dimanche alors ? On joue, comme d'hab ?

- Oui, oui, sûr, dis-je.

Katrine arriva, et nous restâmes un peu à causer après le départ de Helge. Je me sentais quasiment anesthésié, en discutant avec elle. À la grille, je l'étreignis, plutôt longuement, mais pas avec autant d'enthousiasme, loin de là, que lors des intercours. Je prétendis que je me sentais patraque et que je préférais tout simplement rester tranquille chez moi ce soir-là.

- Tu en es sûr ?

Une fille de la classe de théâtre passa par-là et rappela que ce soir, c'était la dernière représentation de leur pièce. Elle tenait le rôle de Puck dans *Le Songe d'une nuit d'été*.

- Ah bon, fit Katrine qui m'interrogea du regard. On ne peut pas rater ça, non ?

Je me rappelai la remarque sarcastique de Helge – "*Le Songe d'une nuit d'été ? Le Songe d'une nuit d'été ? Putain de connerie, pourquoi n'adaptent-ils pas plutôt Brecht ?*" – et m'en servis comme couverture. - Non, c'est pas pour moi...

- On se voit demain, alors ? demanda Katrine quand la fille du théâtre fut partie.

- Mouais... on verra, il faut peut-être que j'aide le daron à faire un truc, répondis-je en l'embrassant. Mais je t'appellerai.

Je montai sur mon vélo et me laissai filer dans la descente vers le Vågen. Je passai le tournant et me mis à pédaler le long du quai. Les nuages s'assombrissaient au-dessus du fjord. Le vent forcit. Sa direction avait changé durant la journée et je sentis à nouveau ses griffes sur mon visage, il devenait plus dur de pédaler. Je rassemblai mes forces, mes jambes bougeaient plus vite, le cadre faisait un bruit de ferraille en roulant sur les pavés, les mâts des drapeaux alignés le long du Vågen se mirent à vibrer, les gens virevoltaient sur eux-mêmes, le parapluie au vent, je plissai les yeux vers le pâle soleil qui tentait tant bien que mal de s'affirmer dans le ciel, mais qui était repoussé par l'orage qui se préparait. Mon crâne et mon corps s'ouvrirent, mes oreilles bourdonnaient violemment, et, si je n'avais pas compris que ces bruits provenaient des rafales de vent qui frappaient le cartilage rouge et glacé et se pressaient jusqu'au cœur du système auditif, j'aurais pu croire que le bruit venait de moi. Mon visage s'ouvrit en deux, je souris, je souris, je me mis debout sur les pédales, c'était maintenant le début du monde. Je n'étais plus du tout comateux.

3

LE PÈRE DE HEBBELILLE EST MORT

*Everybody knows it hurts to grow up
but everybody does*
  - Ben Folds

En rentrant ce vendredi-là, je passai un coup de fil à mon père pour lui annoncer que je ne viendrais pas chez lui ce week-end-là..
- Trop de choses à faire, dis-je. Au lycée, c'est reparti plein pot, tu sais.
- D'accord, me répondit-il, un peu vexé comme il se devait de l'être en tant que parent, bien que je sache pertinemment qu'il était content les fois où j'annulais les week-ends avec lui pour rester chez maman. Ça lui allait bien, il n'avait alors pas besoin de faire un effort pour ne pas me perdre, il n'avait alors pas à jouer le caïd inventif pendant ces ridicules week-ends paternels, il échappait à la préparation de ces supers dîners pour son fils perdu, il n'avait pas à faire le lit de la chambre d'amis, à ranger et à dépoussiérer ; il pouvait faire ce que bon lui semblait, aller en ville draguer les minettes, picoler tout seul jusqu'au petit matin s'il n'avait pas réussi à s'en dégoter une, appeler sa sœur à 4 heures du matin pour l'engueuler au téléphone, lui resservant la vieille chanson disant qu'elle n'était qu'une traîtresse qui avait quitté la ville subitement, comme ça, en délaissant les autres, et pourquoi ne venait-elle jamais lui rendre visite, on n'avait plus le droit de connaître ses gosses non plus maintenant, ou quoi, et qu'est-ce qu'elle était allée foutre au festival de jazz à Molde, bordel, elle n'avait jamais apprécié le jazz, gamine, et putain, pourquoi votait-elle pour le parti de l'Alliance rouge ? Après cela, le paternel pouvait s'endormir en bredouillant sur le canapé et en écoutant ses vieux disques de Louis Armstrong, se torturant délibérément et s'apitoyant sur son sort, il pouvait dormir

tout le dimanche pour oublier les affres d'un lendemain de cuite ; faire tout ce qui avait poussé maman, un an et demi plus tôt, à prendre enfin son courage à deux mains, à faire ses valises et à le quitter.

- On se voit dans deux semaines, alors, Jarle ? dit-il d'une voix guillerette. Et à part ça, ça va ? Tout va comme tu veux ?
- Oui, répondis-je. Bon week-end.

Je m'apprêtai à raccrocher, j'étais soulagé, ça s'était passé comme sur des roulettes, finalement.

- Au fait, Jarle, on pourrait peut-être se faire un cinoche, la semaine prochaine, qu'est-ce que tu en dis ?

Bon sang. C'était à chaque fois la même chose. En causant tous les deux, par exemple au début d'une conversation téléphonique, on était un peu tendus. Les mêmes questions banales, habituelles : Comment ça va au lycée ? Comment va ta mère ? Comment va ta grand-mère ? Qu'est-ce que tu fais en ce moment ? Et moi, je répondais oui, oui, bien, si, si, bien. Mais au bout d'un certain temps, quand il était clair que la conversation touchait à sa fin, la mauvaise conscience de mon père refaisait surface. On ira faire quelque chose, nous deux, toi et moi, hein, Jarle ? Ou bien il pouvait retrouver tout à coup un vieux souvenir, un phénomène surgi de sa mémoire sélective, qui enjolivait les années sombres : *Tu te rappelles ?* Quand on est partis à vélo jusqu'au monastère d'Utstein, on avait mangé une glace sur le bac, et on avait admiré les poissons le long des quais, là-bas ? En général, ses souvenirs avaient pris des couleurs erronées et grotesques, et ne ressemblaient en rien aux piètres originaux qu'ils avaient été ; là où à l'époque ils étaient boueux, peut-être même douloureux, ils étaient à présent beaux et propres, comme directement tirés d'une émission pour enfants, dans laquelle les gens pédalent sur des pneus gonflés comme des ballons pour aller cueillir des pissenlits. C'était à chaque fois la même chose, et à présent, son imagination avait accouché de l'idée qu'il fallait aller au cinéma.

- Ils passent le dernier James Bond, non ? l'entendis-je dire.

Comme si mon premier souhait pour une soirée, c'était d'aller au cinéma avec mon père, comme si je voulais m'exposer à la souffrance de traîner dans les rues de Stavanger, faire la queue au centre culturel avec mon pathétique père, qui faisait une énième tentative ratée pour redorer mon enfance. Désolé papa, c'est trop tard, ça ne sert à rien d'offrir des pop-corn et du coca à un gars de 17 ans, et de l'inviter à aller voir un James Bond. Je détesterais de toute façon tous les films qu'il choisirait. Certes, *Permis de tuer* passait en ce moment, mais Bond se trouvait sur la liste noire des divertissements populaires idiots, alors de toute façon, là, il loupait sa cible. Mais cela ne faisait aucune différence : si on allait voir un film que moi j'avais choisi, un film politique ou artistique français ou belge, ça ne ferait que renforcer encore la distance déjà dramatique qu'il y avait entre l'origine et le produit fini. Si j'acceptais une de ses propositions à valeur de pansements autoguerrissants, je risquais d'être repéré par quelqu'un du lycée, dans le pire des cas par Helge, et rien ne pouvait m'arriver de pire que ça. Qu'on puisse nous voir, mon père et moi, deux personnages dérisoires trottant dans la ville, comme exposés dans une galerie, deux benêts qui font une tentative stupide de se rapprocher l'un de l'autre.

Et les voilà, Jarle et son vieux.

- Noon... je ne pense pas, je n'ai pas le temps, dis-je.
- Bon, d'accord, répondit mon père très vite, c'est seulement que... enfin, James Bond. Mais la prochaine fois, on ira se balader, hein ? Rien que toi et moi, comme avant. On pourra aller faire un tour en voiture à Jæren, non ?
- Si, si, dis-je. À plus.

Je raccrochai.

J'avais rarement peur de lui quand on se retrouvait, un week-end sur deux, les conditions étaient définies par rapport à une charte qu'on lui avait octroyée pour me voir, comme par miséricorde. Je n'avais rien à craindre non plus d'autre que l'avilissement et l'ennui profond si j'allais au cinéma avec lui, on se trouverait, le cas échéant, entourés de gens. Alors, c'était moi qui avais le dessus, comme quand je l'avais au téléphone, c'était moi qui avais le dessus sur lui.

J'allai rejoindre maman. Elle était dans la cuisine, un tablier noué autour de la taille.
- C'était ton père ? demanda-t-elle, le dos tourné. Elle disait toujours ça : "Ton père". Comme s'il s'agissait d'une personne à qui elle n'avait jamais eu affaire.
- Mm, fis-je en l'observant.
Le silence persista pendant quelques secondes. Je regardai son corps, de dos, au-dessus de la cuisinière et de la poêle à frire, et je vis son cou se raidir, ses veines gonfler sur le dos de ses mains, qui serraient la spatule.
- Kjøttkaker* ? lui demandai-je d'une voix douce.
Son cou se détendit, ses mains reprirent vie, et maman se retourna.
Elle acquiesça et sourit.
- Superchouette, maman, dis-je en l'étreignant. Je mets la table.
Elle se pencha vers la fenêtre et regarda au dehors.
- Regarde-moi ça, dit-elle.
Au-dehors, les arbres grinçaient, et un vent fort et borné filait dans les ruelles.
- J'ai l'impression qu'on va avoir de l'orage, ajouta-t-elle.
On y avait échappé. Si nous nous étions mis à parler de mon père, la soirée était foutue. Au lieu de cela, nous nous retrouvions tous les deux, baignés dans notre amour réciproque. Comme quoi il ne faut pas grand-chose.
Nous passâmes à table. Je n'étais pas triste, je n'étais pas de mauvais poil, mais je n'étais pas très bavard. Je me servis en kjøttkaker, betteraves, beurre noir, légumes cuits et pommes de terre. On était au début des années 90, mais on aurait encore dit les années 80, et c'était justement ce genre de plats que maman me préparait, les plats traditionnels des ménagères norvégiennes, des plats qui n'existeraient bientôt plus. Non que je préfère ces plats lourds à digérer, pas vraiment sains, avec leurs sauces grasses issues de la sociale-démocratie norvégienne, à la bouffe que font les pères et

---
* Pavés de viande de boeuf aux oignons.

mères de nos jours à leurs gosses – bien au contraire – mais en y repensant, je me sens affreusement triste. Tout simplement parce qu'ils sont révolus, ont disparu. Voilà tout. Uniquement parce qu'ils comptaient à un moment donné, qu'ils étaient préparés par maman et parce qu'ils n'existent plus.

    Je mangeai lentement. En temps normal, je cause sans relâche et je mange vite. À présent, je tentais de faire comme l'aurait fait Yngve. J'étais convaincu que lui mangeait lentement et qu'il ne jacassait pas autant que moi, si toutefois il se retrouvait seul à table avec sa mère. Je tournai légèrement la tête vers le haut et de biais, tentai de rester muet, doux, et d'orner mon visage d'un petit sourire. J'imaginais que j'avais une bouche d'un rouge profond, la peau pâle et les joues tachetées de rouge.

    - Qu'est-ce que tu as, aujourd'hui ? demanda maman au bout d'un moment. Elle posa son couteau et me dévisagea.

    - Rien du tout, répondis-je.

    - Ça a quelque chose à voir avec..., elle se racla la gorge,... ton père ?

    Je secouai gentiment la tête.

    - Non, lui... Maman s'arrêta toute seule.

    Je secouai encore une fois la tête et souris.

    Elle reprit son couteau, coupa une pomme de terre.

    - Bon, mais il y a quelque chose, c'est sûr. Elle devint tout à coup toute grave. Il n'est rien arrivé à Katrine, j'espère ?

    Maman adorait Katrine, ma première relation amoureuse sérieuse, comme elle avait l'habitude de dire, elle prévoyait qu'elle allait devenir mienne, celle que j'épouserais, celle qui allait devenir la mère de mes enfants, celle avec qui je ferais tout bien, tout ce que mon père n'avait pas fait avec elle. Je pouvais d'ailleurs être d'accord avec elle sur ce point, Katrine et moi, c'était plutôt une bonne alliance.

    - Non, non, calme-toi, la rassurai-je. Katrine va bien. Je suis juste... il n'y a rien.

    Le repas fini, je nous préparai du café. Je le portai à maman qui lisait le journal dans le fauteuil vert. À intervalles réguliers, elle le posait sur ses genoux et jetait un coup d'œil par la fenêtre. Le vent hurlait maintenant, giflant les murs par rafales et faisant trembler la porte d'entrée.

- On est bien chez soi quand c'est comme ça, dit-elle.
- Mm ?
- Quand le vent souffle.

Je la regardai. Et si on allait au cinéma, un de ces jours ?
- Toi et moi ? dit maman, surprise. Que toi et moi ? Vraiment ?
- Oui.

À cette époque, c'était comme ça, entre nous. C'était bien. Que maman et moi. À la maison, avec elle, je n'étais pas le même qu'ailleurs. Je n'avais rien à prouver, je n'avais personne à qui faire subir mon arrogance, je n'avais rien à y gagner. Je n'étais pas ce Jarle qui disait immédiatement non lorsque quelqu'un disait oui. Bien que maman représente par bien des aspects le conservatisme que je ne cesse, une grande partie de mon temps, à tenter de bâillonner. Ensemble, on avait institué un système, elle et moi, et la plupart du temps je restais dans les limites de celui-ci. Je m'occupais du café, maman préparait à manger.

- C'est sympa que tu veuilles aller au cinéma avec moi, dit maman en souriant.

Je la laissai terminer son café tranquillement dans son fauteuil pendant que moi je faisais la vaisselle.

De temps à autre je la regardais à la dérobée. Maman est belle, pensai-je. Une fille bien. Oui, je la voyais souvent comme une petite fille, une petite fille de 12 ans environ. Je ne sais pas pourquoi, je trouvais tout simplement que ça collait. Même aujourd'hui, treize ans plus tard, alors qu'elle va sur ses 58 ans, il y a chez elle ce côté fillette. Bien qu'elle ait un peu épaissi, qu'elle n'ait plus l'air aussi gracieuse que jusqu'à la fin de la quarantaine, et bien que ses longs cheveux maintenant gris argenté soient coupés plus courts, je me surprends à attendre qu'elle se lève soudainement, qu'elle se mette à parler comme une petite fille, qu'elle parte en courant pour aller dans le jardin, dans le pré, cueillir des fleurs des champs, qu'elle sautille, qu'elle fasse la roue, qu'elle se mette à courir à travers la pelouse, qu'elle s'arrête le long de la voie ferrée pour admirer les trains qui passent à toute vitesse, qu'elle trouve un petit bois pour jouer, un arbre sur lequel grimper, une framboise à déposer sur sa langue, une plage de sable sur laquelle courir, un rocher duquel plonger, un garçon à regarder sans pudeur. Une femme de 57 ans, reconnue comme une source de bonne humeur à son travail, qui adore la musique classique, plutôt les morceaux pour piano et la littérature russe, plus que tout Dostoïevski, José Saramago, Stig Claesson, Halldór Laxness et les chansons suédoises, Nils Ferlin, Cornélius Wreeswijk, et qui sait s'y prendre avec les gens, en particulier les personnes âgées, qu'elle aime tant.

"J'aime bien les personnes âgées, dit-elle souvent. Elles me rassurent".

- Même si elles sont malades, même si elles ont peur ? lui dis-je un jour.

- Oui, répondit maman. C'est la vie qui parle, tu sais. Et puis, j'aime leur sagesse. Comme ta grand-mère et ton grand-père. Tu n'as qu'à les observer pour comprendre.

- Oui. Tu as raison.

- Ils ont vécu, tu sais. Et c'est ça, justement. Ils ont vécu.

Plus tard dans la soirée de ce vendredi, je regardai avec maman le polar à la télé. *Bergerac*. Un scénario sur la contrebande dans le milieu de la bourgeoisie. Je ne désirais rien d'autre. Si j'avais regardé *Bergerac* avec quelqu'un d'autre, par exemple Helge ou Katrine, ils auraient dû regarder l'épisode en m'écoutant débiter des diatribes successives sur le fait que c'était limité, ridicule, avec une mise en scène pitoyable, et un jeu d'acteurs d'un amateur minable. Tout cela, je ne le disais pas quand je me retrouvais seul avec maman, et surtout pas ce soir-là, alors que je tentais d'imiter ce que je pensais être Yngve. Lui n'est pas comme ça, pensai-je.

Puis il y eut le championnat d'Europe de patinage de vitesse à Herenveen, le 5 000 mètres, mais nous éteignîmes en attendant le journal télévisé du soir, car cela nous rappelait, à maman et à moi, mon père qui s'intéressait au patinage de vitesse comme tous les hommes nés juste après la Seconde Guerre mondiale, ceux qui pleurnichent toujours car ce sport n'est plus ce qu'il était jadis, exactement comme le feront les hommes du futur qui se lamenteront que "le skate n'est plus ce qu'il était". Maman alla chercher quelques journaux de la semaine qui touchait à sa fin et moi j'allai dans la cuisine chercher du chocolat.

- Mince, entendis-je dans le séjour.
- Quoi ?
- Le père de Hebbelille* est mort, dit-elle, réellement touchée.
- Le père de Hebbelille ? Je revins dans le séjour où maman dépliait une page du *Stavanger Aftenblad*.
- Et lui qui était toujours si drôle, dit maman en le montrant du doigt.
- Ah bon, l'acteur, Albert et Herbert, OK, je vois, les ferrailleurs, il est mort ?
- Oui, dimanche dernier... tu le savais, toi ? demanda-t-elle comme si elle s'en voulait d'avoir passé presque une semaine sans savoir qu'il avait cassé sa pipe.

Je m'assis. Il y avait une photo de lui dans le journal, Sten-Åke Cederhök, l'acteur tant aimé du peuple. Il avait 76 ans. Il avait l'air effrayé, pensai-je. Je regardai maman, qui lisait avec un intérêt non feint l'article consacré au père de Hebbelille. On y parlait de ses vieux films, de sa vie en tant qu'homme de théâtre de variétés. On l'appelait le "roi des mal rasés suédois".

- Bon, bon, fit maman. C'est la vie.

Je ne souhaitais rien d'autre que rester là tranquillement avec elle, lire le journal, manger de la glace praliné avec de la sauce caramel dans un des bols en verre bleu, choper un carré de chocolat au lait dans une coupe sur la table, regarder la télé et penser à Yngve. J'étais étonnamment calme, ce soir-là, après une telle journée dans un état amoureux frénétique, je me sentais tout paisible, un peu fatigué et très confiant. Je n'avais peur de rien, tranquillement assis là. Je n'avais honte de rien, il n'y avait d'ailleurs aucune raison,

---

* Diminutif de Herbert.

puisque je n'avais pas encore entrepris d'analyser ce qui m'arrivait. J'éprouvais tout simplement une impression de certitude, et celle-ci était liée à Yngve. Comment je triais dans ma tête tous ces sentiments à moitié prononcés, je n'en ai aucune idée, mais les choses trouvaient leur place là-dedans. Le dab, Katrine, Yngve, moi. Tout collait sans problème.

Mon cerveau fonctionnait tout seul, comme indépendamment de moi. Quand la soirée toucha à sa fin, j'avais élaboré – ou plutôt ce "je" à l'intérieur de moi qui réfléchissait, qui désirait, qui agissait – un plan concis et détaillé sur la manière dont j'allais procéder pour réussir à revoir Yngve dans à peine plus de douze heures.

Tout cela me semblait naturel, normal.

Maman trouvait très sympa que je reste à la maison un vendredi soir, bien qu'elle soit un peu étonnée que je ne sorte pas.

Quand le 5 000 mètres fut terminé, elle mit le journal télévisé du soir.

– On ne peut pas rater les nouvelles.

Il fallait toujours regarder les informations. Les informations et la météo. La journée n'était pas vraiment accomplie, la nuit ne pouvait pas sereinement s'installer sur nous si on n'avait pas assisté au journal télévisé ; et si on ne suivait pas la météo, il n'y aurait pas de temps le lendemain. Il m'arrive souvent de penser à la génération de maman et de mon père comme une sorte de génération info. Alors que moi, j'appartiens tout à fait involontairement à la génération des séries télévisées, eux étaient de la grande génération des news. Alors que nous, on est au courant de ce qui se passe dans le bar Cheers, dans la famille Sopranos, dans l'environnement d'Ally McBeal, entre les amis de *Friends*, dans les fichiers tamponnés "confidentiel" de Mulder et Scully, dans la petite ville mystérieuse Twin-Peaks, l'on sait tout à toute heure de l'enfer incessant des vingt-quatre heures de l'agent du FBI Jack Bauers, eux, ils savaient ce qui se passait dans le monde. Si jamais quelqu'un se posait une question concernant Taiwan, mon père courait aussitôt à la bibliothèque pour ouvrir l'encyclopédie à la lettre T et lisait à haute voix, pour toute la famille. Eux regardaient les informations, ils écoutaient la radio. Quand toute cette génération aura disparu, les futurs Einar Lunde, Gro Holm, Hans-Wilhelm Steinfeldt et Ingolf Håkon Teigene n'auront plus qu'à faire leurs valises et travailler comme jardiniers ou étudier l'arabe à l'université ; il n'y aura plus personne pour les regarder. Certains adultes de cette société, ceux qui se rappelleront l'enthousiasme de leurs parents pour *le Journal télévisé*, sauront de qui il s'agit en observant Ingolf Håkon Teigene descendre de l'université de Blindern à Oslo, où il est resté toute la journée plongé dans ses livres, dans la salle de lecture de la bibliothèque, pour aller vers ce magasin d'alimentation situé tout près de Majorstua, là où se trouvent les chaînes de télé, là où il travaillait autrefois au département des informations, dans une société qui s'intéressait encore au monde et à la manière dont se déroulait la journée dans ces contrées lointaines de la planète entière. De très rares personnes sauront qui il est, cet Ingolf Håkon Teigene du futur, et ils diront : regarde, là, c'est lui qui présentait ce qui s'appelait le *Journal télévisé*, et l'enfant à qui on s'adresse se retournera vers sa mère qui vient de prononcer ces drôles de paroles et dira : Hein ? *Journal télévisé ?* Qu'est-ce que c'est ? Mais la mère saura que ça, c'est un vieux machin d'une autre époque, ça ne sert à rien de rabâcher ça maintenant, d'évoquer une époque où les gens suivaient ce qui se passait dans le monde, et d'ailleurs, que pourrait-elle dire de plus, ne sachant pas elle-même vraiment de quoi il s'agissait ? Elle examinera le dos de l'ancien ouvrier des informations, le retraité qui passe devant le bâtiment des chaînes de télé, peut-être se souvient-il de certaines informations, cet Ingolf Håkon Teigene du futur en dépassant l'immeuble de Marienlyst, en route vers son studio de retraité, peut-être se rappelle-t-il d'une guerre qu'un jour il a pu annoncer à la télé ?

Malgré certains signes annonçant ce danger, en 1990, il nous semblait qu'il restait un peu d'espoir, comme quoi on peut se gourer. Aussi tentais-je de ne pas louper les informations. À l'écran, on découvrait un Gorbie de toute évidence sous pression qui se prononçait sur la dernière attaque contre les Azeris à Bakou. Maman refusait de croire que Gorbie puisse avoir quoi que ce fût à voir là-dedans. Même après toutes ces années passées avec mon père, maman choisissait de considérer le monde d'un bon œil. Si elle disait quelque chose de mauvais, elle tentait toujours de le repeindre avec des couleurs chaleureuses, issues de sa propre bonté et non du monde réel. Maman avait ce petit plus d'irréalisme qui rend possible la traversée du quotidien. Je ne l'avais jamais vue en colère après quelqu'un d'autre que mon père. Au lieu de se fâcher contre les gens, elle disait "Le pauvre...". Si quelqu'un lui faisait de la peine, à son travail ou ailleurs, elle était la première à le défendre : "Le pauvre. Il ne va pas fort".

- Pauvre Gorbatchev, dit-elle.
- Il n'y a pas de superpuissance meilleure qu'une autre, répondis-je. Je monte me coucher.

Maman leva la tête.
- Déjà ? Tu ne veux pas regarder le film ? C'est avec Audrey Hepburn.

Elle savait combien j'aimais les vieux films en noir et blanc.
- C'est peut-être avec ce type, comment s'appelle-t-il, déjà, celui que tu aimes tant ? dit maman en se penchant pour consulter le programme.
- Black Adder, répondis-je avec un sourire.
- C'est ça, Black Adder.

Je secouai la tête.
- Non, je compte me lever de bonne heure demain, j'ai pas mal de choses à faire, en ville, enfin, tout un tas de trucs.
- Tu es bizarre aujourd'hui, dit-elle.

Je suis Yngve, pensai-je. Je suis Yngve Lima et tu ne le sais pas.

Je l'embrassai et me dirigeai vers le couloir. Fermai la porte. Dans la glace, je distinguai maman qui continuait à regarder la télé. Je me trouvais devant le téléphone. Je saisis le combiné, composai un numéro.

- Les renseignements, bonsoir.
- Oui, salut... pouvez-vous me donner une adresse ?

Je montai au premier.

Je me brossai les dents, les yeux fermés, tout en souriant.

Allongé sous la couette, je remontai ma main droite et la posai contre ma joue. La laissai là. Puis j'éteignis la lampe et restai au lit à écouter le temps, au-dehors, qui se déchaînait contre la maison. Du grenier, je perçus un grincement de plancher. Puis je m'endormis.

Je rêvais d'Yngve. Il était face à moi, assis dans un fauteuil. Il me regardait. J'étais debout juste devant lui, les bras ballants, et je disais "ce n'est pas grave", encore et encore. Yngve ne disait rien. Il souriait juste, jusqu'à ce qu'il se lève, après ce qui me parut de longues heures, mais qui ne représentait probablement que quelques secondes. Il se dirigea vers la fenêtre. S'arrêta. L'ouvrit. Sortit la tête. Dans ce rêve, je fixais son corps. Puis il se retourna vers moi et dit : la prochaine fois que tu viendras, on ira faire un tour.

L'instant d'après, Yngve et moi nous retrouvâmes dans une voiture bleue. Nous traversions un paysage plat et inconnu, en nous tenant par la main. Ses doigts effilés, sa main svelte tenait la mienne, un peu plus petite.

Même pas là, même pas dans un rêve, je n'osai l'embrasser.

4

SAMEDI 20 JANVIER 1990

it was a world
what a world !
what a big world ?
what a big world
but a world to be drowned in
— Pere Ubu

Ce furent mes propres battements de cœur emballés qui me réveillèrent. J'étais imbriqué dans l'un de ces rêves si fébriles et hyperréalistes du matin, et je me réveillai, brusquement, tout tremblant d'excitation. Si j'avais jeté un œil sur ma poitrine, j'aurais pu voir mon cœur battre, tambourinant sous la peau recouvrant les côtes.

Yngve Lima, Tennisveien 56.

Ce fut ma première pensée, les derniers mots qu'on m'avait dits la veille au soir.

– Lima ? Oui, vous voulez le numéro de téléphone, aussi ?

– Non, l'adresse suffit.

– Tennisveien 56.

Cette rue se trouve à Tjensvoll, non loin du lac Mosvann, du gymnase et de la patinoire. Probablement à une demi-heure de chez nous.

L'état amoureux vit sa propre vie. La plupart du temps il est comme un animal assoupi qui reste calme et se nourrit, observant plutôt d'une manière nonchalante ce qui se passe autour de lui. Il ne se préoccupe pas des choses triviales. Ce n'est pas son genre. Je m'en fiche, pense cet animal lorsqu'on lui demande de prendre position sur les banalités du quotidien ; je n'ai pas envie de m'en mêler, pense-t-il, paresseux, ouvrant tout simplement un œil quand quelqu'un lui demande de sortir la poubelle ou de faire le café.

L'animal reste couché. Peu après, il se rendort à moitié, l'instant suivant il ronfle, content de lui, dans son monde qui lui est propre, inactif. Mais l'animal endormi est doté d'un potentiel effroyable ; l'importante énergie créative de la folie. Cette énergie demeure insoupçonnable jusqu'à ce qu'elle s'enflamme brusquement, aussi imperceptible que la foudre juste avant de perforer le ciel. L'état amoureux est un petit animal dangereux. Il n'a qu'un seul but : exploser, vite et intensément. Vivre dans une périlleuse joie amoureuse. Brusquement il se réveillera et imprégnera son entourage d'une puissance violente, et celui qu'il attaquera sera alors soumis à une attention brûlante et sans pitié. Toute autre chose sera poussée sur la touche, et l'animal soudain complètement ranimé se lancera en trombe sur les steppes avec sa propre logique insensée, ses pensées complètement folles, à la recherche de sa proie désignée. Quand il est en activité, il peut faire tomber des maisons et déplacer des montagnes pour atteindre son but. La caractéristique de cet animal en éveil, c'est un manque colossal de lucidité, il ne regarde ni à droite ni à gauche, ni vers le haut ni vers le bas, c'est une bête malpolie et balourde empreinte d'une drôle de stupidité, idiotie qui survit sur une base de risque extrême et constant ; il avance bêtement, traverse une autoroute de deux fois quatre voies en pleine heure de pointe, sans réfléchir. Mais au milieu de cette énorme stupidité, on peut déceler de l'intelligence et une vanité aiguë. Une sorte de force vieille comme le monde, une rapidité d'action et une souplesse qui ne peuvent trouver leur pareille que dans les aptitudes ataviques des espèces les plus inventives. À l'instar du déguisement à la fois magnifiquement beau et protecteur du caméléon, l'état amoureux, cet animal, peut se rendre flatteur et devenir son propre sauveteur dans des situations oppressantes, il peut singer la rapidité hallucinante de certains insectes quand on lève vite la main, convaincu de tuer l'insecte, pour constater l'instant d'après que celui-ci a pressenti le danger et s'est déplacé plus rapidement que n'importe quoi. C'est comme cela que se comporte la folie créative de cet animal suprême, l'état amoureux, quand il concentre toute son intelligence sur une quelconque mission ; tout à coup, il va se sentir piégé dans une situation car il a dépassé les bornes, mais aussitôt il trouvera une solution. Souvent périlleuse. Mais une solution tout de même. L'animal peut quitter le lieu de la catastrophe en se baladant, souvent encore plus amoureux, doté d'une énergie encore plus grande, car la résistance l'a rendu plus fort ; puis il ira se cacher derrière une pierre, en attendant tout simplement le prochain assaut.

L'état amoureux n'a jamais peur. Si l'homme était autant dénué de crainte que l'état amoureux, il serait invincible.

Je me redressai dans mon lit. J'étais réveillé, extrêmement rationnel, et tous mes plans étaient prêts. J'avais dormi profondément, d'un sommeil qui avait probablement été pareillement dénué de crainte et aussi déterminé que moi : dormir, rassembler ses forces pour l'homme qui allait se réveiller dans quelques heures et réaliser de grandes choses.

J'étais en forme. J'avais totalement récupéré.

Yngve Lima. Tennisveien 56.

J'entrai dans la salle de bains. J'entendis maman faire tinter des bouteilles vides au rez-de-chaussée, elle allait probablement faire des courses. On était samedi, et elle allait faire ses grandes courses de la semaine. Je pris une douche, soigneusement, me lavai scrupuleusement, me séchai. J'utilisai même le sèche-cheveux de maman, ce que je ne faisais normalement que pour le 17 mai* et pour Noël. Je jetai un œil par la fenêtre de la salle de bains : l'orage n'avait pas quitté le Rogaland.

Je descendis au rez-de-chaussée. Je dévalai les marches d'un pas assuré. Je visualisai le trajet : de Bjergsted, où j'habitais, je gravirai la côte jusqu'au carrefour Løkkeveien / Stokkaveien, je monterai Løkkeveien, passerai devant la pâtisserie Romsøe, reprendrai Stokka en bas du stade, sortirai au niveau de Wilberg, le magasin où maman allait toujours, "car ils ont un rayon frais appétissant", je monterai jusqu'au carrefour de Madlaveien avec une belle vue sur le lac Mosvann, le gymnase, la patinoire, l'Hôtel Alstor et Nedre

---

* Jour de la fête nationale, qui commémore la naissance de l'État norvégien, par la constitution d'Eidsvoll, le 17 mai 1814.

Tjensvoll. Tout un tas de rues, dont beaucoup portaient des noms de disciplines sportives, Kunstløpveien, Bandyveien, Hockeysvingen, Ishallveien, car cette partie était dédiée aux lieux sportifs – et parmi elles, Tennisveien. Plus haut, là où Øvre Tjensvoll devient Haugtussa, on passe au genre folklore nordique, Bendikstien, Åroliljastien, Halling-, Gangar- et Springarstien, et tout à côté, on se retrouve dans l'espace, comme si on voulait faire comprendre que la jeune Norvège était la plus proche voisine de l'univers : Jupiterveien, Siriusgate, Plutokroken..

Je m'imaginais m'arrêtant en haut de la montée pour m'accorder un répit. Réfléchissant un peu avant de remonter sur mon vélo pour entrer dans la dernière phase. Je planifiais tel un criminel qui ne pense pas une seule seconde qu'il peut être pris. C'était sans risque. Ça ne pouvait me mener que vers une chose : la réussite.

Yngve Lima, Tennisveien, 56.

J'étais comme une machine. Je n'avais aucun doute, j'étais simplement convaincu que tout allait se dérouler impeccablement, que mon plan était parfait. Je me rappelle bien ce matin voué à la folie pure, mais je m'en souviens avec beaucoup de distance vis-à-vis de cette personne que j'étais alors. Je sais naturellement que c'est bien moi qui ouvris le frigo, qui saisis une brique de lait, je sais que c'est bien moi qui beurrai les tartines, je sais que c'est bien moi qui effectuai méthodiquement tous ces gestes avant d'aller chercher mon vélo au garage, mais en même temps, ce n'était pas moi. Dans les semaines qui suivirent, j'allais entreprendre une impressionnante série de choses risquées, imbéciles, j'allais provoquer des situations pénibles, pour la plupart encore plus ratées que celle-ci – toutes dirigées à l'attention du pauvre Yngve, le bel Yngve – mais plus jamais je ne les fis de façon aussi militaire et décérébrée que ce matin-là. Les étapes suivantes allaient au moins être de temps à autre empreintes de quelques petits milligrammes de conscience, d'un soupçon de honte. Mais pas ce matin-là. Si j'avais été l'envoyé d'un groupement de terroristes avec l'ordre d'exécuter une bande de personnages haut placés, le maire de la ville et sa famille, par exemple, aucun d'eux ne serait en vie aujourd'hui. Je les aurais tous assassinés, le samedi 20 janvier 1990, vite fait, bien fait. J'aurais été interpellé par la suite, assez rapidement, après m'être défendu et avoir tué deux ou trois agents de police, et j'aurais fini en prison. Vingt et un ans de réclusion, plus internement administratif. Le 20 janvier 1990 serait un jour dont on se souviendrait, le jour où Jarle Klepp n'était pas lui-même.

Aujourd'hui, il n'y a que moi qui me souvienne de ce jour-là – et peut-être Yngve. J'y pense avec un sentiment mêlé d'étonnement et d'admiration. Comment Yngve se remémore-t-il cet événement, je ne sais pas.

Maman entra dans la cuisine, vêtue d'un imperméable, un foulard autour du cou, chaussée de bottes. Elle tenait ses clés de voiture à la main. Elle me regarda d'un air un peu surpris, me découvrant attablé devant mon petit-déjeuner.

- J'ai cru t'entendre. Ben dis donc, tu t'es réveillé tôt ?
- Oui, je sors.

Elle me dévisagea, puis passa la main dans mes cheveux. J'esquivai, ne voulant pas qu'elle me décoiffe.

- Comme tu es beau aujourd'hui ! Elle se retourna et s'apprêta à partir.
- Je pars faire des courses... et toi, qu'est-ce tu fais ?
- Je vais patiner, répondis-je en mordant dans ma tartine.
- Quoi ? Maman s'arrêta. Elle se retourna et me regarda. Qu'est-ce que tu vas faire, tu as dit ?
- Patiner. À la patinoire.

Maman se mit à rire.

- Toi, tu vas à la patinoire ?
- Oui, il y a pas de mal à ça que je sache ?
- Non, non... mon Dieu, mais... tu n'as jamais... tu as des patins, au fait ?
- J'en louerai ; on peut en louer là-bas. Ça ouvre à 11 heures.

Elle me regarda en secouant la tête.

- D'accord.... bon, bon. Patiner. Bien, bien.
- Va faire tes courses, au lieu de te moquer, souris-je.
- Mais tu... tu n'aimes pas le sport... Et du patin, par-dessus le marché !

- Non, mais aujourd'hui, j'ai envie d'essayer.

La veille au soir, avec maman, nous avions évité de regarder le patinage à la télé, à cause de mon père ; mais là, tout à coup, j'allais patiner. Maman fronça le nez.

- Tu y vas à vélo – par ce temps-là ?

Je hochai la tête.

Maman resta là à me dévisager encore quelques secondes. Puis, elle passa de nouveau sa main dans mes cheveux en me disant que j'étais son Jarle chéri et me donna cent couronnes pour les patins.

- Je vais au cinéma avec Ragnhild, ce soir, lança-t-elle se dirigeant vers la porte.

- C'est bien. Salut.

Ragnhild était une copine d'école de maman. Une grande et superbe femme qui fumait une trentaine de cigarettes par jour et que j'avais vue uniquement sur des photos d'enfance avant nos années de crise, vers 1987, plus ou moins. Quand maman avait quitté mon père, Ragnhild était de nouveau entrée dans nos vies. Les deux amies ne s'étaient pas vues depuis une quinzaine d'années, et elles avaient pris des chemins totalement opposés dans la vie. Alors que Ragnhild était devenue politiquement active, qu'elle s'était extirpée d'un mariage turbulent et s'était "réalisée", comme on disait à l'époque, maman avait glissé dans la vie facile de la classe moyenne et bien incitée par la répugnance de mon père à l'encontre de "cette énergumène rouge*", Ragnhild avait été tenue à l'écart de notre petite famille. Puis elle était réapparue tout à coup, quand j'avais 14 ans, elle venait nous voir de plus en plus souvent et devenait l'un des piliers de la vie de maman.

Après le petit-déjeuner, je dus patienter plus d'une heure pour ne pas arriver trop tôt à la patinoire. Bien sûr, j'aurais pu laisser tomber le patin, emporter simplement tout l'équipement et partir, perché sur mon vélo, laissant cela n'être qu'un prétexte pour sortir. Mais je ne devais pas seulement dire que j'allais le faire, je me devais de le faire pour de bon. Je me convainquis que c'était tout à

---

* Et donc féministe.

fait naturel, que le nouveau Jarle faisait ce genre de choses. Qu'il se levait de bonne heure tous les samedis, se lavait scrupuleusement, se coiffait et partait s'entraîner. Seul.

Une fois maman partie faire ses courses, j'allai dans le séjour. Dehors, la pelouse était encore verte, la pluie tombait lourdement sur le terrain et s'infiltrait dans la terre. Le court hiver de Stavanger n'avait pas réussi à en finir avec la couleur verte. Le temps s'est gâté, constatai-je. Vent rude.

Un samedi banal se serait déroulé tout autrement. J'aurais dormi tard, me serais réveillé avec une gueule de bois due aux excès post-pubères du vendredi soir, je me serais traîné jusqu'à la table de la cuisine pour le petit-déjeuner, maman serait rentrée de ses courses depuis longtemps. J'aurais passé la matinée avec un recueil de poésies de Walt Whitman, Charles Bukowski ou Jan Erik Vold, peut-être quelques exemplaires de revues pour les membres d'Amnesty ou du "Non à la CEE", j'aurais écouté de la musique alternative ; The Cure, The Smiths et d'autres groupes Indies qui me branchaient à l'époque, après avoir rompu depuis quelques années déjà avec mes premières idoles de l'adolescence, Frankie Goes To Hollywood, Madonna, Depeche Mode et Duran Duran. Pour être vraiment précis, je suppose qu'au début de cette année 1990, il y avait des chances pour que j'écoute encore certains des morceaux que j'estimais bons en 88 et 89, comme *Spike* d'Elvis Costello, *Green* de REM, *Worker's Playtime* de Billy Bragg, le LP *The Only One I Know* de The Charlatans, XTCs et son *Oranges and Lemons*, ou *Hjernen er alene** de deLillos. J'aurais probablement mis celui que m'avait offert mon oncle Steinar à Noël : *Doolittle*, des Pixies, ou ma dernière découverte de l'époque, Camper Van Beethoven, le groupe dont personne d'autre n'avait entendu parler, que Helge refusait d'écouter et que je mettais donc automatiquement sur un piédestal. Étant donné que personne n'en avait entendu parler et que le nom du groupe et des deux derniers albums – *Our Belowed Revolutionary Sweethart* et *Key Lime Pie* –

---

* Le cerveau est tout seul.

étaient difficiles à cerner, cela devenait pour moi un produit optimum, tout à fait adéquat à mon désir de me distinguer des autres. Bien sûr, CvB était un groupe phénoménal, bien sûr, je trouvais leurs morceaux géants, et c'est encore le cas aujourd'hui, mais ils ne pourront jamais redevenir aussi sublimes qu'à l'époque où il n'y avait que moi qui les connaissais. À cette époque, je commençais tout juste à m'acheter des CD, je balançais donc entre le vinyle et le CD. Helge était un accro du vinyle, beaucoup plus hardcore que moi, y compris dans ses goûts musicaux. En général, il trouvait trop sage ce que j'écoutais ; je ne ressens rien dans les tripes, putain, disait-il quand je lui passais CvB ; il n'y a pas de basse, ou quoi ? On pourrait à la limite admettre qu'on était d'accord sur les Pixies et les premiers de Imperiet, mais surtout Ebba Grön. Helge optait pour Hüsker Dü, No means no, Clash, Pistols et la scène punk/hardcore. Il était l'un de ceux qui disaient "rien de nouveau" sur un ton blasé et remettaient *Surfer Rosa* des Pixies et *Warehouse* de Hüsker Dü quand Nirvana lança *Smells like teen spirit,* un an plus tard, et se sentait personnellement insulté par le fait que les gens puissent penser que cela révolutionnait les limites de l'art musical. Création cynique et calculatrice préfabriquée par la maison de disques, disait Helge, bien que je sache pertinemment qu'en son for intérieur, il était d'accord pour dire que Nirvana était un groupe d'enfer. Katrine trouvait que tout ce qu'écoutait Helge n'était que du bruit, elle préférait les vieux chanteurs de rock, le jazz et les chanteuses folk, et de par ma relation avec elle, je dus subir une énorme quantité de Bob Dylan, Joni Mitchell, Cat Stevens, Tracy Chapman, Tanita Tikaram et Susanne Vega, en plus d'une dose considérable de Chet Baker, Radka Toneff et Miles Davis. Nous n'étions pas toujours d'accord, Katrine et moi, mais nous étions amoureux l'un de l'autre. Si je voulais écouter des disques des années 60, je préférais Kinks, Beatles ou Birds. Katrine voulait écouter Dylan. Mais nous étions amoureux l'un de l'autre. Je ne voulais pas de mal à Katrine. Et si ça avait été un samedi banal de janvier 1990, j'aurais pensé à elle. D'accord, penser à elle n'aurait pas pu me faire rester debout devant la grande fenêtre du séjour, comme je le faisais à présent comme un Werther en rut occupé à observer la pluie qui pénétrait la pelouse tout en attendant que la patinoire ouvre. Non, mais j'aurais tout de même pensé à elle. À nos ébats sexuels, que c'était ma gonzesse, qu'elle était jolie et intelligente, qu'elle n'était pas comme les autres, les prudes et les autres bourges, et qu'on était bien ensemble. Et c'est pour cette raison que je l'aurais appelée en début d'après-midi, elle ou Helge, pour établir le programme de la soirée ; et plus tard, nous aurions tenté d'entrer dans un club quelconque, essayant premièrement le Folken ou le Checkpoint Charlie, sans succès, comme d'habitude, avant de tenter le coup ailleurs, avec notre esprit sectaire, des endroits moins branchés, et pour finir, gelés et râleurs après toute une soirée dehors dans le froid, on aurait atterri au Korvetten, où les videurs nous auraient laissé entrer sachant très bien qu'on n'avait que 17 ans, prétendant gober nos explications comme quoi "on avait oublié le permis de conduire à la maison", ces mêmes videurs qui distribuaient des "cartes club" ou "cartes membre" aux clients privilégiés, ou plus exactement à tous ceux qui avaient la même couleur de peau qu'eux : blanche. Et encore plus tard dans la nuit, bourrés et réticents, nous aurions débarqué dans une fête quelconque que nous aurions critiquée à mort après coup, avant que Katrine et moi couchions ensemble complètement pétés, chez elle, dans une maison qui se vidait tous les week-ends car ses parents partaient dans leur chalet à Sirdalen. Après le sexe, on aurait écouté *Perfect Day* de Lou Reed. Nous faisions toujours ça. Baiser, puis écouter ce morceau-là en fumant une Marlboro.

Il ne s'agissait pas d'un samedi comme cela.

Dans le garage, le nouveau Jarle gonflait les pneus de son vélo, couvert de la tête aux pieds d'un vêtement de pluie. J'entendais la pluie tambouriner sur le toit, et je ne pensais pas à Helge, je ne pensais pas à Katrine, ni à la musique, ni à la bière, ni au sexe. Je pensais à Yngve. J'avais les mains gelées, j'avais froid, mais je regonflai mes pneus, fermai la porte du garage derrière moi, montai sur mon vélo et me mis en route pour la patinoire.

Je me lançai sur la glace dans de grands huit. C'était dur, en particulier pour les chevilles, mais je ne tombai pas plus d'une fois, et je trouvai que je me débrouillais pas mal en patin. Pour dire vrai, ce matin-là, ça m'amusait d'essayer de réaliser des ronds parfaits. Cela m'étonnait de ressentir une telle joie, moi qui ne faisais jamais rien de physique, moi qui méprisais toute activité sportive, car c'était quelque chose qui faisait partie des autres. Les arrivistes, les bourges, les habitués des bancs d'église. À présent, je prenais cela comme un signe me confirmant que ça appartenait à Yngve, tout ça - glisser sur la glace - appartenait à son monde à lui. Yngve, le patineur.

Je consultais ma montre à intervalles réguliers. Il y avait peu de gens à la patinoire, seulement un couple dans les vingt et quelques années, avec trois gosses, et une femme seule avec son fils ; une bonne partie de la surface glacée était donc à mon entière disposition, et je me laissais tout simplement glisser dans ces cercles en attendant. Qu'est-ce que j'attendais, exactement ? Je ne sais pas. Il s'agissait encore tout simplement de l'un de ces courts-circuits que j'enchaînais avec une délibération bornée ce samedi-là. J'allais patiner une heure, jusqu'à midi, car alors, il sera temps d'aller chez Yngve. Ça allait se passer à midi, et il me fallait donc patiner pendant une heure. Il y avait dans tout ça une compulsion forcée, compulsion et méthodisme, et Jarle agissait selon ses règles secrètes, il ne les transgressait pas.

Je quittai la patinoire à midi, un peu frigorifié. À midi cinq, je détachai mon vélo, que j'avais laissé devant la patinoire. Il pleuvait toujours et le vent soufflait sans relâche, et cela m'irrita car je venais tout juste d'arranger mes cheveux dans les vestiaires, où j'avais retiré mes patins.

Je gravis la côte de Tjensvoll. Je savais à peu près où se situait Tennisveien.

Comment devais-je m'y prendre, au fait ? Avais-je pensé à cela ?

Allais-je tout simplement sonner ? Et puis – et alors ? Yngve se trouverait alors là, en face de moi, comme un Dieu, vêtu d'un pagne multicolore attaché à la taille par une ceinture incrustée de pierres précieuses, pour m'accueillir, les bras ouverts, me laissant me jeter dedans, me soulevant et me portant à l'intérieur de la maison, qui serait tel un paradis, un palais hellénique aux sols de terra-cotta polis et étincelants, une lumière crétoise s'infiltrant de biais par les fenêtres, se couchant comme un voile sur les meubles grandioses en bois, des lilas et des narcisses dans des vases majestueux, chaque coin de la pièce assuré et gardé par de magnifiques statues de demi-dieux et d'animaux mythiques ?

Je n'ai pas la moindre idée de la conception que mon subconscient hyperventilé se faisait au moment où j'arrivais dans Tennisveien. Je ne pensai pas, tout simplement.

Numéro 44. Numéro 46. Numéro 48. Je freinai. Tennisveien était bordée de petits bâtiments d'un côté, c'était les numéros impairs, et de l'autre, de maisons mitoyennes toutes identiques. Les numéros pairs. Je descendis de vélo. Au numéro 48, la maison semblait déserte. Je m'avançai vers elle et regardai du côté de la fenêtre du séjour. Je mémorisai sa forme et ce que je pouvais apercevoir de la répartition des pièces. Un homme avec un parapluie passa derrière moi dans la rue, s'arrêta et me scruta d'un air un peu intrigué. Je le saluai aimablement d'un hochement de tête, qu'il me rendit. Je vis un salon qui formait un angle, contournait un coin que je ne pouvais pas suivre, probablement vers une cuisine américaine. J'aperçus un escalier montant au premier et un bout de couloir. Derrière, je pus deviner un jardinet.

J'avais donc une petite vision de l'endroit où habitait Yngve. De comment était sa maison. Je retournai à mon vélo et le poussai dans la rue parmi des flaques profondes, le long de toutes ces maisons similaires. Numéro 50, 52, 54. Numéro 56.

J'étais si serein. C'était comme si je glissais toujours sur la glace en faisant de grands cercles, encore et toujours. J'attachai mon vélo, en sentant que mon cœur s'emballait légèrement, de pure joie, car à cet instant, j'allais revoir Yngve. Enfin.

Ici habitent Unni, Steinar et Yngve Lima.

Debout devant la porte, je regardais la plaque. C'est ce que j'avais imaginé, pensai-je. Il n'a pas de frère et sœur. Je le savais. Yngve, c'est l'unique.

Je sonnai.

Bon Dieu, Jarle. Tu as sonné, juste comme ça.

Au bout de quelques secondes, j'entendis des pas à l'intérieur. Brusquement, je fus saisi par un semblant de réalisme, je me vis ; qui j'étais, où j'étais, et ce que j'étais en train de faire. Je me mis à transpirer. Je me rendis compte que je n'avais pas la moindre idée de ce que j'allais dire, bon Dieu, de ce que j'allais faire quand la porte s'ouvrirait. Et si ce n'était pas Yngve – une idée qui ne m'avait pas heurté, et si c'était sa mère ou son père ? Et s'ils étaient au beau milieu d'une fête, en compagnie d'oncles et de tantes, de cousins et de cousines de Haugesund ? Et si Yngve n'était pas chez lui ? Et s'ils voulaient que je leur explique qui j'étais ?

Bon sang, Jarle ! pensai-je. Putain, qu'est-ce que tu fous ?

La porte s'ouvrit. Devant moi apparut un homme assez grand, vêtu d'un jean et d'un pull bleu. Probablement Steinar. Il me scruta sévèrement.

- Oui ?

Ma respiration me faisait penser au bruit d'une perceuse électrique dans ma gorge, et je changeai de pied d'appui.

- Est-ce que... C'est ici qu'habite Yngve ?
- Oui ? Il me dévisagea d'un drôle d'air. Oui ?
- Je... enfin...

Il se retourna et cria, assez fort : "Yngve ! C'est pour toi !". Il s'en alla.

Ma respiration se calma. La crise était passée, pour l'instant. Yngve était là. J'attendis. Une femme passa dans le couloir, sa mère, je supposai. Elle me sourit, je lui souris en retour.

Ça se passera peut-être bien, malgré tout, cette histoire, pensai-je, soulagé que le père ne m'ait pas engueulé, ou tapé dessus – bon sang, pourquoi aurait-il fait une chose pareille, de toute façon ? – soulagé qu'il n'ait pas vu clair dans mon jeu, qu'il n'ait pas vu qui j'étais ; un toqué amoureux de son fils, pas une fille mignonne, ce qu'ils auraient probablement préféré, mais un mec qui à présent ferait tout pour être auprès de lui.

J'entendis encore des pas.

Ce devait être Yngve.

Il arrivait du sous-sol. Il stoppa net, interdit, quand il me vit. Dès qu'il fit son apparition, le bref éclair de lucidité qui m'avait gagné disparut et je redevins ce nouveau moi irréaliste. Je souris. Yngve avança vers la porte entrouverte et resta là, en face de moi.

C'était magique de le voir comme ça, ici, dans son environnement privé, dans son monde à lui. Vêtu d'un jean et d'un pull vert à col en V. Lui-même. Yngve, tout simplement.

- Salut ? dit-il, surpris.
- Salut.

Qu'est-ce que je pouvais bien lui dire ?

Tout ce que je voulais, c'était le voir. Je pensai avoir planifié tout ça, mais là, je me retrouvais devant lui, et tout ce que je désirais, c'était le voir.

Yngve me dévisagea. Mon ventre se noua. Je me sentais heureux et nauséeux à la fois.

- Tu habites dans le coin ? demanda Yngve.
- Non...
- Ah bon, d'accord, mais... euh... Il regarda autour de lui d'un air confus.
- Enfin..., tu veux entrer un moment ?

Oui, je voulais. C'était ça que je voulais. Je voulais entrer chez Yngve.

- Oui, OK.

En me déchaussant et en accrochant mes vêtements de pluie dans le couloir, je parlais normalement, avec légèreté, convaincu que ce que j'expliquais était vrai. "Je suis allé patiner, tu vois – oui, je fais ça pratiquement tous les samedis, je prends mon vélo et je vais à la patinoire. Je fais beaucoup d'exercices, tu sais. Et le samedi, je fais du patin. Et puis, je m'apprêtais à aller voir mon père, oui, il habite à Forus, alors... j'étais en route pour aller chez lui, et alors j'ai vu que... que tu habitais ici. Au numéro cinquante-six. Dans Tennisveien".

Yngve me regardait, incrédule. L'explication avait quand même une sorte de tête et une drôle de queue, bien qu'indéniablement à la limite de ce qu'on peut gober.

- Oui ? repris-je. C'est peut-être un peu con de sonner chez toi juste comme ça, mais – bon sang, pourquoi pas, aussi ?
Sa mère nous rejoignit dans le couloir. Yngve se tourna vers elle.
- C'est... Jarle, dit-il. Euh... un mec du lycée, que je connais.
Nous nous serrâmes la main. Elle avait la même poignée de main chaleureuse que son fils. Elle, c'est la mère d'Yngve, pensai-je en la recouvrant d'emblée d'or, ce doit être une personne exceptionnellement bonne, pensai-je.
- Que c'est gentil, dit-elle. Tu ne m'avais pas dit que tu avais un rendez-vous... Elle regarda Yngve.
- Non... mentit-il. J'avais oublié. On va aller dans ma chambre.
- Je vous apporte du café, dans ce cas, dit-elle. Tu bois du café ?
J'acquiesçai.
C'est quelqu'un de bien, pensai-je. Regarde seulement comment elle se préoccupe de lui. Regarde seulement comment elle gère cette maison. Je l'admirai aussitôt. Je regardai autour de moi dans le couloir, jetai un coup d'œil vers le séjour où je pus voir Steinar assis dans le canapé, en train de regarder du sport à la télé. Tout paraissait si classe moyenne et si ordinaire chez les Lima. Des objets banals. Une bibliothèque avec quelques bouquins épars. Cheminée. Nappes sur les tables. Des objets médiocres sur les murs. Tout un tas de photos de famille. Plein de petites bricoles partout, beaucoup de bibelots. Tout était si ordinaire. Non que ce fût vraiment différent chez nous, finalement, maman n'étant ni féministe ni politiquement alternative, mais ici, chez les Lima, je me trouvais confronté à la normalité même. La Norvège profonde. Et à ma grande surprise, tout à coup, j'adorai ça. Je m'imprégnai de l'ensemble et me l'appropriai.
- On regarde le championnat d'Europe, alors ? demanda Yngve.
- Quoi ?
- Oui, c'est bientôt le patinage, à la télé ; là, en ce moment, c'est de la descente, mais...
- Non, ce n'est pas la peine, je préfère en faire plutôt que de le regarder à la télé, répondis-je.

Yngve et moi descendîmes les marches vers sa chambre. Il marchait devant, mince et alerte. Il avait accepté la raison ridicule de ma visite et s'en était contenté. Cela me surprit, je n'avais pas l'habitude d'avoir des amis si confiants, si peu suspicieux.

Je remarquai rapidement qu'Yngve et moi étions très différents, mais le nouveau Jarle n'y voyait aucun problème, au contraire, ça lui convenait très bien ; Yngve devait demeurer comme un pays exotique à mes yeux. Il devait représenter quelque chose de nouveau, de différent, distinct de ma vie d'avant, car c'était justement ça qu'il était pour moi. Une culture riche et inexplorée, un État parfait.

Sa chambre en disait long sur sa personnalité. Aucun poster de The Smiths ou de REM n'était affiché sur les murs et il n'y avait pas de coupures de presse à propos de Mathias Rust ou de Che Guevara, son tableau de liège n'était pas rempli de badges NON à ceci ou à cela, comme chez moi. Au-dessus de son bureau, une grande carte du monde était suspendue. Sur son tableau de liège, on avait épinglé des cartes postales ou des aide-mémoire. La porte était ornée d'une affiche d'un joueur de tennis. Contre le mur, une raquette de tennis et une paire de baskets. Si j'avais vu tout cela chez quelqu'un d'autre, je l'aurais immédiatement catalogué de BCBG. Mais ici, c'était Yngve. Le monde d'Yngve. Le merveilleux monde d'Yngve. J'étais aussi amoureux de tout ça que de lui. La première chose que je fis le lundi suivant, ce fut d'aller acheter une grande carte du monde chez Berge et Tjelflaat, à Prostebakken, et la mettre à la place de The Smiths.

Je regardai la raquette.

- Tu joues ?

- Oui, un peu, répondit Yngve.

Je l'imaginais, en T-shirt blanc, baskets blanches, petit short blanc. Yngve jouait au tennis. Il lançait la balle haut en l'air, le dos s'étirant en se cambrant, la tête tournée vers le haut, la main droite se soulevait et la raquette frappait la balle.

Je pouvais me mettre au tennis, moi aussi, non ?

- Cool, dis-je en désignant le poster sur la porte.

- C'est Becker, dit Yngve, quand il a battu Edberg.
- Ah d'accord, acquiesçai-je.. Je ne connaissais ni Becker, ni Edberg.

Au début, la conversation s'engagea plutôt par à-coups. Nous discutâmes un peu du lycée, un peu de la différence entre Haugesund et Stavanger, de ce qu'on pensait faire plus tard. Yngve disait qu'il aimerait bien devenir archéologue, peut-être, ou géologue – "ou jardinier tout simplement, quoi ?" ajouta-t-il en riant. Je trouvais tout ça saugrenu mais super, et je l'imaginai, le nez dans la terre, à la recherche de traces de vieilles civilisations ; je l'imaginai dans des ruines au Moyen-Orient, et je trouvais que ça lui allait bien, agenouillé là, fouillant la terre de ses longs doigts.

Littérature ? On pourrait peut-être parler bouquins ? pensai-je. Tarjei Vesaas (qui est l'auteur de ma fascination pour les processus naturels étranges), Stig Dagerman (qui doit assumer mes angoisses quand je dois affronter la circulation), Jens Bjørneboe (qui est responsable du fait que j'ai voué, pendant des années, une haine obstinée à l'encontre de toutes les autorités), Albert Camus (qui est en bonne partie à l'origine de mon pessimisme chronique), Jan Erik Vold (qui ne porte aucune responsabilité, de rien, sauf de ma joie qui survit à chaque hiver), Dostoïevski (qui appartient à mes années de cogitation intense), Ingvar Ambjørnsen (qui doit accepter de porter le chapeau parce que j'ai fumé du shit et de l'herbe).

Je réfléchis aux différents auteurs que l'on pouvait évoquer, mais je fus saisi d'un doute ; Steinar avait suscité quelque chose qui ressemblait à une animosité contre tout ce qui était à classer dans la rubrique livres. Ce n'était probablement pas le meilleur sujet de conversation, pensai-je, en tout cas pas en premier lieu. Yngve n'avait du reste pas tellement de livres, seulement deux ou trois entre des revues sportives et quelques BD, dans une petite bibliothèque.

Cinéma alors. Tout le monde va au cinéma. *Ran*, il devait aimer, non ? *Les Ailes du désir*, c'était peut-être pour lui, ou peut-être *The Wall*, et certainement *Down by Law* – ou Woody Allen – tout le monde l'aime celui-là, non ? Puis je me dis que ce n'était pas forcement le cas. Maman me rappelait régulièrement, en particulier quand à de rares occasions, je l'emmenais au cinéma et je prenais des billets pour le dernier Wenders, Tarkovski ou Jarmusch, que les films dont je proclamais que tout le monde devait les aimer étaient en réalité ce que presque personne n'aimait et que cela, je devais le comprendre. "Oui, tu devrais plutôt te mettre à aimer ça, dit-elle, en plus de tous ces films que toi seul et une poignée d'autres aimez."

Musique, pensai-je, on peut discuter musique. J'avais constaté qu'il avait un petit lecteur de cassettes sur son bureau. Je tentai de deviner ce qu'il écoutait. DeLillos, peut-être ? À coup sûr U2 – ou Prince, Madonna, Whitney Houston ? Était-il l'un de ceux-là ?

- Qu'est-ce que tu écoutes, alors ? demandai-je en désignant le lecteur.

- Quoi, ça ? Bof, surtout la radio.

- Tu n'aimes pas de groupe en particulier ?

- Nonn... hésita-t-il, pas tellement. On m'a offert une cassette de Sting pour Noël. J'aime bien.

- Mm, il y a quand même des groupes que tu aimes plus que d'autres, non ?

À vrai dire, je ne voulais pas lâcher sur cette affaire-là. Yngve réfléchit. Puis il se mit à rire.

- Attends un peu, dit-il sans cesser de rire, ça, tu vas aimer...

Il se dirigea vers un meuble à côté de la porte, l'ouvrit et en sortit un carton plein de papiers et de vieilles bricoles. Il en sortit un classeur rose, un grand classeur dans lequel il avait collé des trucs. "Classeur collage d'Yngve, 12 ans" avec une inscription manuscrite sur le devant, "1984", entourée d'une auréole et décorée de monuments connus ; Big Ben, la tour de Pise, une pyramide, la Grande Muraille.

- Qu'est-ce que c'est ? demandai-je en souriant.

- Attends... attends, tu vas voir, répondit Yngve en tournant les pages.

J'entrevis des billets de train, de cinéma, des coupures de journaux et de magazines, une photo par-ci par-là.. C'était apparemment un album de souvenirs de 1984.

- Et voilà, tu vas me découvrir ambiance musique, si si, dit-il.

Je m'attendais à une photo de lui, peut-être une clarinette à la main, en voyage avec l'école de musique locale. Puis il la trouva. Il se frappa le front en la regardant, puis il me la montra. C'était une photo Polaroïd collée sur l'une des pages. Le voilà, le tout jeune Yngve, les cheveux très clairs, 12 ans, en 1984. Il était debout, tout sourire à côté d'un homme, dans ce qui ressemblait à un magasin, peut-être un centre commercial.

- Alors ? Yngve me regarda, excité. Tu reconnais ?

Je regardai de plus près. L'image était un peu floue. Attends... n'y avait-il pas quelque chose de familier chez cet homme ? Je l'avais déjà vu, non ?

Puis je compris. Je ne l'avais pas seulement vu, j'avais passé des heures et des heures avec cet homme-là.

- Alors ? Qu'est-ce que tu en dis ? Il désigna la photo.

Bon Dieu.

- C'est moi, et lui, c'est Simon le Bon. Celui de Duran Duran, tu sais.

Je fixai l'image. C'était l'une de ces photos amateur qu'on rencontrait si souvent dans les magazines de musique quand j'étais gamin ; une fille souriante, photographiée le bras autour de la taille de Nik Kershaw devant un magasin, un garçon boutonneux à côté de Nena dans une station-service à la périphérie de Cologne, deux filles, une de chaque côté de Lionel Richie, sur une plage en Espagne. Des photos que les gens avaient pris l'habitude d'envoyer à Topp, Smash Hits ou Okej*. Et voilà donc Yngve, avec Simon le Bon, le chanteur de Duran Duran, en 1984. Yngve avait apparemment rencontré le Bon, un jour comme un autre ; il ne ressemblait en rien à la star dont je me souvenais, mais paraissait plutôt timide, grassouillet et pâle, malgré le fait qu'il souriait, malgré le fait qu'il avait bien évidemment l'air d'une star à côté de cet Yngve adolescent et enjoué. Le Bon avait les cheveux décolorés, une chemise d'été bariolée et un pantalon en cuir noir.

- Putain ! m'exclamai-je en me frappant les cuisses. C'est lui ! C'est vraiment lui !

---

* Magazines pour adolescentes, respectivement norvégien, australien et suédois.

— Oui ! C'était à Birmingham ! On était en vacances en Angleterre, en 84, et... je suis tombé sur lui tout à fait par hasard dans un centre commercial, devant un magasin de fringues. C'est vrai !

— Bon sang, c'est dingue. C'est super cool. Le bon vieux Duran Duran. Qu'est-ce que tu lui as dis, alors, putain, je veux dire, tu es juste allé comme ça, lui dire que tu étais norvégien ? Hello, comme ça ?

— Oui !

Yngve brillait quand il racontait, et il fut pris d'un fou rire.

— Oui ! Comme ça ! Je ne le ferais pas aujourd'hui, mais – je l'ai tout simplement vu là, il était avec une nana, je me rappelle, et il était devant la boutique en l'attendant, je crois, et moi, je me baladais avec maman et papa, c'était le dernier jour des vacances, on était un peu crevés, et papa était de mauvaise humeur parce qu'on s'était arrêtés à Birmingham, qui était une ville moche, on allait dépenser quelques livres anglaises et c'est pour ça qu'on avait atterri dans cet énorme centre commercial... quand je l'ai aperçu tout à coup, Simon le Bon. Oui, je suis allé le voir comme ça, lui dire qui j'étais. *Hello I am Yngve*, ou quelque chose dans le genre. Je lui ai demandé si je pouvais prendre une photo. De lui et moi. Maman était gênée, je me rappelle, c'était elle qui devait prendre la photo, je crois qu'elle essayait de s'excuser auprès de le Bon, genre *kids, you know*, comme s'il s'agissait d'un vieil homme austère, gêné de sa célébrité.

— Mais non, bien sûr que non, dis-je en riant. Il a trouvé ça cool, quoi !

— Sûr !

— Putain ! dis-je en regardant de nouveau le cliché. C'est chouette, putain.

— Hein ?

En 1990, Jarle était assez loin de la fascination de son enfance pour des groupes comme Duran Duran. Ce Jarle, qui était assis sur le canapé avec Yngve, n'avait pas eu depuis des années une seule pensée pour aucun de ces groupes du début des années 80, et s'il en avait eu une, ça aurait été avec du mépris. C'était quelque chose que j'avais délaissé il y avait des lustres. Aussi, quand je reconnus l'un des représentants suprêmes de ce que je considérais alors comme musicalement nul, pour de la décadence capitaliste de cons branchés et un manque de moralité effarant, dans un classeur de souvenirs chez Yngve, c'était bizarre. Je n'étais pas très sûr de la façon dont j'allais me dépatouiller avec ça.

- Duran Duran, dis-je. Purée, moi aussi j'aimais Duran Duran... à cette époque-là, je veux dire.

Yngve me regarda, l'air déstabilisé.

- Oui... ils sont bons, hein ?

Je le dévisageai et je compris... que pour lui, ce n'était pas honteux, qu'il s'agissait d'un événement qu'il eût raconté non seulement pour son côté sympa, mais surtout pour dire qu'il avait, un jour, rencontré un musicien qu'il considérait toujours comme excellent, et non, pas comme moi, qui à cette époque l'avais rejeté avec tout ce qui représentait ma préadolescence. Je le compris. Et je changeai de position.

- Oui, c'est quasiment les seuls qui ont duré depuis ses années-là, dis-je tout à fait en contradiction avec ce que je pensais réellement – mais au même moment, je me mis à y croire. Je me mis d'emblée à poursuivre cette idée pour finalement trouver cela raisonnable ; ne devrais-je pas écouter à nouveau un peu de Duran Duran ? Je m'investis.

- Je veux dire, lançai-je en regardant encore la photo d'Yngve et le Bon, tu te souviens de *New Moon on Monday* ?

Il ne se rappelait pas tout à fait de ce morceau-là, et il le confondit avec un autre tube de Duran, *New Religion*.

- Moi, je préfère l'autre, *The Reflex*, dit-il, mais c'est certainement parce que c'est le premier que j'ai eu. Je l'ai eu à Birmingham. Mes parents me l'ont acheté dans le même centre commercial, après que j'ai rencontré Simon le Bon. On l'a trouvé chez HMV. Je dois l'avoir quelque part, une pochette jaune ou beige avec quelques traits dessus, et des photos de concert au dos.

J'étais un peu déçu que Yngve, alors qu'on allait discuter musique, alors qu'il avait rencontré une star mondiale, en sache si peu à son sujet, et qu'il en parle avec une telle négligence. Mais bon – assis là, je me rappelais aussi de *The Reflex* ; gamin, ça avait été l'un de mes favoris, exactement comme *The Wild Boys* et ce clip ridicule à la Mad Max, à peu près aussi con que *Thriller* de Michael Jackson ou *Synchronicity* de Police, une autre chanson que j'adorais en 1984.

Mes 45 tours, pensai-je, mes vieux 45 tours. Ils se trouvaient quelque part au grenier, tous ceux des années 80. Alors que les autres gosses de 12 ans économisaient pour des revues de superhéros et des cartes de football, moi, j'épargnais pour des 45 tours. Bon Dieu, pensai-je, ces vieux disques... J'en avais une collection assez conséquente des années 80, et comme tant d'autres garçons, j'avais été atteint par la *manie du collectionneur*, celle qui te dicte que si tu en as un, il te les faut tous. Le résultat est que j'avais quelque part au moins dix – peut-être douze ? Quinze ? – 45 tours de Duran Duran, tous ceux de Frankie Goes To Hollywood, plus un picture disc de Two Tribes dont j'étais franchement fier en 1984, j'avais une collection conséquente de Depeche Mode, pas mal de Madonna et toute une pile de tubes de l'âge d'or : *Moonlight Shadow* de Mike Oldfield, *Forever Young* d'Alphaville, *Shout* de Tears for Fears, *Wake Me Up Before You Go-Go* de Wham, *99 Luftballons* de Nena, et tout un tas d'autres hits plus ou moins merdiques.

Étaient-ils si merdiques, d'ailleurs ?

En 1990, j'étais encore à plusieurs années de pouvoir revisiter les tendances mijaurées des années 80, pour reconnaître que beaucoup – Duran Duran, entre autres ; oui, peut-être avant tout Duran Duran – étaient bons, qu'ils avaient à la fois une qualité progressiste et simple.

– Oui, *The Reflex*, ou c'était plutôt *Flex-flex-flex*, je crois.

– Regarde-moi ça, dit Yngve en désignant encore la photo. J'ai l'air hypercon, non ?

J'étudiai la photo. Yngve n'avait pas l'air con. S'il quelqu'un devait avoir l'air con dans cette histoire, c'était plutôt le Bon, saisi sur le vif d'un quotidien tristounet.

- C'est chouette, répondis-je. Tu as l'air royal.

J'avais refoulé les phrases que j'avais sur le bout de la langue à propos d'une autre musique – "la bonne", que j'écoutais moi, et que je voulais faire partager. Mais je me retrouvais dans le monde de Yngve, constitué de quelques cassettes offertes à Noël et aux anniversaires, d'une radio allumée sur une émission quelconque et d'un vieux, mais très grand souvenir. Un amour. Duran Duran. Je restai dans ce monde, car c'était là que se trouvait Yngve. De plus, ça nous avait rapprochés, bien qu'en aucune façon nous ne partagions la même passion de la musique, que c'était perdu d'avance ; mais on partageait une expérience d'adolescent, où Yngve me surpassait : Il avait rencontré Simon le Bon.

Quant à moi, j'avais un jour serré la main de Kåre Willoch[*], dans l'ascenseur d'un hôtel à Stavanger. J'avais 8 ans et j'étais malade, normalement à la maison avec maman, mais elle était obligée d'aller à une réunion à l'hôtel Atlantic au bord du Breiavann. La seule solution avait été d'emmener Jarle, qui lisait Donald, qui avait toussé pendant toute la réunion et qui recevait des bonbons de ces dames. En route vers l'ascenseur pour se rendre au troisième étage, maman me donna une tape sur le dos et me chuchota à l'oreille : "Tu vois cet homme juste devant nous – tu le vois ? – c'est Kåre Willoch". Je regardai maman d'un air confus. "Kåre Willoch ! dit-elle. Le leader de la droite !".

Dans l'ascenseur, je regardais fixement cet homme maigre et chauve – tout ce que j'avais retenu, c'est qu'il était célèbre. Et cela me suffisait. Soudain, j'avançai d'un pas, à la grande surprise de maman, lui tendis la main et dis : "C'est toi Kåre Willoch ? Moi, je suis Jarle, et ça, c'est maman."

- Que c'est mignon, répondit Kåre Willoch.

Voilà, c'était ma rencontre, la mienne, avec une célébrité. Yngve avait rencontré le chanteur de Duran Duran. Et il avait partagé ça avec moi. J'étais adopté.

Yngve referma sèchement le classeur.

---

[*] Fameux politicien de droite et Premier ministre, du 14 octobre 1981 au 9 mai 1986.

- Montre-moi autre chose.
- Non, répondit-il en riant. Il n'y a que des conneries. Tu m'as vu maintenant, côté ambiance musique.

Il se mit à fouiller sous le lit, dans un carton. Il était rempli de vieilles cassettes. Je pus voir Pat Benatar, Dio, Twisted Sister – il était de toute évidence passé par une période caniche heavy, Madonna, Prince, Bananarama. Puis il trouva ce qu'il cherchait. Il me le brandit en riant.

- OK, dit-il, maintenant qu'on s'est lancés dans cette galère...

C'était *Arena*, de 1984, le premier live de Duran Duran. Il le mit. J'eus droit à Duran Duran pour la première fois depuis quatre ans. En écoutant, je tentais de lancer de temps à autre de petites allusions telles que "c'était un peu naze, quand même", mais Yngve ne comprenait pas ça. Il ne voulait pas l'admettre. Ou c'était bien, ou ça ne l'était pas. Et ça, c'était bien. Yngve chantonnait doucement sur les refrains de *Planet Earth*. Il ne connaissait pas les paroles. Moi, si. Yngve avait une belle voix.

C'était bien. Je l'admis sur le moment, cet après-midi-là. C'était bien quand j'étais avec Yngve. Mais pas autrement. Chez moi, je ressortis quelques vieilles cassettes que je me gardais bien de laisser traîner pour éviter que Helge ne tombe dessus, et il me fallut de longues années avant de comprendre ce que Yngve m'avait démontré ce samedi de 1990. Que c'est bien, ou que ça ne l'est pas. Et Duran Duran, c'est bien.

- Je joue dans un groupe, d'ailleurs, dis-je en le regrettant aussitôt. Était-ce nécessaire ? Le ramener là-dedans, là où il ne comprenait rien, là où il n'y avait pas de place pour lui ?

Yngve sourit.
- Ah bon, quel genre ?
- Bof, c'est ... eh bien, un groupe de rock, ou, si... On s'appelle... Euh, Mathias Rust Band.
- Quoi ?
- Mathias Rust Band. Oui, c'est ...
- Vous comptez enregistrer un disque alors ? me coupa Yngve..
- Non, ou si, peut-être un jour...
- Vous avez déjà joué sur scène ?

- Non, pas encore, mais un de ces jours, peut-être.
- Dans ce cas, je viendrai vous voir, répondit Yngve sans cesser de sourire. Ce serait chouette. Je suis sûr que vous jouez vachement bien.
- Non, que des trucs nazes.

Ça faisait un moment que j'avais le regard rivé sur un poster fixé au-dessus de son lit. J'étais maintenant assis dans un fauteuil à côté de son bureau. Lui se tenait à moitié assis, à moitié allongé sur son lit, les longs doigts de sa main droite posés sur son menton, toujours avec ce sourire d'Yngve sur les lèvres. J'étais heureux.
- Qu'est-ce que c'est ? demandais-je en pointant un doigt.

Yngve étira le cou et regarda par-dessus son lit.
- La pyramide de Khéops, répondit-il.
- Ah, la pyramide de Khéops...
- Oui.
- Pourquoi... je veux dire, qu'est-ce qu'elle a de particulier ? demandai-je.

Yngve haussa les épaules.
- Non, c'est juste que... je ne sais pas... je l'aime bien. J'aime bien les pyramides, répondit-il, et je pus alors noter chez lui un certain malaise alors que je découvrais sa passion un peu puérile, un peu ringarde. Mais malgré tout, on se voue tous à un culte quelconque, en particulier les mecs, cet intérêt unique un peu con qui nous hante, un truc qui nous obsède depuis la petite enfance, à l'encontre de tout entendement. Les voitures, la pêche à la mouche, la Seconde Guerre mondiale. Ou les pyramides.

Je tentai de le mettre à l'aise. - Elle est superbe.

Yngve s'illumina.
- Oui, hein ?

Puis il me parla de la pyramide de Khéops. Il se redressa brusquement sur le lit et se mit à commenter. Il attrapa sur une petite étagère quelques livres sur les pyramides, me proposa de venir lire, me tournait les pages, désignait et racontait.

Avec quelqu'un d'autre, cela ne m'aurait jamais intéressé. J'aurais probablement jeté un coup d'œil sur quelques images avant de me lasser. Pas parce que ce n'était pas intéressant, car ça l'était malgré tout, même pour moi, mais parce que ce n'était pas adéquat, pas dans la situation politique actuelle, pas pour mes intérêts alternatifs. Et de plus, ce n'était pas quelque chose dont j'avais fait la découverte moi-même, et s'il y avait quelque chose que je détestais, c'était ne pas avoir été le premier à découvrir un nouveau truc qui en valait la peine. Mais maintenant, ça venait d'Yngve.

- Il y a beaucoup de pyramides en Égypte, mais d'une certaine manière, c'est celle de Kheops la souveraine, exposa-t-il ; elle date de la quatrième dynastie, probablement édifiée vers l'an 2550 avant notre ère, à l'origine, elle faisait 146,5 mètres de haut, de nos jours elle n'en mesure que 136, continua-t-il en semblant sincèrement affecté qu'elle se soit enfoncée ou Dieu sait quoi. Et imagine, enchaîna Yngve en me regardant, elle est faite d'environ 2,3 millions de blocs de pierre. Tu imagines ? 2,3 millions ! Avec un poids moyen de 2,6 tonnes ! Tu te rends compte ?

Yngve s'extasiait quand il parlait. Dans la tête, il avait tous les chiffres possibles au sujet des pyramides, et surtout ceux concernant Kheops.

J'étais subitement aussi enthousiaste que lui en me représentant cette quantité inimaginable de blocs de pierre.

- Non, répondis-je en le regardant dans les yeux. C'est incroyable.

- Oui, on peut le dire, hein ? Et tout ça a été bâti en vingt-trois ans, plus ou moins, par environ un millier d'hommes. Je n'arrive pas à le croire.

Son être entier étincelait quand il parlait des "maisons de l'éternité", c'est ainsi qu'il appelait les pyramides.

- Tu sais que tout ça représentait une tentative pour triompher de la mort ? dit-il en replaçant l'un des livres sur l'étagère.

- Qu'est-ce que tu veux dire par-là ? demandai-je.

- Yngve ?

Nous levâmes tous deux la tête. Sa mère apparut sur le seuil de la porte. Elle apportait deux tasses et une cafetière pleine. Elle s'arrêta, jeta un coup d'œil rapide au livre sur l'Égypte qui reposait sur les genoux de Yngve et lui lança un regard. Il baissa les yeux.

- Tout va bien, Yngve ?
- Oui, maman, répondit-il.
Elle sembla rassurée – que craignait-elle, au fait ? – et posa la cafetière.
- Parfait, dit-elle en souriant à son fils.
Je trouvai un peu bizarre la façon dont ils se parlaient, mais je n'y pensai pas outre mesure. Yngve observa la porte qu'elle venait de fermer derrière elle. Je me penchai vers la cafetière et remplis les tasses.
- Alors, qu'est-ce que tu voulais dire ? demandai-je à nouveau.
- Quoi ?
- Non, au sujet des maisons de l'éternité, et tout le reste.
Yngve revint à la réalité, et ce fut de nouveau comme si quelqu'un l'avait ramené vers la lumière sous laquelle il souhaitait demeurer, cette lumière qui était lui. Il planta son regard dans le mien, ses beaux yeux.
- Les Égyptiens, tu sais, ils ne supportaient pas la mort. Les pyramides, ils les bâtissaient comme une défense contre elle. Comme des remparts gigantesques contre la mort, en une tentative de se rendre éternels ou un truc comme ça. Ils s'embaumaient là-dedans, tu comprends, afin de vivre éternellement, et puis il y avait aussi des temples, des mastabas, des offrandes, et imagine : vivre toute ta vie, d'accord, et tout ce que tu fais pendant ce temps-là, c'est te préparer à la mort. Construire ta demeure mortuaire et... et, je n'arrive tout simplement pas à le comprendre. Mais c'est étonnant, non ?
- Euhh, répondis-je, autant étonné par Yngve que par les Égyptiens.
Qui es-tu, Yngve ?
- C'est égyptologue que j'aimerais faire, pour tout te dire, poursuivit Yngve. Comme si c'était seulement maintenant qu'il osait l'admettre. Il y a une science qui s'appelle comme ça, l'égyptologie. On peut alors n'étudier que ça, l'Égypte. J'aimerais vraiment ça !
Je dis "euhh" de nouveau.
Qui es-tu ?
Puis... je posai ma main sur sa cuisse.

Je le regardai droit dans les yeux. En laissant ma main droite sur sa cuisse. Je perçus ses muscles qui se contractaient sous ma paume, et son sourire s'évanouit. Son visage devint alors grave.

Cela ne dura que quelques secondes. Sa cuisse sous ma main, mes doigts, tendus, raides, sur ses muscles et tendons. Ma mâchoire se contracta, je clignai rapidement des paupières, je déglutis, mon ventre se noua et le sang se mit à pulser fortement dans mon entrejambe.

Puis je retirai ma main. C'était fini. Ce qui s'était passé, c'était fini. Si j'avais laissé ma main plus longtemps, cet après-midi-là chez Yngve, j'aurais tout fichu en l'air. Ça, j'en suis sûr.

Durant les secondes qui suivirent, je découvris pour la première fois son désarroi. Sa peur, ou... je ne sais pas bien le définir. Je ne m'en étais pas rendu compte auparavant, mais là, ça se manifesta clairement, et par la suite, ça n'allait plus jamais le quitter.

Au moment où je retirai ma main, ce fut comme si... c'est difficile à décrire – comme si Yngve partait ailleurs. Une sorte de voile recouvrit ses yeux, je ne sais pas comment le décrire, comme s'ils se barraient dans un voyage extrême, un voyage dépassant le temps, les montagnes, les fleuves, ou un truc comme ça, en emportant Yngve avec eux. Cela ne dura pas très longtemps, mais je compris clairement que ça faisait intégralement partie de lui, que c'en était une composante prédominante. Que ce voile, qui à ce moment précis était tout à fait perceptible, au moment où je retirai ma main, qu'Yngve, c'était en quelque sorte cela.

Il n'était tout simplement plus là... Son corps était bien assis en face de moi, mais Yngve n'y était plus. Je le compris immédiatement, et bien que ce fût angoissant, étrange et nouveau, je me souviens l'avoir intuitivement compris : il n'est pas là. Yngve n'est pas là. Je ressentis un besoin immédiat et puissant de prendre soin de lui, de lui demander de ne pas partir.

Yngve sourit à nouveau.

Il se leva.

Je me levai et compris qu'il était temps de partir. Il ne fallait pas pousser le bouchon trop loin, pensai-je. Il ne faut pas que je bousille tout. Je vais rentrer, je vais m'arrêter là, pour aujourd'hui, je vais reprendre mon vélo et rentrer chez moi.

- L'Égypte, lui dis-je.
- Oui, acquiesça-t-il. C'est en quelque sorte devenu mon trip à moi. Et toi ?
- Bof, je ne sais pas... répondis-je en secouant la tête. J'imagine que... oui, faire des études, comme tout le monde, pourquoi pas ?

Je remis mes vêtements de pluie et nous nous séparâmes dans l'entrée. Il m'ouvrit la porte, me dit que c'était vachement sympa d'être passé. "Moi, je n'aurais jamais osé, me confia-t-il, je veux dire, si ça avait été moi qui avais à peine parlé avec un nouveau de l'école, tu vois".

- Ah... Je crois que je rougis. Tu es quand même allé sans hésiter trouver Simon le Bon, alors c'est pas si sûr.
- Je n'ai plus 12 ans, répondit-il en riant.

Sa mère arriva pour me dire au revoir. J'aperçus son père, Steinar, assis dans le salon. J'étais content que lui ne vienne pas.

Puis-je lui faire la bise ? pensai-je, ressentant combien je désirais sentir sa peau contre la mienne. Puis-je t'étreindre Yngve ?

- Salut, dit-il, à plus.

Je souris, sortis et me dirigeai vers mon vélo. Je me penchai et détachai l'antivol.

Est-ce qu'il me regarde ? Moi, sous la pluie ?
Tu me regardes, Yngve ?

- Tu vas voir ton père, alors ? entendis-je dans mon dos.

Je me redressai.

- Euh... non, je vais rentrer je crois.
- Yngve, tu veux voir le match de Thorstvedt aujourd'hui ? entendis-je lui dire son père du salon.

Yngve se retourna.

- Oui, je ne sors pas. Il me regarda à nouveau. Et toi, tu vas le regarder ?
- Euh... quoi ?
- Thorstvedt, répondit-il comme s'il s'agissait d'une évidence. Le match. Tottenham – Arsenal. Thorstvedt à la télé.
- Ah bon... euh, oui, peut-être.

Yngve me sourit de nouveau. Je redescendis de Tjensvoll. Football. Tennis. Égypte. Un monde inconnu.

Il pleuvait sur le chemin du retour. J'étais déjà tout trempé en pédalant vers Bjergsted. Je pris le même itinéraire qu'à l'aller.

En repassant devant chez Wilberg, cette pensée me vint pour la toute première fois. Elle était là, elle se montrait à la lumière du jour pour la première fois, et elle me foutait la trouille. Une trouille bleue. J'étais presque au bord des larmes quand subitement, je me fis cette réflexion pour la première fois, un raisonnement tout à fait juste, qui correspondait exactement à la façon dont je m'étais comporté ces dernières trente-six heures : *je suis amoureux. D'Yngve.*

J'augmentai la cadence. La pluie me fouettait, j'étais de plus en plus trempé. Je me rappelai tout à coup avoir oublié mes gants chez Yngve ; je l'imaginais lundi prochain venir me voir au lycée pour me les rendre, dévoilant devant Helge et Katrine ce que j'avais fait samedi, c'est-à-dire lui rendre visite, à lui dont j'étais amoureux. Je pédalais avec toute la force qui me restait, la sueur coulait et je me sentais affreux, la pluie se déversait sur moi et j'avais la nausée ; c'est quoi, merde, c'est quoi, bordel de merde à la con, pourquoi tu es là sous la pluie, bordel, à pédaler comme un con, pauvre idiot, pauvre homo, mais qui tu es, putain, connard de mes deux, pensai-je, qui suis-je putain, putain, putain, pauvre connard de merde, pensai-je furieux – Tennis ? Foot ? Égypte ? Putain, secoue-toi Jarle, plus vite que ça, bordel de merde, secoue-toi, ce n'est qu'un con de première ligne.

Putain. Putain d'Yngve. Satané putain de connard de trou du cul d'Yngve.

Cela passa. Quand je tournai devant la maison, je commençais à me calmer. Je tentai de sourire. Bon sang, me dis-je, tu t'es trouvé un pote. Tu as rencontré quelqu'un que tu trouves cool. Bordel, pas la peine de t'énerver.

Sur la table de la cuisine, je trouvai un mot de maman disant qu'elle allait chez Ragnhild après la séance de cinéma et qu'elle rentrerait tard.

J'appelai Helge.

- Putain, où tu étais passé ? Ça va pas, ou quoi ?
- Bordel, bien sûr que ça va, répondis-je. Un concert, bien, putain de bordel, bien sûr qu'on y va, au concert.
- OK, cool. Tu as fait des courses ?

Il pensait à la bière, bien évidemment. Je dus admettre que j'avais "oublié", prétendant avoir bossé à mort chez mon père, toute la journée. À l'autre bout de la ligne, Helge rit et me dit que j'aurais quand même pu piquer un peu de tord-boyaux chez mon dab qui était porté sur la bouteille. Je ris à mon tour.

- Bien, bien, dit Helge, j'en ai acheté assez pour prendre une cuite pendant un mois. No problemo.

Aussitôt après, j'appelais Katrine. J'avais un besoin impérieux d'entendre sa voix. Je sentais dans tout mon corps à quel point il me fallait la voir, la toucher. Je le lui dis. Que ça faisait un bail.

- Putain, Katri, dis-je, ce soir, ça va gazer. Tu es partante ? Je devinais un grand sourire dans sa voix.
- Bien sûr, que je suis partante, répondit-elle. Maman et papa sont partis. On peut prendre l'apéro ici avant. Bien sûr que je viens.

Ce fut une soirée d'enfer, exactement ce dont j'avais besoin pour redevenir le vieux Jarle. Pendant cette période, ça devint mon rythme, me convertir entre le vieux et le nouveau Jarle, virer de l'un à l'autre sans préavis. Cela posait rarement de problèmes, j'étais particulièrement doué dans cet art de transformisme, comme ce soir-là : une séance d'apéro particulièrement hard, la même tournée que d'habitude en ville – mais nous finîmes par entrer au Folken, nous bougeâmes comme des dingues sur Bever, Sild Krokodill, The Saltpastill, l'Antichambre de l'Enfer, et les groupes donnaient ce qu'on attendait d'eux ; le chanteur de Sild Krokodill arriva sur scène déguisé d'un sac postal, ils jouèrent le morceau *Branlette* et nous gueulâmes avec, le bassiste de Bever lança les vis de réglage de son instrument à la tête du vocaliste tout en chantant *Pieces of your face* ; le front du chanteur se mit à pisser le sang, qui dégoulinait sur tout son visage lui donnant l'air d'un chanteur thrash-metal, jusqu'à ce qu'il quitte la scène pour se faire appliquer du papier cul autour du crâne, avec lequel il finit le concert ; "Putain, c'est d'enfer !" cria Helge. Quand ce fut au tour de L'Antichambre de l'Enfer de jouer, je montai sur la scène et me lançai sur la foule, et Helge et moi étions bien d'accord que putain, qu'est-ce qu'on en a à foutre des groupes étrangers ou des types d'Oslo quand on a ça, et la cuite nous fit nous jurer que maintenant, putain, il était temps que le Mathias Rust Band se montre en ville.

- On dépassera même ça ! hurla Helge.
- Oui ! criai-je pour me faire entendre malgré la musique.

Après, il y eut un after avec queues de renard et plaintes des voisins avant que les derniers participants rentrent chez eux et que Katrine et moi baisions comme jamais, complètement bourrés, mais avec une joie réelle. Une séance de baise dont je me souviens encore, bien que nous étions tous les deux beurrés et que le romantisme fût aux abonnés absents. D'abord un peu maladroitement contre le mur de la salle de bains, puis par derrière, par terre dans le salon avant de finir à la missionaire dans le lit de ses parents. Elle sur le dos, les cuisses bien écartées, moi par-dessus. Ensuite, elle me suça, je sentis ses cheveux me chatouiller le ventre pendant que sa langue et sa bouche travaillaient, je posai mes doigts sur ses joues pour les sentir se contracter. Je l'aimais, cette nuit-là. C'est vrai. Je l'aimais, cette nuit-là, avec la force que me donnait Yngve.

Après avoir couché ensemble, nous nous étendîmes sur le dos, exténués et heureux, pour écouter *Perfect Day*.

Je fis des ronds en recrachant la fumée, et je tournai la tête vers Katrine.

- Hé, dis voir...

Elle me regarda.

- Et si on... Je fis une pause. - OK, tu vas certainement trouver ça naze...
- Peut-être, mais accouche !
- Et si on se mettait au tennis ?

Katrine se redressa. Elle me scruta d'un air surpris.

- Au tennis ? Tu vas jouer au tennis ?
- Oui... je ris, hésitant un peu. - Oui ? Je veux dire, on ne fait que traîner dans les cafés toute la journée ; Folken, Ankeret et rebelote

Folken, et puis Ankeret, et puis – hello, on va chez Folken ! C'est tout. Hein ?

- Ben, et Helge, il viendrait aussi ? Tu ne crois quand même pas que tu vas arriver à le convaincre, Helge ?

Je haussai les épaules.

- C'est juste une idée comme ça. Ça m'a l'air sympa, quand même.

Katrine m'étreignit.

- Ça te va bien, dit-elle en souriant.
- Comment ça, ça me va bien ?
- D'avoir un peu de couilles, expliqua-t-elle. D'être capable de changer d'opinion, en quelque sorte. Je suis partante.

Katrine avait toujours voulu qu'on "fasse" quelque chose. Faire quelque chose. Ça avait toujours constitué son ancrage dans notre relation de petits adultes. On ne fait jamais rien, avait-elle l'habitude de dire. Je savais donc bien ce que je faisais en lui retournant son argument, cette nuit-là. Je savais que cette proposition ne tomberait pas dans le vide. C'était en quelque sorte sa suggestion à elle. Ça ne pouvait pas mal se passer.

- Hé ? Katrine se tourna vers moi d'un mouvement languissant.
- Oui ?

Elle me caressa la joue.

- Tu crois que ce sera toi et moi ? demanda-t-elle. Je veux dire, pour toujours ?

Je la regardai. Ses yeux brillaient de ferveur à mon égard, et les miens brillèrent en retour. Je la regardai, et je souris.

- Oui.

Katrine mit sa main dans le creux de sa gorge et saisit le bijou que je lui avais offert un mois après notre rencontre.

- Oui, moi aussi, je le crois, dit-elle, les larmes aux yeux.

Le lundi suivant, je n'allai pas uniquement acheter une carte du monde ; j'allai aussi chez Hidle, le magasin de sport en face, acheter des raquettes de tennis. Deux. Une pour moi et une pour Katrine. Je la lui offris. L'avantage d'avoir des parents divorcés, et un père qui vous doit quinze années de bonheur, c'est que vous pouvez toujours vous procurer de l'argent. J'appelai mon père le dimanche soir.

- Papa, je vais me mettre au tennis.

Il n'avait aucune chance, il allait casquer.

- Au tennis ?

Papa se racla la gorge. Il prit tout à coup l'air sévère. Mon ventre se noua.

- Oui ?

- Ah bon, au tennis ?

Tout se passa comme prévu. Je discutai quatre minutes avec lui, et je m'en tirai avec deux mille couronnes dans la poche.

Papa était dans l'impasse quand on en arrivait à ce genre de sujet. Et il le savait. Je le savais également ; qu'il était préprogrammé pour penser que le tennis était un projet pragmatique et constructif, qu'il ne pouvait pas dire non pour sponsoriser l'initiative, et je savais qu'il était sorti la veille au soir, qu'il n'avait pas reçu de visite de son fils ce week-end-là, et malgré le fait que c'était moi qui avais décommandé, c'était de toute façon lui qui se retrouvait redevable envers moi. Encore. C'était moi qui tirais les ficelles. Aucune raison d'avoir peur.

Comme il fallait s'y attendre, Helge était sceptique quand je lui présentai le projet lors de la première pause, le lendemain. Il me regarda.

- Sceptique putain, je suis vaaaachement sceptique, Jarle, dit-il. Tu ne vas pas prendre ta carte de membre du tennis club de Stavanger, tant que tu y es ?

Je lui retournai son regard

- Tiens, oui, pourquoi pas ?

- Alors là, Jarle, il faut qu'on te foute un coup sur la tête. Un grand.

- Tu as les boules, Helge, c'est tout, répondit Katrine en riant. Toi, tu ne supporterais pas de te ridiculiser, d'avoir l'air d'un con.

- Moi ? *Moi ?* Au tennis ! s'écria Helge. Putain, plus conservateur que ça, tu meurs ! Et pourquoi pas le golf, tant que vous y êtes, allez-y, qu'on s'en débarrasse ! *Moi !* Putain, Je ne jouerai pas au tennis ! S'il faut absolument faire quelque chose, bordel, que ce soit le foot ou un truc du genre !

- On y va pour le tennis, c'est décidé, tranchai-je.

Helge ne vint jamais.

Tout va comme je veux, pensai-je. Helge est un peu ronchon, mais c'est comme d'habitude, il doit rester comme ça ; Katrine est amoureuse de moi, maman est contente et papa a du fric, Yngve est beau et je le verrai tous les jours. Tout va pour le mieux pour moi, pensai-je. La crise d'angoisses que j'avais eue en revenant de chez Yngve s'était envolée et je n'avais pas honte, non : je n'avais pas honte. Je me sentais fort et prêt. Ça se passera bien. Tout va bien.

Le bonheur ne dure jamais longtemps, il n'est constitué que de petits instants, condamnés à l'avance, moments qui ne connaissaient rien de leur brève existence. Ça, c'était du bonheur.

J'étais amoureux, et rien n'est plus fort que ça.

5

LE DALAÏ-LAMA VIENT DANS LE FINNMARK

> *you may leave school*
> *but it never leaves you*
> - XTC

Bruine, pluie, ciel couvert. Durant tout l'hiver, ce fut le même refrain. Encore un de cette longue série d'hivers doux et apocalyptiques qu'on a pu connaître autour de 1990, contribuant à ce que nous, les sceptiques, nous nous sentions bien : *vous voyez ? C'est exactement comme on l'avait prédit, la couche d'ozone n'en peut plus* ; des hivers qui firent secouer la tête des gens de la côte Ouest amoureux de la neige ; une fois encore, ils devaient passer devant les équipements de ski en allant au garde-manger du sous-sol. Des hivers avec huit degrés, pluie, vent et perce-neige éclos bien trop tôt, pendant lesquels les gens habitant dans nos contrées se montraient de grands consommateurs de parapluies qui se retournaient au vent, dans un craquement de baleines, et qui devaient accepter de passer la journée dans des chaussettes mouillées, suspendre des vêtements humides dans le hall d'entrée en fermant la porte derrière eux tout en écoutant la force du vent s'acharner sur les poteaux téléphoniques et en regardant s'agiter les branches des arbres du jardin.

- Il ne fera pas meilleur aujourd'hui, dit maman, c'est comme si le temps s'est verrouillé. Tu veux que je te conduise au lycée ?

- Non, non, j'y vais à vélo, ça ne fait rien qu'il pleuve.

- On aurait pu avoir de la neige, Jarle, tu imagines ? dit maman en regardant par la fenêtre de la cuisine depuis la table du petit-déjeuner, en imaginant probablement la pelouse verte couverte d'une jolie couche de neige fraîchement tombée. Quand tu étais petit, j'avais un mal fou à te faire manger avant que tu ne coures dehors avec ta luge, tes miniskis ou je ne sais quoi.

Je hochai la tête.

Maman me scruta d'un air inquisiteur.

- Quoi ? Qu'est-ce qu'il y a ?
- Non, c'est que... tu as un peu changé, je trouve. Patin samedi. Maintenant, le tennis...

La veille au soir, je lui avais exposé mes projets de tennis.

Je l'embrassai.
- Oui ? Et qu'est-ce que tu me répètes souvent ?
- Je ne sais plus ce que je te répète.

Comme la plupart des bons parents avec une bonne éducation, maman avait adopté un tas de formules normatives standards qu'elle me lançait en toute bonne foi, formules qui avaient généralement l'effet opposé à celui recherché et qui agaçaient foncièrement un type de 17 ans. Je lui en renvoyai une :
- "Il n'est jamais trop tard pour changer d'opinion, Jarle. N'oublie pas. Il n'est jamais trop tard pour relever de nouveaux défis".
- Mon Dieu, dit maman. C'est tout moi.
- Ce n'est pas ce que tu veux, alors ?
- Non, répondit-elle gravement. Non, ce n'est pas ce que je souhaite. Je désire tout simplement que tu sois toi-même.

Comme pour la plupart des choses de la vie, ça se passait aussi comme ça entre maman et moi ; je ne savais pas à quel point j'étais bien sur le moment. C'est encore l'une de ces choses toutes simples qu'on vit, et qu'on regrette à mort plus tard. Je ne peux pas dire que je n'étais pas sympa avec elle – maman était probablement la personne avec qui je me comportais le mieux, malgré mes secrets pour elle comme pour d'autres. Simplement, je dois maintenant observer ça de loin et savoir que ça n'existe plus. Je suis toujours bien avec elle, mais je ne suis plus un amoureux fou de 17 ans et je n'habite plus avec elle, il ne fait pas mauvais, avec vent frais, bruine et pluie au-dehors, je ne suis pas assis à la table de la cuisine en train de manger une tranche de pain avec de la confiture de pomme pendant que maman mange la sienne au fromage de chèvre, et elle ne me dit pas que tout ce qu'elle veut, c'est que je sois moi-même, juste avant que je m'habille et que je sorte parcourir les rues de la ville à vélo sous la pluie pendant qu'elle prend l'Opel pour aller bosser.

Qu'est-ce qu'il y a ?

C'est juste que c'était si bien. Et que cela ait été si bien, justement, ça me rend mélancolique, conscient du fait que c'est révolu. Il y a des moments où je pense que c'est tout ce que l'on gagne à devenir adulte, et si c'est ça, ça ne vaut pas la peine de l'attendre avec empressement ; on commence à regretter les choses de jadis.

Je me levai. Regardai maman, et je me sentis serein. Est-ce que j'y pensai ? À cet effet qu'avait maman sur les autres, à quel point elle parvenait à leur transmettre cette sérénité ?

La veille au soir, je n'étais ni serein ni obnubilé par la répet'.

- Ça ne nous mène nulle part, il faut *consentrate*, Jalla ! Tu ne joues même pas comme une vieille merde, là !

Helge était bigrement énervé après qu'on eut rabâché pendant plus d'une demi-heure l'intro de *Sur les barricades*, notre dernier morceau. Je devais effectuer un riff avec la Stratocaster, et mes doigts s'emberlificotaient. Andreas l'impossible ne disait pas grand-chose, la basse autour du cou, mais même lui commençait à se lasser.

- Oui, oui, mes doigts ne font pas ce que je leur demande.

- Il n'y aura pas de groupe et pas de concert, putain, si tu continues comme ça... Tu oublies le texte, en plus, continua Helge, c'est "*ça attaque*", pas "*ça bastonne*" ; ça bastonne, putain, qui dirait un truc pareil ?

- Les Suédois, répondis-je en me retournant. Les Suédois disent ça. On fait un break, là ?

Nous fîmes une pause de cinq minutes. Assis par terre, appuyés contre la porte de l'abri blindé de Kvernsvik où l'on répétait. Nous allumâmes une cigarette. Personne ne dit rien pendant un long moment. Finalement, Andreas me regarda :

- On monte sur scène bientôt, ou quoi ?

- Sais pas, répondis-je ; quoique, il va bien falloir, il faut avancer, quand même.

- Il nous faut un logo, dit Helge. Sans logo, on ne peut pas.

Puis nous reprîmes. Ça partait en couilles, mais *Sur les barricades* finit par passer, et, au milieu du refrain, je chantais avec une réelle agressivité, je pensais vraiment :

Ça pousse, ça attaque
Ça coagule, ça gêne et ça gratte
C'est clair, c'est crade
Allons ! Sur les barricades !

- OK, dit Helge après avoir donné son dernier coup sur l'aigu de la guitare. Il me regarda. " OK, là, enfin, ça ressemble à quelque chose ; c'était faux, tu jouais comme un aveugle et tu chantais comme une vache, mais tu avais la gouache.

Helge mettait l'énergie et l'engagement avant la technique, il était foncièrement punk, alors que moi, j'étais plutôt new-wave ; je voulais des breaks, des syncopes et de la précision, j'étais furax contre moi-même si la composition à la basse ne marchait que sur des accords bateau, s'il n'y avait pas un gramme de raffinement dans les arrangements, si je me trompais et si je jouais faux.

- Là, l'énergie était bonne, dit Helge. Ça, je vous le dis, ce sera un tube.

- On s'arrête là, les gars ? proposai-je en détachant ma guitare. J'ai un peu mal au crâne. Je ferai mieux la semaine prochaine, OK ?

Nous nous en tînmes là. Je me sentais nerveux.

En allant au lycée le lendemain, j'avais retrouvé mon calme et j'étais plus joyeux que la veille au soir. Exactement comme le samedi précédent, je souffrais de la témérité et de la stupidité de l'état amoureux. La répétition était terminée, cette sensation tumultueuse avait quitté mon corps et je ne distinguais aucun obstacle, je ne voyais que de la joie. Une vie où l'on ne constate que de la joie, c'est probablement une bonne vie, mais c'est une vie imbécile. Une vie de joies, c'est la vie d'un enfant, et on devrait la leur laisser, qu'ils se la gardent, cette vie joyeuse, plutôt que de la partager avec des amoureux et des soûlards.

Pendant la pause, Helge, Katrine et moi étions vers le mur de la cathédrale quand j'aperçus Yngve, à côté de l'entrée où je l'avais vu le vendredi précédent. Sans réfléchir, je levai le bras pour le saluer et je souris. C'était un réflexe. J'agissais comme un enfant, ou une mère, et laissai la joie de le voir instantanément s'exprimer dans mon corps.

Helge regarda dans la direction d'Yngve. Il cligna des yeux, tira sur sa clope, fronça les sourcils. Helge était toujours sceptique à l'égard de mes nouvelles fréquentations, et vu qu'Yngve avait l'air d'un réglo flagrant, mon geste lui sembla particulièrement mystérieux. Katrine aussi regarda vers Yngve.

Il me salua en retour et sourit. Nous étions là-haut, vêtus de nos pardessus noirs et humides, Helge avec son foulard palestinien et ses boots, tous avec des badges sur la poitrine. NON à la CEE, Punk's not dead, Le Front Féministe. Yngve portait un élégant coupe-vent bleu, un jean, des bottes, et il me salua de la main. Ma gorge se serra.

Helge me dévisagea sévèrement. Il ne dit rien, me pénétrant juste de son regard sévère.

- Qui c'est ? demanda Katrine.
- Quoi ?
- Celui à qui tu viens de faire signe ; lui, là, dit-elle en le montrant du doigt.

C'est celui dont je suis amoureux, Katrine.
- Qui ? demandai-je en feignant le calme. Je regardai dans la direction d'Yngve. Ah oui, lui, c'est un type que j'ai rencontré sur le chemin du retour, vendredi. Je crois qu'il s'appelle Yngve. Yngve, ou Erlend. Nouveau au lycée. En classe C, enfin je crois. Ou peut-être en A ?

Pendant que je parlais, convaincu d'avoir donné une explication simple et crédible sur qui il était, je vis le regard de Helge glisser de mon visage pour partir vers la gauche, derrière moi.

Je me retournai. Yngve était là, dans une grosse doudoune bleue.

- Salut, dit-il en me regardant. Il sourit à Helge et à Katrine. Je ressentis un léger tremblement dans les doigts. Les joues rouges d'Yngve semblaient encore plus fraîches aujourd'hui, pensai-je, peut-être à cause du temps ?

- Salut, répondis-je. Helge resta impassible. Katrine, polie, sourit gentiment.

Ce qu'il était beau.

- Alors... Yngve changea de pied d'appui. Tu as pu aller voir ton père ?

Helge fronça de nouveau les sourcils. Ça me rendit nerveux et je regardai ma montre. Pour une raison quelconque et idiote, je me mis à fixer ma montre.

- Ben... Voilà Katrine et Helge, dis-je, et voilà Yngve.

Katrine lui tendit la main. Elle et Yngve se serrèrent la main. Katrine et Yngve se touchèrent. Je n'aimais pas ça. Je ressentis un léger pincement de cœur au moment où je vis leurs mains se serrer, se toucher, Yngve et Katrine. Je n'aimais pas ça.

Helge lui fit tout simplement un petit hochement de tête en guise de salut.

- Je suis allé patiner, dimanche, dit Yngve en me regardant. Il rit. À Siddishallen. Ça avait l'air sympa, alors...

Helge me regarda de nouveau. Je souris d'une façon désarmante et hochai la tête. Il fallait que je détourne la conversation vers d'autres horizons, j'étais tout agité, les difficultés s'accumulaient, je m'étais enlisé dans une situation sans issue, et là, Yngve en rajoutait une couche.

À la pause précédente, j'avais exposé à Katrine et Helge ma surprenante intention de jouer au tennis.

Je pris un risque insensé.

- Tu ne veux pas jouer au tennis, par hasard ? demandai-je brusquement à Yngve.

Helge soupira ostensiblement dans mon dos. Il avait déjà exprimé clairement ce qu'il pensait de mes "idées hyper nazes" à ce sujet.

- Je joue déjà au tennis, dit Yngve, oui, comme tu as déjà pu le constater, d'ailleurs, ajouta-t-il en souriant. Il regarda Katrine et Helge. Avec ce sourire à lui, si bienveillant et innocent. Et vous, vous jouez ?

C'en fut trop pour Helge. Ses suspicions avaient trouvé trop de matière, l'arbre de méfiance grandissait trop vite. Il posa son regard sur moi.

- Putain Jarle, c'est quoi, cette histoire ? Tennis, patin et... Putain, c'est quoi, ce bordel ?

Yngve eut l'air déboussolé.

Katrine se tourna vers moi.

Je me tournai en riant vers Yngve.

- Ne fais pas attention à lui, dis-je avec un mouvement de tête vers Helge, il est comme ça, c'est tout. Un peu rouspéteur. Un type grincheux et agressif en général. Mais c'est un mec bien. Je me retournai de nouveau vers Helge. Il n'y a rien, putain ! On va se mettre au tennis, et voilà Yngve, il est nouveau au lycée, et je lui demande s'il veut se joindre à nous pour jouer au tennis, OK ? Si tu ne veux pas venir, c'est ton problème, tu peux continuer à moisir au Folken pendant les pauses, tous les jours après les cours et le soir si tu veux, à toi de voir, mais pour ce qui nous concerne, on pensait jouer au tennis de temps à autre. OK ? C'est si difficile ? Lancer une balle en l'air, taper dedans et voir ce qui arrive ?

Je me tournai vers Katrine.

- Hein, Katri ?

Elle opina énergiquement.

J'avais la situation bien en main. Ma nervosité s'était envolée, j'avais détourné la suspicion de Helge par ma témérité et ma grande confiance en moi. Tout en m'adressant à Helge, je laissai glisser mon regard sans relâche entre Yngve et Katrine, un sourire hautain aux lèvres. Katrine sourit, elle était rassurée, et au bout du compte, Yngve se mit à sourire à son tour, de sorte qu'en quelques secondes nous jouâmes à trois contre un. Helge secoua la tête.

- C'est *fishy*, Jalla, dit-il. Tu ne me feras pas avaler ça, et bordel, pas question que j'aille acheter une putain de raquette de tennis, *no way*, pas moi.

- Tu peux en louer une, entendis-je derrière moi. Yngve.

- Hein ? dit Helge.

- Non... euh, tu peux en louer une, pour voir si tu aimes ça ou pas, je veux dire.

Katrine rit. Elle aimait bien Yngve, je le sentais. Elle aimait sa manière d'être direct et elle appréciait qu'il ne se laisse pas impressionner par les assauts de Helge.

- Putain, dit Helge. Lui ne l'aimait catégoriquement pas.

La sonnerie retentit.

Yngve s'apprêtait à repartir. Il leva la main, sourit sans ouvrir la bouche. Le bel Yngve. J'ai entraînement tous les mercredis, dit-il, au gymnase, mais je jouerais bien encore un peu après le cours, je veux dire, avec vous, on peut jouer en double. Vers 20 heures ?

Katrine et moi acquiesçâmes. Yngve nous tourna le dos et s'en alla en trottinant vers la porte d'entrée.

- Putain, c'était quoi ? s'enquit Helge. Putain, c'est quoi, comme créature, ça ? On les fabrique où, ces trucs-là ? *Double ?...* Il singea le dialecte d'Yngve. *Louer ? Tu peux louer ?* Helge lança sa clope, qui frappa le mur de la cathédrale en faisant une pluie d'étincelles.

Derrière Helge, j'observais Yngve, qui s'arrêta brusquement. Il se retourna, revint sur ses pas pour nous rejoindre en courant. Yngve sourit, s'approcha de Helge et moi qui demeurions au même endroit, en pleine dispute, mais il sourit et enfonça ses mains dans les grandes poches de sa doudoune.

- C'était pour ça que j'étais venu, enfin..., dit-il en tirant une paire de gants de ses poches. Mes gants.

- Voilà, tu les avais oubliés.

- Ah, c'était là qu'ils étaient... merci.

Yngve repartit en courant.

Helge planta deux yeux sévères sur moi.

- Oui ? dis-je, tentant d'être aussi dur en retour, et alors ?

Nous nous dirigeâmes vers l'entrée. Dans le chahut pour entrer dans la salle de classe, Helge me saisit le bras, baissa la voix et me fixa.

- Qu'est-ce qui se passe, là ? Patin et tennis ? Tu délires complètement, ou quoi ?

Je lui tapai sur l'épaule. J'avais confiance en moi. Je lui renvoyai son regard.

- Il ne faut pas rater les tournants, Hegga.

- Je vois ça, Jalla, je vois. Tu ne roules pas propre, là.

On avait maths. Au milieu du cours, je me rendis compte que Katrine ne faisait pas attention au prof. Elle me lorgnait. Elle était amoureuse. De moi.

Je pouvais même le noter du côté de ses amies, Torill et Irene, avec lesquelles elle était de temps en temps, mais qui étaient tenues à l'écart de notre trinité fermée, Helge, Katrine et moi. Il était évident que Katrine leur parlait avec emphase de moi, faisant l'éloge de notre relation. Leur attitude envers moi changeait, et il en découlait un mélange de jalousie féminine classique et d'admiration. Irene venait juste de commencer à sortir avec Jonas en première D, le muscadin sûr de lui, le plus beau du lycée, même quand elle se retrouvait dans la cour à ses côtés, fière, bien sûr, de pouvoir dire "je suis avec Jonas", une phrase qui avait une toute autre valeur pour les étudiants de notre lycée que si le nom masculin avait été un autre, même là, je pouvais remarquer ses yeux se diriger de temps à autre vers Katrine, qui de toute évidence leur avait révélé des choses admirables sur le compte de Jarle. Même chose avec Torill, qui aurait pu en toute tranquillité jouir du fait d'être *la copine de celle qui est avec Jonas* ; elle regardait Katrine, car j'avais un avantage à cette période, qui mettait Jonas sur la touche ; je n'étais pas aussi beau que lui, de loin pas aussi sûr de moi, mais je représentais une découverte nouvelle, j'avais commencé à changer, j'avais l'avantage de l'attention éclatante de la nouveauté. Je grandissais, Jarle tout entier grandissait pendant ces jours-là, pas simplement aux yeux de maman, de Katrine ou d'Yngve, mais même aux yeux de notre entourage. Alors qu'auparavant, Katrine n'avait jamais frimé parce qu'elle était avec moi, elle se mit pratiquement à exhiber notre relation lorsque Torill et Irene s'approchaient de nous. Alors qu'auparavant elle avait montré un semblant de jalousie en voyant qu'Irene était avec Jonas, elle parlait à présent de lui comme s'il n'était que du vent ; un beau vent, certes, mais pas plus. Elle mettait ses bras autour de moi, elle m'embrassait, elle m'écoutait avec attention quand je parlais.

Il était aussi évident qu'elle leur avait parlé d'Yngve. Quand il se joignait à nous lors des pauses au lycée, je remarquais qu'elles échangeaient des hochements de tête complices.

C'est lui, pouvais-je comprendre.

Le nouveau.

- Est-ce que quelqu'un est déjà allé au Tibet ?

Lors du dernier cours, Svensen se servait d'événements d'actualité plutôt que de suivre le programme, et ce jour-là, ce fut au tour du dalaï-lama.

J'éprouvais de grandes difficultés à me concentrer, malgré mon intérêt sans conteste pour le dalaï-lama. Je jetais souvent un coup d'œil par la fenêtre, dans la cour, comme si Yngve allait apparaître, près des vélos, entre les arbres, à côté de la fontaine. C'est ainsi avec le regard d'un amoureux. Quel que soit le lieu où se trouve quelqu'un d'amoureux, il cherchera l'objet de son désir ; sur l'autoroute, il regardera avec impatience dans le pare-brise des voitures venant en sens inverse – *est-ce elle ?* – et il regardera plein d'espoir le bord de la route, et s'attendra, sérieusement, à ce que la personne qu'il aime d'une force si brutale se trouve quelque part au bord de la route en faisant du stop ; au supermarché, il tendra le cou à chaque coin des rayonnages – *elle fait ses courses ici, n'est-ce pas ?* – et s'attendra à trouver la personne qu'il aimerait tant apercevoir dans le rayon des légumes secs ; les pas de celui qui est amoureux sont attirés comme par des aimants, tout comme le regard, vers ce qui est aimé, toujours plus proche de ce qui est aimé. Partout. Même dans la cour d'un lycée, tout seul, alors que tout le monde est en cours.

Yngve n'y était pas, bien évidemment. En revanche, un chien qui semblait chercher quelque chose y traînait.

- Il a donc mené une bonne partie de sa bataille pour la libération à partir de l'Inde, dit le prof.

Je basculai ma chaise en arrière et tournai la tête vers Helge.

- Alors, Hegga, qu'est-ce que tu décides ?

Le prof parlait de la vie du dalaï-lama en exil.

- Hein ? fit Helge.

- Tu viens ou non… mercredi ? Au tennis ?

Helge me narguait.

- Bon sang ! Putain de bon Dieu, Jalla. Non, je l'ai déjà dit. Un non suprême. *Trouve-toi une vie.* C'était le titre d'un de nos morceaux.

Je ne répondis pas. Mais Helge continua.
- Qu'est-ce que tu as fait samedi ?
- Jarle et Helge... vous suivez, s'il vous plaît ?
Nous nous redressâmes.
- Ça a un sens, dit Svensen, vous ne trouvez pas ?
Helge haussa les épaules pour signifier qu'il n'avait pas suivi. J'acquiesçai. Le prof secoua la tête, et continua.
- Je viens de dire que ça a un sens que le dalaï-lama, pour une fois qu'il se rend en Norvège, aille dans le Finnmark pour apprendre à connaître la culture lapone ? Vous ne trouvez pas ?

6

JE CHANGE

> *I juste have to explode*
> *Explode this body off me*
> *Wake-up tomorrow*
> *Brand new*
>
> Björk

Puis mercredi arriva. Katrine et moi allâmes de concert au gymnase, dans l'obscurité de l'hiver. Nous nous tînmes par la main dans le bus, sans dire grand-chose, mais nous étions tous les deux excités à l'idée de voir ce que ça allait donner. De temps à autre, nous nous regardions, souriants, et dans nos yeux, on pouvait lire : *Tennis ?*

Katrine me serra fortement la main et s'approcha encore plus de moi.

- Je t'aime Jarle.

Je serrai la sienne en retour, et je pensai à Yngve.

Helge avait donné l'assaut plut tôt dans la journée, quand il avait souligné combien c'était "carrément ridicule" de jouer au tennis alors qu'il y avait une réunion de "l'Association des lycéens". Il y avait des notes affichées partout dans les bâtiments, des feuilles A4 avec des informations concernant la réunion qui allait avoir lieu dans la salle de la chorale, avec à l'ordre du jour : "*Les nouvelles injustices — La Norvège, une société ségrégationniste.*"

- Il y aura un conférencier des jeunesses socialistes, dit-il, mais bien sûr, un match de tennis à plus d'importance que la lutte des classes... bon Dieu.

Je m'apprêtai à dire quelque chose, mais Katrine secoua la tête et me tira de côté.

- Ça lui passera, dit-elle.

Au gymnase, chacun alla à son vestiaire. Dans celui des garçons, je vis les vêtements d'Yngve sur le long banc en bois laqué.

Il est là. Je me mis juste à côté de lui. Il était déjà dans la salle en train de jouer. Je m'assis sur le banc, ouvris mon sac et posai ma raquette. Le jean bleu clair et délavé d'Yngve était suspendu sur une patère à côté de moi. Ses vêtements, le T-shirt, le blouson, le pull, étaient joliment pliés sur le banc. Ses chaussures étaient joliment posées au sol avec les chaussettes de tennis blanches dedans. C'était si simple. Si joliment fait et si simple. Son pantalon qui pendait là. La pile ordonnée de vêtements. Ses chaussures et ses chaussettes.

Moi aussi, je veux être comme ça, pensai-je en posant inconsciemment une main sur son pull. Je laissai la matière glisser entre mes doigts. Je veux aussi être comme ça.

Normalement, je n'aurais jamais songé à la manière de déposer mes vêtements. Ils auraient fini en tas sur le banc, je me serais déchaussé n'importe comment et j'aurais attrapé mes clés et mon portefeuille à la va-vite avant de partir tranquillement vers les courts – à supposer que je me sois laissé convaincre de mettre un pied sur un terrain de tennis, ce qui est très peu probable. À présent, je procédais de la même façon que j'imaginais qu'Yngve le faisait, et comme l'aurait souhaité maman, il faut bien l'admettre : je déposai tout gentiment. Je retirai lentement mon pull puis mon T-shirt, les retournai à l'endroit, en faisant attention à chaque mouvement ; j'accrochai mon pantalon comme il faut, effaçai un petit pli du bas. Rangeai les chaussures l'une à côté de l'autre. Installai joliment le sac sur le banc.

Je me regardai dans la glace.

Mes cheveux longs et gras pendaient sur mon visage. Celui-ci était boutonneux, peau grasse. C'était catastrophique. Il y avait quelques jours, j'aurais été fier de cette apparence ; c'était comme ça que je devais être. Je me faisais un devoir de ne pas couper ou peigner mes longs cheveux blonds. Ma peau n'avait jamais été en contact avec un produit cosmétique, bien que maman m'eût souligné que "ce n'est pas nécessairement une honte de mettre une crème correctrice quand on a la peau grasse, même si on est un garçon."

Mon Dieu, pensai-je. Je me passai les mains dans les cheveux, tentant de dégager mes yeux de la frange, je passai la main sur ma joue, sentant combien ma peau était boutonneuse. Je me détournai de mon image et partis vers le hall.

Yngve et Katrine étaient déjà sur le terrain. Ils parlaient. De loin, je pus voir Katrine basculer la tête en arrière et rire. Je fus frappé de voir à quel point elle était contente et j'avais de nouveau la gorge serrée de les voir ainsi, ensemble. Tout ce que j'avais souhaité, c'était faire entrer Yngve dans notre vie, que cela se passe simplement et comme sur des roulettes, pour l'avoir plus près de moi, pour pouvoir le regarder tout le temps, être avec lui. Mais je n'avais pas prévu que Katrine pourrait autant l'apprécier, qu'elle se retrouverait là, sur le terrain, une raquette à la main, et que je serais jaloux en la voyant rire. Mais en même temps, cela ne pouvait que me faire plaisir, car c'était quand même Yngve qui créait cet effusion autour de lui, cette joie simple, qui ne se nourrissait pas en créant une distance avec les autres, mais en s'approchant d'eux.

J'allai d'un pas rapide vers le terrain. Le rire de Katrine prit de l'ampleur. Elle me vit et se tourna vers moi.

- Jarle ! Quel idiot tu fais ! s'exclama-t-elle en riant.
- Qu'est-ce qu'il y a ? demandai-je en tentant de paraître aussi réjoui qu'eux. Yngve sourit et ses beaux yeux s'ouvrirent, innocents, bienveillants. Il portait un T-shirt rouge avec l'inscription "Tennis-club de Stavanger", et un short blanc. Aux pieds, il avait des baskets. Pieds nus dedans. Je le remarquai de suite, je devinai ses pieds tendineux qui disparaissaient dans ses baskets, je vis ses chevilles au-dessus du rebord, mais je ne pensai pas qu'il y avait là quelque chose de bizarre. Qu'il soit pied nus.
- Pourquoi tu ne l'as pas dit, enfin ?
- Quoi ? dis-je en regardant Yngve qui me fit un petit sourire.
- Que tu étais allé chez lui samedi, enfin !
- Oh, ça ! répondis-je en rougissant.
- Oui, ça ! Katrine m'embrassa. Simon le Bon, hein ?
- Euh, Duran Duran, dis-je.
- Pourquoi tu ne l'as pas dit ?

- Ben...
- Tu as cru que Helge allait se foutre de toi ?
- Putain, non ! répondis-je en optant pour la défensive. Non, je... ah, pourquoi je le dirais, d'ailleurs ? Ça m'a juste pris comme ça, vrai, j'allais chez le dab, et...
- Et le patin alors, hein ? me coupa Katrine.

Je devins plus grave et usai à nouveau de toute mon assurance et de ma témérité.

- J'avais besoin de faire quelque chose en solo, Katrine, tu comprends ? Avancer. Je dois prendre quelques décisions seul, et d'autres pas seul, d'accord ? Oui, et puis – oui – je trouvais qu'Yngve était un type cool. OK ?

Katrine aimait ce Jarle qu'elle avait devant elle, qui proclamait qu'il avait des intentions honnêtes, qu'il était un homme bien, mûr tout à coup, et prêt aux changements, qui voulait évoluer. Elle me regardait avec admiration.

- Je trouve ça mature, dit-elle fièrement en petite adulte. On joue ?

Yngve nous regardait en souriant.

- Bordel, bien sûr qu'on va jouer, dis-je, et je notai que je jurais encore. Pourquoi est-ce que je lâchais tout le temps des jurons ? Yngve ne blasphème pas, lui.

Yngve nous battit, bien évidemment, set après set. Aucun de nous deux n'avait la moindre connaissance en tennis, et on laissait Yngve nous apprendre à tous les deux ce qu'il pouvait. Revers, coup droit, service. Je le laissais faire car je jouissais du fait de me soumettre à ses connaissances, son corps qui maniait la raquette, qui lançait la balle dans l'air, qui courait vers le filet, et Katrine de même car elle aimait constater que moi, Jarle, je me comportais différemment, j'étais moins arrogant, plus adulte. Voilà la clé que quelqu'un aurait dû m'offrir quand j'étais plus jeune et quand je cherchais désespérément à me trouver une nana : prétends avoir de l'expérience. Prétends être plus vieux que tes semblables. Prétends trouver tous les autres mecs cons. Les femmes se mettront en rang en moins de deux, elles aiment la suprématie, et en particulier celle qui te distingue des autres mecs, car ça les conduit à croire qu'elles ont choisi le meilleur fruit du panier, en tout cas tant qu'elles sont elles-mêmes jeunes ; ça peut être plus compliqué quand elles arrivent dans la vingtaine, quand elles approchent des trente, quand elles se rendent compte que tu ne corresponds pas à la suprématie qu'elles recherchaient quand elles en avait quinze ; il faudra alors peut-être changer de tactique, le truc de la supériorité risque de leur faire peur. En tout cas à certaines d'entre elles. Celles qui se font toujours piéger par ça sont souvent les plus pétasses de toutes, elles se croient elles-mêmes sans tare et te prennent comme une sorte de trophée à caractère social et financier. J'ai l'air de savoir de quoi je parle ? Ça, c'est une toute autre histoire.

Nous formions un drôle de trio, Katrine, Yngve et moi. Deux d'entre nous étaient amoureux de l'un d'entre nous, mais pas réciproquement ; mais cela, j'étais le seul à le savoir. Et Yngve ? Qu'est-ce que lui savait, à cette époque-là ? Pas encore grand-chose, je crois. Non. Je ne crois pas qu'Yngve voyait autre chose que deux apprentis joueurs de tennis maladroits qui étaient ensemble et qui souhaitaient devenir ses amis.

Et moi ? À quoi pensais-je ?

Bon Dieu, à quoi pensais-tu, Jarle ?

Après le dernier match, j'étais complètement mort. J'avais l'impression que mon visage avait été passé au papier de verre, que mon thorax avait été vidé de tout air et que mon pouls allait à deux-cent à l'heure. Yngve avait une bonne condition et ne laissait rien apparaître de ses deux entraînements. Katrine aussi avait été mise à rude épreuve, et je voyais son T-shirt trempé se coller à sa poitrine. Mais je ne m'en émouvais pas, ça ne m'excitait pas comme cela aurait pu le faire dans d'autres circonstances ; ce qui me préoccupait, c'était de voir si Yngve s'en émouvait, s'il ne pouvait pas s'empêcher de regarder ses seins. Je n'en étais pas certain. Il était évident qu'Yngve l'appréciait, mais ce n'était pas le même genre de mec que Helge ou moi – qui en auraient fait tout un numéro si une nana se distinguait d'une manière ou d'une autre.

Nous nous séparâmes devant les vestiaires. Katrine alla dans ceux des femmes, Yngve et moi dans ceux des hommes.

Nos vêtements se trouvaient côte à côte. Deux piles de fringues identiques. Ça avait bien évidemment l'air hilarant, on aurait dit que deux personnes s'étaient amusées à s'imiter, ou que des jumeaux étaient allés faire du sport par cette soirée de janvier, mais je trouvais que ça avait l'air très bien. Comme il fallait. Yngve et moi.

Il ne remarqua rien. Nous nous assîmes sur le banc.

- Ça fait du bien, non ? Yngve me regardait.

Je me tournai vers lui.

- Yngve, dis-je.
- Oui ?

Yngve, avais-je dit. J'avais voulu répondre à sa question, j'avais voulu dire "oui, ça fait un bien fou de faire du sport" ou un truc du genre, mais j'avais dit Yngve, calmement, en le regardant.

- Oui ? répéta-t-il.

Je ris.

- Oui, je n'ai pas grand-chose d'un joueur de tennis, mais c'est évident que j'ai besoin de faire un peu de sport.
- Tu te débrouilles très bien, répondit-il avec un sourire chaleureux. Ce n'est pas facile, la première fois.

Yngve se pencha pour défaire ses lacets.

Il s'arrêta net. Ses bras pendaient dans le vide. Son visage se métamorphosa. Il se passa la même chose que j'avais déjà constatée chez lui le samedi, quand j'avais posé ma main sur sa cuisse. Il n'était plus là. C'était comme si le temps s'était totalement arrêté pour lui, comme s'il s'évadait. Cela ne dura que quelques secondes, et bien sûr, je ne compris pas de quoi il s'agissait.

Yngve secoua la tête. Il se mit à enlever ses chaussures.

- Qu'est-ce qu'il y a ? demandai-je.
- Non... ça.... Yngve hésita. Non, non, ce n'est rien.

Il fourra ses chaussures dans son sac. Il avait presque l'air déçu.

- Ça va pas ? demandai-je de nouveau pendant qu'Yngve arrachait son T-shirt et se levait pour enlever son short.
- C'est seulement que... je ne sais pas pourquoi j'ai joué sans chaussettes, dit-il en désignant ses chaussures.

Il se retrouva nu devant moi. Il n'avait pas un seul poil sur la poitrine.

- C'est idiot, hein ?

- Je pensais qu'il y avait une raison, que tu courais mieux comme ça ou je ne sais quoi. Un truc de tennis, quoi.

- Non. Ça me file des ampoules, en plus. Yngve sortit une serviette de son sac.

Il se tenait toujours debout face à moi. Nu. Mais il n'en était pas affecté. La plupart des garçons sont, malgré tout, un peu timides les uns envers les autres, à cet âge-là. C'était en tout cas comme ça lors des cours de gym au lycée, les garçons faisaient semblant d'être à l'aise au moment de se déshabiller et d'aller à la douche, tout en évitant de se regarder mutuellement, de comparer leur corps à celui des autres. Mais Yngve restait là. Devant moi. Nu. Il ne tentait pas de cacher quoi que ce soit. Il restait tout simplement debout là, la serviette dans une main, le regard tourmenté.

- Bon, bon, dis-je en tentant de détacher mon regard de lui. Son corps mince. Ses hanches. Alors tu n'oublieras pas de mettre des chaussettes, la prochaine fois.

Yngve baissa les yeux et regarda ses pieds. Son visage était devenu pâle, presque triste. Je ne comprenais pas – était-il déçu parce qu'il avait oublié de mettre ses chaussettes, comme si cela avait de l'importance ?

- Bon, bon... ça va ?

- C'est juste que ça m'énerve. Ça n'aurait pas dû arriver.

Il fixait toujours ses pieds. Puis il alla vers les douches.

Je le regardai. Jamais auparavant je n'avais regardé un garçon nu, de cette façon. Je m'étais déjà comparé à d'autres, pour me donner encore plus confiance en moi, en général avec un résultat contraire à celui escompté, mais je n'en avais jamais contemplé, tout simplement. C'était cela que je faisais à présent. Je n'étais pas excité, je ne pensais pas au sexe, je le trouvais juste extraordinairement beau.

Yngve entra sous la douche. Il fit couler l'eau qui perla sur son corps. Nous étions l'un en face de l'autre. Je lui souris maladroitement, Yngve me renvoya un sourire insouciant. Il se retourna, monta les mains à son visage, étira son cou, ferma probablement les yeux, laissant l'eau ruisseler partout. J'admirais son dos, sa colonne qui se courbait à partir du cou, qui se contractait. Je contemplais ses fesses. Elles étaient tout à fait différentes de celles de Katrine. Là où le corps féminin s'élargit, la peau d'Yngve collait aux os des hanches, de chaque côté il y avait un creux, juste sous les hanches, et une ombre se couchait dans ces creux en forme de demi-lune.

Yngve se retourna. Il lâcha brusquement son souffle.
- Combien de temps tu peux rester en apnée ? demanda-t-il.
- Quoi ?
- Retenir ton souffle, répondit-il en riant. J'ai retenu mon souffle.

Je lui souris.
- OK, dis-je en jetant un œil autour de moi.
- Qu'est-ce que tu cherches ?
- Rien. Mais en réalité, j'avais vérifié qu'il n'y avait personne d'autre. Yngve n'aurait jamais fait ça. Pour lui, il n'y avait aucune raison de se sentir gêné nulle part, mais moi, j'avais l'habitude de calculer tout ce que je faisais.
- OK, répétai-je en reculant de quelques pas. Tu comptes les secondes ?

Son visage prit un air enjoué, il quitta la douche et trottina jusqu'à son sac, se pencha – je pus admirer les muscles de ses cuisses qui se contractaient sous ses fesses pendant que les gouttes glissaient sur son corps – et saisit sa montre.
- Voilà, je suis prêt, dit-il en revenant.
- Donne-moi le top.
- Un... deux... trois.

Je retins mon souffle. Tout en le regardant fixement. Mon visage était calme, je tentais de rester impassible, de le regarder tout simplement.

Puis j'avançai d'un pas sans cesser de retenir mon souffle.

Yngve me regarda d'un air étonné.

Je saisis sa main. Elle était mouillée, comme la mienne.

- Trente secondes, dit-il.

Je serrai sa main. Je commençai à avoir des problèmes, je serrai les mâchoires, me mis à déglutir et à serrer sa main encore plus fort.

- Quarante secondes, dit-il. Bien.

Je commençais à avoir mal au cœur.

- Cinquante secondes, maintenant, dit Yngve, me regardant d'un air admiratif.

Je soufflai, et lâchai sa main.

- Cinquante-deux secondes, ce n'est pas mal du tout, ça ! dit Yngve en me donnant une tape sur l'épaule.

- Qu'est-ce qu'on fait, maintenant ? demandai-je.

Yngve eut l'air surpris.

- Ben, on rentre, j'imagine.

Je ne voulais pas rentrer. Je voulais embrasser Yngve.

Katrine nous attendait quand nous sortîmes des vestiaires. Nous avions pris notre temps, et elle en fit la remarque.

- C'est bien la première fois que je suis prête avant les gars !

Yngve et moi échangeâmes un sourire.

Nous nous quittâmes devant le gymnase. Yngve n'avait que quelques minutes de trajet pour rentrer chez lui. J'étais sur le point de demander s'il voulait que je l'accompagne, mais heureusement, je m'abstins. Le pire, pour l'amoureux, c'est la séparation. Il sait alors qu'il y aura une nuit sans l'objet de son désir, toute une nuit seul, et c'est ainsi que se bousculent les pensées fébriles et les explorations de soi, que le cerveau surchauffe, qu'on se demande, est-ce qu'il m'aime bien ? Est-ce que je fais quelque chose de traviole ? Devrais-je être différent ? Ai-je dit des conneries ?

Je regardai Yngve disparaître dans l'obscurité. Il me semblait que quelqu'un s'en allait en emportant mon cœur.

Katrine habitait Stokka, et nous rentrâmes ensemble. Nous nous roulions des pelles devant chez elle, je sentais sa bouche jouer ardemment avec la mienne, et je le lui rendais, je lui donnais tout ce que j'avais. Nous nous embrassâmes si longtemps que sa mère nous remarqua de la fenêtre du salon et sortit interrompre la séance. Elle n'était pas folle de joie à l'idée que Katrine entretienne "une relation si sérieuse" avec moi, "tu es encore si jeune", qu'elle avait l'habitude de dire paraît-il.

Katrine laissa ma bouche et m'embrassa légèrement sur la joue quand elle vit sa mère sortir sur le pas de la porte.

- Ah, c'est toi Katrine ?
- Oui, oui, ça va maman, j'arrive tout de suite.
- Bonsoir, Jarle, dit sa mère.

Je lui répondis poliment et elle rentra.

Je regardais Katrine.

- J'ai envie de coucher avec toi, chuchotai-je.

Katrine sourit, chaleureusement, et je compris qu'elle aimait entendre ça. Je sentais ses bras me serrer plus fort.

- Oui, moi aussi, mais... on ne peut pas, pas maintenant.

Je sentis mon pouls s'emballer dans ma gorge, mes doigts, mon bas-ventre, mon ventre.

- Je te veux, dis-je.

Elle rit, jeta un œil vers la maison, me repoussa avec coquetterie.

- On ne peut pas, là.

Je l'attirai de nouveau contre moi.

- Je l'aime bien, Yngve, dit-elle en m'embrassant.

Je rentrai chez moi à vélo.

Qu'est-ce que c'est que cette histoire ? Est-ce que Katrine est également amoureuse de lui, maintenant ? Non, pensai-je, écartant vite cette idée. Bon Dieu, c'est de toi qu'elle est amoureuse, me dis-je, c'est de toi, plus que jamais. Jarle, calme-toi. Je souriais tout seul en me laissant filer dans les descentes vers Bjergsted. C'est de toi, Jarle, elle est amoureuse de ton amour pour Yngve.

J'étais amoureux d'un mec. Et à présent, ça ne me gênait plus du tout.

- Helge a appelé, dit maman au moment où j'arrivais. Fais voir..., ajouta-t-elle avec un sourire en saisissant mon bras. Comme ça, tu auras des gros muscles, hein ?

- Ah, maman, répondis-je. Qu'est-ce qu'il voulait, Helge ?
- Sais pas.

Je posai mon sac et me défis de mon blouson.

- Dis voir, maman...
- Mm ?
- Tu peux me passer de l'argent pour que j'aille chez le coiffeur ?

Maman ne roulait pas sur l'or, à l'époque. Le divorce lui était revenu cher, plus qu'à mon père, et puisque j'avais choisi d'habiter chez elle, elle avait de plus gros frais que le dab, sans compter le gros prêt qu'elle avait contracté au moment d'acheter sa maison. Même si maman touchait davantage après son départ d'Amoco pour West-Consult, elle en bavait. Mon père gagnait plus de cent mille couronnes* de plus qu'elle, à ce moment-là. J'avais une idée précise de l'état des comptes de maman, et j'y allais mollo quand il s'agissait de lui soutirer du fric. Mais je savais aussi qu'il y avait deux ou trois trucs pour lesquels elle était tout à fait disposée à casquer. Et l'un de ces trucs, c'était mon look, dont elle avait chaque jour honte. Elle le disait rarement franchement, mais il ne faisait pas un pli qu'elle pensait que c'était mieux avant, quand j'étais petit et maman était ma coiffeuse, quand elle se réjouissait en pensant à l'avenir, en espérant que je pousserais bien droit, y compris du point de vue de mon apparence. Son principal problème, c'était mes cheveux.

Maman me dit que s'il y avait une chose qu'elle m'offrait avec plaisir, c'était un tour chez le coiffeur.

- Et si tu trouves un... comment on appelle ça..., dis-je en essayant de paraître le plus digne de confiance possible, euh... de la crème correctrice, la prochaine fois que tu passes au magasin, ça serait super.

Elle tendit une main vers mes cheveux.

- Jarle, dit-elle. Jarle, Jarle, Jarle. Tu es en train de devenir un homme.

Les mères. Les gens disent que les enfants sont sans scrupules, mais les mères les battent à plate couture. Le manque de scrupules des mères est aussi extrême que faire se peut, justement parce qu'il n'est pas égoïste, comme celui des enfants. Les enfants sont égocentriques, ils n'y peuvent rien, ce sont des égoïstes gigantesques

---

* Environ 12 200 euros.

pleins de "je", "moi", "mon", "je veux ceci", "je ne veux pas cela", tandis que les mères sont entièrement dévouées à leurs enfants. Elles n'y peuvent rien, comme les enfants, et c'est tout ce qui fait leur charme. C'est une obligation, point. De ce point de vue, elles ressemblent à celui qui est amoureux, qui ne voit que l'obligation qu'il a d'être près de celui dont il est amoureux. Et elles sont totalement dénuées de scrupules vis-à-vis de leurs enfants. Si le môme se chie dessus, elles essuient, dans la joie et la bonne humeur. Si le môme bave sur leurs nouvelles fringues, elles sourient en disant : "Pas un jour sans". Une autre chose concernant le manque de scrupules des mères, c'est qu'en fin de compte, il s'agit dans la plupart des cas d'adultes, d'adultes ayant de l'expérience, qui ont vécu, qui ont eu largement le temps d'acquérir la timidité et la connaissance de soi, mais qui en quelques secondes – non, instinctivement – écartent toute maîtrise de soi pour devenir ces colosses passagers d'amour débridé, souvent maladroits, souvent carrément crétins, mais toujours authentiques. On peut trouver des hommes qui se conduisent de la sorte – les pères – mais c'est quelque chose que je n'ai jamais vu.

Les hommes d'aujourd'hui deviendront peut-être comme les mères parmi lesquelles j'ai grandi, vers la fin du siècle passé ? Est-ce que je deviendrai aussi comme ça si j'ai des gosses ? Un monstre de sollicitude, avec une voix pas trop grave, des poils sur la trogne et sur la poitrine, et qui aime les vilaines rides de son enfant nouveau-né, ses selles brun verdâtre, qui se met à crier d'une voix de fausset *regarde, ce sera un artiste, regarde ce sens des formes* au moment où son gosse de 2 ans attrape un crayon gras pour tracer une arabesque insensée, qui plastronne sur les talents de matheux de son gamin de 3 ans qui pose un cube à côté d'un autre avant de les montrer tour à tour du doigt, qui s'éveille en pleine nuit, paniqué et en nage, parce que lui, le père, s'est mis à flipper pour son mioche ? Ça sera moi, ça ?

- Alors j'irai me faire couper les cheveux demain, dis-je en recevant quatre cents couronnes de maman. C'était beaucoup trop, je pouvais aller deux fois chez un bon coiffeur, mais tant pis.

- Merci beaucoup.

Quatre cents couronnes. Je pourrais aller me faire couper les cheveux au Café Sting, chez Tom, au premier étage, un coiffeur relativement alternatif dont j'avais seulement entendu parler, mais qui était un personnage de renom dans le paysage urbain. Et est-ce qu'il n'était pas pédé, de surcroît ? Si, et alors ? Les Grecs et les Égyptiens étaient tous pédés, tous autant qu'ils étaient. Thomas Mann était pédé en douce, et je n'aurais pas été surpris d'apprendre que James Dean avait été une vraie tapiole ; et qui sait, pendant qu'on y est : Marx et Engels dans le même pucier ? Et pourquoi pas ? Quatre cents couronnes. Avec ce qui restera, je pourrai m'acheter un disque. Ça faisait longtemps que je louchais sur le premier album de The Smiths, et voilà que ça se précisait. J'avais les autres, *The Queen is dead*, *Hatful of Hollow*, *Meat is Murder*, *Rank*, et *Strangeways her we come*, mais je n'avais pas le premier. Et Morrissey, le chanteur des Smiths, il n'était pas un peu sexuellement ambigu ? Il n'était pas franchement pédé ?

J'interrompis la dérive de mes pensées. Qu'est-ce que je fabriquais ? Mais qu'est-ce que tu fous, Jarle ?! Tu déconnes à pleins tubes.

Je montai dans ma chambre et dégotai un magazine porno. Je me branlai devant des photos de nénettes à poil qui se touchaient les nichons, des gonzesses à loilpé portant des dessous de dentelle rose, des filles nues, la bouche entrouverte, je me branlai énergiquement, comme une espèce de branlette finale, puis je téléphonai à Helge.

- Ici Jarle, tu as appelé ?
- Ah, oui... non, ce n'était rien.
- Il a bien fallu qu'il y ait quelque chose...
- Oh, non... alors... c'était cool, le tennis ?

J'entendis au son de sa voix qu'il essayait de se foutre de moi.
- Oui, en fait, ça l'était. Et la réunion du lycée ? C'était bien ?
- Le SU part trop à droite, mais il y a eu un super débat après.
- Super.

Silence à l'autre bout du fil. Habituellement, Helge et moi parlions très facilement. On discutait, on discutait, de nanas, de politique, de sexe, du bahut, du groupe, des "autres", des "nuls", mais à présent, ça piétinait sérieusement. Il n'avait rien à me dire, et je n'avais rien à lui dire.

- OK, dit-il. On se voit demain.

Il raccrocha.

Merde, pensai-je. Est-ce que ça merdait entre Helge et moi, maintenant ?

Je me couchai. Au cours de la soirée, le ciel s'était chargé de nuages menaçants qui enflaient, de pluie et de vent. Et le tonnerre se déchaînait, ça grondait et ça claquait, je n'arrivais pas à dormir. Helge ? Est-ce que ça partait en couilles entre nous ? Yngve ? Tu dors ?

Le lendemain après les cours, j'allai chez le coiffeur du Café Sting. Je ne dis rien aux autres, car j'étais convaincu qu'ils me gonfleraient deux fois plus. De toute façon, ils allaient me gonfler, mais ça valait le coup d'essayer de sauver les meubles.

Tom, au Café Sting, était un personnage ; un type dégingandé, qui avait l'air plus grand qu'il n'était en réalité à cause de son nez mince, de ses doigts pareils à ceux des oiseaux, de son cou fin sur lequel les veines saillaient, de ses joues creuses et de ses oreilles allongées, presque transparentes. Il avait une conception toute particulière et tout à fait personnelle de ce qu'une coupe de cheveux représentait. Et homosexuel, il l'était, fièrement et délibérément. Je l'aimais bien. La première chose qu'il fit quand j'entrai fut de se présenter, de garder longtemps la main que je lui tendis entre le bout des doigts de sa main noueuse avant de me conduire vers le canapé de cuir noir, sous les velux.

- On sera bien, ici, dit-il. Juste le ciel au-dessus de nous, et les gens en dessous.

Il me demanda de me mettre à l'aise, puis me proposa une clope et quelque chose à boire. Il me dit vouloir mieux me connaître avant que nous nous coupions les cheveux. Nous, dit-il. Il avait une "philosophie", Tom, selon laquelle il ne pouvait pas couper les cheveux des gens s'il ne les connaissait pas ; s'il voulait me couper correctement les cheveux, plus il en saurait sur moi, plus ma coupe serait réussie. Tom se mit instantanément à m'analyser. Il me dit pouvoir deviner à mes vêtements que je n'étais pas comme tous les autres. Tu suis ton propre chemin, dit-il d'une façon qui me laissa supposer qu'il appréciait ce qu'il voyait.

- Parle-moi un peu de toi, dit-il.

Je ne savais pas exactement ce que je devais dire, et je lui racontai donc qui j'étais, où j'habitais, que j'aimais tel et tel type de musique, et que je m'intéressais à la politique.

- Maqué ? demanda-t-il tout à trac.

Je le regardai.

Tom sourit, s'alluma une autre cigarette et se renversa sur son siège.

- Non, répondis-je.

- Tu le seras quand je t'aurai coupé les cheveux. Aucun doute. Seigneur, il vient tellement d'abrutis, ici, c'est une vraie purge que d'être coiffeur ; tu sais que dans ce boulot, tu ne peux pas dire non ? Bon Dieu, je pourrais te parler de tous les dingues qui vivent dans cette ville, avec qui il faut cohabiter, putain... Il y a des gonzesses qui viennent ici, on jurerait qu'elles ont une boîte aux lettres dans la tête, que tu peux tout simplement ouvrir pour regarder dedans, et c'est tout vide à l'intérieur, tu vois. Ohé ? Il y a quelqu'un ? Non. Complètement vide. Tom tapota la table de ses phalanges. Et le pire, c'est qu'elles ne veulent pas que quoi que ce soit les remplisse, punaise, c'est déprimant, elles sont tout le temps fourrées ici, une écervelée après l'autre, dont aucune ne veut être remplie d'autre chose que de sa propre vacuité. Mais toi, Jarle - c'est Jarle, c'est ça ? - toi, tu as du style. Il faut juste que tu mettes un peu d'ordre à ce merdier, n'est-ce pas ? demanda-t-il en désignant ma tête.

- Oui, oui, acquiesçai-je.

Nous bûmes donc du café en fumant une autre cigarette, Tom et moi, parce qu'il n'y avait pas de presse, comme il disait. Tom passait ses doigts minces dans ses fins cheveux longs en parlant de psychologie. De la connaissance des gens. J'aimais bien Tom.

Ensuite, il me coupa les cheveux. Il fit une jolie coupe, simple, nette et classique, avec quelques "jolis détails" le long des oreilles, comme il appelait ça.

- Un garçon tout neuf, dit-il quand ce fut fini. Hein ?
Je me regardai dans le miroir.
On pouvait le dire. Un garçon tout neuf. Je trouvais que j'avais l'air plus vieux. Et plus gentil, aussi, non ? Pas plus doux, mais plus fort et plus gentil ? Non ?

Tom se sucra largement pour la séance, mais j'avais toujours suffisamment pour le disque des Smiths si j'y allais un peu de ma poche. J'allai donc chez Fossen, avec ma nouvelle coupe, comme le nouveau Jarle, pour y acheter le premier album des Smiths, de 1984, et je me sentais comme quelqu'un de tout à fait différent. Le type qui était derrière le comptoir, qui me disait toujours bonjour, le chanteur de The Mighty Dogfood, ne me reconnut pas. J'aimais bien ça : ce n'est plus Jarle qui marche dans la rue. Je payai l'album, et en ressortant, je regardai mon reflet dans une vitrine.

Maman était éperdue d'admiration pour ma coupe ; le seul reproche qu'elle avait à faire tenait à "ces copeaux sur les oreilles", comme elle dit ; - à quoi ça sert ?

Je répondis que c'était un détail.

- Ah, d'accord.

En me couchant ce soir-là, je passai les Smiths, et j'entendis Morrissey chanter :

Hand in glove
The sun shines out of our behinds
No, it's not like any other love
This one is different – because it's us

Hand in glove
We can go wherever we please
And everything depends upon
How near you stand to me

And if the people stare
Then the people stare
I really don't know and I really don't care

J'étais allongé, les yeux fermés. C'était d'Yngve et de moi que parlait Morrissey. Je nous imaginai, allant de par les rues, lui et moi, main dans la main, et il n'était pas question de se préoccuper de quoi que ce soit, car c'était nous, c'était nous, et personne n'avait rien à voir là-dedans, et j'étais tellement content à l'idée d'aller au bahut le lendemain matin ; arriver à vélo dans la cour, attacher le vélo et découvrir Yngve, lui crier salut et aller le voir pour lui montrer ma nouvelle coupe, qu'il apprécierait, qu'il commenterait, qu'il toucherait de ses longs doigts fins.

Je m'endormis. Morrissey chantait, *Hand in glove*, et moi, je m'endormis.

Le lendemain, vendredi, j'arrivai au lycée les cheveux courts et heureux comme tout. Dans la cour, j'essayai de protéger ma coiffure contre la pluie et le vent, et à chaque intercours, je lançais des coups d'œil pour voir si je l'apercevais. Je suis là, Yngve, viens, viens me voir. J'avais ma nouvelle coupe, j'étais comme le nouveau Jarle, et je voulais me montrer à lui.

Je me fis engueuler comme jamais par Helge, qui trouvait que ma nouvelle dégaine était une catastrophe monstrueuse, qui m'accusa de péter dangereusement les plombs, de perdre complètement les pédales, d'être devenu un autre – et un sacrément con, par-dessus le marché – en une semaine seulement ; qu'est-ce que c'était que ce bordel, et à quoi je pensais dans ma petite tête de piaf, que ça avait l'air de quoi d'avoir un chanteur qui faisait tapiole BGBG ? Hein ?

Je le laissai dire. Même Katrine avait semblé accuser le coup sur cette coupe, bien qu'elle la considérait comme encore un pas supplémentaire vers une certaine maturité. Ses copines me regardaient, je m'en rendis compte, avec la même admiration qu'avant. Tout en embrassant Jonas, Irene me regardait, tandis que je cherchais Yngve.

Je les laissai dire, faire des commentaires, j'étais plein d'énergie, je sortais à toute berzingue pendant les intercours à la recherche d'Yngve comme un gosse qui veut montrer son nouveau jouet à son meilleur pote de la rue, qui filoche entre les maisons, qui sonne à la porte, qui sourit quand les parents ouvrent, qui demande s'il est là, si son meilleur pote est là, parce qu'il a quelque chose à lui montrer, parce qu'il a quelque chose qu'il doit absolument lui montrer, un nouveau truc très chouette, ce pistolet à amorces tout neuf qu'on vient de lui acheter. Regardez, il n'est pas chouette ?

Alors, tu viens, oui ?

Où était-il passé ? Allait-il bientôt se pointer ? Allait-il passer tous ses intercours assis bien sagement à l'intérieur ?

Ne pourrais-je pas me montrer à lui ?

Yngve n'était pas au lycée.

Il n'y avait rien de surprenant à cela, les gens peuvent être malades, mais pourquoi fallait-il qu'il soit absent justement maintenant, alors que j'avais fait tout ça pour lui, alors qu'il venait tout juste d'arriver ?

– C'est ta mère qui t'a foutu cette idée dans le crâne ? demanda Helge entre la cinquième et la sixième heure.

– Ça, j'en doute, me défendit Katrine. Jarle est bien capable de décider tout seul.

Je n'eus pas le courage de leur parler. Vers la fin de la journée, je compris qu'il ne viendrait pas. J'étais triste. J'étais déçu. J'avais mal, partout. Parce qu'Yngve n'était pas là pour me voir. Quoi de plus important, dans ma logique pervertie et amoureuse, que d'être là ? Hein, Yngve ? Quoi de plus important que d'être là et de me voir ? Moi, je suis là, non ? Tu n'es quand même pas malade à ce point ? Merde, où est-ce que tu es, Yngve, ça va être le week-end, il va falloir que je poireaute jusqu'à lundi, maintenant ? Moi, je suis là pour toi. J'ai changé pour toi.

7

ÉCOUTER LE SPORT À LA RADIO AVEC PAPA, LE DIMANCHE

And then I see a darkness
Did you know how much I love you ?
— Bonnie "Prince" Billy

Ça faisait six mois que maman et moi le redoutions. Nous n'en avions jamais parlé, mais nous savions tous les deux que ça pouvait arriver, nous sentions aussi bien l'un que l'autre que nous en avions peur, nous pensions l'un comme l'autre que ça arriverait un jour. Et ni l'un, ni l'autre ne savions comme nous nous en dépatouillerions.

Ce vendredi, quand je rentrai, j'étais bon à jeter. Encore un vendredi à rester à la maison, encore un vendredi à refuser de sortir avec Helge et Katrine, mais ce week-end-là, ce n'était pas parce que j'étais de bonne humeur, parce que je projetais de tout mon être de retrouver Yngve, ce week-end-là, c'était parce que j'avais un chagrin d'amour. J'avais fait l'important depuis ma visite chez le coiffeur, je m'étais tant réjoui à l'idée de retrouver Yngve, de me montrer à lui, après tout ce qui était arrivé, après être allé chez lui, après m'être entraîné avec lui, après m'être douché avec lui et avoir retenu mon souffle pour lui, que je ne parvenais pas à encaisser son absence. C'était comme si je ne devais plus jamais le revoir. C'était comme s'il était mort. La manœuvre sans vergogne à laquelle je m'étais livré une petite semaine auparavant, quand j'étais allé le voir avec le prétexte d'une séance de patin à glace et d'une visite chez mon père, je ne pouvais ni n'avais le courage de la rééditer. Des idées bizarres commençaient de plus à tournicoter dans mon cerveau en proie à la paranoïa amoureuse : est-ce ma faute ? En a-t-il assez de moi ? Cherche-t-il à m'éviter ? As-tu tout compris, Yngve, es-tu en pétard contre ce type qui a posé sa main sur ta cuisse, samedi dernier ?

Exagérations, de toute évidence, mais tout à fait réelles pour moi. Je m'étais comporté si inconsidérément ces derniers jours que je ne supportai rien quand le coup arriva. C'était comme si on avait annulé la veillée de Noël, le matin du 24 décembre, pour un gosse de 6 ans.

Je choisis donc de rester à la maison. Où maman et moi reçûmes une surprenante visite.

- Tu es malade ? demanda maman après le dîner.
- Non, répondis-je laconiquement.
- Tu es tout pâle.
- Maman, n'insiste pas. Il n'y a rien, OK ?
- Tu en veux encore, alors ? Il reste des spaghetti, dit-elle en me tendant le plat.
- Je me servirai si je veux en reprendre.
- Tu es grincheux, aujourd'hui. Toi qui étais si heureux et...

Je quittai la table. Je n'avais pas la force de rester là à l'écouter, pas aujourd'hui, pas maintenant. Je passai dans l'entrée et montai au premier.

- Jarle ! entendis-je depuis le salon. Jarle, je ne voulais pas...

En montant les marches, je sentais comment je redevenais l'adolescent dont j'avais essayé de me détacher ; l'idiot qui ne peut même pas dîner une seule fois avec sa mère sans la seriner, lui qui ne supporte pas le moindre mot de sa part, même si ce qu'elle dit est on ne peut plus banal et dit gentiment, lui qui par définition se refuse à parler au monde. J'avais horreur de ça, et je me détestais au moment où j'entrai dans ma chambre et m'allongeai sur mon lit ; je me détestais pour être un cliché d'adolescent.

Maman n'avait pas changé. Trois quarts d'heure plus tard, alors que j'avais encore la tête tournée vers le mur, comme une gonzesse de 14 ans qui a ses règles, des boutons et pas de copines, elle frappa à la porte et passa la tête à l'intérieur. Elle apportait du thé et du chocolat au lait.

Elle ne dit rien. Elle passa simplement sa main dans mes cheveux. Si elle avait prononcé un seul mot, j'aurais explosé. Mais elle ne dit rien. Le succès fut total. Maman sait y faire.

Quand elle fut sur le point de ressortir, je me retournai.
- Maman ?
- Oui ? répondit-elle en s'arrêtant.
- Je peux te parler de quelque chose ?
Maman revint vers le lit. Je m'assis.
- Bien sûr, tu peux.
- Tu vas sûrement te fâcher, ou... peut-être pas te fâcher, mais être triste, ou... Je ne sais pas, ânonnai-je, ça va peut-être te blesser d'entendre ça.
- Admettons, mais je crois quand même que tu devrais me le dire.
- Je crois que je suis amoureux.
- Oui, ça, je sais.
- Oui, mais de deux personnes.
Maman s'assit. J'évitai de croiser son regard.
- Est-ce que c'est possible, dis-je, ou plutôt, qu'est-ce que je vais faire ?
- De Katrine... et de quelqu'un d'autre ?
Je hochai la tête. Je vis sa bouche se crisper, se rétrécir.
- Je ne suis pas spécialement calée dans ce domaine, dit maman, mais je sais qu'être amoureux, c'est une chose, et l'amour, c'en est une autre ; alors je crois que tu devrais attendre et voir ce que ça donne. Ne rien faire sans réfléchir..
- Oui, ce n'est sûrement pas bête.
Maman m'ébouriffa les cheveux.
- Voilà pourquoi tu t'es fait couper les cheveux, alors...
Je rougis.
- Est-ce qu'elle joue aussi au tennis ?
- Qui ?
- Celle dont tu es amoureux ?
- Oh, elle... noon, c'est un gars au bahut, ça, qui joue au tennis avec Katrine et moi. Non, non, le tennis, c'est autre chose.
Maman hocha la tête.
- Tu ne m'en veux pas ? demandai-je.

- Non, répondit-elle en me regardant. Pas possible d'en vouloir à ceux qui sont amoureux. J'aurais pu penser que tu faisais une bêtise si tu... mais je... Maman s'interrompit.
- Quoi ?
- Je... Tu ne peux pas me poser de questions là-dessus, Jarle. J'en sais trop peu.

Maman sortit. En entendant ses pas dans l'escalier, je me rendis compte que j'avais été irréfléchi, que je l'avais blessée malgré tout, mais autrement que je l'avais craint. J'avais pensé qu'elle m'en voudrait de mettre en cause ma relation avec Katrine, mais je n'avais pas pensé que je la blesserais rien qu'en me mettant à parler de ça avec elle, ça ne m'avait pas frappé que ça puisse être douloureux pour elle simplement parce que la vie amoureuse de maman se bornait au petit homme lâche qui était mon père, et parce qu'à 17 ans, j'avais eu autant de relations que maman qui en avait 45, qui en avait sué pendant des années avec un type alcoolique, impressionnable, pathétique et agressif, un petit bonhomme perturbé qui ne la traitait pas bien.

Bon sang, me dis-je, quel idiot tu fais, Jarle. *J'en sais trop peu*, avait-elle dit. Qu'est-ce que j'aurais dû répondre ? Si, j'aurais dû dire que je te le demande, maman, parce que je ne connais personne qui ait autant d'amour que toi.

Je la rejoignis au rez-de-chaussée.

M'étais-je trompé ?

Elle était installée dans le fauteuil vert et suivait *Derrick*, qui venait de commencer. Elle avait l'air tout à fait normale. Je m'étais sûrement gouré. En fin de compte, je ne l'ai pas heurtée, me dis-je.

- Tu sors ? demanda-t-elle.
- Oui, je crois que je vais aller voir Helge, si j'arrive à le joindre ; il n'est que 9 heures et demie, on arrivera peut-être avant la fermeture du vidéo-club, ou un truc du genre.
- Bien, tu ne peux pas rester avec ta mère tous les week-ends, non plus, ça ferait trop.
- Au fait, maman... je ne ferai pas de connerie. Merci de ton aide.

Maman sourit.

J'allai dans l'entrée téléphoner à Helge.

Je soulevai le combiné.

C'est alors que ça arriva.

Le téléphone de maman est sur une petite table dans l'entrée, juste à côté de la porte. Et à côté de celle-ci, il y a une vitre étroite qui s'étire du sol au plafond.

J'avais le combiné en main, et je m'apprêtais à composer le numéro. Je me sentais plus frais que plus tôt dans la journée. Il était temps de régler deux ou trois trucs avec Helge, et aussi des trucs en rapport avec le groupe, me dis-je.

Je ressentis alors une sensation désagréable, j'avais peur, ça me secouait le ventre, c'était comme si quelqu'un me regardait. Je me tournai vers la porte.

Il y avait un visage contre la vitre.

Je restai pétrifié. Le visage avait une bouche, un nez et de grands yeux fixes.

C'était papa. Dans le noir, dehors.

Je tremblais de tous mes membres, j'étais complètement paralysé et je tremblais devant le visage de papa. Je ne sais pas combien de temps je restai comme ça, mais j'étais terrorisé, je redevenais un petit garçon terrorisé.

- Jarle ? C'était maman qui criait depuis le salon.

Je vis la poignée s'abaisser.

- Jarle, tu es là ? cria maman.

La poignée s'abaissait, je tremblais, une main au dehors appuyait sur la poignée de la porte.

- Qu'est-ce qui se passe, Jarle ? La voix de maman se rapprochait.

La porte s'ouvrit.

- Jarle ? Maman me rejoignit dans l'entrée.

Papa ouvrit la porte à toute vitesse au moment où maman arriva dans l'entrée. Elle recula instantanément en le voyant, réprima un petit cri d'effroi et tendit les deux bras devant elle. C'était trop pour elle, et je n'étais pas suffisamment adulte pour m'en dépêtrer.

C'était papa qui ouvrait la porte, mon père que j'allais voir le week-end, dans des circonstances bien définies, l'ancien mari de maman, qu'elle n'avait pas vu depuis longtemps, depuis qu'elle et lui s'étaient pour ainsi dire entretués avant d'en arriver à un divorce déchirant, l'homme qui avait bousillé sa vie, qui avait rendu cette dernière merdique et pénible, l'homme qu'elle détestait, l'homme dont elle avait naguère été amoureuse, longtemps auparavant, l'homme avec qui elle m'avait eu, l'homme dont maman avait peur, l'homme qui n'avait absolument rien à faire ici, chez nous. Ce n'était pas nous trois, et ça ne devait pas être nous trois.

Si seulement il avait été à jeun... mais il ne l'était évidemment pas, il n'aurait jamais osé venir jusqu'ici en étant à jeun, non, il était beurré, et quand papa était beurré, il était complètement imprévisible ; il pouvait être la joie, la gaîté et l'esprit même, et il pouvait être l'infamie, la violence et l'agression même. Et ça changeait rapidement.

- Jarle ! Sara !

Les yeux de papa brillaient, ils baignaient luisants, fiers et résolus, rouges dans les coins ; il avait son classique sourire de pochard sur ses lèvres gonflées, rouges et humides. La cuite enflait encore, il était encore le maître de la soirée. Papa afficha sa joie et me prit dans ses bras.

- Oui oui ! Il était temps que je vienne voir comment c'est, ici, hein, Jarle ? Hein ? Il regarda maman, pétrifiée sur le tapis juste devant la porte du salon. Hein, Sara, ma poule, hein ? Mais oui, maintenant, on va s'éclater. Vous allez bien me demander d'entrer, non ?

Papa s'assit lourdement sur une chaise dans l'entrée et se mit à défaire ses chaussures.

- Terje, bégaya maman, il faut que tu t'en ailles, il faut...

- Plutôt crever ! Papa éleva la voix en agitant une chaussure en direction de maman. Ça fait deux ans que je ne t'ai pas vue, le môme ne vient plus me voir, et tu voudrais me foutre à la porte aussitôt arrivé ? Allez, on va redevenir une vraie famille, hein ?

Papa envoya balader sa deuxième godasse et s'extirpa de sa veste de costume bleue, qu'il me tendit. Je la pris sans piper mot. J'étais le bon petit fils, je n'arrivais à rien faire.

Maman recula dans le salon, puisque papa arrivait vers elle. Je suivis comme un robot, la veste de papa dans les mains.

- Bien, bien, dit-il en regardant tout autour de lui, tu en as fait quelque chose de sympa, regardez-moi ça, oui, la femme s'en est sortie toute seule, c'est bien.

- Terje, il faut que tu t'en ailles, répéta maman. Sa voix était faible et sans timbre, même si je savais qu'elle essayait de se dominer, d'être dure et forte, de prendre l'ascendant sur lui, ainsi qu'elle le faisait durant les années de guerre, avant le divorce.

Il s'avança brusquement jusqu'à elle. Je vis l'expression de son visage se modifier, et je sentis mes mains trembler tandis qu'elles étreignaient plus fortement la veste.

Papa avait ce don que certaines personnes ont de faire la pluie et le beau temps auprès de leur entourage rien que par les expressions de leur visage. S'ils sourient à s'en faire péter les zygomatiques, le monde leur rend leur sourire et se sent en sécurité. S'ils ont l'air en colère, leur visage se contracte, ils serrent les poings, leur mâchoire se bloque en position fermée, leurs yeux deviennent d'un bleu glacial et dur, et le monde a peur. Et il était en train de changer à toute vitesse, comme un animal, un animal éthylique, en s'approchant de maman. Je sentis frémir les coins de ma bouche, j'étais furibard et effrayé en même temps.

- Sara, j'en ai vraiment ma claque, de tout ça, dit papa. Ça suffit. Tu comprends ?

Pourquoi personne ne se défendait ?

Papa posa une main sur l'épaule de maman, qui s'effaça sous ce contact. C'était au-dessus de ses forces. Il lui avait d'abord fallu plusieurs années pour se reconstruire, pour s'armer après la grande guerre contre papa, guerre qu'elle avait d'une certaine façon gagnée, aidée par le petit soldat Jarle et son alliée Ragnhild, même si les pertes avaient été lourdes, et il lui avait ensuite fallu du temps pour se reconstruire en tant qu'elle-même, en tant que *Sara Klepp*, pas Sara Orheim, comme elle s'était appelée durant les années de mariage avec papa. Elle avait fait des heures supplémentaires, elle avait suivi des cours du soir sur les desiderata de son nouveau supérieur, elle avait appris l'informatique, elle avait épargné, elle avait contracté un emprunt au moment où les taux étaient à leur maximum, elle avait acheté sa maison au moment où les prix de l'immobilier menaçaient de faire péter la soupape, elle avait pris soin de moi, elle avait commencé une nouvelle vie.

Et voilà que papa débarquait, lui posait la main sur l'épaule ; en quelques secondes, c'était comme si tout était renvoyé loin en arrière, comme si toute révolte était brisée, comme si nous étions ramenés dans le passé, en 1984, avant le début des hostilités, au temps où papa avait encore le contrôle. Je me tenais à quelques mètres d'eux, j'avais de nouveau 12 ans, j'avais la veste de papa dans les mains, j'avais une peur bleue de mon vieux, toute mon enfance repassait en accéléré dans ma tête, dans mon corps, je transpirais, j'avais des douleurs dans le ventre, et à cet instant précis, j'étais persuadé que ces dernières années n'étaient qu'une affabulation de ma part, pour que je puisse me sauver ; rien de ce qui s'était passé n'était réel pour moi, je l'avais lu dans mon livre des souhaits et l'avais rêvé comme une réalité alternative dans laquelle j'avais finalement commencé à vivre : maman n'avait pas divorcé de papa, je n'avais pas commencé à le contrôler et à prendre le dessus sur lui, au cours de ces week-ends paternels si bien programmés, durant lesquels il respectait tous les accords visant à ce qu'il se conduise correctement envers son fils, avisé qu'il était après ces années de lutte ; maman et moi n'avions pas une vie paisible dans notre maison de Bjergsted, je n'avais pas eu de petite copine, je n'avais pas fondé de groupe, je n'étais pas entré au lycée de Kongsgård, je n'avais pas eu d'expérience sexuelle, je n'en avais pas bavé durant les cent premières pages du *Capital* de Marx, je n'étais pas allé voir REM en concert à Oslo avec Helge. J'étais un petit garçon qui habitait avec papa et maman, avec papa et maman qui roulaient sur la jante, avec papa qui picolait du vendredi 16 heures au samedi 8 heures, avec papa qui était un caméléon, le meilleur des pères un jour, raffiné et méchant le lendemain ; avec maman qui se flétrissait, qui se laissait diriger, qui se laissait taper dessus une ou deux fois par an, qui prenait une fois par an son courage à deux mains, allait chercher les bouteilles de Smirnoff dans les cachettes invraisemblables de papa, les vidait sur le tapis quand il était à ce point bourré qu'il ne pouvait ni prononcer son nom ni se tenir sur ses guibolles – mais à quoi bon ? Quand il était de si bonne humeur, il n'était pas sinistre, pas dangereux, juste petit, pathétique et apeuré.

Et il changea. Sa main était sur l'épaule de maman, et il calculait comme seuls savent le faire ceux qui sont en proie à une ivresse croissante où le doute n'a pas sa place. Ce n'est pas vrai de dire que les gens soûls perdent le contrôle : ils acquièrent des forces surhumaines, mauvaises, ils sont sous l'emprise d'une imagination plus avancée, ils sont en mesure de manœuvrer plus rapidement que de coutume, avec un contrôle parfait de l'entourage, et ce n'est pas vrai de dire qu'ils sont engourdis, paralysés, ça n'arrive pas avant qu'ils soient ronds comme des queues de pelles, non, tant qu'ils sont encore dans la phase ascendante, ils se sensibilisent, développent leurs sens et sont créatifs, rusés, tandis que la réflexion, la timidité et la maîtrise de soi s'évaporent, remplacées par ce don animal que les gens n'ont par ailleurs jamais, et ils deviennent rapides comme l'éclair, pleins de ressources et extrêmement efficaces ; ils peuvent faire tenir un cure-dents en équilibre sur un poil de cul, comme avait dit papa une fois quand j'avais 10 ans. Il était assis sur le canapé, on était samedi soir, et nous avions mangé des côtes de porc. Maman avait débarrassé la table et était partie vers la cuisine. Papa attrapa un cure-dents sur la table et se pencha vers moi : "Ce que tu vas apprendre à faire, murmura-t-il, c'est à faire tenir un cure-dents en équilibre sur un poil de cul. À ce moment-là, tu maîtriseras la situation." Maman revint de la cuisine, et papa la regarda tout en me lançant un sourire plein de mystère. "Hein, Sara, pas vrai ?" Il me fit un signe de tête et fit claquer sa langue contre sa joue, comme il faisait toujours. "Oh, ça, oui, dit sèchement maman qui n'avait pas entendu ce qu'il disait, comme à son habitude de répondre le moins possible à cette heure du samedi soir, parfaitement consciente du risque que pouvait représenter la moindre forme de dialogue. "Eh oui, dit-il. On était bien, hein, Sara ? Papa se pencha de nouveau vers moi. Tu ne crois pas qu'on était bien, quand on t'a fait, hein ?"

Et à présent, il était là, devant moi. J'avais de nouveau 10 ans, la vie me traversait, m'emplissait de nouveau, tout ce que j'avais essayé d'oublier, et il changeait. Après avoir fait jouer les muscles de son visage, après nous avoir terrorisés maman et moi, il afficha un grand sourire et s'assit dans le fauteuil vert de maman. Il caressa les accoudoirs et souffla.

Le mioche de 12 ans craqua, il n'arrivait plus à respirer. Papa ne s'assiérait pas là. C'était le fauteuil de maman. Elle l'avait acheté avec son argent, et papa ne s'assiérait pas dedans. Je lâchai la veste bleue, avançai rapidement jusqu'au fauteuil et me plantai devant. J'étais glacial.

- Lève-toi, dis-je.
- Jarle ! répondit papa avec un sourire. Je suis bien installé. Assieds-toi, toi, plutôt.
- Lève-toi. Tu n'as pas à t'asseoir là-dedans.

Pendant un instant, papa eut l'air désorienté, mais il ne perdit pas la face. Il reconnaissait certainement le petit guerillero de maman, qui s'était révélé pendant la guerre, quelques années plus tôt, qui avait été une arme effrayante à ce moment-là ; mais j'étais allé le voir à tant de reprises depuis, en ayant un comportement à ce point adulte, il s'était à ce point habitué à notre politesse réciproque qu'il devait penser que Jarle ne se livrait plus à ce genre de choses.

Je baissai le ton.

- Papa, je te donne une chance, dis-je d'une voix froide et calme.
- Jarle... fit maman derrière moi, mais je n'en tins pas compte.
- Quoi, c'est la guerre, à nouveau ? dit papa en se redressant sur son siège. Jarle, arrête ça, je voulais juste passer voir comment ça

allait pour toi et ta mère. Je suis ton père, quand même, et ça, c'est ta mère, et on a... merde, alors !

- Tu es la personne la plus lâche que je connaisse, papa. Tu le sais ? Tu es si lâche que tu devrais être dans le Guiness des records. Est-ce que tu en as conscience ? Alors je te donne une chance : si tu veux avoir la moindre chance de me revoir un jour, tu te casses tout de suite. OK ? Et si tu reviens une seule fois près d'ici, alors c'est terminé. À ce moment-là, je n'aurai plus de père. C'est compris ?

Papa se mit à écumer.

Il avait trois possibilités, et trois façons de réagir. Maman et moi les connaissions toutes les trois. Il en avait usé quelques années auparavant quand il y avait des séances hebdomadaires comme celle-ci, et nous avions succombé aux trois. Il pouvait se mettre à pleurer, jouer les hommes blessés et humiliés, bredouiller et pleurnicher jusqu'à en avoir la morve au nez, pour en appeler à notre compassion et se faire consoler. Il pouvait jouer le jeu de l'analyse objective, reconnaître ses erreurs, promettre de s'améliorer, retourner la situation en se repentant. La deuxième solution, c'était de déterrer la hache de guerre, rendre coup pour coup, opposer des reproches aux reproches, et quand il était pompette, papa était meilleur rhéteur que jamais ; les choses les plus infâmes pouvaient alors pleuvoir, comme la voracité de maman au pieu, l'aberration que ça avait été de rester aussi longtemps avec elle, la déception qu'il éprouvait vis-à-vis de moi, son fils, le degré de ridicule de ses parents à elle, le bonheur immense qu'elle aurait dû ressentir de l'avoir rencontré et d'avoir mis un peu de bon sens dans sa vie. La troisième méthode, celle pour laquelle il opta, consistait à céder à une fureur muette, à prendre un regard glacial, en ne clignant plus des yeux, en serrant les mâchoires, en démontrant un mépris absolu sans faire quoi que ce soit d'irréfléchi. C'était une manœuvre "on en reparlera". Il s'en sortait en se posant en victime, et il pouvait maintenir sa menace contre nous, puisque c'était une fin ouverte classique. En plus de ça, il était en sécurité : nous ne pourrions pas dire qu'il n'avait pas arrêté, bien au contraire, nous devrions admettre qu'il avait fait comme nous disions.

Papa ne dit rien.

Son visage redevint tout à coup normal, ses yeux séchèrent, sa mâchoire se rigidifia. Il regarda maman, serra les lèvres et plissa lentement les yeux. Puis il me jeta un rapide coup d'œil, dans lequel je lus "tu es un ingrat, Jarle, tu sais, tu es ingrat, tu ne sais rien à rien, mais je te pardonne".

Il se leva.

Allait-il changer encore une fois ?

Il se courba et ramassa sa veste.

C'est alors que maman fit ce qu'elle n'aurait jamais dû faire.

- Terje... dit-elle, et j'entendis au son de sa voix qu'elle regrettait ce qui venait d'arriver. Elle n'avait évidemment pas l'intention de lui tendre la main, elle n'avait évidemment pas l'intention de lui offrir un bouquet de fleurs en remerciement pour sa visite ; bien au contraire, elle était aussi furibarde, aussi effrayée et aussi bousillée, mais c'est ce qu'elle faisait, en pratique : lui offrir un bouquet de fleurs de tristesse.

Papa se tourna vers elle, l'arrêta d'un regard, sans rien dire. Mais il prit ce qu'elle lui donnait.

Il alla vers la sortie.

Debout devant le fauteuil, je sentais la fureur bouillonner en moi. Est-ce qu'il allait pouvoir sortir d'ici aussi simplement ? Tandis que maman et moi restions comme deux bonshommes de neige en train de fondre dans le salon, tandis que lui continuerait à aller et venir dans le soir de janvier ? Reprendre les choses où il les avait laissées, se commander à boire au Cobra ou Dieu sait où il pourrait avoir envie d'aller, accoster des nanas au comptoir, à qui il pourrait raconter à quel point c'était merdique d'être un homme, de nos jours, à quel point c'était chiant d'avoir un fils incapable d'accepter l'amour de son père, un fils acheté et payé par la chatte qui avait un jour été sa femme, oui, pourrait-il dire, oh oui, je suis allé les voir ce soir, j'ai vu ma femme pour la première fois depuis deux ans, oui, oui, on est divorcés, mais putain, c'est ma femme, quand même, c'est quand même bien pour elle que j'ai sacrifié vingt années de ma vie, c'est avec elle que j'ai eu un gamin, c'est moi qui ai casqué pour tout ce qu'elle a aujourd'hui, oui, oui, je suis allé les voir, et elle s'en sort bien, tu vois, elle a une putain de baraque pour laquelle elle avait réussi à économiser, elle qui prétendait que je la ruinais quand on a partagé la maison, les affaires et la dette, mais elle s'est quand même payé une baraque, une voiture, une Opel pas donnée, et tu t'imagines, pourrait-il dire à la nana du bar en lui payant un Gin Tonic et en se demandant s'il allait la sauter chez elle ou chez lui, tu t'imagines que je n'ai même pas le droit d'aller les voir ? Hein ? C'est une attitude adulte, ça ?

Papa mit ses chaussures, sa veste, et ouvrit la porte.

Allait-il pouvoir s'en aller comme ça ?

J'étais hors de moi, et je courus derrière lui.

Il fit volte-face.

- Tu viens, alors, dans deux semaines ?
- Je... oui.

J'étais furieux, je bouillonnais, mais je dis "oui" et je sus qu'il en serait ainsi ; j'irais le voir dans deux ou trois semaines, je dormirais chez lui ce week-end-là, et nous ferions comme si de rien n'était, papa serait accommodant, je pourrais faire tout ce que j'aurais envie de faire, et je gagnerais pas mal de pognon rien qu'en étant chez lui. Voilà comment ça se passerait. Comme si rien n'était arrivé. Pendant que mes copains devaient bosser pour gagner de quoi se payer à boire, de quoi se payer leur shit, des livres ou des disques, moi, j'allais "bosser" chez papa. Je repartais toujours de chez lui plus riche de quelques milliers de couronnes. Je me souviens que j'avais l'habitude de calculer mon salaire horaire. Si j'arrivais vendredi soir vers les 9 heures, je comptais trois heures de boulot avant d'aller au lit. Je comptais sept heures de boulot le samedi, le plus souvent dans la journée, pendant lesquelles je devais faire quelque chose de nul avec lui. Et il y en avait quatre, cinq tout au plus le dimanche, avant qu'il ne me ramène en ville pour me déposer près de l'Atlantic. Ce qui faisait grosso modo quatorze heures. Deux mille divisé par quatorze. Pas mal, comme salaire horaire.

Je sentais mes lèvres trembler, et tout ce que je voulais, c'était prendre papa dans mes bras.

Papa ressortit dans le vent.

Au salon, je retrouvai maman, assise dans le fauteuil vert. J'allai m'asseoir dans le canapé, à côté. Que devions-nous dire ? Maman poussa un soupir.

- Il fallait bien que ça arrive un jour, dit-elle. Je savais que ça arriverait un jour. Où que je sois, il viendrait un jour.
- Oui.
- Mais comment ça se passe, quand tu vas le voir ?
- C'est juste... un peu barbant. Ce n'est pas papa, si tu vois ce que je veux dire.
- Hm.
- Rien à dire là-dessus.
- Hm.
- Mais c'est bien papa qui vient de passer.

Maman se leva et alla dans la cuisine préparer du café.
- Il était déjà venu une fois, lui criai-je depuis ma place.
Elle revint au salon.
- Quoi ?
- Il est déjà venu une fois.
- Ah oui ? Elle n'en revenait pas.
- Oui, c'était juste après qu'on ait emménagé. J'étais à la maison, et pas au bahut, pour je ne sais plus trop quelle raison, et toi, tu bossais. J'écoutais des disques dans le salon, oui, je devais être malade... Enfin bref, j'écoutais des disques, puis je suis allé à la fenêtre, et d'un seul coup, j'ai vu papa.
- Ici ?
- Oui, dehors. Il était juste derrière la fenêtre qui donne sur la rue, et il regardait la maison. Je me suis jeté par terre, je me suis caché sous la fenêtre en espérant qu'il ne m'avait pas vu. J'étais pété de trouille. C'était juste après le divorce, alors...
- Et il t'a vu ?
- Je ne sais pas. On n'en a jamais parlé. Je ne crois pas.
- Qu'est-ce qu'il voulait ?
- Sais pas. Je crois qu'il voulait juste... oui, voir la maison, peut-être. Voir où tu habitais.

Maman alla chercher le café. Il était 11 heures passées.
- Tu sors, alors ? Tu appelles Helge ? demanda-t-elle depuis la cuisine.
- Non, je n'en ai pas le courage.

Je pensai à Katrine. D'un seul coup, Yngve avait été balayé de mon cerveau, et tout ce que je voulais, c'était pouvoir poser ma tête sur les genoux de Katrine. Je l'appelai. Je lui dis me sentir un peu flapi, que c'était pour ça que j'étais resté à la maison, que je l'aimais comme pas possible, que je l'aimais plus que tout au monde, et que je voulais la voir.

- Maintenant ? Il est un peu tard...
- Demain, alors ?
- Oui, demain, papa et maman vont faire un tour au chalet, répondit-elle avec un sourire dans la voix.

À cette époque, de temps en temps, je tenais un journal. Je viens de relire mes notes de janvier 1990. J'écrivis ce soir-là, mais très peu de choses sur la visite de papa, simplement qu'il était passé, et que "c'était nul, je crois que maman l'a pris en pleine poire". Puis j'écrivis que Katrine me manquait. Mais quelques jours plus tard, j'avais noté un rêve que j'avais fait ce week-end-là, et que j'avais oublié : "J'ai rêvé de papa, aujourd'hui de très bonne heure. C'est si grotesque que c'est tout juste si je peux l'écrire. C'était un de ces rêves où Jarle revient de la ville par un samedi matin. C'était comme ça il y a quelques années, quand j'allais toujours en ville avec Helge pour acheter des disques, et pour éviter d'être à la maison le week-end. C'était un rêve qui d'une certaine façon rappelait un peu le jour où ils avaient failli s'entre-tuer, la fois où ils s'étaient battus, le samedi matin où papa était si bourré qu'il s'était cassé la gueule dans l'escalier. Dans mon rêve, je rentrais à la maison, il y avait déjà du grabuge, un père des plus menaçants (mais est-ce qu'il était beurré ? Je ne sais plus trop), et je pétais un câble, je me foutais en rogne, j'attrapai une paire de ciseaux, je crois, pour découper la fenêtre de la porte d'entrée, je la découpais tout simplement avec la paire de ciseaux bleu ciel que maman a maintenant. Après, il y a quelques absences dans mon rêve, mais un peu plus tard, je me souviens que c'est maman et moi qui poursuivons papa, on lui court après autour de la table du salon, je lui crie un truc du style "il faut que tu rentres, maintenant !", et puis on l'a attrapé, et j'appelle quelqu'un qui va pouvoir venir le chercher pour l'emmener. Maman et moi sommes près de l'annuaire, mais on n'arrive pas à trouver de numéro, même pas celui de la police, c'est comme s'ils disparaissaient de l'annuaire, à chaque fois que maman me montre un numéro, il disparaît ; on tourne les pages les unes après les autres, mais tous les numéros disparaissent au fur et à mesure qu'on les lit, et pour finir, je cours chercher de l'aide chez le voisin. Je ne me souviens pas trop quel genre d'aide je reçois, et je ne me rappelle pas où on a mis papa pendant qu'on cherchait dans l'annuaire, mais j'ai en tout cas l'impression que je reviens avec un fusil dans les mains. Alors je vois papa et maman. Ils sont dans la salle de bain, juste à droite du tambour. Papa est à poil, à genoux ou quelque chose comme ça dans une grande baignoire, l'eau coule et déborde partout, et papa pleurniche. C'est alors que je remarque ce qui s'est passé. Maman a procédé à une sorte d'amputation sur lui. Il n'a plus ni doigts, ni mains. Il tend une espèce de manchon de peau, comme un pull trop grand, au bout de son avant bras, d'où dégouline du sang qui tombe sur le sol mouillé de la salle de bains, qui se colore en rouge. Et puis il lève un pied. Même chose. Papa est devenu tout petit. Presque un nain. Il ne reste que des manchons de peau à l'endroit où devaient se trouver ses pieds avant que maman ne les coupe. Papa pleure et dit quelque chose – "au secours" – mais il est trop tard. Maman... je ne sais pas exactement ce qu'elle a fait. Je ne crois pas qu'elle ait gagné. C'est marrant : je me souviens du corps nu de papa, dans mon rêve. Je crois que c'était relativement bien restitué, et ça me rappelle quand papa et moi nous nous couchions tôt le samedi soir, quand j'étais petit, pour écouter ensemble le sport à la radio. À ce moment-là, j'aimais bien me blottir contre lui.

8

TU ES SOCIALISTE ?

*Il aurait été facile de me convaincre de participer
À une quelconque révolution contre la tyrannie*
— Che Guevara

Ce fut une journée exceptionnellement bonne.

Tu n'as jamais de journée de ce genre – ces journées qui ont l'air parfaites, depuis la seconde qui suit le réveil jusqu'au moment où tu t'endors ? Des journées qui, dans le monde des jours, sont célèbres pour leur beauté, leur sagesse, leur proportion mystique et leur rythme fantastique, des journées qui sont légendaires dans la fonderie même des journées, l'usine grandiose où on cisèle des tranches de vingt-quatre heures, où les concepteurs de jours rêvent de reproduire leur grandeur en remontant le cours des secondes, des minutes et des heures, en décidant du temps et des vents, où les ouvriers du jour travaillent à la réalisation des plans des concepteurs. *Oh, oui, si seulement on pouvait reproduire un 24 février 1988*, soupirent-ils en se sentant sans imagination, quand tout ce qu'ils arrivent à présenter n'est qu'un jour de plus comme les autres, encore un jour avec, ouais, un léger déluge ? Du brouillard sur le fjord ?

Le 24 février fut une journée incroyablement réussie. Je sais que la brigade d'après-coup a tendance à maquiller la misère, et je sais qu'elle a le don inverse de monter les bonnes choses en épingle. À coups de loupes, de nettoyeurs à haute pression, de colorants, de sacs poubelle noirs, de coton-tige, de white spirit, de correcteurs, de cireuses et de machines à lustrer, d'une riche variété de parfums, de marteaux et de scies, ils repensent ce qui s'est passé, disons un dimanche il y a bien longtemps, et ils se lâchent dessus. Ils effacent les petites choses désagréables, les pensées peu flatteuses, la jalousie et l'avarice, l'équipe ne ménage pas sa peine et elle aime son boulot, ils allument le nettoyeur à haute pression et le braquent sur la demi-heure pendant laquelle tu as engueulé ta femme, ils voient les saloperies que tu lui as dites ricocher les unes après les autres, avant de les rassembler dans leur sac ; ils voient l'embrassade que vous vous êtes données quelques heures plus tard, ce dimanche il y a bien longtemps, et c'est là qu'on a tous les parfums, la loupe et les colorants, oui, à ce moment-là, ils attrapent leurs pompes, et ils pompent ! Ils gonflent ce qui était bien en un beau gros ballon, en l'emplissant de sensations importantes, de sentiments brûlants, pour qu'il finisse par ne plus ressembler au petit truc qu'il était au début, et ils le laissent flotter en toi, chaud et bon. Et quand le travail est accompli, on est là, rien n'est comme avant, mais *c'est là, c'est comme ça, en nous.*

Mais même si la majeure partie de ce dont je me souviens est colorée ou assourdie, déplacée et détruite, il y a des jours qui peuvent se mesurer avec ce qu'ils étaient à l'époque, il y a des années. Quels sont ces jours ? Comment est-ce possible que certaines journées semblent avoir laissé échapper la brigade d'après-coup ? Est-ce parce qu'elles étaient si fortes, si brutes et presque mystiques, qu'elles résistent à toute modification ? Peut-être. Ça a souvent l'air de concerner les bons jours, ils restent tels qu'ils étaient. Les jours où la joie arrive en masse ; car exactement comme les malheurs ont une tendance à arriver en bande, quand tu es dans l'instant présent sans aucune possibilité de recevoir l'aide du voile protecteur de ta mémoire, la joie aime aussi ses congénères. Ni le malheur ni la joie ne se sentent bien seuls, et quand ils viennent à nous, c'est comme s'ils avaient rassemblé tous ceux de leurs semblables qu'ils connaissent avant de se mettre en route, de façon à pouvoir éviter de se colleter seul à seul avec nous. Qui sait, ils redoutent peut-être l'effroyable solitude que ça représente d'être malheureux tout seul, heureux tout seul ?

Oui, regarde : voilà une joie, pendant que tu es près de ton chalet, en train de couper du bois, au moment précis où tu vas abattre ta hache contre un vieil arbre, ce vieil arbre que ton grand-père n'a jamais consenti à faire abattre, celui pour lequel il a toujours affirmé qu'il faisait de l'ombre sur la véranda, l'arbre dont la famille s'accorde aujourd'hui à dire que son plus bel âge est passé. Tu balances ta hache, et tu t'arrêtes une seconde en ayant une pensée pour ton vieux grand-père, qui se promenait toujours entre les grands arbres de ce terrain, qui s'en faisait plus pour eux et pour les fourmis que pour le soleil qui pouvait baigner la véranda, de sorte que sa femme puisse se dorer au soleil, les yeux fermés, quand le temps était clément. Tu retiens ta hache quelques secondes, et à cet instant précis, ton regard tombe sur une marque sur le tronc, quelques centimètres au-dessus de ta tête – *qu'est-ce que c'est que ça ?* Tu baisses ton outil et tu l'appuies au tronc, avant d'approcher de l'arbre en plissant les yeux. Il y a quelque chose de gravé – *qu'est-ce que c'est que cette histoire ?* Il faut que tu rentres chercher tes lunettes pour pouvoir lire ce qui est écrit ; dans le chalet, ta sœur te demande ce qu'il y a, tu dis bof, il y a quelque chose d'écrit sur l'arbre de grand-père, elle répond ah oui, il y a quelque chose d'écrit ? Vous sortez tous les deux, tendez le cou et lisez ce qu'on a gravé au couteau quand l'arbre était moins grand : *Je grandis.* Vous lisez. *Je grandis*, est-il écrit. Puis vous vous mettez à sourire, tous les deux, car c'est la joie qui est venue vous voir, vous appelez maman sur son mobile pour lui expliquer ce que vous avez découvert ; elle reste silencieuse quelques secondes avant de dire : *Ce doit être papa qui a gravé ça.* La joie est un animal grégaire, heureusement, car toi et ta sœur ne vous plaisiez pas spécialement au chalet, bien au contraire, ça a été trois journées mortelles en famille, et d'où est venue cette putain d'idée de réunir ta propre famille et celle de ta sœur dans le vieux chalet familial, ça fait des années que vous n'êtes plus sur la même longueur d'ondes, elle et toi, et ça a été confirmé avec la plus grande netteté possible, alors que vous vous marchez sur les pieds les uns des autres en termes d'habitudes, d'opinions et de rythmes ; l'un veut écouter les émissions culturelles à la radio, l'autre veut le calme, le troisième veut sortir se baigner, le quatrième veut jouer au Monopoly, et le cinquième clame que c'est impensable, tout simplement impensable et dégoûtant, que les toilettes soient toujours à l'extérieur, à l'autre bout du terrain ; mais à présent, la joie est venue vous voir, et c'est étrange, c'est sympa, de voir comment cet après-midi s'est adouci après avoir lu ce que le grand-père avait gravé sur le grand sapin. Une couverture réconciliatrice s'étend sur le chalet, vous rouvrez les vieux albums photos qui dormaient sur la toute dernière étagère de l'armoire, vous y retrouvez des photos que vous n'aviez plus revues depuis une éternité, de vous deux, frère et sœur, vous qui avez naguère été de si proches amis, vous qui ne vous connaissez plus, et même si ça fait mal, ça fait du bien, car il ne faut jamais oublier : la joie n'est jamais pure, elle fermente sur ce qui fait mal.

24 février 1988. C'est la bonne journée que j'ai.

Qu'est-ce qui se passe quand on se fait un ami ?

Est-ce en fait la même chose que lorsqu'on tombe amoureux, comme ça m'est arrivé avec Yngve, comme ça m'était arrivé avec Katrine, comme ça m'était auparavant arrivé avec Anja, comme ça m'est ensuite arrivé avec Lena, si ce n'est qu'on décide que cette relation sera une relation amicale et non amoureuse ? Ce n'est pas ça ? Les premiers jours et les premières semaines d'une relation amicale n'ont-ils pas les mêmes caractéristiques que ceux d'une amourette ? N'est-ce pas le même genre de phénomène que lorsque l'on a acheté un disque que l'on doit écouter, encore et encore, le faire tourner sur la platine, parce qu'on le ressent en soi, à quel point ce disque est bon, on sent à quel point cette musique est importante pour soi, non ? Exactement comme la fois, il y a quelques années, où je ne pouvais plus m'arrêter d'écouter l'album nostalgique *Electro-shock blues* des Eels , nuit et jour, il fallait que j'écoute Mr. E chanter :

I won't be denied this time
Before I go out of my mind
Over matters, got my foot on the ladder
And I'm climbing up to the moon

Si, c'est comme ça : tu dois écouter ce disque, et tu dois rencontrer cette personne, mais tu ne vois pas ça comme un coup de foudre, et pourtant, c'est ce que c'est : un petit coup de foudre, comme c'est un petit coup de foudre de se mettre subitement à manger du thon alors que tu ne l'as jamais fait auparavant, comme c'est un petit coup de foudre de ne lire que du Balzac pendant huit mois d'affilée, jusqu'à ce que tu aies lu tout ce qui a été traduit en norvégien et que tu doives commander des éditions anglaises sur amazon.com. Des petits coups de foudre partout, voilà pourquoi nous faisons ce que nous faisons.

Helge était dans une autre classe de même niveau à l'école de Gosen. Il avait les cheveux longs avant que nous ayons les cheveux longs, il avait commencé à fumer avant nous, et il se foutait de tout avant que nous nous foutions de tout. Un type chelou, selon la plupart des gens que je connaissais, un élément sujet à caution, selon papa et maman, qui savaient qui étaient ses parents. Les Ombo. Radicaux, disait papa en me laissant entendre que *ça, les Ombo, il faut que tu t'en gardes comme du Diable, des socialos et tout le bataclan, ils veulent détruire tout ce qu'on a réussi à construire, des ingrats et des agitateurs.*

Le 24 février 1988, nous étions en excursion. Une excursion pédestre à Jæren. J'étais pour le moins négativement disposé quant à cette balade, ce que je ne me privais pas d'expliquer en long, en large et en travers à tous mes proches, aussi bien à la maison qu'au bahut. Je me battis avec le prof avant d'essayer de soulever le débat dans les rangs des élèves : cette excursion scolaire était une mauvaise utilisation des ressources des élèves – pour ne pas dire celles de l'État, on devrait pouvoir choisir, c'était de la mauvaise foi de la part de profs excursionophiles, un jour de congé gratuit auquel personne n'avait droit, et ça n'avait rien à voir avec l'instruction d'aller piétiner dans la bruyère et la mousse de Jæren. J'émis la proposition que ceux qui le désiraient puissent rester à l'école pour travailler… et si on n'avait pas de chaussures de marche ? Est-ce qu'il fallait en acheter à cause d'une seule et unique sortie, qui demeurerait la seule dans toute une vie ?

Hein ?

Mes protestations firent chou blanc. La promenade eut lieu. Trois classes y participèrent. Je veillai à manifester en m'habillant de façon la plus citadine possible, en prenant mon walkman et en insistant pour l'écouter tout au long de la balade, en n'apportant pas de sandwich. Je faisais tout à l'envers, volontairement. Les autres de la classe riaient ou secouaient la tête, et les profs levaient les yeux au ciel. Ça contribuait à faire de ce projet un succès : plus ils pensaient que Jarle était à côté de la plaque, plus celui-ci se sentait bien, ce qui fit que cette promenade abhorrée à Jæren devint un succès grandissant pour moi, et qu'à ma façon revêche, je me réjouissais de partir.

Arrivé à Høgjæren, je me blindai contre la beauté de la nature, en transformant chaque nuage divin, chaque pierre éblouissante et chaque héron enthousiaste en grotesques éléments naturels. Le procédé n'est pas spécialement compliqué : on transforme du positif en négatif. Si quelque chose est extrêmement beau, il n'y a qu'à inverser le jugement, et ça devient dégoûtant. Je piétinai sauvagement la mousse, la bruyère itou, en retardant le cortège du mieux que je pouvais. Dans mon walkman, j'avais une cassette avec The Jesus and Mary Chain sur la face A, et Siouxsie and the Banshees sur la face B, et je laissai ce rock déprimé repeindre Jæren de ses accords mineurs et de ses guitares distordues, tandis que je marchais en queue de peloton.

Je remarquai que quelqu'un d'autre avait aussi choisi de marcher derrière tout le monde. Comme moi, il ne s'était pas fendu de la panoplie du marcheur, puisqu'il portait un jean, pas de bonnet, une paire de tennis, et comme moi, il essuyait continuellement des commentaires de ceux qui le précédaient, tant qu'il était encore en contact avec eux. La seule différence entre nous deux, c'est qu'il fumait, que j'avais un walkman sur les oreilles, que j'avais un badge "NON aux armes nucléaires" tandis que le sien affichait "*And Fuck to You Too*".

La situation devint un peu risible en arrivant à Høgjæren, quand deux ados boutonneux de 15 ans se retrouvèrent à marcher côte à côte, à au moins trois mètres l'un de l'autre, sans se regarder, l'un fumant une morne Marlboro, cinq dérisoires centimètres plus grand que l'autre, aux cheveux plus gras et plus longs, l'autre les mâchoires serrées, des boutons en guise de taches de rousseur, coiffé d'un walkman Sony diffusant son rock Indie. Bien sûr, chacun savait qui était l'autre. Helge Ombo et Jarle Orheim, comme je m'appelais à l'époque. Je savais bien qui était Helge Ombo, toute l'école le savait : un type tranchant, un punk aux parents extrémistes. Tandis que d'autres avaient reçu des admonestations, peut-être de la sollicitude, ou des règles de conduite banales avec le lait maternel dans les années 1970 et 1980, Helge avait eu les oreilles farcies d'histoire, de géographie et de politique où le rouge était omniprésent ; Mao, Rosa Luxembourg et Karl Liebknecht, Fidel et le Che, Lénine et Trotski ; tandis que nous écoutions des cassettes pour mômes parlant de Knutsen et Ludvigsen, Fifi Brindacier et Trond-Viggo Torgersen, Helge écoutait Hoola Bandola Band, Bob Dylan et Joni Mitchell. Son père était un délégué syndical assez connu, taillé pour l'aile gauche de la politique locale, tout comme sa mère, qui avait reçu une bonne éducation, ce qui n'était pas courant parmi ses semblables de cette génération ; elle occupait un poste important dans l'administration sociale de Stavanger et avait siégé plusieurs fois au Conseil municipal quand celui-ci était à dominante socialiste. Helge Ombo, tout le monde savait qui il était, profs compris, parce qu'à 15 ans, il représentait déjà un défi pour eux ; il pouvait argumenter sur les théories économiques de Marx, il avait lu depuis longtemps tout ce que celui-ci avait écrit, il pouvait s'asseoir en posant les pieds sur la table et regarder par la fenêtre tout en répondant aux questions qu'on lui posait, et en expliquant à qui voulait l'entendre que les États-Unis étaient un État impérialiste. *Quelqu'un sait ce qui s'est passé au Guatemala en 1954 ?* Communément mal-aimé, communément jalousé. Et Jarle Orheim, les gens savaient peut-être aussi qui il était ? Mouais, peut-être pas. J'étais un système plus ouvert que Helge, prêt à tout ce qui était alternatif, tout ce qui était radical, et j'étais plus secret que lui, les gens ne savaient pas qui étaient mes parents. Même s'il y avait une clé socio-réaliste relativement claire à mon comportement, elle n'était pas aussi évidente que le code inné et acquis de Helge ; le mien était encore planqué avec les bouteilles d'alcool du daron dans les placards, au grenier, sous les bûches du garage, avec tous les dysfonctionnements communs à la maison, là où tout – encore à l'époque – se passait entre les quatre murs de notre demeure norvégienne.

Oh oui. Nous savions qui nous étions. On s'était vus dans la cour. Chacun gardait ses distances.

Si l'un de nos condisciples ou l'un des profs qui nous accompagnaient à Jæren avait tourné la tête pour regarder derrière, il aurait eu la confirmation d'un phénomène antédiluvien, celui qui selon toute probabilité provoque cette tendance risible qui veut que chaque maître ait un chien qui lui ressemble : *Les voilà, c'est incroyable qu'ils ne se soient pas trouvés plus tôt.*

Helge et moi ne nous aimions pas. Vraiment pas. Bien sûr, il y avait les manifestations d'une concurrence, ainsi qu'un malaise réciproque qui pouvait à tout moment se transformer en admiration, exactement comme un fumeur invétéré peut se transformer en farouche partisan anti-tabac à partir du moment où il parvient à cesser de fumer.

Nous marchions l'un à côté de l'autre.

Il se mit à pleuvoir. Je vis Helge changer de technique pour fumer. Il cessa de tenir sa cigarette entre l'index et le majeur et la prit entre le pouce et l'index, tout en veillant à empêcher la pluie de passer entre ses doigts pour que la cigarette ne soit pas mouillée.

Sans que Helge ne le remarque, je baissai le volume sur Jesus and Mary Chains. Je l'entendis jurer à côté de moi.

– Putain de temps de merde.

Je hochai la tête. Je pouvais bien être d'accord. Même si je ne l'aurais pas exprimé de la sorte, c'était un putain de temps de merde.

– Bordel, oui, dis-je sans le regarder.

Nous n'avions jamais discuté ensemble, Helge et moi, et nous n'allions pas le faire en nous gelant les miches à Høgjæren. Bon Dieu, on ne s'appréciait même pas, alors ce n'est pas ça dont il était question, mais sur le temps, on peut bien être d'accord ; on n'est pas des fascistes, quand même.

Il se passa quelques minutes sans que ni lui ni moi ne disions mot. Devant nous, le prof montra un cairn, et dans le troupeau devant, je vis Henrik, de la classe C, poser la main sur les fesses de Helene, de la classe A. Helene avait baisé avec la moitié du bahut, disait-on, mais pas avec moi, me dis-je, et certainement pas avec Helge. Selon Tor-Henrik, il y avait écrit "Suce et avale. Bon week-end" au stylo à bille dans le creux de sa main, la même main qui te prenait la bite, et elle avalait le moût de telle sorte que ça te faisait claquer des dents et ça te secouait l'encéphale sans qu'elle dût seulement passer ensuite le dos de sa main sur sa bouche, et ça, c'était autre chose que tout ce à quoi on pouvait rêver à l'époque, quand la plupart d'entre nous étions à des années-lumière de ce genre d'expérience.

- T'écoutes quoi, alors ? demanda Helge.
- Hein ? Je fis mine de ne pas entendre ce qu'il disait, et ne me défis pas de mon casque.
- Ben, t'écoutes quoi ?

Je baissai ostensiblement le volume, pour qu'il le voie.

- Ah. Rien que tu n'aies entendu, je crois.
- Ah non ?
- Non, c'est... en fait... Tu n'aimes sûrement pas.

Helge me regarda, attrapa son paquet de Marlboro dans la poche de sa doudoune, souleva le rabat, donna une pichenette sous le fond pour faire monter deux cigarettes et me tendit le paquet en disant : Essaie toujours.

Je ne fumais pas. Je n'avais jamais fumé. Mais je me trouvais à Høgjæren, et mon instinct m'informait que "tu es face à une épreuve de force, Jarle, c'est l'examen de réalisation de soi-même, et c'est important. Tu vas mesurer tes forces à celles de l'ennemi juré non avoué du bahut, Helge Ombo, vous êtes les seuls se démarquant clairement des élèves chrétiens, bien mis, quasi-saints, proprios de chalets et buveurs de yaourt de la classe A4 qui aiment les promenades à Jæren, dans le vent et la pluie, et maintenant, il est là, devant toi, cet Ombo de la *catégorie des Ombo* que hait ton père, et il t'a demandé ce que tu écoutes, il te propose une clope, *il sait que tu ne fumes pas*, mais il te teste, Jarle, il te met au pied du mur ; alors est-ce que tu vas craquer, ou est-ce que tu vas triompher ? Et après tout, pas impossible qu'il n'ait jamais écouté Siouxsie and the Banshees, même si c'est très peu probable, mais le *Psychocandy* de Jesus and May Chains, il ne l'a jamais écouté, j'en suis parfaitement sûr, alors c'est de celui-là dont tu dois parler. Il faut que tu dises *Psychocandy*, pas le nom du groupe, juste celui de l'album, comme si tu omettais de mentionner le nom du groupe parce que c'est habituel pour toi, tout comme les gens arrogants appellent les célébrités qu'ils connaissent par leur prénom quand ils sont en compagnie de personnes qui n'ont aucune chance de connaître la célébrité en question. *Angelina*, disent-ils en regardant les visages déconfits devant eux, avant d'ajouter après une pause calculée de quatre secondes; *Jolie*. Oui, rien que *Psychocandy*, voilà ce que tu vas dire, et puis Jarle : tu la prends, cette clope, oui ou non ?"

Je pris la cigarette dans le paquet en répondant *Psychocandy*.

Helge resta tout à fait calme, sortit une boîte d'allumettes, en craqua une, protégea la flamme entre ses mains et me la tendit. Je coinçai la clope entre mes lèvres, à peu près au milieu, et inspirai la fumée tandis que Helge répondait :

- Classique.

Classique, avait-il dit.

OK, ça pouvait vouloir dire beaucoup de choses. Les théories me traversaient la tête à toute vibure tandis que la fumée passait dans ma bouche et ma gorge. Est-ce qu'il me charriait parce que j'écoutais quelque chose d'aussi ringard et déjanté répondant au nom de Psychocandy ? Ou était-ce moi qui étais "classique" parce que je me promenais à Jæren en écoutant un truc que personne d'autre n'aimait ? Ou voulait-il simplement dire qu'il pensait, comme moi – et la presse anglaise qui était mon maître à penser – que *Psychocandy* représentait une étape dans l'histoire de la musique ? Que devais-je dire ?

Je hochai la tête, laissant le débat ouvert, et je sentis la fumée se répandre en moi.

- Foutrement meilleur que *Darklands*, pas de doute, dit Helge.

La nausée me prit au ventre, et j'étais sûr que j'allais vomir, la fumée s'amassa dans ma gorge et mes yeux sortirent de leurs orbites, mais j'avais rencontré une personne qui avait écouté *Psychocandy*. Il fallait le faire.

- Tu peux le dire, réussis-je à crachoter. *Darklands* est pâlichon, en comparaison.

Je mobilisai toutes mes forces pour montrer à Helge que je fumais, qu'il était aussi naturel pour moi de fumer que de boire du lait. J'étais drôlement impressionné. Il avait écouté *Psychocandy*. Il connaissait l'un des groupes pour lequel je pensais avoir l'exclusivité de tout le Rogaland, et il savait à quel point l'album heavy de 85 était légendaire, et à quel point l'album suivant était ordinaire.

- Je pourrais écouter *Psychocandy* pendant des heures, dit Helge.

Je toussai derechef. Helge fit montre de compassion.

- Tu viens de commencer ?
- Oui, acquiesçai-je.
- Et les Smiths ?
- J'ai une préférence pour *The Queen is dead*.
- *Meat is Murder*, pour moi. *The Headmaster Ritual, Nowhere Fast*, que des cartons. *What she said...*
- *...I smoke cause I'm hoping for an early death*, achevai-je, et Helge tira une taffe sur la cigarette tout en fredonnant le reste des paroles :
- *And I need to cling to something.*

Je le regardai.

- Police ?
- *Message in a bottle*, ça va. Mais Sting me fait flipper. Vraiment. "*I hope the Russians love their children too*" hmm ? railla-t-il en levant les yeux au ciel.
- Ridicule, répondis-je en riant. Mais... les Clash ? *London Calling, Sandinasta, Combat Rock*, le premier ou *Give 'em enough Rope* ?
- Je t'en aurais foutu une sur la gueule si tu avais dit *This is England*, répondit-il. Non, difficile... *Give 'em enough Rope*, je crois.
- Madness ?

- Trop soft. Hüsker Dü ?
- Jamais écouté, répondis-je en secouant la tête.
- Tu n'as jamais écouté Hüsker Dü ?! Bon Dieu ! Tu n'as jamais écouté Hüsker Dü ! Putain, il faut absolument que tu écoutes ça, dit Helge en souriant. C'était la première fois que je le voyais sourire, autant que je m'en souvienne.

Helge s'arrêta. Le groupe d'élèves et de profs nous avait bien distancé, et ils attaquaient la descente d'un raidillon. Il me regarda. Je regardai Helge. Il pleuvait, nos cheveux étaient mouillés, nos fringues étaient trempées, et nous nous regardâmes.

- On se tire ?

Se tirer ? Je le dévisageai, sans comprendre. Se tirer ?

- On se tire ? Qu'est-ce que tu entends par-là ?

Je regardai autour de moi. On ne peut pas "se tirer" tout simplement, comme ça, en plein milieu de Høgjæren, c'est loin de tout, au milieu d'une lande sans fin, de bruyère et de mousse, et on ne peut pas "se tirer"... Si ?

- Si, écoute : on va encore marcher pendant deux heures avant de faire demi-tour, et il flotte comme c'est pas permis ; je ne sais pas toi, mais moi, je trouve que toute cette entreprise schlingue, et si on se taille maintenant, si on coupe au plus court, on trouvera bien une route, une gare, ou une ferme avec le téléphone, ou Dieu sait quoi, mais en tout cas autre chose que ce qu'on a sous les yeux, OK ?

Je regardai Helge. Je tirai à nouveau sur la cigarette et gardai la fumée, en respirant calmement, sans tousser.

Se tirer ?

- OK, dis-je. On se débine.

C'était la première fois que je séchais, c'était la première fois que je fumais, et c'était la première fois que je parlais avec Helge. Je n'avais aucune idée de ce que je foutais, et mon éducation de petit bourgeois – contre laquelle je venais de me rebeller – prit plusieurs coups dans le museau ce jour-là, tandis que Helge et moi fichions le camp pour redescendre Jæren en tennis. Nous marchâmes pendant des heures, au moins aussi longtemps que les autres élèves, en discutant sans arrêt : musique, films, livres et politique. Si l'un de nous deux disait David Lynch, l'autre disait Jim Jarmusch ; si l'un disait Dostoïevski, l'autre répondait Tourgueniev ; c'était comme si nos menteuses venaient d'être huilées, c'était comme si nous suivions le fil des pensées l'un de l'autre. Børre Knudsen ? Le prêtre de l'avortement ? Qu'on l'enferme jusqu'à la fin de ses jours. Non, fusillez-le. Le long du mur, lui et son copain. Johnny Logan ? Même chose. Contre le mur lui aussi, pour pollution de la culture, avec Michael Jackson, Elton John et Bon Jovi. Margaret Thatcher ? Qu'elle se fasse violer par des clebs enragés, qu'on lui injecte le SIDA avant d'aller la balancer dans une décharge. Gro Harlem Brundtland ? Qu'on la roule dans le goudron, qu'on la fasse rôtir comme un verrat avant de la jeter aux chiens. Yasser Arafat ? Des statues de lui dans le monde entier. Avant ce jour, je n'avais que des idées vagues de ce en quoi je croyais, mais après quelques heures passées dans les collines, j'étais fraîchement converti au communisme, voire à l'anarchisme.

Helge ne se doutait sûrement pas de ce qu'il faisait de moi tandis que nous traversions Jæren à pied, ce jour-là. Pour Helge, la résistance systématique était quelque chose de courant, il avait grandi avec, il savait comment ça fonctionnait, et il y croyait ; mais il n'y avait aucun élément étranger ou glamour dedans, et ça devait par conséquent être plus habituel dans les années à venir pour lui que pour moi. Sans que je m'en aperçoive pendant que ça se produisait, le radicalisme de Helge changea pour devenir plus punk vers la fin des années 80, moins systématique et théorique, tandis que je reprenais la théorie et le systématisme, moi qui avait des traits fanatiques plus évidents que les siens, moi à qui on avait ouvert les yeux en ce 24 février 1988.

- Il est question d'une société meilleure, non ? dit Helge en me tendant une autre cigarette, la cinquième. J'ai un autre paquet, dit-il en allumant la clope pour moi. C'est vachement risqué de sortir avec un seul paquet.

- Tu peux le dire.

- Et ce que les gens ne comprennent pas, c'est que si on veut une société meilleure, si on veut être égaux, alors il faut se battre ;

sinon, les riches pourront continuer à diriger comme ils le font, et c'est la fin de tout.

- Bordel, oui.

Une société meilleure.

Je n'avais jamais entendu ça comme ça.

Nous parlâmes d'une société meilleure. Une société dans laquelle personne ne gagnait plus de 400 000 couronnes* par an – "et je pousse déjà le bouchon vachement loin", dit Helge. Une société où tous auraient les mêmes droits. Une société sans bourse ni actions. Une société où tout le monde aurait son propre emploi, créerait sa propre valeur, trouverait la place qui est la sienne. Une société où quelqu'un fixerait les limites de ce qu'un logement doit coûter, où il y aurait des limites à ce dont les gens pourraient profiter. Une société dans laquelle les gens s'emploieraient eux-mêmes et ne seraient pas utilisés.

- Tu es socialiste ? demandai-je en prenant conscience que j'ouvrais des yeux comme des soucoupes.

Helge secoua la tête.

J'étais paumé. Il n'était pas socialiste ? Ce n'était pas contre ça que papa m'avait mis en garde, *les socialistes* ? Je n'avais jamais rencontré de socialiste auparavant, et il apparaissait à présent que Helge n'en était pas un non plus ?

- Communiste, dit-il. Avec de nettes influences anarchistes.

Les conversations avec Helge me manquent. Nos rêves aussi. Tout comme ce jour où nous traversâmes Jæren sous la pluie, heure après heure, en étant de plus en plus trempés, avant de parvenir à une grande route où un éleveur de moutons nous prit en stop jusqu'à la gare de Nærbø, quand nous parlions sans arrêt, d'une société meilleure, comme quand nous avions laissé filer les autres, pris le train pour rentrer en ville, quand nous étions entrés trempés comme des soupes au Folken, où on nous avait servi des tasses sur lesquelles nous avions réchauffé nos doigts bleus de froid, quand nous avions pris notre pied en pensant qu'on se foutait des autres

---

* 48 780 euros.

qui crapahutaient à Jæren en cherchant Helge et Jarle, qui avaient disparu, et qui avaient fait un tapage pas possible : téléphoné à la police, appelé les parents de Helge, appelé maman, que la peur avait rendue hystérique, et qui s'était imaginé que j'étais là-haut, congelé dans la lande, tandis que nous, Helge et moi, étions installés au Folken, cyanosés, enfumés, dégoulinants, et continuions à parler au-dessus de leur mauvais café, qui était meilleur qu'aucun autre. Je m'étais fait un pote. J'avais séché l'école. J'avais commencé à fumer. Je rêvais d'une société meilleure.

Quand je rentrai à la maison ce soir-là, papa m'accueillit à la porte. Il était furieux, froid. Il me demanda si j'avais conscience de ce que j'avais fait, me prit par la nuque, m'entraîna dans le salon, auprès de maman qui pleurait dans le canapé, montra maman du doigt en disant : Alors ? Alors ? Tu vois ce que tu as fait ?

J'étais inattaquable, ça m'était égal. J'avais mis la maison sens dessus dessous, mais ça m'était égal. Je laissai papa me passer un savon, je laissai maman pleurnicher – ils avaient sûrement le sentiment de faire front à quelque chose, ce jour-là, l'effrayant écart de leur fils sur des voies sinistres, et ce n'était pas si souvent que ça arrivait.

- Est-ce que tu fumes du cannabis, Jarle ? sanglota maman depuis le canapé.

Je fus tenté de répondre oui, mais je n'en avais pas encore fumé, alors je répondis non.

- Dans ta chambre ! cria papa. Immédiatement !

Ce fut une journée incroyablement réussie.

J'étais là, deux ans après, au printemps 1990, et il commençait à y avoir du mou entre Helge et moi. La semaine passée, il y avait eu du jeu un peu partout, j'avais changé en quelques jours, et papa avait tambouriné à la porte de chez nous. Ce n'était pas possible, si ? Et Katrine, n'était-elle pas ma gonzesse ? Bordel, cet Yngve, qu'est-ce que c'était que ce boxon ? Yngve ? Un petit gars BCBG bien propre sur lui qui avait tout à coup les yeux humides, à qui on offrait des cassettes de Sting pour Noël et qui trouvait ça dément, qui oubliait de mettre des chaussettes, qui m'avait fait me

comporter comme un con, qui m'avait fait me couper les cheveux et commencer le tennis.
 Le tennis ?
 Seigneur.
 Le tennis ? Jarle, tu es devenu totalement idiot ?
 C'est un pédé de Haugesund, nom de Dieu !

9

JE CROIS QUE TOUT VA S'ARRANGER

kiss me where the sun don't shine
- The Stone Roses

Le jour qui suivit celui où mon père était venu frapper à la porte de chez maman, je décidai de mettre un terme à cette histoire tant que je le pouvais encore. Je fis table rase, ébouriffai mes cheveux devant le miroir de la salle de bains, mis les vêtements les plus noirs que j'avais, c'est-à-dire aucune des fringues grises ou bleu foncé avec lesquelles je variais un peu, et à chaque fois qu'Yngve apparaissait dans mon crâne, j'exhibais un sourire ironique en souhaitant que l'ancien Jarle revienne bientôt. Maman et moi ne parlâmes pas de la veille au soir, je lus un recueil de poèmes de Majakovski à la table du petit-déjeuner, et la première chose que je fis après fut de téléphoner à Katrine.

Katrine Halsnes.

Ça faisait plus de cinq mois que nous étions ensemble, presque depuis le début de la première. Chouette nana. Mais si on avait demandé à Jarle Klepp, en seconde, ce qu'il pensait de Katrine Halsnes, les choses auraient semblé différentes.

Katrine qui ?

Halsnes.

Ah, oui, celle qui s'assied toujours près de la fenêtre ? Halsnes, oui, celle qui parle rarement ? La blonde, ou... brune, non, blonde, avec les cheveux mi-longs, ou peut-être un peu plus longs ?

Oui, c'est elle. Blonde. Assise près de la fenêtre, au troisième rang. Tu la trouves jolie ?

Bof, si... elle est assez jolie, ça, oui, mais elle ne dit jamais rien...

Tu sais avec qui elle est ?

Avec qui elle est ? Tu veux parler de ses copines, ces trucs-là, non... Non, je ne sais pas, je ne crois pas l'avoir vue avec qui que ce soit.

Quelles sont ses idées ? Qu'est-ce qu'elle vote aux élections étudiantes ? Quelles opinions ? Est-ce qu'elle fait partie d'une organisation d'étudiants ? Une troupe de théâtre ? Une équipe ?

Quelles sont ses idées ? Oh... sais pas, elle doit être assez stricte, oh, pas très, très stricte, je ne crois pas qu'elle soit pratiquante, ou à moins que ? Théâtre ? Non... assez stricte, je pense... ou bien ? Non, putain, je n'en sais rien !

Tu peux me décrire ce qu'elle porte ?

Si je peux décrire ce qu'elle porte ?! Non... un jean, peut-être, non, je n'en sais rien.

Son visage ?

Euh... oui, ben, un peu... ordinaire.

Sa voix, ses pieds sur le sol de la classe, son dos, ses mains, son maillot de bain à la piscine, sa façon de courir quand vous avez sport ?

Non. Je ne peux pas.

Donc, tu ne la connais pas.

Si je... non.

Tu ne lui as jamais parlé.

Oh... pas parlé, pas réellement, j'ai dû lui dire bonjour.

Ah oui ?

Oui, sûrement ?

Non, tu ne l'as jamais fait.

Ah non ?

Non, je ne l'avais jamais fait.

Ni moi ni aucun autre des garçons de la classe ne pensions à Katrine Halsnes en seconde. Elle était l'une de celles qu'on ne voyait pas. J'aimais les filles, j'ai toujours placé les femmes plus haut que les hommes, j'adorais tout ce qu'elles représentaient et tout ce qu'elles faisaient, avec pour modèles ma grand-mère et maman, je les voyais bonnes, belles, intelligentes – dans la mesure où je les voyais. Le regard est malheureusement ainsi fait que quand on voit quelque chose, ça implique qu'autre chose reste caché derrière. Je voyais des filles, en seconde, pas Katrine.

Alors pourquoi étais-je avec elle vers la moitié de l'automne, en première ?

Depuis tout petit, quand j'allais à l'école primaire, les dernières semaines des vacances d'été étaient remplies d'agitation et d'impatience. Je pensais toujours que les vacances étaient trop longues. Quel que soit mon ras-le-bol de l'école, bien que je trouve chiant d'y aller quand le mois de novembre arrive, je ressentais toujours une certaine impatience au début août, quand la fin des vacances approchait. Je me souviens d'une fois, à l'école primaire, quand Trine, qui était dans ma classe, avait dit qu'elle devait aller en Amérique pour les vacances. L'Amérique. Moi, j'allais en voiture avec papa et maman au Danemark. Trine avait une petite bouche, des couettes claires retenues par des élastiques rouges, et c'était la fille du propriétaire de l'épicerie non loin de l'endroit où on habitait. J'avais été amoureux d'elle, de la façon dont on peut être amoureux de quelqu'un qui a tout ce qu'on n'a pas ; un sentiment gourmand, celui qu'on peut voir dans les vieux films américains, dans lesquels des héroïnes pauvres se marient avec des hommes d'affaires aisés, rien que pour leur argent. Et maintenant, Trine allait passer trois semaines en Amérique. En Floride et à Miami. Je ne connaissais personne qui était allé en Amérique, et je trouvais ça nul d'aller au Danemark ; j'en fis part à maman – *est-ce qu'on doit absolument aller au Danemark ? On ne peut pas aller en Amérique, plutôt ?* Trine était déjà allée deux fois à Legoland, et elle avait dit que c'était *assez ennuyeux*. Pendant toutes les grandes vacances de ce début des années 80, je dormais dans différents lits de différents motels danois, en pensant à Trine. L'été s'en allait doucement, peuplé de saucisses rouges danoises et de promenades à Himmelbjerget, et je ne pensais qu'à Trine. Le vieux coup de foudre de CE1 et CE2 avait reçu une nouvelle énergie : une attraction plus adulte, plus gourmande, mêlée de mépris de soi et de jalousie.

Les autres congés estivaux n'étaient pas empreints des mêmes attentes concrètes quant à ce qui allait arriver à l'automne, mais c'était toujours la même chose : qu'est-ce qui se passe ? Qu'est-ce qui s'est passé ? Comment est-ce que ça va être ? Est-ce que les filles ont changé ? Est-ce que certaines se sont maquées ? Est-ce que l'une d'elles va tomber amoureuse de moi ?

C'était à chaque fois la même chose quand l'école avait le bon goût de reprendre ; les premières semaines étaient trépidantes. Les gens avaient des choses à raconter, et j'étais presque toujours amoureux de nouvelles filles. Certaines avaient une autre expression dans le regard, certaines avaient les cheveux plus longs. Certaines avaient grandi : de longues jambes, des seins plus gros. Certains revenaient avec des nouveautés : un gars de la classe avait une casquette d'un zoo de Münster, ou Trine, l'année où elle était allée en Amérique, qui était revenue avec des bonbons emballés dans un papier argenté, et un E.T. miniature dont les doigts s'allumaient tout seuls et qui parlait en américain. *E.T. phone home*. Le monde s'agrandissait.

En entrant en première à Kongsgård, ce fut un manque qui attira mon attention. Les premiers jours, ce ne fut qu'une sensation prudente informant que quelque chose était différent. Puis je remarquai que certaines filles de la classe, Anita, Gro-Elin et Marianne, ne cessaient d'échanger des regards lourds de sous-entendus, ces regards que seules les filles échangent, et qui n'ont qu'une signification : *Secret. On n'en parle pas*. Ne le dites à personne... Il ne faisait pas un pli que c'était Anita qui disposait du plus d'informations sur ce qui ne devait pas filtrer, car c'était elle qui avait un regard de chef, les yeux pleins d'autorité sur lesquels elle baissait à demi des paupières éloquentes. Ce ne fut qu'au cours de notre premier cours de natation que je compris de quoi il était question. Quand Torgersen, un prof de sport raide comme la justice, chenu, sans âge et rompu à une discipline toute militaire, fit l'appel, un élève manquait. Torgersen faisait toujours tout un plat des absences. Il affichait le plus grand scepticisme vis-à-vis des "malades", et quand les filles répondaient "comme d'habitude", il jetait un coup d'œil sévère par-dessus ses lunettes en cochant dans son registre, comme si les règles étaient une trouvaille récurrente qu'utilisait la gent féminine pour esquiver les tâches désagréables.

- Halsnes ?

Pas de réponse.

Halsnes ? me demandai-je en regardant autour de moi. Halsnes ?

- Katrine Halsnes, répéta Torgersen.
Pas de réponse.
Katrine Halsnes ? Mon regard fila entre les visages des filles de la classe, et autour de moi pour voir si je pouvais découvrir qui manquait, Katrine Halsnes ?
- Elle n'est pas là, dit gravement Anita derrière moi.
Torgersen cocha dans son registre et passa à l'élève suivant. Je tournai la tête juste à temps pour voir Anita, Gro-Elin et Marianne échanger quelques coups d'œil rapides et lourds de sens.
À n'en point douter, il y avait anguille sous roche. Quand mon attention fut tournée vers Katrine Halsnes, pour qui je n'avais jamais eu la moindre pensée, je compris que quelque chose clochait. En revenant dans la classe, pendant que Svensen parlait de la situation au Liban, je vis quelque chose que j'avais enregistré sans y réfléchir : la chaise vide près de la fenêtre. Je me mis instantanément à me composer une image de Katrine, basée en partie sur ce qu'il me semblait me souvenir de l'année précédente – autant dire rien – et ce que je me figurais d'elle, *celle qui manquait, celle qui avait une histoire à raconter.*
Pendant un grand intercours, je demandai à Helge s'il savait qui était Katrine.
- Hein ? Katrine ?
- Oui, celle qui est souvent assise près de la fenêtre.
- Qu'est-ce que j'en sais, moi, hein ? C'est qui, Katrine ?
N'obtenant rien de Helge, je finis par aller voir Anita, qui était avec ses copines près de la fontaine. Gro-Elin et Marianne me regardèrent bizarrement arriver et tapèrent sur l'épaule d'Anita, chose bien compréhensible puisqu'il était tout à fait inhabituel que je vienne les voir.
- Dis voir, Katrine, elle est malade, ou bien ?
Elles s'entre-regardèrent.
- Pourquoi est-ce que tu me demandes ça ?
- Oh, juste comme ça...
Anita eut l'air d'avoir attendu longtemps ce moment, celui où elle devrait sous la contrainte raconter ce qu'elle savait, où elle

serait forcée de le répéter, où les circonstances l'autoriseraient à se confier.

- C'est son frère, dit-elle. Son frère est mort.

Gro-Elin et Marianne acquiescèrent.

Je ne savais pas quoi dire. Le sang circulait à plein régime entre mes bras, et je sentais la température augmenter. *Son frère est mort.*

- D'accord, dis-je. Sale coup.

Son frère est mort.

- Tu ne dois le dire à personne, dit Anita. Elle ne veut pas en parler. C'était un accident. En Suède.

Un accident. En Suède.

Anita, qui en réalité n'était pas la copine de Katrine, mais qui habitait près de chez elle et qui savait par conséquent ce qui s'était passé, se comporta comme la porte-parole de Katrine durant les deux semaines qui s'écoulèrent avant que celle-ci ne revienne. Ce qu'elle fit peut paraître odieux avec le recul, mais ce n'était rien d'autre que ce qu'aurait fait la plupart des gens, qui jouissent de la confiance qu'on leur porte : se faire bronzer à la lumière de la souffrance d'autrui. Les jours qui suivirent, elle ne parvint pas à se contenir, et vers la fin de la semaine, toute la classe savait tout, et tout le monde avait promis de ne rien dire à personne. Une situation curieuse résultant de ce que tout le monde savait la même chose, mais personne n'en parlait ouvertement, seulement en tête-à-tête, et de préférence sous la surveillance de la source des informations, Anita. La conséquence fut également que celle-ci connut une certaine célébrité sous les projecteurs, les garçons la regardèrent plus souvent, ce sur quoi elle ne crachait pas. Elle parlait plus facilement en cours, et ses mots avaient un poids évident.

Jusqu'à ce que Katrine revienne. Je m'étais créé une véritable impatience de la revoir, chaque jour, je regardai tout autour en espérant qu'elle serait là ; alors, elle revient, oui ou non ? Je regardais la place inoccupée près de la fenêtre, et je pensais à elle. Elle était belle, elle portait des vêtements sombres, elle s'asseyait silencieusement et pensivement près de la fenêtre, avec sur les épaules le poids du vécu de l'été passé, quand son petit frère était mort dans un accident à la fête foraine de Liseberg, à Göteborg. La chaise vide recueillait mes chimères, la laissait s'asseoir, triste, les yeux grands ouverts.

Mais ce fut une toute autre Katrine qui traversa la cour, qui monta l'escalier et qui entra dans la classe. J'avais attisé la fascination pour une victime, j'avais imaginé une personne fragile, une jeune femme aux yeux tristes, une personne plus calme et plus réservée qu'avant les vacances, j'avais entretenu le feu sous le bûcher des vues de l'esprit, et j'avais commencé à me considérer comme celui qui la consolerait.

Et puis elle arriva. Puisque nous avions, en première heure ce jour-là, informatique ensemble, j'étais l'un des privilégiés qui pourraient la voir avant les autres. L'informatique était la matière que je détestais le plus. Mon cerveau s'était figuré que les ordinateurs étaient la victoire finale de l'aliénation de l'individu ; j'avais l'idée rétrograde que s'il y avait aujourd'hui davantage de données informatiques sur les gens, plus aucun d'entre nous n'aurait d'idées personnelles, nos yeux deviendraient carrés, tout comme nos idées, oui, l'humanité toute entière serait réduite à un grand carré vert fluo privé d'idées, réduite à taper sur des touches nous apportant des opinions prémâchées. En 1990, c'était une apocalypse Orwellienne que les ordinateurs suggéraient à Jarle Klepp. La prof, qui était en fait prof de norvégien pour certains autres du cours, avait eu dès le début à se colleter avec moi. À chaque séance, elle devait réentendre la même tirade, dans laquelle je m'en prenais violemment au monstre informatique, et elle levait les yeux au ciel et répétait à chaque fois le même refrain : tu as choisi ce cours toi-même, et je disais la même chose : oui, je n'ai pas eu trop le choix, et elle faisait une dernière tentative : maintenant, tu es là, tu suis ce cours, est-ce qu'il faut l'employer à raconter des conneries ou à faire quelque chose ? et je plaçais ma dernière réplique : ça m'est égal.

Ça m'était réellement égal. Helge n'avait pas informatique, et je n'aurais pas pu me moquer plus éperdument de ces deux heures par semaine.

Mais ce jour-là, les choses changèrent.

Katrine entra dans la salle de classe. Elle portait un jean moulant, un pull rouge à manches courtes, et elle alla d'un pas rapide et décidé vers la place libre, qui l'attendait aussi pendant les cours des matières optionnelles. Elle ne jeta qu'un coup d'œil rapide à celles qui la connaissaient, et n'émit pas un seul signe que je puisse décoder indiquant que c'était elle qui avait *un frère mort*. Ce n'était peut-être pas vrai ? Elle n'avait pas l'air triste. Elle n'avait pas l'air amoindrie. Elle ne se repliait pas dans son coin. Avait-elle réellement perdu son frère ? Anita avait-elle reçu de fausses informations ? Je lui jetai des coups d'œil à la dérobée pendant le cours, et rien ne semblait différent, si ce n'était son look. Elle avait l'air plus vieille, je trouvais, les cheveux plus courts… elle était passée chez le coiffeur ? Plus jolie. Pas de doute là-dessus. Plus jolie qu'avant. Mais elle n'avait pas l'air triste. C'est vrai que la prof lui souhaita tout spécialement la bienvenue avec un sourire plein de respect et une expression qui m'indiqua qu'elle savait ce qui s'était passé, mais Katrine ne répondit pas non plus comme je m'étais imaginé qu'elle le ferait. Elle se contenta de remercier, de s'informer sur ce qu'elle avait manqué avant d'ouvrir son bouquin d'informatique.

À la moitié du cours, je ne pus me retenir, quand la prof se lança dans des considérations générales sur "la position des ordinateurs dans notre société moderne", il fallut que je crache de nouveau mon venin, en affirmant que "les ordinateurs sont les ennemis de la libre pensée".

Avant que la prof ait eu le temps de répondre, Katrine prit la parole. Je tournai violemment la tête, éberlué, et elle me regarda.

- Écoute, dit-elle, tu n'es pas prétendument progressiste ?

Les autres élèves levèrent les yeux de leur bécane.

- Hein ? fis-je en la regardant.

- Oui, tu l'es, non ? Tu ne frimes pas avec ça, le fait que tu sois progressiste, toi et ce Helge ?

- Bien sûr que si, et alors ?

- C'est un instrument, répondit-elle en secouant la tête. Un instrument, tu comprends ? C'est une machine à écrire perfectionnée.

- Oui, très.

J'étais déboussolé. Il fallait que je révise toutes mes idées d'une fille silencieuse, perdue, qui avait besoin de réconfort, et il fallait que les rectifications soient faites rapidement, parce que là, devant moi, il y avait une nénette au regard assuré, aux opinions bien tranchées, qui n'avait pas l'air de réclamer de compassion et qui par-dessus le marché me remettait à ma place. Il y avait de la baston dans l'air.

- C'est tellement rétrograde, ce pour quoi tu nous rebats les oreilles, dit-elle. Qu'est-ce que tu crois ? Tu es suffisamment con pour t'aplatir devant un instrument ? Tu es con à ce point ? Si tu es si progressiste, tu dois prendre le contrôle des instruments, et les utiliser pour atteindre ton objectif ! Et je ne supporterai pas de t'entendre pendant tout le cours, OK ?

Katrine me regardait. La prof me regardait. La classe me regardait.

- Bon Dieu, dis-je en levant les yeux au ciel.

La prof embraya, souriante pour une fois qu'une condisciple avait pris la parole contre moi, élevant le débat d'un petit cran.

Katrine me regarda depuis sa place près de la fenêtre, de deux yeux marron empreints d'une force de caractère que je ne me souvenais pas avoir déjà vus, sous une frange brune, au-dessus d'une bouche sévère. Je la regardai. Sévèrement, bien sûr. Amoureux, bien sûr.

La sonnerie de la fin de cours retentit.

Après ce cours d'info optionnel, je la vis, cette nana de Stokka, cette nana que personne n'avait remarquée en seconde, et je m'aperçus que les gens se rassemblaient autour d'elle, d'autres filles, d'autres éléments alternatifs du bahut ; je remarquai sa façon de parler pendant les cours, son pas assuré à travers la cour, sa façon d'ouvrir la porte de la salle de classe, la tête levée, ses signes de tête à ceux qui étaient assis près d'elle, sa façon d'aborder les autres ; tout ça, c'était plein d'attention, elle défendait ses opinions... et elle était vachement belle. Mortellement belle. Sexy comme pas permis. Son corps, qui n'avait pas dû changer tant que cela pendant les mois d'été, m'apparut subitement, en même temps que tout ce qu'elle était, durant l'automne 1989, comme s'il avait été caché en elle jusque-là, comme s'il y avait eu un voile dessus, le dissimulant aux yeux des autres. Bien sûr que non ; ses seins étaient sur son buste au mois de mai aussi, ses cuisses fortes avaient aussi porté son corps avant cet été, c'était juste qu'à présent, elles portaient une autre Katrine.

Je remuai ciel et terre pour faire sa connaissance. Elle m'avait poussé dans mes retranchements, et ce qu'elle avait réussi à faire, c'était me faire tomber amoureux de la vraie Katrine. Je me mis à m'intéresser à l'informatique, sans me rendre compte que je jetais l'éponge, je reconnus devant la prof que j'avais été "un peu brusque au départ", comme je dis, en précisant que je ne ferais plus d'esclandre là-dessus, et je me mis au lieu de cela à témoigner davantage d'intérêt que le reste de la classe. Je posais des questions pleines de défi, spéculatives, hypothétiques, des questions qu'on pouvait sans ironie aucune poser au début des années 1990 : à quoi peuvent servir les ordinateurs dans un contexte international ? Quelles sont les bonnes choses qu'un ordinateur peut faire ?

Un après-midi après les cours, elle vint vers moi tandis que je me préparais à partir, près de mon vélo.

- Salut.
- Salut ? retournai-je, surpris qu'elle m'aborde.
- Tu viens prendre un café ?
- Maintenant ?
- Oui, maintenant.

Nous allâmes au Sting où nous bûmes du café, je l'accompagnai ensuite au cinéma, et nous nous embrassâmes dans le parc de Bjergsted jusqu'à minuit et demie, mes mains sur ses cuisses, nos lèvres collées les unes contre les autres jusqu'à ce qu'elles soient douloureuses, jusqu'à ce qu'elle doive rentrer chez elle à Stokka avant que ses parents n'appellent la police, s'ils ne l'avaient pas déjà fait.

Je m'étais trouvé une copine. Katrine Halsnes. La fille la plus jolie, la plus futée et la plus stylée de la classe ; elle avait des connaissances politiques, des ambitions, elle était douée pour les langues, sensible aux modes de pensées alternatifs, et elle avait un secret.

Helge était sceptique quand Katrine devint un thème récurrent. Il comprit que je traficotais quelque chose. Ça faisait trop de soirs et d'après-midi où je lui disais que je ne pouvais pas le rejoindre, et il comprenait ce qui se passait : je m'étais dégoté une gonzesse, je traînais avec une nana que j'embrassais dans les parcs de la ville. Mais il était sceptique. Il disait qu'elle avait changé, mais l'impression qui lui restait de la seconde d'une fille falote ne le quittait pas, et il exprimait clairement qu'elle n'était pas un cheval sur lequel il fallait parier. Je n'exclus pas qu'une certaine jalousie était de la partie. Je ne crois pas que Helge était jaloux de moi parce que j'étais avec Katrine, mais parce qu'il craignait qu'elle m'accapare trop à son détriment et ne brise la paire Helge et Jarle, exactement comme je ressentais de la jalousie à chaque fois que Helge se trouvait une copine, ou de nouveaux copains qui menaçaient d'occuper plus de place que moi dans son emploi du temps. Il rua donc dans les brancards, au début. Elle n'est que relativisme, et ceci, et cela : Seigneur ! Et est-ce qu'elle ne vient pas d'une famille de droite ? Putain, oui, Jarle, et qui sait, peut-être des gens du Fremskritt Parti* ?

– C'est aussi mon cas, Hegga.

– Oui, oui, mais regarde-la !

Je la regardai. Oui ? Joli bout de fille. Merde alors, joli bout de fille.

Les premiers temps, lui et Katrine mesuraient constamment leurs forces, pour voir si l'élastique tiendrait. La façon dont nous avions discuté pendant ce cours d'informatique, quand elle m'avait défié, avait disparu quand nous étions sortis ensemble, mais ça restait le ton entre Katrine et Helge. Ce qui avait débuté comme une relation pleine de soupçons et un peu agressive était devenue un standard, comme si les sentiments qu'ils nourrissaient l'un envers l'autre se modifiaient sans que j'en aie pleinement conscience.

– Les gens qui discutent et retournent les choses dans tous les sens ne font jamais rien, asséna Helge.

---

* Litt. "Parti du Progrès", parti norvégien d'extrême droite.

- Les gens qui ne réfléchissent jamais, ou qui n'en parlent pas avant de faire les choses font souvent des conneries, rétorqua Katrine.

Katrine était la fille qu'il nous fallait, à Helge et à moi. Elle fut acceptée et respectée, et en l'espace des six premiers mois de première, nous étions devenus une *troïka* bien à part à Kongsgård. J'entendais les commentaires d'autres mecs, "Ils couchent tous les deux avec elle, c'est franchement dégueulasse."

Au fur et à mesure que les mois d'automne passaient doucement, tandis que les feuilles des arbres jaunissaient et se mettaient à tomber, nous passâmes des patins aux caresses, puis à notre premier rapport, en novembre. C'était nous. Katrine et moi.

Quelques semaines après avoir été au café ensemble, je l'accompagnai chez elle. On était en septembre. Je me souviens que je trouvais un peu curieux qu'elle ne parle presque jamais de son frère, elle ne montrait pas de mauvaise volonté quand je lui posais des questions, mais je trouvais quand même étrange qu'elle ne m'en parle pas d'elle-même. Ce soir de septembre, elle me demanda tout à trac si je voulais voir la chambre d'Ørjan.

- Ton frère ? demandai-je, interloqué.
- Oui.

Nous montâmes au premier. C'était une situation un peu inconfortable. Katrine était grave, et je n'avais d'autre choix que de la suivre. Bien sûr que je voulais voir la chambre de son frère, si elle le souhaitait, mais quand même ; maintenant ? De cette façon ? Quatre portes donnaient sur le couloir du premier. Une vers la chambre des parents, une vers celle de Katrine, une vers les toilettes, et une dernière porte.

Katrine ouvrit ladite porte. Elle resta dehors, et me laissa entrer. Bizarre. Je vis une chambre de garçon. Un lit fait, de la moquette par terre, un bureau et une liseuse. Des posters aux murs, pour la plupart des posters de sport. Avec le recul, je constate que cette chambre ne ressemblait pas qu'un peu à celle d'Yngve, si ce n'est que là où Yngve avait un poster du joueur de tennis Becker, Ørjan avait la photo d'une équipe de hockey sur glace, et là où Yngve avait une raquette de tennis, Ørjan avait une paire de rollers *in-line*. J'entrai dans la pièce. C'était désagréable, et je me sentis un instant mal à l'aise de me trouver là, sans que je parvienne à définir pourquoi. Une chambre vide, pleine d'objets, mais vide malgré tout ; pas d'odeur, pas de présence. Je trouvais ça sordide, c'était comme trouver un gant dans la forêt, pas deux, mais un seul, et se demander où se trouve celui qui fait la paire, pourquoi celui-là est ici.

Il y avait une photo sur le bureau, une photo de classe qui représentait une vingtaine de jeunes de 12 ou 13 ans, la plupart souriants, certains appareillés. Sur le rebord de la fenêtre, je vis une autre photographie, d'une fille et d'un garçon. La fille avait peut-être 15 ans, le garçon en avait à peu près 10. Je me penchai vers le cliché. C'était elle ? Oui, ça devait être elle ?

- C'est Ørjan et moi, entendis-je derrière moi, en 1997, je crois. À Rennesøy.

Je me retournai. Katrine était à la porte, les bras le long du corps.

- Il jouait au hockey.
- Ah oui, dis-je.

Je m'aperçus que Katrine avait les yeux baignés de larmes. J'allai jusqu'à elle et la pris dans mes bras.

- Mais qu'est-ce qu'il y a ?
- Tu trouves que c'est bien ? demanda-t-elle en se mettant à pleurer.
- Quoi ? De quoi tu parles ?

Katrine se libéra et descendit l'escalier à pas rapides. Je trottinai derrière.

- Qu'est-ce qu'il y a ? Katrine ?

Elle s'était assise dans le canapé du salon.

- Je n'y arrive pas. Tu trouves que c'est bien ?
- Il faut que tu me dises ce qu'il y a... commençai-je.
- C'est comme si maman voulait... un musée, ou je ne sais quoi, et je ne le supporte pas, tu vois ? Passer devant, tout le temps... Il est mort, hein, Ørjan, on était en balade en voiture en Suède, et puis il est mort, et je ne supporte pas d'avoir un musée dans la maison,

il est parti, il... il jouait au hockey, et on était en balade en voiture en Suède, et il est mort, non ?

Elle pleurait, et je ne savais pas quoi faire.

- Oui.

- C'était dans ce grand huit à looping, et Ørjan s'en faisait une telle joie, c'était tellement cool, disait-il, et il faut absolument qu'on y passe toute la journée, à Liseberg, faire du tir, du manège, des autotamponneuses, du grand huit, aller dans la maison hantée et manger au restaurant, et moi, je ne voulais pas, tu vois ? Pourquoi on aurait fait ça ? Aller à la fête foraine ? Moi, je ne voulais pas.

Katrine essuya ses larmes.

- Non ?

- Non, pourquoi on faisait ça ? Je l'ai dit à Ørjan, pourquoi est-ce qu'il fallait qu'il décide de tout pour ce voyage ? Bon Dieu, je n'ai plus 12 ans, pour me promener en voiture en Suède, aller à Liseberg et à la fête foraine ?

- Non ? répétai-je, en cherchant quelque chose de malin à dire.

- Et puis Ørjan a voulu faire des autos tamponneuses, papa aussi voulait, OK, ils allaient en faire, ils m'ont demandé si je voulais venir, mais je ne voulais pas, pourquoi j'aurais voulu ?

- Katrine, tu n'as pas besoin... commençai-je. Mais elle continua.

- Ils tournaient et se rentraient dedans, ils s'amusaient, et moi, je suis allée broyer du noir vers les baraques de loterie, je l'ai dit ? Que j'étais là-bas, près des baraques de loterie ? J'ai acheté des billets. Maman regardait pendant qu'ils faisaient des autotamponneuses, Ørjan et papa, et j'étais près des baraques de loterie, et...

Katrine se remit à pleurer.

- Tu n'as pas besoin d'en dire plus. Je sais ce qui s'est passé.

- Mais je n'étais pas là, dit-elle en me regardant. J'étais en pétard, et je n'étais pas là, j'achetais des billets de loterie. Et quand Ørjan est descendu de la voiture...

- Oui, oui, je sais, répétai-je. Mais Katrine ne s'arrêtait plus, elle voulait tout raconter encore une fois.

- Quand Ørjan est descendu de sa voiture, il a glissé et il est tombé, et il a été heurté par une autre voiture, ce qui a fait que sa

tête a tapé contre le mur. Ce n'était pas papa qui conduisait l'autre voiture, papa avait le dos tourné, il poursuivait un autre adulte, pendant qu'Ørjan se faisait éclater la tête.
- Je sais.
- Maman non plus n'a pas vu Ørjan tomber.
- Je sais.

Elle se tut. Complètement. Elle cessa de pleurer. Puis elle se mit à rire et se moucha.
- Tu crois que j'ai gagné ?
- Hein ? J'étais largué.
- À la loterie. Aux baraques.

Elle secoua la tête avant que j'aie pu répondre et me demanda si j'avais une clope. Oui, bien sûr, répondis-je avant d'aller chercher mon paquet de Marlboro dans le couloir.
- Je ne crois pas qu'on devrait avoir un musée à sa mémoire à la maison, dit-elle en allumant sa cigarette. Je n'aime vraiment pas ça.

Elle me raconta alors ce qui s'était passé chez eux après l'accident. Ça, je ne le savais pas. Ni la mère ni le père de Katrine n'avaient depuis de cheveux blancs, mais sa mère avait sombré dans une grosse dépression, et restait assise toute seule à ruminer sur le souvenir de son fils. Le père s'était forgé un barrage contre son chagrin et sa frustration, contre lui-même, et pour lui, la vie continuait comme avant, juste un peu plus violemment ; il s'investissait dans sa fille, il s'investissait dans son travail, et la situation familiale était le résultat de ce que personne ne parlait d'Ørjan. Il avait sa chambre, la mère s'occupait d'elle-même et de la tombe de son fils, et le père travaillait.

Katrine n'était pas ma première petite copine, et elle n'était pas celle dont j'avais été le plus amoureux – ça, c'est une autre histoire – mais elle est celle que j'admirais le plus parmi celles avec qui j'ai été. Et ça, justement, l'admiration envers une personne qui avait tant changé, je crois que c'est ça qui a fait que les premiers mois avec elle ont été si réussis. On se voyait, et je crois que je n'oublierai jamais cette période où j'admirais une nénette qui m'admirait.

On était maintenant un samedi après-midi de janvier, et je composais son numéro.
- Katrine, c'est Jarle.
Je pensais à Yngve. *Ça suffit, maintenant, arrête bordel, avec cet Yngve, il faut que tu te ressaisisses, Jarle, tu as une gonzesse, elle est vraiment super, et tu as Helge, il faut que tu fasses gaffe à ne pas le perdre, lui, OK ?*
- Salut ! C'est cool que tu appelles.
- Il fallait bien.
- Tu es chez toi, aujourd'hui, ou est-ce que tu vas voir ton père ?
Je n'allais pas voir papa, j'allais être avec Katrine.
- Non, je veux être avec toi.
- C'est sympa, répondit-elle d'une voix joyeuse. On appelle Helge, pour faire un tour avec lui ?
- Non, pas besoin.
- Et cet Yngve, là, ça serait cool, hein ? On va l'appeler, il ne connaît sûrement pas tant de monde que ça, ici.
Est-ce qu'elle était amoureuse de lui ? Fallait-elle qu'elle le fasse entrer en scène justement maintenant, au moment où j'avais décidé de me le sortir du crâne ?
- Ouaiis... J'hésitai. Ça pourrait être sympa, non ? Je réfléchis, et je sentis mes intentions s'effacer, une à une, elles pâlissaient et essayaient de me convaincre que ça pouvait quand même marcher, Katrine, Yngve et moi, c'est ça ? Je réfléchis, et le sourire d'Yngve, qui partait vers le bas, son corps, son dos sous la douche, sa voix chaleureuse, ses yeux sincères, son dialecte, tout ça emplissait la pièce autour de moi.
- Non, oublie, dit Katrine en me tirant d'embarras. Rien que toi et moi, hein ?
- Oui, répondis-je très vite, heureuse qu'elle me comprenne. Juste toi et moi.
- Vidéo ?
- Oui.
- Pizza ?
- Oui.

- Papa et maman sont au chalet, dit-elle, et je sentis ce que sa voix venait d'acquérir de sensuel ; je l'imaginai, nue.

J'allai au salon. Maman faisait les mots croisés de VG. J'eus instantanément un commentaire sur les lèvres, elle ne devait pas acheter *VG*, ce succès capitaliste de la presse à scandale, elle ne pouvait pas plutôt lire un bouquin, mais je m'abstins. Si j'avais fait plus attention, j'aurais aussi remarqué qu'elle avait l'air un peu absente, et si j'avais pensé davantage à elle qu'à moi, j'aurais été frappé qu'elle refasse ça, deux ans après : passer le samedi dans son fauteuil à faire des mots croisés de VG après être sortie faire des courses, ou essayer de marcher le plus silencieusement possible dans la maison. Quelque chose n'allait pas, mais je ne le voyais pas.

J'allai jusqu'à elle, l'embrassai et lui dis que j'allais voir Katrine.

Maman leva tout juste la tête, posa sur moi un regard lointain et sourit.

- Je dormirai sûrement chez elle. Pas de problème ?

Elle sembla vouloir dire quelque chose, mais hocha simplement la tête.

Je descendis au garage et défis l'antivol de mon vélo. Il pleuvait un peu et il faisait doux, le ciel était couvert comme tous les jours durant ces dernières semaines, c'était la sempiternelle comptine de cette région de Norvège : Pas d'hiver de ce côté-là, seulement du vent, de la pluie et encore du vent.

Katrine ouvrit la porte, simplement vêtue d'un T-shirt et d'un jean, et me fit un sourire taquin. Je me hâtai d'entrer, envoyai balader mes godasses tandis qu'elle se retournait pour aller vers la cuisine ; je vis sa silhouette de dos, je jetai mon blouson avant de me précipiter comme un taureau en rut derrière elle. Aucun contrôle, rien que du désir. Nous baisâmes dans la cuisine, et je m'appuyai au frigo pendant qu'elle me suçait ; puis je tombai à genoux tandis qu'elle s'asseyait sur le plan de travail, je vis la différence de teinte entre ses cuisses et son entrejambe, avant d'appuyer mes lèvres et ma langue contre elle.

Nous nous promenâmes ensuite dans Stokka et Eiganes, nous allâmes à l'épicerie acheter de quoi faire la pizza avant de passer à

Løkken Video, dans Løkkeveien, ou nous louâmes un lecteur et un film pour cinquante couronnes. Je voulais revoir *Shining*, de Kubrick, mais Katrine trouvait que c'était une connerie glauque pas spécialement romantique. Elle voulait voir *Ironweed*, il y avait aussi Jack Nicholson dedans ; tu l'aimes bien, lui, dit-elle, et Meryl Streep, elle est bonne, hein ? Nous nous occupâmes de la pizza en rentrant chez elle, mais une nouvelle partie de jambes en l'air nous empêcha de voir plus de la moitié du film.

Je passai la nuit chez elle, et il s'était passé ce que j'espérais : Yngve avait disparu. Plus tard dans la soirée, elle me demanda si j'avais parlé un peu avec lui.

- Avec qui ?
- Yngve.
- Putain, tu n'arrêtes pas de me poser des questions sur lui, dis-je en profitant de l'occasion pour lui couper l'herbe sous le pied, c'était quand même elle qui aurait pu m'accuser de m'intéresser à lui plus que de raison, mais je pouvais alors balayer tout soupçon en lui faisant ce coup-là. Je posai mes mains sur ses seins et répétai : Tu n'arrêtes pas de me poser des questions sur lui.

- Non, c'est juste... Elle s'arrêta. - Tu crois qu'il y a quelque chose de... oui, de bizarre, chez lui ?

Je réfléchis. De quoi parlait-elle ? Bizarre ?

- Quoi ?
- Oh, c'est juste... Elle s'arrêta à nouveau. Ce n'est pas quelque chose en particulier, c'est juste un peu bizarre. Dans... Il est étrange, c'est tout.

- Oui, peut-être un peu. Mais, euh... il n'est pas comme nous, tu vois, c'est peut-être ça ?

- Oui, sûrement.

Nous nous endormîmes vers une heure du matin.

En pleine nuit, je me réveillai en sursaut. J'avais le souffle court, j'étais tendu comme une peau de tambour, mon cœur battait comme un fou, mon pouls filait comme si j'avais avalé dix morceaux de sucre avant de me coucher. J'ouvris les yeux. Katrine était étendue à côté de moi. Son visage était tout près du mien. Ses yeux étaient ouverts, et regardaient droit dans les miens. Nous nous regardions, et nous étions soudain projetés des mois en arrière, aux premières semaines débridées après notre rencontre, quand nos mains ne pouvaient s'empêcher de toucher l'autre, quand nos lèvres n'étaient bonnes qu'à se coller à celles de l'autre. Nous nous attrapâmes l'un l'autre dans un curieux mélange de fatigue, de décalage horaire et de désir, dans la pénombre, sans nous quitter des yeux.

- Je veux que tu viennes en moi, maintenant, dit-elle. Je veux te sentir en moi. Viens.

Elle était sur le dos, les jambes écartées, et elle tendit les mains vers moi, en souriant, tandis que je la regardais fixement, surpris de ce qui s'était passé.

Nous haletâmes tous les deux quand je m'enfonçai en elle, et nos corps entiers se raidirent, son ventre était chaud et ferme, son buste se contracta, ses cuisses se refermèrent autour de mes hanches, et je crus que mon sang allait devenir fou, chercher de nouveaux vaisseaux à travers lesquels couler. Katrine ferma les paupières, serra les mâchoires et plissa les yeux.

Combien de visages peut-on se rappeler ? Au cours d'une vie ? Dix ? Vingt ? Je me souviens de celui-là. Katrine, étendue sur le dos sous moi, qui s'agite en m'ayant en elle, ses lèvres qui se crispent, et moi qui dis "je suis en toi, maintenant."

Maintenant, Jarle, pensai-je en remuant tout contre elle et en aimant ce qui arrivait ; maintenant, Jarle, tout va s'arranger.

10

FITTESATAN ANARKIKOMMANDO

*Ceci, c'est la bande originale
de la transformation de ta société*
– Doktor Kosmos

Le Mathias Rust Band se rencontrait tous les dimanches à l'Akvariet, au Folken, pour recharger les batteries en vue de la répétition de la soirée, environ une heure avant le départ du bus pour Kvernevik. Le plus souvent, Helge et moi arrivions sur les coups de 5 heures, et Andreas arrivait nonchalamment de Lassa vers 5 heures et demie, juste assez tôt pour avoir le temps de prendre un café à l'Akvariet – et le rab offert – et fumer deux cigarettes de son paquet de clopes Eventyr. C'était moi qui avait instauré ce rituel, je soutenais que nous ne devions pas passer du temps en studio à discuter de textes et autres, mais nous débarrasser de ça avant de se brancher et de casser la baraque.

Le Folken, c'était le rêve. Pour moi, dans mon petit monde, c'était *la* salle des fêtes. C'est là que se trouvait la salle de cinéma dans laquelle j'allais voir des dessins animés avec maman lorsque j'étais petit, celle où j'avais vu E.T. à l'âge de 12 ans, salle qui avait par la suite été reconvertie en salle d'étude, ciné-club le dimanche et première salle de concerts de la ville. Rien n'égalait le Folken. C'était la même chose pour Andreas. Dans le monde de Helge, c'était encore plus grand ; ce n'était pas seulement le Folken, un endroit qui représentait des films, de la bière et de la musique, c'était la *Maison du Peuple**, pas seulement l'une des meilleures salles de concerts du pays, mais la maison des travailleurs. Cet endroit était intimement lié à la lutte. Et c'était là que le Mathias Rust Band devait jouer un jour.

"C'est clair, disait souvent Helge, on jouera au Folken. Soyez patients."

---
* Quartier général du Parti communiste.

Helge et moi nous étions rencontrés en ville, et ne nous étions pas racontés grand-chose en remontant Kleiva dans le vent. Il avait de nouveau commenté ma coupe de cheveux, m'avait demandé ce que j'avais fait le week-end, et nous avions fait quelques tentatives malheureuses pour trouver le bon ton, sans résultat.

- Tu vas jouer au tennis avec Yngve, là, cette semaine ? demanda-t-il.

- Je ne sais pas, répondis-je en essayant de me persuader que j'arriverais à me tenir à l'écart d'Yngve. Ça faisait plusieurs jours que je ne l'avais pas vu, et j'étais bien parti pour me convaincre qu'il était sorti de ma vie, de mon corps, de ma tête.

Quand nous arrivâmes à l'Akvariet, Andreas était déjà installé à l'une des tables, un café à la main et une clope roulée au bec.

- Putain, dit Helge. Tu es tombé de ton pieu ? Il alla au bar et me regarda.

- Café ?

Je hochai la tête et m'assis à côté d'Andreas.

- Bien, dis-je.

- Bon, dit Andreas.

Andreas était un type cool. Il n'y avait pas grand-chose à en tirer, mais il était cool, réservé, pas exactement timide, juste calme. Mais je pus voir sur sa tronche qu'il se passait quelque chose.

Helge revint avec les cafés, s'assit et sortit un paquet de Marlboro de sa poche.

- Bien, dit-il. Ça boume ?

Andreas nous regarda.

- Oui ? dis-je en sortant une page de texte. Il y a un problème ? J'ai une nouvelle chanson, ça s'appelle *Elle se fout complètement de moi*.

- Merde, réagit Helge, l'air sceptique, on va se mettre à jouer des chansons d'amour, maintenant ? Des pépins, avec Katrine ?

Andreas nous regardait. Je posai ma feuille.

- Qu'est-ce qu'il y a ?

- Rien, euh...

- Tu abandonnes, c'est ça ?

- Non, on a un contrat, dit Andreas. Oui, enfin, si on veut.

Helge et moi nous entre-regardâmes, je sentis mon cœur se mettre à battre deux fois plus vite dans ma poitrine. Un contrat ? Jouer devant un public ? *Le Mathias Rust Band en public ?*

- Tu déconnes ? demanda Helge tout haut. Devant des gens ? Ici, au Folken ?

- Non, à la maison de quartier de Hundvåg ; si on veut, hein...

- Tu déconnes ? Si on *veut* ? Putain, il faut répéter ! Je savais bien que ça arriverait, qui est-ce qui nous a entendus ? Merde, c'est ce que je disais, il fallait répéter deux fois par semaine !

Je regardai Helge, ébahi, tandis que mon cœur battait la chamade et que la nervosité montait en moi. Je ne pensais pas qu'il prenait à ce point les choses au sérieux, et je pensais en tout cas qu'il accueillerait une éventuelle proposition de concert avec calme, ce qui n'était pas le cas.

- Cool, dit-il en allumant sa clope. Cool, où est-ce... oui, tu l'as bien dit, oui, à Hundvåg, oui. Quand ?

- C'est samedi, répondit Andreas.

- Samedi ?! Là ? Ce samedi ?!

- Oui, confirma Andreas. Ce samedi.

- Bon Dieu ! s'enflamma Helge en tapant sur la table, semblant prêt à péter un plomb d'un instant à l'autre. Samedi ?!

- C'est trop tôt, dis-je avec grandiloquence. Pas possible. On n'est pas prêts.

- Ta gueule, intima Helge. Écoute ce qu'il a à dire !

- C'est trop tôt, répétai-je en sentant revenir la tension entre Helge et moi.

- Mais écoute-le, merde !

- Non... dit Andreas, c'est juste une première partie, et ce n'est pas payé, bien sûr, et ce n'est qu'un club pour ados, alors...

- Là, tu vois, reprit Helge en me regardant avec irritation, une maison de quartier, une première partie, comme ça, c'est parfait, bien sûr, qu'on y va !

- Je ne sais pas trop, dis-je avec scepticisme en comprenant que c'était la nervosité qui parlait. Allais-je gueuler nos morceaux avec le même enthousiasme en sentant que nous n'étions même pas prêts ? Le Mathias Rust Band ne devait-il pas commencer en fanfare, surprendre toute la ville et devenir le nouveau must ?

- Comment est-ce que tu as déniché ça ? demanda Helge en regardant avec admiration Andreas, qui n'avait jamais été l'objet de tant d'attentions de notre part ; ça, c'était son heure de gloire. Helge lui tapa sur l'épaule.

- Putain, Anni, c'est chouette, hein ? Qui est-ce qui a entendu parler de nous ?

- Oh, c'est un mec qui s'appelle Ståle, et qui est en terminale à Svithun, et il...

- Strømsvold ?

Andreas acquiesça.

- Ça ne marchera pas, dis-je en m'attirant un coup d'œil assassin de Helge.

- Strømsvold ?! Oh, punaise, le meilleur guitariste de la ville ! Jalla, c'est un honneur ! C'est Strøsvold qui veut nous avoir comme première partie ! Il nous a entendus, alors ?

- Non, répondit Andreas.

- Non, non, répéta Helge, un peu dépité. Mais quand même.

- Est-ce que c'est ce groupe de Hekkan ? demandai-je. Je savais qui ils étaient, Madla et Ullandhaug ; selon ce que je savais, le chanteur était une grande gueule qui était dans une autre première à Kongsgård, et le batteur était un petit jeune, un peu jazzy, répondant au nom de Paal. Du rock tout en dialecte, un rock à la sixties avec des échos prog et des refrains pop. Je les avais vus une fois, pour la Fête de la musique. Est-ce qu'on pouvait supporter la comparaison ? Oui, on pouvait ; même si on ne savait pas jouer et s'ils tournaient depuis plus longtemps que nous, on avait une dégaine qu'eux n'avaient pas, je me disais, et nos textes étaient meilleurs, non ?

Andreas et Helge me regardaient. À moi de jouer. Et je savais que c'est ça qui allait nous rabibocher, Helge et moi. Je sentais que je ne pouvais pas m'y opposer, parce que c'était ce que j'avais attendu, pouvoir jouer en live avec le groupe.

- OK, dis-je. OK, on y va.

- Évidemment, qu'est-ce que tu croyais ! répondit nerveusement Helge.
Andreas sourit.
- Comment tu as dégoté ça ? demanda à nouveau Helge.
- Oh, j'ai joué un peu avec Ståle, au collège, pour le théâtre de l'école.
Les yeux de Helge s'agrandirent, sa cigarette se mit à pendre au coin de sa bouche. Andreas nous bluffait à nouveau ; Andreas, notre timide bassiste, avait joué avec Strømsvold ? Nous nous regardâmes.
- Putain, fit Helge qui n'en revenait pas.
- Il avait appris que je jouais dans un groupe, et il trouvait ça cool d'avoir une première partie pour leur concert de Hundvåg. Ståle trouvait ça bien qu'on chante en norvégien, parce que c'est aussi ce qu'ils font, expliqua Helge.
- Qu'est-ce qu'on attend ? demanda Helge en se levant.
Andreas leva sa tasse de café.
Helge se dirigeait déjà vers la porte.
- Anni, tu es trop top. Il faut répéter !
Dans le bus de Kvernevik, j'annonçai que j'avais une condition à propos de ce concert que nous devions faire, notre premier concert, dans six jours seulement, alors qu'il nous aurait fallu au minimum deux mois : Il va falloir répéter tous les jours, cette semaine, dis-je. Cinq heures par jour, sinon, on n'aura pas de *setlist*.
- On va jouer seulement vingt-cinq minutes, émit prudemment Andreas, et il me semble qu'on a quatorze morceaux plus une reprise ?
Je me tournai vivement vers lui.
- Anni, qu'est-ce que tu crois, quatorze morceaux ? On les joue comme des nazes, et tu le sais très bien, on n'a pas un seul morceau qui dure plus de trois minutes et demie, la plupart durent deux minutes et demie. Alors tu peux faire toi-même le calcul pour savoir combien on doit en jouer.
- À peu près huit, souffla Helge.
- Et ils doivent être nickels, précisai-je.
Helge posa un regard inquiet sur nous.

- Et où est-ce qu'on va répéter, hein ?... C'est bien ce que je disais, on aurait dû avoir plus de deux répet' par semaine ! Le studio est occupé toute la semaine !

- Chez toi ? suggérai-je. Dans ta cave ?

Le Mathias Rust Band avait commencé sa carrière dans la cave de Helge, dans la pièce où le père de celui-ci passait son temps libre. Nous avions installé le Twinreverb, l'ampli basse et le kit de batterie là-dedans et nous nous étions mis à brailler sans micro ni amplis corrects, ce qui fait que j'avais appris à gueuler sans entendre si je chantais juste ou faux. Mais au bout de quelques semaines, le père de Helge avait déclaré que ce n'était plus possible, cet épouvantable boxon. Ou bien on baissait le son, ou bien on se trouvait un nouveau local de répet'. Il avait tout un paquet de boulot en rapport avec son activité syndicale, qu'il faisait le soir, et ça ne marchait pas fort, disait-il, avec ce remue-ménage à la cave.

- On ne peut pas isoler la cave ? avait demandé Helge.
- L'isoler ?
- Oui, avec des paniers à œufs et de la feutrine ?
- Laisse tomber, avait répondu son père.
- Laisse tomber, dit Helge dans le bus de Kvernevik. Dans la cave ? Tu crois que mon père va marcher ? Et d'abord, pourquoi ça devrait être chez moi, hein ? demanda-t-il, bien qu'il sût que ce n'était pas possible chez Andreas, qui habitait dans les immeubles près de la ligne de Lassa, pas plus que chez moi, puisque maman n'avait pas encore pu aménager un semblant de cave. Nous le regardâmes.

- Sinon, je n'en suis pas, dis-je en lui mettant la pression.
- On se trouvera un autre chanteur, alors, s'emporta Helge.
- Et vous n'avez aucun morceau à jouer non plus ; oui, si, peut-être deux, dis-je en remarquant que le bus se remplissait à mesure qu'il montait la côte vers Revheimskirken.
- Merde, dit Helge, merde, merde, merde.
- Alors, tu demandes ?
- Ouais, ouais, me gave pas.

Helge se retrouvait avec une mission. Il devait agir rapidement. Ça devait être conclu avant lundi soir 6 heures.

- Et si ça ne marche pas, il faut que tu trouves un autre endroit où répéter du lundi au samedi, dis-je. Il faut aussi qu'on répète samedi matin, avant le *soundcheck.*

- Et merde ! dit Helge au moment où Andreas appuyait sur le bouton pour demander l'arrêt. C'est moi qui vais être responsable, maintenant ? On ne peut pas casquer pour un local de répet' pour une semaine complète, tu déjantes complètement !

- Tout juste. C'est pour ça qu'il faut que tu voies ça avec ton père.

Nous nous levâmes et descendîmes du bus. Je souriais intérieurement, car je me rendais compte que Helge et moi étions à nouveau dans le même bateau ; nous avions quelque chose en commun, nous devions préparer un projet commun, nous étions nécessaires l'un à l'autre.

Helge s'arrêta et sortit une clope de sa poche, puis se tourna brusquement vers nous.

- Et le matos ? Les amplis ?

- On prendra ce qu'on a, et on empruntera le reste à Ståle et ses potes, répondit Andreas.

Nous traversâmes, il faisait déjà sombre, il faisait froid, le vent soufflait vers nous quand nous commençâmes à descendre vers les abris antiaériens qui nous servaient de lieu de répétition. Personne ne pipait. Mais mon cœur battait toujours fort, et ça bouillonnait entre les oreilles de Helge ; même Andreas marchait d'un pas un peu plus rapide qu'à l'accoutumée. Personne ne pipa mot avant d'être arrivés tout en bas du raidillon.

- Un concert, dit Helge avec un fier mouvement de tête.

- Ouais, acquiesça Andreas.

- C'est maintenant que ça commence, conclut Helge.

Ce soir-là, nous répétâmes comme un trio de chevaux paniqués. Nous nous fouettions les uns les autres en forçant sur le tempo de tous les morceaux, avec comme résultat qu'on était probablement encore moins coordonnés que jamais pendant ces cinq heures, et je ne pensai pas à Yngve. À 10 heures et demie, nous étions d'accord sur la liste suivante de huit morceaux, plus deux en réserve si nous pouvions rester un peu plus longtemps :

1. *Viande hachée contre le mur*
Morceau punk en plusieurs parties expliquant qui aurait sa place le long du mur quand la révolution surviendrait, l'un de ceux que Helge et moi avions écrits ensemble, le premier morceau du MRB, si ma mémoire est bonne. Le refrain donnait : *Viande hachée, viens ici / contre le mur paf ! Fini !*

2. *Trouve-toi une vie*
Dans le même style que le premier, simple et rapide, peu d'accords, parlant de tous ceux qui passent leur existence sur leur cul et n'ont pas de vie, d'après l'auteur des paroles, en l'occurrence moi. Dans l'un des couplets, on trouvait : *Toute ta vie est un mensonge peuplé de bingo et de VG**. Katrine l'aimait bien.

3. *Fittesatan Anarkikommando*
Ça, c'était la solution de compromis de Helge ; tant que nous ne changerions pas de nom, nous jouerions ce morceau. Je soulignai que je n'étais pour rien dans les paroles, mais que je pourrais le jouer à condition de pouvoir dire avant "Et maintenant, un morceau que Helge à composé" pendant les concerts. Le refrain donnait : *Fittesatan Anarkikommando / Radarnazi Kraftkommando / tu ne sais pas de quoi il peut s'agir / mais tu ne vas pas tarder à le sentir.* Quoi que puériles ces paroles puissent paraître, je reconnais aujourd'hui qu'elles étaient certainement meilleures que la plupart des miennes.

4. *Chair à canon*
C'était mon morceau le plus ambitieux, et le plus long du répertoire du MRB. Il aurait pu être réussi, mais c'était en fait une chanson ridicule, un morceau antimilitariste dans lequel j'essayai de passer en revue différentes guerres de l'histoire. Tout le groupe aimait ce morceau ; Helge parce que la guitare était distordue de bout en bout et parce que ça lui rappelait Hüsker Dü, Andreas parce qu'il était entraînant, et moi parce qu'il avait un bridge à 3/4.

---

* Quotidien tabloïd.

5. *Sur les barricades*
Probablement le morceau du Mathias Rust Band qui a le mieux tenu le coup. Il avait un riff new wave haché, une ligne de basse un peu funky, et plein de breaks sympas à la batterie.

6. *Ten-Sing-Baby*
Un morceau sarcastique, pour ne pas dire tout simplement infâme, qui visait à reprendre la doctrine de Marx en forçant les gens à admettre que la religion revenait à l'endoctrinement et à la perte de liberté, mais qui était noir et humoristique puisque je choisissais de personnaliser mon attaque contre une nana de Ten-Sing que j'appelais Trine. Maman n'apprécia pas ce morceau quand je le jouai pour elle à la guitare acoustique. "Tu n'as pas besoin de t'en prendre aux gens", dit-elle en pensant qu'il s'agissait de quelqu'un que je connaissais. Et c'était le cas.

7. *Che Guevara*
Un hommage relativement banal au Che, pas un triomphe.

8. *Mâts de drapeaux à l'unisson*
En dépit de son caractère clairement provocateur, un morceau que je peux encore fredonner de temps à autre. C'était une chanson anti-nationaliste, antimilitariste et antipopuliste qui trouvait son inspiration dans la fête nationale. La mélodie en était assez pompeuse, mêlée de new wave, un mélange d'Alarm du début, de Clash millésime 1982 et de Costello millésime 1977, si je peux prétendre comparer le MRB à des gens aussi dignes de louanges. On se bagarrait systématiquement sur le tempo de cette chanson, Helge considérant que je le ralentissais. Le refrain donnait ceci, et ça n'aurait pas fait de mal que je le revoie un peu : *Drapeau sur son mât, force à l'unisson / tu ne sais pas ce que tu fais / mais tu t'en fous toujours autant.* Quand nous jouâmes ce morceau sur scène, Helge insista pour faire le salut nazi pendant l'intro : "C'est de l'ironie, man !"

Rappels :

1. *Ice cold ice*
Reprise de Hüsker Dü.

2. *Et j'ai buté un raciste*
Chanson militante à trois accords d'une minute et demie que Helge avait composée, qui allait à toute berzingue ; le texte in extenso donnait ceci : *C'était un raciste et je l'ai buté, avec autant de plaisir que le dernier.*

- Chouette liste, hein ?
Helge brandissait la feuille sur laquelle il avait écrit les morceaux.
- Moi, je trouve que c'est bien, dit Andreas en me jetant un coup d'œil interrogateur.
Le Mathias Rust Band allait faire ses débuts. Je regardai la *set list*. Elle était incroyablement chouette, même si je me sentais un peu mal à l'aise vis-à-vis de *Fittesatan Anarkikommando*, un malaise que je ne voulais pas toujours admettre, car je savais à quoi c'était lié ; on est ce qu'on est, et que je le veuille ou non, j'étais un dissident social de la petite bourgeoisie qui se trouvait un peu gêné d'utiliser ces mots en public. Mais quand même, je trouvais que c'était quelques sacrément bonnes chansons et un groupe qui allait tout casser, et j'étais convaincu qu'après ça, après le samedi qui s'annonçait, la Norvège musicale n'aurait plus le même aspect ; nous sommes sur les rangs, je me disais, après d'autres bons groupes, et nous serons bientôt à leur niveau, et merde, me dis-je, c'est si chouette, c'est si chouette que c'en est difficile à croire. Je sentais que ça crépitait dans mon ventre, ça grésillait dans mon crâne et ça grinçait dans mes tempes, car à présent, nous allions y aller, au milieu des gens, nous allions jouer à leur faire trembler les ratiches, nous allions jouer à leur flanquer des arrêts cardiaques à tous, il n'y aurait plus un Norvégien qui n'ait entendu parler du Mathias Rust Band – Norvégien ? Bon Dieu, habitants de Scanie,

de Copenhague, de Botnie orientale, tous ceux qui pouvaient comprendre un tout petit peu le norvégien auraient du MRB à bouffer, oui, ça n'allait plus tarder, on allait voir les gens de Luleå, de Norrköping, de Helsinki, d'Århus et d'Ølgod se trimballer avec des badges MRB, des t-shirts MRB et des sweats MRB, et notre musique, notre énergie, ne feraient pas seulement sauter les gens sur place, les faire chanter en même temps que nous, elles allaient changer le monde, sans aucun doute, nous étions un élément d'une révolution libre, bonne et juste qui allait faire des héros du département des espaces verts et des perdants des détenteurs d'actions, qui allait imprégner la société de communisme antiautoritaire, qui allait faire comprendre aux gens que la liberté de choix n'était pas un bien mais un mal, simplement une autre expression pour l'exploitation et le capitalisme, et un jour, les gens comprendraient, quand la bonne société serait une réalité, quand les frontières entre les gens seraient abolies, quand s'épanouissaient des millions de fleurs sur la terre entière, que cette société que l'on a, on ne la doit pas au travail des grandes organisations, on ne la doit pas à un dur labeur accompli autour des tables de négociations, on ne la doit pas aux forces de maintien de la paix, on ne la doit pas à l'OTAN, non, on la doit aux petites gens, et si on se projette dans l'avenir, disons en 2080, dans la bonne société, à une époque plus clémente, pour faire des recherches dans l'histoire du bien, on verra que l'un des nombreux fils qui repart vers le passé, a son origine ici, oui, putain, c'est ici : dans un local de répétitions, dans un ancien abri antiaérien, à Kvernevik, à quelques kilomètres du centre de Stavanger, occupé par trois gars de 17 ans, qui jouent dans le Mathias Rust Band tandis que le vent et la pluie sévissent dans le monde extérieur, et ce ne sont pas des rêves, c'est comme ça que ça fonctionne, les choses se tiennent, elles viennent de quelque part, tout s'entremêle, tu crois peut-être que tu es seul ? Tu crois peut-être que rien n'a de sens ? Chaque pas que tu fais a une signification, le moindre petit pas, chaque doigt que tu lèves, chaque mot que tu prononces apporte quelque chose, et ce qui a l'air petit peut ensuite être énorme, quand tu dis quelque chose à quelqu'un, comme ça, en passant, tu ne sais pas ce que ça peut occasionner : *Oh, j'aimerais aller en Chine*, dis-tu, mais tu ne mets pas beaucoup de sens là-dedans, c'est peut-être simplement que tu souhaiterais voir autre chose, c'est ça ? Mais cette jeune femme à qui tu le dis l'emporte avec elle, ça pond des œufs dans son cerveau, des petits œufs qui éclosent rapidement en libérant de petits animaux agités, qui se sentent étrangers, mais qui savent que c'est en *Chine*, qu'ils seront chez eux, mais où est cette *Chine*, ne faut-il pas qu'on y aille ? *Chine, Chine, Chine*, murmurent les animaux dans sa tête, car c'est de Chine qu'ils viennent. Et le soir même, la jeune femme regarde un film à la télé, un film chinois parlant d'un vieil homme solitaire qui vit sur un bateau en compagnie de son singe, le vieil homme s'appelle le Maître des masques, et il a un chagrin dans sa vie, le chagrin de ne pas avoir de successeur, de ne pas avoir de fils ou de petit-fils à qui apprendre l'art des masques et à qui le transmettre quand il disparaîtra, et un jour, le vieil homme achète un petit gosse dans la rue, qu'il adopte, celui-ci l'appelle grand-père, le vieux va lui apprendre l'art des masques, mais il s'avère que le petit garçon n'est pas un garçon, mais une petite fille, et ce n'est pas admis en Chine du début du XXe siècle, ce n'est tout simplement pas possible, les filles ne comptent pas, et celle qui regarde ce film comprend que ce que tu as dit doit être vrai, *il doit y avoir un rapport avec la Chine*, quelque chose qui la perturbe, qui l'attire, et ce sont ces petits animaux fraîchement éclos dans son cerveau qui errent sans cesse en disant *Chine, Chine, Chine*, ils cherchent encore et encore, ils construisent des cabanes provisoires dans son crâne, mais ne trouvent pas le repos, ils vont et viennent avec des boisseaux et des cannes en cherchant leur véritable foyer, *la Chine*, qu'ils ne connaissent pas mais dont ils savent que c'est de là qu'ils viennent, et les animaux grattent dans sa tête jusqu'à ce qu'elle commence à mettre de l'argent de côté, elle se met à lire des livres chinois, elle commence à apprendre le chinois pour se familiariser avec la langue et la culture, et l'été suivant, elle part en Chine, et les animaux dans sa tête peuvent déposer leurs cannes, leurs boussoles, ils peuvent se détendre, car ils sont chez eux, ils sont rentrés chez eux, ils se sourient les uns aux autres en disant *sentez, sentez*, et ils ont de bonnes raisons, puisqu'ils sont chez eux, *sentez, sentez, on est à la maison, on est là où on aurait toujours dû être, et ça s'appelle la Chine, ici.* C'est aussi simple que ça ; c'est toi qui es responsable du fait que cette jeune femme s'est retrouvée ici, en Chine. C'est toi qui as déposé les œufs dans sa tête. C'est toi qui es responsable du fait qu'elle soit partie s'installer là-bas, en Chine, exactement comme elle sera responsable, un jour, du fait qu'un jeune homme s'installe dans l'espace, parce qu'elle le rencontre dans un restaurant, et lui dit *si je n'avais pas vécu en Chine, j'aurais aussi bien pu m'installer dans l'espace*, et les œufs sont à nouveau déposés, cette fois dans une autre tête, et ils éclosent rapidement, ils laissent s'échapper de petits animaux agités qui vont çà et là sans trop savoir où, ils se sentent sans poids, légers, mais étrangers, chuchotent *là-haut, parmi les étoiles et les soleils, c'est là, que nous serons chez nous*, et à ce moment-là, il est foutu, ce jeune homme qui a rencontré cette immigrée dans un restaurant, il est foutu : il sera astronaute, installé dans l'espace, et c'est toi le responsable, toi qui as naguère dit *Oh, j'aimerais aller en Chine* – et tu peux te demander : que ne peut-on pas accomplir si on *sait ce que l'on dit et ce que l'on fait ?* Hein ? Ce n'est ni de la magie ni du mysticisme, c'est du réalisme pur et dur – *que ne peut-on pas accomplir si on sait ce que l'on dit et ce que l'on fait ?*

Si on sait que l'on joue dans le Mathias Rust Band, alors on sait où ça va terminer : dans une société meilleure.

Je les regardai.

Nous étions là. Mathias Rust Band.

Helge Ombo à la batterie.

Andreas Utne à la basse.

Jarle Klepp à la guitare et au chant.

Mathias Rust Band.

– Putain, ça ne pourrait pas être mieux, dis-je.

– Non, dit Helge. Ça ne pourrait pas.

– Juste une chose, dis-je. Est-ce qu'on doit jouer *Fittesatan Anarkikommando* ?

11

JE NE PEUX PAS ÊTRE À TROIS ENDROITS EN MÊME TEMPS

> *Le caractère de l'amour véritable offre de constantes similitudes avec l'enfance : il en a l'irréflexion, l'imprudence, la dissipation [...]*
> – Balzac

Il était là.

L'oxygène disparut de mon corps, mes nerfs se contractèrent de peur les uns autour des autres, mes muscles se liquéfièrent dans mes jambes, mon œsophage se referma comme un piège à loups, ma respiration accéléra, et je sentis que j'allais m'évanouir sur place.

Il était là.

Mais n'avait-il pas disparu de ma vie ?

C'est fantastique ce dont on peut se persuader. Si c'était nécessaire, je sais que je pourrais me convaincre que cette vie est une blague, qu'en réalité, je vis ailleurs, que je suis marié et père de deux jumeaux à Taïwan, que je suis chasseur en Mongolie ou reporter télé à Heidelberg. Et à ce moment-là, j'étais convaincu. Je pédalai jusqu'au bahut, lundi matin, persuadé qu'Yngve était exclu pour de bon. Maman était malade à la maison, ce qui était rare, je ne me souvenais pas avoir vu maman manquer un seul jour depuis que nous avions déménagé en 1988, sa santé était aussi forte que tout le reste chez elle, c'était comme s'il y avait en elle un panneau d'interdiction d'entrer qui empêchait tous les virus de passer ; mais ce jour-là, elle était au lit, avec la grippe. J'étais un peu inquiet, mais elle m'avait tranquillisé et m'avait dit qu'il fallait que j'aille au lycée, qu'elle avait juste besoin de quelques jours pour se remettre.

"Zut, Jarle, moi aussi, je peux être malade, m'avait-elle dit avant que je m'en aille. Ça passera. Allez, vas-y, maintenant."

Je montai sur mon vélo, prêt à affronter la journée sans Yngve, prêt à revoir Katrine, ma gonzesse, à revoir Helge, mon pote, pour discuter du concert du week-end.

Mais Jarle, croyais-tu réellement que ce qui était entré dans ta vie, ce qui avait attrapé ton cœur et l'avait secoué à tel point qu'il en était tout désorienté, allait disparaître après un week-end ponctué de pizza, de vidéo, de sexe et de la nouvelle d'un concert à venir ?

Tu le croyais ?

J'arrivai relativement tôt, je fus l'un des premiers à attacher mon vélo sous l'abri. Je fixai l'antivol et traversai la cour. Quelques élèves fumaient près du Breiavann, et un garçon buvait de l'eau à la fontaine. Un garçon buvait de l'eau à la fontaine.

Un garçon buvait de l'eau à la fontaine.

J'essayai de me retourner, mais sans succès.

Un sac brun pendait sur son dos, par-dessus une doudoune rouge. Il avait un bonnet bleu sur la tête, ses mains étaient tendues le long de son corps et touchaient ses cuisses. Je vis ses lèvres qui s'arrondissaient en cul de poule sur l'eau qui jaillissait. Il buvait cette eau froide, quelques gouttes s'échappèrent de sa bouche et il leva la main, passa son index, son majeur et son annulaire sur ses lèvres et fit un petit mouvement de la bouche, comme s'il mastiquait, puis ses joues se creusèrent.

Mes jambes se mirent à avancer dans sa direction, je le voyais de plus en plus nettement à mesure que j'approchais de lui. Je ne voulais pas aller vers lui, je voulais le fuir, partir dans l'autre sens, passer sur les graviers, vers les marches près du mur de la cathédrale, mais mes jambes me portaient vers lui, je le voyais de plus en plus nettement, Yngve. Il s'arrêta, resta dans la même position, assez longtemps, comme s'il prenait tout son temps pour déterminer s'il allait boire davantage de cette eau froide ou s'arrêter là.

Je remarquai que ma main passait dans mes cheveux, remettait en place la coupe que j'avais ébouriffée ce matin-là, et mes jambes me rapprochaient. Je n'étais plus qu'à quelques mètres, et je ressentais exactement ce qui se passait : mes pas remontaient le temps, effaçaient tous les autres pas que j'avais pu faire ces derniers jours, on était à nouveau vendredi, Yngve n'était pas malade, il n'était pas absent, il était là, pour moi, et j'étais là, pour lui, et regarde, Yngve, regarde : *je suis là.*

J'étais arrivé juste à côté de lui, et il était toujours penché sur la fontaine.

Ne peux-tu pas rester là, Yngve ?

Ne peux-tu pas rester ainsi, pour que je puisse te regarder, juste être là à côté de toi, dans le froid de janvier, pendant que le monde fait ce qu'il veut, pendant que des gens dorment de l'autre côté du globe, pendant que certains sont au boulot, pendant que d'autres font la guerre, pendant que les dirigeants soviétiques cherchent de l'argent pour sauver leur économie secrète, pendant que les Chinois combattent la dictature, pendant que le chômage augmente et que les prix du pétrole stagnent, pendant que la Communauté européenne soutient une Allemagne réunifiée, pendant que Barbara Stanwyck meurt, pendant qu'Ava Gardner meurt, pendant que le PC polonais explose, pendant que la brise parcourt les rues, pendant que le soleil monte, pendant que les nuages passent dans le ciel, est-ce que tu peux ?

Yngve se redressa. Il se tourna. Il n'y eut aucun signe de surprise sur son visage quand il me vit. Il passa de nouveau trois doigts longs et fins sur sa bouche, et fit un grand sourire.

- Salut.

Chaque lettre, chaque son venant de sa bouche tombait au plus profond de moi. C'était lui que j'avais devant moi, Yngve, lui qui aurait dû être hors de ma vie.

- Salut, Yngve, parvins-je à dire.

- Ce que tu es chouette, comme ça, dit-il en regardant mes cheveux. Tu es passé chez le coiffeur ?

- Oui.

- Super, c'est assez différent.

Je devais me ressaisir pour ne pas être démasqué. Il m'avait surpris, pas en étant là, mais en ayant une emprise encore plus forte que la semaine précédente. Je croyais que ce serait terminé, mais c'était l'inverse que je constatais, que ça avait à peine commencé, que ce coup de foudre avait encore d'autres sentiments florissants en réserve, des sentiments que je ne contrôlais pas, des sentiments qui étaient tout à la fois bons et effrayants.

- Tu n'étais pas là, dis-je en me ressaisissant, tandis que ma voix me parvenait comme celle d'une fille qui accuse son petit ami d'être arrivé en retard à un rendez-vous. Je veux dire... vendredi, tu étais malade ?

Yngve changea de pied d'appui, et une lueur d'incertitude passa dans ses yeux.

- Ah, oui, vendredi. Oh, j'étais un peu malade, oui. C'est fini, maintenant.

- Bien, dis-je en pensant que désormais, Jarle, tu dois arrêter de le dévisager comme ça, ça ne se fait pas, ça. Bien, répétai-je. Alors il y aura tennis, mercredi ?

- Bien sûr, répondit-il en souriant. Je m'en réjouis.

Je m'en réjouis.

Personne d'autre ne parlait comme Yngve. Il n'y avait personne de mon âge qui faisait des phrases comme celle-là, qui laissait ces mots bons et simples sortir de sa bouche. De temps en temps, je crois qu'il vivait hors du temps, et c'est peut-être ce qu'il faisait ? Certaines personnes peuvent sembler à l'abri de toute influence, de différentes façons. J'ai du mal à le comprendre si je dois m'en faire l'exposé, mais je l'ai vu, et si quelqu'un me l'avait soutenu en 1990, j'aurais répondu de la façon la plus ferme et la plus socioréaliste possible "N'en parle pas", en me référant vraisemblablement au matérialisme historique, en expliquant que l'individu est un papier tue-mouches, qu'il y a de la colle sur chacun de nous, oui, oui, plus ou moins forte, mais nous attirons les circonstances à nous, qu'on les apprécie ou non, et on est marqué par ce qui arrive, de ce que nous sommes, de ce avec quoi nous avons grandi, de l'histoire qui nous a précédés, de la géographie autour de nous. Mais même si Yngve donnait l'impression de vivre dans le présent – Boris Becker était en fin de compte "le présent", même si Helge et moi en aurions fait peu de cas en tant qu'acteur historique – je constate que la plupart des choses ricochaient sur lui, le laissant debout, seul, avec ces lèvres qui souriaient vers le bas, ces longs doigts qui passaient sur sa bouche, et ces grands yeux, et ses phrases toutes simples et intemporelles.

- Jalla !

Helge. Je me retournai. Helge arrivait rapidement vers nous. Il avait l'air enthousiaste, ne jeta pas un seul coup d'œil à Yngve, vint droit sur moi et se mit à me boxer le ventre en souriant.

- Ça y est, c'est dans la poche ! dit-il.

Je regardai Yngve, puis Helge de nouveau, avec l'impression d'être pris en flagrant délit en pleine relation amoureuse.

- Euh, oui... de quoi ?

- La répet', tiens ! Papa est à Oslo de mercredi à vendredi pour une réunion de la commission de négociation, et j'ai réussi à obtenir le lundi et le mardi en plus. Helge rit, manifestement fier de lui. J'ai gonflé l'importance de tout ça, j'ai dit que c'était important pour moi de montrer que je pouvais y arriver, j'ai dit ce que papa et maman m'avaient toujours dit, tu sais, que c'était une forme de plaisir du travail, que ça m'apporterait davantage de cœur à l'ouvrage et d'énergie, plus de force pour travailler plus qu'avant, ce genre de trucs, j'en ai rajouté, et on était vraiment sur la même longueur d'ondes, et... ouais, c'est dans la poche, Jalla, mon pote !

- Bien, répondis-je, mais sans réussir à démontrer de l'enthousiasme.

- Bien ? Bien ? Oh, bon Dieu !

Je me tournai vers Yngve.

- On doit jouer samedi, avec le groupe, un concert, première fois.

- C'est super ! Je peux venir ? demanda-t-il.

- Il faut que tu viennes, répondit Helge avant que j'aie ouvert la bouche. Il faut que tu viennes, et que tu rameutes tous ceux que tu connais, Mathias Rust Band, samedi à 8 heures à la maison de quartier de Hundvåg... Oui, oui, ça ne fera sûrement pas tant de monde que ça, dit-il en riant.

- Non, ça ne fait pas tant de monde, répondit Yngve. Mais je viendrai.

La sonnerie retentit. Helge partit vers sa salle de classe, il avait des tas de gens à inviter au concert. Je regardai Yngve.

- Mercredi, alors ? demanda-t-il. Ou tu vas peut-être répéter...

Merde, me dis-je en m'apercevant que je m'étais mis dans l'embarras. J'avais été intraitable pour que nous ayons une vraie répet' tous les soirs, j'avais fait faire à Helge un virage à 360 degrés pour qu'il nous trouve un endroit où répéter, et maintenant, tout ce que je voulais, c'était jouer au tennis avec Yngve, mercredi. Mais je ne pouvais pas.

- Oh non, dis-je. Ça... ça ira. Bien sûr, qu'on va jouer. Au tennis, je veux dire. C'est clair.

- Il faut que j'y aille, dit Yngve. La cour commençait à se vider de ses élèves qui allaient à leur premier cours, il était 8 heures 25 passé.

- Moi aussi, répondis-je.

J'ai tellement envie de te toucher, Yngve.

Yngve resta immobile quelques secondes, avant de dire OK et de s'en aller.

Quand j'entrai en classe, le prof n'était pas encore arrivé de la salle des profs. Helge était assis au premier rang et discutait avec Anita et deux autres filles de la classe. Katrine était à côté de lui, et elle avait manifestement eu vent du concert. Helge se démenait comme s'il recrutait des gens pour le Parti communiste ou la révolution, il usait de son charme sur les filles – ce qu'il ne faisait par ailleurs jamais, les considérant en réalité comme des "têtes de lard à nichons", il avait effacé tous les commentaires acerbes qu'il avait pu leur servir depuis un an et demi, car à présent, elles devaient aller au concert. On ne le retenait plus. Sur le tableau, il avait écrit :

TROUVE-TOI UNE VIE :
VIENS VOIR LE MATHIAS RUST BAND EN LIVE !
MAISON DE QUARTIER DE HUNDVÅG, SAMEDI 20H00

Katrine me vit, vint vers moi en courant et me serra dans ses bras.

- C'est super, Jarle, ça va être vraiment super !

Je ne pouvais pas accepter ça. Je la repoussai sans le vouloir, et elle recula de quelques mètres.

- Qu'est-ce qu'il y a ?
- C'est... papa, dis-je. Il... non, je t'en parlerai plus tard.

Katrine était au courant du bazar qu'il y avait dans ma famille, et l'excuse fonctionna bien. Je pouvais lui parler de la visite de papa vendredi, faire comme si je n'avais pas réussi à le lui dire avant, ce qui était vrai, et je pouvais dire que ça m'avait miné, que je n'étais plus dans mon état normal, et que c'était pour ça que je ne me conduisais pas comme d'habitude, ce qui n'était pas vrai.

Toute la journée, Helge courut dans tous les sens en recrutant des spectateurs pour le concert. S'il réussissait, il y aurait plusieurs centaines de personnes, me dis-je en le laissant officier. Il était à ce point accaparé par sa tâche qu'il ne remarqua pas que je ne participais pas, ou alors il admettait intuitivement que c'était à lui que revenait ce rôle.

Je n'étais pas tranquille. Un problème pratique venait de survenir ; le vieux Jarle, qui jouait dans un groupe et qui devait répéter tous les jours, semblait mettre des bâtons dans les roues du Jarle d'Yngve, qui voulait... oui, qu'est-ce qu'il voulait ? En tout cas, il voulait jouer au tennis, mercredi.

Un peu plus tard dans la journée, au cours d'un intercours pendant lequel Helge parlait à des gens de la classe D, quand Katrine me dit qu'elle ne pouvait pas venir jouer au tennis, les choses se compliquèrent encore un peu. Elle devait aller à la fête d'anniversaire de sa grand-mère. J'essayai de dissimuler ma joie, de cacher que ce qu'elle me disait me remplissait d'allégresse.

- C'est dommage, dis-je, il n'y aura qu'Yngve et moi.
- Tu n'as pas l'air de le regretter spécialement.
- Oh si !
- Vous ne répétez pas ?

- Euh... Je bloquai là-dessus. Que devais-je dire ? J'arriverai sûrement à faire les deux.

Rien qu'Yngve et moi. Il n'allait y avoir qu'Yngve et moi. Putain non, je ne répéterai pas avec le groupe ce soir-là. Plutôt crever !

Pendant la pause déjeuner, j'accompagnai Helge à la maison de la Culture, il était si pressé que ce fut tout juste s'il me laissa m'arrêter à la grande épicerie du marché pour y attraper un sandwich au jambon et au fromage, sauce piquante, chaud. Il fallait qu'il aille à la bibliothèque faire des flyers. Il avait fait quelques petits papiers à la maison, qu'il voulait photocopier. Je ne pouvais pas dire non, même si j'aurais préféré attendre Yngve dans la cour du bahut. Au moment de partir, je le vis devant la salle de musique. Il avait son sac de sport sur les épaules. Il me fit signe.

- Quel ahuri, celui-là ! dit Helge.
- Oui, répondis-je faussement sans retourner son salut à Yngve.

Après les cours, j'allai au Fossen. Tout en passant les CD en revue, je comptai l'argent que j'avais, pour arriver à la conclusion que je ne pouvais pas me le permettre, pas si je devais acheter un nouveau jeu de cordes, ou plutôt deux, comme j'avais dit que je le ferais. Mais je sentais que je devais le faire, je le voulais, je ressentais le besoin impérieux de lui offrir quelque chose, de faire un cadeau à Yngve.

Qu'est-ce que j'allais bien pouvoir lui acheter ? Hors de question que ce soit quelque chose que Helge et moi écoutions. *Doolittle*, des Pixies ? Oublie. *Skylarking*, de XTC ? Trop particulier. Peut-être plus dans le rayon de Katrine ? Joni Mitchell ? Suzanne Vega ? Non. Je voulais trouver quelque chose de simple, qui resplendissait comme le faisait Yngve, et qui soit quand même spécial. De préférence quelque chose qui puisse être à nous, notre disque, qui n'était encore rattaché ni à lui, ni à moi, que nous pourrions découvrir ensemble.

La semaine précédente, j'avais entendu une chanson à la radio avant de me coucher, d'un nouveau groupe de Trondheim. Ce n'était absolument pas le genre de musique que j'aurais acheté avec l'approbation de Helge, mais je pouvais peut-être l'acheter maintenant ? Il me semblait me souvenir que le groupe s'appelait Tre Små Kinesere*, je l'avais remarqué parce que le présentateur avait dit que ces types avaient joué dans des groupes de punk jadis rattachés au groupe légendaire pré-DumDum Boys Vannskrækk, l'un des groupes préférés de Helge. Dans le morceau que j'avais entendu, le chanteur disait : *Je suis un petit homme dans une petite ville dans un tout petit pays.*

Je m'adressai au type derrière le comptoir.

- Est-ce que vous avez un disque des Tre Små Kinesere, assez récent, il me semble ?

Il alla me chercher le disque.

- Je peux l'écouter ?

C'était de la pop. Guitares acoustiques, son clair, piano, contrebasse, beaucoup de chœurs du plus bel effet. Assez chouette. Oui. Ça peut être notre disque. Je passai à la chanson numéro deux. Plus calme que la première. Presque jazzy sur les bords, tout à fait différent de ce que j'appréciais habituellement :

Personne ne peut dire qui
Et personne ne peut dire où
Mais tu es bien là ?
Personne ne peut dire quoi
Et personne ne peut dire pourquoi
Tu es

Je sentis une main sur mon épaule, et je me retournai. C'était Katrine. Je sursautai et je crois que je rougis, de la manière dont on rougit quand on se sent démasqué, même si on ne l'est pas vraiment. Je me débarrassai de mes écouteurs. Elle me prit dans ses bras.

- Tu achètes un disque ? Mais tu avais dit que tu rentrais directement chez toi ?

---

* Trois Petits Chinois.

- Ouii... non, je... je n'ai pas pu m'en empêcher. J'ai entendu ça à la radio, la semaine dernière, superchouette, nouveau groupe, un peu pop, mais bigrement sympa.
- Fais écouter.

Je ne voulais pas qu'elle puisse écouter. Je ne voulais pas qu'elle ait connaissance de ce disque, ou de ce groupe, ce devait être le disque d'Yngve, notre disque. Je veillai à passer plusieurs morceaux pour que Katrine n'entende pas la chanson que j'avais écoutée.

Katrine sourit, me regarda, et la musique lui fit perdre la notion de la puissance de sa voix.

- C'est supercool, cria-t-elle Ouais, c'est des trucs comme ça que j'aime !

Katrine devait se tirer vite fait si elle voulait attraper son bus de Stokka, elle m'avait juste aperçu après être allée acheter le cadeau pour sa grand-mère chez les Frères Pedersen.

- Achète-le, dit-elle en m'embrassant. N'hésite pas.
- Mouais, sais pas trop... c'est vraiment bien ? dis-je en essayant de marquer le moins d'intérêt possible.
- Oui ! Achète-le, et on l'écoutera ce week-end, répondit-elle avant de quitter le magasin.

Je me remis les écouteurs sur les oreilles, revins à la piste numéro deux, rien d'autre ne m'intéressait, et j'entendis Ulf Risnæs chanter *Ce soir, je reste à la maison, il est peut-être temps que tu viennes ?*.

J'achetai *365 libre* des Tre Små Kinesere, mais pas pour Katrine, et j'espérai qu'elle oublierait le disque, car ça ne devait pas être le sien.

Nous devions répéter dès 6 heures, et je n'avais donc pas beaucoup de temps. Il faudrait bientôt que je commence à potasser pour le contrôle de math de jeudi, je m'étais littéralement cassé la gueule en math, et même mes 10 étaient menacés. J'étais ambitieux, je ne voulais pas de notes en dessous de 10, c'était certain, parce que je n'avais que des 13 ou des 16 par ailleurs, presque un 20 en anglais. Et il fallait que j'avale quelque chose avant d'aller retrouver Helge à Haugtussa, pas très loin de la maison où j'avais passé mon enfance. Il fallait de plus que maman m'emmène, parce qu'il fallait passer par Kvernevik pour récupérer le Twin. Je me sentais en meilleure forme, maintenant que j'avais trouvé un cadeau pour Yngve, quelque chose à lui offrir, qu'il pourrait contempler en pensant que ça venait de Jarle. Ça aidait. Ça me rapprochait de lui.

Est-ce que je dois l'emporter au tennis mercredi ?
- Je prends celui-là. Tu peux me faire un paquet-cadeau ?
Le vendeur me fit un sourire.
- Pour ta copine ?

Il avait entendu l'enthousiasme manifesté par Katrine pour l'album, et il avait vu qu'elle m'aimait. Je lui rendis son sourire.
- Ouais... il s'en est fallu de peu, hein ? Je ne crois pas qu'elle s'en soit aperçu.

Je m'arrêtai une seconde. Vinyle ? CD ? Dans la chambre d'Yngve, il n'y avait ni platine disque ni platine CD, juste un petit magnétophone. Cassette ? Non, ils doivent avoir une chaîne au salon. Qu'est-ce que je devais acheter ? J'essayai de me rappeler si j'avais vu quelque chose ; oui, il y avait une chaîne stéréo, mais je ne me souvenais pas si elle comptait un lecteur CD. Mais platine disque, ça, ils en ont une. C'est obligé.

- Je le prends en vinyle.

Il emballa le disque, le mit dans un sac, et je partis en vélo sur les pavés de Kirkegata, dans Prostebakken, le long du quai et vers la maison, à Bjergsted.

- Maman ?

Je balançai mon sac de classe, mes godasses, jetai un coup d'œil rapide à mon reflet dans le miroir et suspendis mon blouson. Je posai le sac contenant le disque par terre.

- Maman ? répétai-je.

J'allai au salon. Il y avait une tasse de café à moitié vide devant le fauteuil vert. En plein milieu de la pièce, je vis deux pantoufles, légèrement écartées l'une de l'autre.

- Mamam ?

Dans la cuisine, la planche à pain était sortie. La râpe à fromage et un couteau étaient posés dessus, et il restait du beurre sur la lame du couteau.

- Maman ?

C'étaient de petites choses, mais très parlantes pour quelqu'un qui ne les avait jamais vues auparavant. Maman terminait toujours ses tasses de café, et débarrassait toujours derrière elle. Elle se promenait rarement en pantoufles, et si elle le faisait, elle les remettait à leur place ensuite.

Ce n'était pas alarmant, maman était mal fichue, la grippe, mais quand même, elle n'était pas malade à ce point ? Je montai au premier, sans crier – elle dort peut-être ? Je parcourus silencieusement les derniers pas grinçants jusqu'à la chambre. Elle dort certainement, elle a sûrement beaucoup de choses à faire au boulot, elle est malade, et la visite de papa vendredi a dû l'achever. Elle doit dormir. Je poussai doucement la porte de sa chambre et jetai un coup d'œil dans la pénombre. Les rideaux étaient toujours tirés, et la pièce avait besoin d'être aérée. Je regardai vers le lit. Elle y était, sous la couette. Je distinguai tout juste l'arrière de sa tête, ses cheveux blonds sur l'oreiller. Elle était tournée contre le mur.

- Maman ? murmurai-je. Tu peux m'emmener à la répétition chez Helge ?

Elle remua sous la couette et se tourna à demi vers moi.

- Salut, Jarle, l'entendis-je dire.

J'allai jusqu'au lit, m'assis sur le bord, et elle me regarda. Ses yeux étaient flasques, son corps était flasque. Ça faisait longtemps que je n'avais pas vu maman comme ça.

- Tu es mal foutue ?

- Non, ça va. Oui, ça va.

- OK, oui... c'était cette répet', le concert, tu sais, et... mais je peux prendre le bus, ou appeler Andreas, il va sûrement y aller en voiture, ou sa mère...

- Je vais t'emmener, sourit maman. Elle se redressa, s'appuya sur les coudes. Ça ira bien. Tu dois manger quelque chose ?

- Tu as du sirop et ce genre de trucs ? demandai-je en descendant l'escalier.
- Non, je ne tousse pas tant que ça, c'est surtout la tête, dit-elle.
Après le dîner, maman me conduisit à la répétition. En sortant, elle s'arrêta et montra du doigt le sac contenant le disque, que j'avais oublié de planquer. Elle vit l'emballage cadeau.
- Qui est-ce qui fête son anniversaire ?
- Euh... non, ce n'est pas un anniversaire, c'est juste Katrine. Je voulais lui faire un cadeau, c'est tout.
- C'est vraiment gentil de ta part, répondit maman avec un sourire. C'est réglé, alors ?
- De quoi ?
- Ce dont tu m'as parlé, tu as pu y mettre bon ordre ?
- Oh, ça ? Oui, bien sûr, c'est Katrine, pas de doute là-dessus, c'est nous. Ce n'était que des conneries, le reste. Terminé, maintenant.

Nous passâmes par Lassa chercher Andreas avant de faire un crochet par Kvernevik pour y récupérer l'ampli basse et le Twin. Maman ne dit pas grand-chose en chemin, Andreas ne dit rien et je pensais à Yngve. Le petit soldat que j'avais en moi était revenu, et je contrôlais un peu mieux la situation à présent, en tout cas à ce que j'en percevais. J'y arriverais. J'allais répéter, on aurait notre concert, Yngve viendrait nous voir, et d'une façon ou d'une autre, je trouverais le moyen de jouer au tennis avec lui et de lui offrir son cadeau, même si je remettais à plus tard le problème d'annoncer aux autres que je ne pourrais pas répéter mercredi.

Le père de Helge ouvrit la porte de leur maison de Haugtussa. Je ne savais jamais trop quoi penser de lui, un grand type baraqué de près de 1,90 mètre qui aimait mettre les gens au pied du mur et provoquer les événements. Je repense souvent à lui comme une version dure, extrême et autoritaire de Ragnhild. Maman ne se sentait pas bien avec Trond Ombo, vraiment pas bien. Elle venait d'une famille bourgeoise, et même si elle avait – avec l'aide de Ragnhild – commencé à s'orienter un chouia plus à gauche, aussi bien du point de vue politique que de celui de son attitude générale, les syndicalistes représentaient une vie qu'elle ne connaissait pas, et les assertions bazooka de papa concernant les *socialistes* la hantaient toujours.

- Tiens, voilà les Boucan Brothers, dit-il rudement en ouvrant.
- Eh oui, répondis-je.

Maman lui fit un petit signe depuis la voiture, et Andreas et moi apportâmes le matériel dans l'entrée, guitares et amplis.

- Tu as un message à faire passer, alors ? demanda brusquement le père de Helge à son fils, au moment précis où celui-ci remontait l'escalier.

- Hein ? sursautai-je. Oui, Ouii ?

- Arrête ça, papa, dit Helge. Bien sûr, qu'on a un message à faire passer, on est un groupe engagé, bordel de merde. Jarle écrit des textes politiques.

- Ne jure pas, dit son père.

L'individu méprisait toutes les formes d'expression dont le contenu n'était pas clair, qui ne prenaient pas position, qui n'avaient pas d'objectif. Les films, les livres et la musique servaient une cause, ce n'était pas du divertissement. Le sport, oui, selon lui, et il allait à tous les matchs des Vikings. C'était un soixante-huitard indécrottable qui avait une vision utilitaire de l'art.

Nous descendîmes l'équipement à la cave pendant que le père retournait au salon avec son dossier syndical. Sa femme était à une réunion politique.

Nous jouâmes le *set* quatre fois, en rabâchant les transitions, les intros et les fins de morceaux.

- Demain, il faut bosser les chœurs, dit Helge après-coup, autour d'une cigarette avec son père, dans le salon.

- Vous chantez comme des gorets, dit son père ; ce n'est pas du chant, ça, c'est juste des cris. Il alla à sa collection de disques, une colonne de deux mètres de haut de vinyles qui avaient plutôt bien servi. Écoutez plutôt ça.

Il mit du Cornelius Vreeswijk. Andreas se roula une clope et but encore un peu de café, Helge haussa les épaules.

- Chœurs demain, dit-il en se renversant en arrière.

- Ça va superbien se passer, dis-je ; bordel, *Anarkikommando* est passé comme une lettre à la poste, aujourd'hui.

Helge et Andreas acquiescèrent.

- Putain, ce que vous pouvez jurer, les jeunes, aujourd'hui, dit le père avec un clin d'œil. Écoutez Cornelius.

Cornelius Vreeswijk chantait : *Somliga går med trasiga skor, säg va beror det på ?*.

Le père nous jeta un regard éloquent. Les sous-entendus étaient plus compacts dans la pièce que la fumée du tabac, ils tapissaient de rouge les murs de chez Helge. Andreas n'était pas tellement dans le coup, mais nous autres, nous le savions, je connaissais Helge et je fréquentais ce courant radical depuis suffisamment longtemps pour savoir que quand son père passait cette chanson, c'était parce que nous connaissions tous la réponse ; ce sont les fractures sociales et les forces capitalistes qui font que certains ont des semelles usées tandis que d'autres vont et viennent en coûteuses chaussures de marque. C'était comme ça, et nous le savions. Je soufflai la fumée et regardai le père de Helge, qui rechargeait ses batteries. C'étaient bientôt les négociations collectives. Les agitations collectives, comme disait Helge.

Maman dormait quand je rentrai à minuit moins le quart ce soir-là, et elle dormait quand je me levai le lendemain. J'entrebâillai la porte de la chambre et jetai un coup d'œil dans la pénombre. Elle était là, maman, respirant régulièrement sous sa couette. Les sensations ne sont pas toujours prévenantes, elles n'avertissent pas toujours qu'elles sont en chemin, la jalousie n'appelle pas à l'avance pour dire "salut, je passerai vers 8 heures", pour te laisser le temps de te préparer contre ce maître de la mesquinerie qui doit absolument s'imposer, tout comme cette sensation d'être fondamentalement lié à une autre personne, elle se manifeste tout aussi brutalement : maman dormait là-dedans.

Je la laissai dormir, je me dis qu'elle en avait besoin, dors, ça va passer.

---

* *Certains vont dans des chaussures en mauvais état, dis, de quoi cela dépend-il?*

Ma grand-mère parlait souvent de Mme Hansen, qui habitait Avaldsnesgata. Mme Hansen était mère de quatre enfants, son mari travaillait aux usines ferroviaires, et elle avait été mère au foyer toute sa vie. Souffrant de grandes douleurs dans le dos, elle était allée à la clinique de mon grand-père, où ma grand-mère travaillait comme pédicure depuis que les enfants étaient assez grands pour se débrouiller seuls. Mme Hansen était une grande bonne femme, costaude, à la voix claire et aux joues fraîches. Toujours tirée à quatre épingles, toujours en robe rouge bien qu'elle n'eût pas de gros moyens, toujours égale dans son humeur et sa vivacité. Quand elle arriva à la clinique, ma grand-mère savait qu'elle souffrait énormément du dos, mais ce ne fut jamais visible. Mme Hansen souriait, s'extasiait sur le travail que mon grand-père faisait avec son dos et les soins que ma grand-mère lui prodiguait pour les points sensibles. C'est si agréable, ici, disait-elle à mes grands-parents quand elle venait – même si ce n'est pas si confortable, disait ma grand-mère. Mme Hansen alla à la clinique d'Østervåg, à Stavanger, pendant quatre années consécutives, une fois par semaine, pour pouvoir se maintenir droite. Je n'en pensais alors généralement rien, disait ma grand-mère, mais c'est facile de voir maintenant qu'elle ne parlait jamais d'elle. Mme Hansen parlait de tous les autres, mais jamais pour les rabaisser. Elle avait un petit ruban autour du cou, auquel était suspendue une croix qui reposait sur sa poitrine, et elle parlait de ses voisins et de son frère, qui était membre du parti travailliste ; de son père, qui avait été ferblantier-zingueur. Et de ses enfants. De Henrik, qui avait commencé à jouer de l'accordéon quand il avait cinq ans. D'Elisabeth, la fille qui courait sans arrêt dans les rues et qui allait flirter avec les garçons. De Fredrik, le benjamin, qui était si calme. De Lalla, la fille aînée qui servait de seconde mère pour les petits, qui lavait leurs vêtements et qui leur faisait travailler leurs leçons. Tandis que mon grand-père lui massait le dos, pendant que ma grand-mère lui soignait les pieds, Mme Hansen, d'Avaldsnesgata, à Storhaug, racontait. Oui, nous ne pouvions pas le deviner, disait ma grand-mère, vive comme elle était continuellement ? Nous n'en savions rien, disait-elle, que Mme

Hansen avait perdu ses quatre enfants, l'un dans l'alcool, l'autre du cancer, un dans un accident de train et le dernier sur son lieu de travail, écrasé entre deux barres de fer. Nous ne pouvions pas savoir, disait ma grand-mère, et ce n'est pas Mme Hansen qui le lui raconta, non, elle n'aurait jamais pensé à le faire, tout comme ce n'est pas elle qui dévoila que son mari la battait régulièrement. Mme Hansen, d'Avaldsnesgata, à Storhaug. C'était une dame bien, dit ma grand-mère, toujours si bien mise et avec tant de gentillesse dans les yeux, et elle a toujours l'air un peu suffoquée quand elle le raconte, comme si elle n'arrivait presque pas à le croire que ça ait pu se passer comme ça.

Quand ma grand-mère parle de Mme Hansen, je pense toujours à maman et à tous les gens qu'elle rencontre au quotidien, au boulot, au magasin, partout où elle va, qui voient un rayon de soleil dans maman, toujours de bonne humeur, toujours une gentillesse envers autrui, et jamais un mot déplacé quant à sa vie. Maman, qui n'est jamais malade, qui n'est jamais K.-O.

Le mardi passa à un rythme effréné. Helge me trimballa aux quatre coins du bahut à chaque intercours, puis en ville, pendant la pause déjeuner, pour aller y chercher des badges MRB qu'il avait commandés, et il embaucha Katrine pour distribuer des flyers. Il discuta avec le rédacteur du journal de l'école, le poussa dans ses derniers retranchements pour qu'il vienne voir le concert de samedi afin de le chroniquer – "combien on a de groupes dans ce bahut qui vont jouer en live ?" Il sautait partout comme une balle en caoutchouc, je ne l'avais réellement jamais vu comme ça ; sa paresse s'était envolée, il se donnait à fond, il donnait tout pour le MRB, et je le suivais. En fait, je souhaitais aller tranquillement retrouver Yngve, peut-être me trouver un endroit à l'écart avec lui, qu'on s'assoie sur l'un des bancs autour du Breiavann, dans le vent froid, mais j'évaluai la situation : si je suis Helge maintenant, si je fais tout ce qu'il me demande de faire, je récolte d'inestimables points de bonus pour le moment où il faudra leur dire que je ne peux pas venir à la répet' de demain.

Yngve était seul devant l'une des portes quand Helge et moi approchâmes de la maison de la Culture. Je lui fis un sourire, mais il ne me vit pas. Il était tel que le vendredi où je l'avais vu pour la première fois. Seul, avec une expression un peu lointaine, la tête tournée vers les nuages. Il est tout le temps seul, me dis-je, seul et beau.

Après les cours, Helge, moi et un autre avions une affaire cruciale à l'ordre du jour. Du shit.

- Putain, on ne peut pas donner notre premier concert sans fêter ça à la clope magique ! dit Helge.

- Non, non, c'est clair, dis-je, mais tu ne vas pas te défoncer avant de jouer, parce qu'à ce moment-là, c'est fini, OK ?

- Tu crois que je suis complètement abruti ? répondit-il tout en montrant le chemin vers Storhaug. Nous allions voir Stegasen, qui habitait certainement à Nedstrandsgata. Je ne sais pas quel était son vrai nom, à Stegasen : Steinar, peut-être ? Stian et un nom de famille en G ? Je ne l'avais jamais rencontré, mais d'après Helge, ça ne posait pas de problème. Il avait fait un deal avec lui, et il nous suffisait de passer après les cours.

- Non seulement il a de la bonne daube, mais il a du shit, tu vois ? Du bon tosh, nom de Dieu... Tu sais à quel point c'est dur de se procurer du shit ? insista Helge, comme s'il était une sommité dans le coin, alors qu'il avait en réalité fumé cinq, maximum dix fois, et que c'était très certainement la première fois qu'il allait s'en procurer seul. Mais je savais qu'il disait la vérité, et j'étais donc impressionné.

- Non, non, merde ! Du shit ! dis-je.

Dans les années 90, ce n'était pas aussi facile de se procurer du hasch que ça l'est maintenant, c'était quelque chose que nous rattachions au festival de Roskilde. Aujourd'hui, on peut en trouver les doigts dans le nez ; tendez la main, et vos poches sont pleines de tosh.

Helge sortit un bout de papier de sa poche, sur lequel était inscrit Nedstrandgata 32.

- Bon sang, dis-je en jetant des regards effrayés tout autour de moi, tu écris ça ? Tu veux que les gens connaissent l'adresse ?

Helge partit d'un petit rire pas très calme et déchira son morceau de papier en deux.

Nous arrivâmes devant une grosse maison typique de celles qu'on trouve à Storhaug, sur deux niveaux, avec grenier, cave et un tout petit bout de jardin. Une maison en bois de l'entre-deux-guerres, peinte en blanc, avec des velux des années 60.

- Yes, dit Helge très sûr de lui, yes, c'est ici, ça me revient.
- Tu es déjà venu ?
- Oui, pour une teuf, une fois.
- Une teuf ? Je le regardai par en dessous ; à quelles fêtes était-il allé sans moi ? Quand ça ?
- Oh, putain, juste une teuf, quoi !
- OK. Sonne, alors.
- Mollo, mollo, répondit Helge en montant les marches du perron.

Il s'écoula un petit moment. Personne ne vint ouvrir. Je jetai un regard interrogateur à Helge, mais il se contenta de garder une main ouverte à hauteur de sa hanche, pour me faire signe de me tranquilliser. Puis nous entendîmes des pas. Helge me regarda avec une expression qui disait alors, tu es content ?

La porte s'ouvrit sur une dame d'un peu moins de 60 ans. Je fis un pas en arrière. Helge battit des paupières.

- Euh... est-ce que Stegasen est là ?
- Qui ?
- Stegasen, oui, en fait, il s'appelle... oui, Stig.
- Non, aucun Stig n'habite ici, répondit-elle.
- Bon, on a dû se tromper, dit Helge.

Elle referma la porte. Je regardai Helge.

- Putain, qu'est-ce que c'est que cette merde ? Tu ne sais pas où il habite ?
- Mais si, bien sûr que je sais où il habite, j'ai dû me gourer, elles se ressemblent toutes, ces putains de maisons de Storhaug !

Je regardai autour de moi. Là, il avait raison. Toutes les rues étaient pleines de ces maisons blanches datant de l'entre-deux-guerres, toutes en bois, presque toutes sans jardin, presque toutes avec des velux.

- Bordel, Hegga, tu l'avais bien écrit, non ?
- Calme-toi, bon Dieu, répondit Helge en m'entraînant sur le trottoir à quelques pas du numéro 32. La dame qui nous avait ouvert nous regardait depuis la fenêtre du rez-de-chaussée. Helge lui fit un petit signe et un sourire.

Nous repartîmes dans la rue.
- OK, arrête ton char, maintenant ; qu'est-ce que tu sais ?
Helge me regarda, et s'arrêta.
- OK.
- Oui ? Tu sais comment il s'appelle ?
- Stegasen.
- Pas son prénom, je veux dire... tu connais son *vrai* prénom ?
Helge secoua la tête.
- Super. Et merde. Son nom de famille ?
Helge attrapa une Marlboro de sa poche, l'alluma et secoua la tête.
- Et merde, Hegga, qu'est-ce que tu sais, alors ? On ne peut pas courir dans tout Storhaug en jouant les limiers !
- OK, dit Helge en tirant sur sa cigarette. Je sais qu'il s'appelle... oui, Stegasen, qu'il habite Nedstrandsgata, et que c'est le 32, en tout cas quelque chose avec un 2, et que c'est une maison blanche. Putain, c'est la seule chance qu'on a, tu piges ? Tu veux du shit, ou t'en veux pas ?

Quelque chose avec un 2. Maison blanche. Nedstrandsgata. Que du bonheur.
- Tu n'y es pas allé, hein ?
- Non, répondit-il en secouant la tête, mais je... je sais qui c'est, j'ai parlé avec lui. Stegasen.

Je tirai une taffe sur la clope de Helge et regardai autour de moi.
- Ce numéro, d'où est-ce qu'il sort ?

- C'est un type que je connais qui me l'a donné, et je l'ai écrit quand je suis rentré à la maison ; je croyais que c'était 32, donc, mais... ce n'était pas ça. 62, peut-être ?
- 42, ironisai-je.
- OK, qu'est-ce qui ressemble le plus à 32 ? demanda Helge. Je veux dire, à l'oreille.
- 62, suggérai-je. Pas 2, pas 12, euh...
- 42, un peu, si tu t'occupes de la fin et pas trop du début, dit Helge avant de changer d'avis. Non, pas 42, c'est trop long.
- C'est complètement loufoque, dis-je en traversant. Regarde autour de toi, alors !
- Non, non, continue, s'emballa Helge. Écoute, ça ne peut pas être plus de 100, parce que je m'en serais souvenu, et ce n'est pas 12, pas 2, hein, et il y a, oui, peut-être 22, 52, bien sûr, certainement pas 42, sûrement pas 72, ça ne ressemble pas, et ni 82, ni 92, OK ? Pas ceux-là, hein ?
- Helge, il nous reste trois maisons. Et on demande à parler à Stegasen, qui habite Nedstrandsgata.
- Ouais.
- Bon sang. Hegga ! Comment tu crois que Stegasen va le vivre ? Qu'on se promène autour de chez lui en demandant à lui parler, tu parles si c'est discret !
- Merde ! s'exclama Helge en donnant un coup de pied dans un mur de brique.
- Écoute, on se tire, tu trouveras le fin mot un de ces jours, et on reviendra à ce moment-là ?
- Ah... je... non, merde, je préfère sonner.
- Mais c'est complètement con, répondis-je en faisant un large geste des bras, c'est d'une connerie abyssale !

Nous retournâmes sur nos pas vers le début de la rue et commençâmes par le numéro 22. Histoire d'arranger les choses, il y avait plusieurs locataires, et il y aurait deux personnes auprès desquelles se renseigner. Top. Un petit garçon vint ouvrir, Helge et moi nous entre-regardâmes, mais je demandai "Est-ce que ton papa est là ?" avant que Helge ne me file une bourrade et dise "Non, non, est-ce que ton père s'appelle Stegasen, ou Stian, ou un truc du genre ?"

Le gamin secoua la tête et répondit que son père s'appelait Gustav.

Nous sonnâmes à l'autre nom, Kydland. Heureusement, personne ne vint ouvrir.

- OK, dit Helge. Plus que 2. 52 ou 62 ?
- Non, ça, c'est à toi de trouver.
- 52 ; écoute : 32, 52 ; 32, 52, bordel, c'est du pareil au même.

Ça ressemblait pas mal, oui.

Nous partîmes dans la rue qui traversait Storhaug et descendait vers Rosenli. Nous arrivâmes à la maison en question. Elle était blanche, comme il se devait. Mais il y avait un problème. Helge et moi échangeâmes un regard.

- Bon Dieu, ça ne peut pas être là, quand même ! chuchotai-je. À côté de l'école ! La maison juste à côté de l'école de Nylund ! Pas possible ! Bon sang !

Helge réfléchit à la situation. Il jeta un coup d'œil sur le grand bâtiment jaune qui jouxtait la maison blanche, le numéro 52. Le plus proche voisin, c'était la cour de l'école, dans laquelle les gosses jouaient.

- Hegga ! No way !

Il secoua la tête.

- D'accord. 62, c'est 62.

Nous continuâmes. La boîte à lettres du numéro 62 portait le nom de Stiansen. Cette maison aussi était comme elle devait être : blanche, à velux. Helge me jeta un regard de triomphe. Ma respiration se calma. Stiansen, bien sûr. *Stegasen. Stiansen. 32, 62.*

- C'était soixante-deux, oui ! dit Helge en sonnant.

Nous entendîmes un clébard aboyer depuis l'intérieur.

- Bien sûr, qu'il a un clebs, dit Helge. Ils en ont, les gens comme lui.

Je commençais à être nerveux quant à la raison pour laquelle Helge m'avait traîné jusqu'ici. J'imaginai des gens drogués jusqu'au trognon, avec fusils à canons sciés et clébards.

Un type barbu, déjà bien adulte, ouvrit la porte.

- Stegas ? dit Helge.
- Qui ?
- Est-ce que Stegasen habite ici ?
- Qui ?

Même refrain. Pas le bon. Quand nous fûmes de nouveau sur le trottoir, j'expliquai à Helge que j'en avais ma claque.

- Où est-ce que c'est, alors ? Tu vas aller sonner toi-même, c'est trop chiant, tout ça, OK ?

Helge n'abandonnait pas. Tant qu'il y avait du tosh à Storhaug, il lui en faudrait.

- C'est 52, dit-il avec un regard plein de gravité. Merde, qu'est-ce que tu crois ?

- Non ! Non, non, non ! m'emportai-je. Ce n'est pas le voisin de l'école, tu déconnes complètement !

- Écoute voir, calme-toi, et écoute : quoi de plus génial que d'imprimer des faux billets dans l'immeuble voisin d'un commissariat de police, hein ? Bien sûr, que c'est 52. Bien sûr ! Personne ne le soupçonnerait ! Nouveau regard de triomphe.

- C'est tellement con, dis-je... c'est tellement... c'est aberrant de connerie. Merde !

Helge était déjà en route. Je trottinai derrière. Il n'y avait pas moyen de l'arrêter. Bon sang. À côté de l'école. Le voisin de l'école. Helge se dirigea vers la maison. Heureusement, il n'y avait pas de mômes dans la cour.

Je m'arrêtai à bonne distance de la maison et m'allumai une clope, en regardant ma montre. 4 heures. Putain. Venir ici chercher du shit pile à l'heure du dîner*. C'est absolument délirant, il y a des limites, me dis-je, je ne marche pas, je bois de la bière, le samedi, punaise, et Yngve, il n'a jamais eu d'idée aussi louftingue, putain, je bois de la bière, le samedi.

- Jalla ! cria Helge.

---

* Le dîner en Norvège, c'est le repas que les gens prennent en rentrant du travail, en général entre 16.00 et 17.30, rarement plus tard. C'est en fait le principal repas de la journée.

Je regardai vers la maison. Il faisait des moulinets avec les bras depuis le perron du numéro 52 pour que je vienne. Je jetai un coup d'œil de conspirateur autour de moi, regardai vers la cour si des mômes jouaient au base-ball ou au hockey sur gazon, mais le temps était heureusement trop mauvais. Je poussai un soupir et partis le rejoindre. J'eus soudain la sensation intime que nous étions embringués dans quelque chose de criminel, et je me fis de plus en plus petit tout en marchant.

– C'est là, dit-il tandis que nous entrions. Ne dis rien, murmura-t-il un peu après.

– Qu'est-ce que tu veux dire ?

Un type maigre au milieu de la trentaine attendait à l'intérieur. Il avait l'air assez banal, si ce n'est qu'il était maigre, avec des joues et des tempes creuses et une pomme d'Adam saillante.

– C'est Stegasen, m'indiqua Helge. Jarle, dit-il en me montrant du doigt.

Stegasen acquiesça. Puis il se fit bourru.

– OK. Une petite chose. Personne ne vient taper à ma porte pour demander du shit, OK ? dit-il en s'approchant. Je n'ai pas la moindre idée d'où vous avez eu cette info, que vous pouvez vous pointer et acheter du shit comme ça, mais c'est complètement à côté de la plaque, vous pigez ?

Il était parfaitement calme, mais super sévère. Helge sourit nerveusement.

– Helge, tu avais dit…

– Ta gueule, dit Helge.

– Pour combien vous en voulez ? demanda Stegasen.

Helge me fit un signe de tête.

– Oh, pour deux ou trois cents couronnes, peut-être, répondit-il comme le bleu qu'il était. Ça le fait ?

– Bordel, ce n'est pas à toi de me demander pour combien vous allez fumer, répondit Stegasen avec découragement. Putain… Mais bon. Deux secondes.

Il disparut alors en haut de l'escalier pour aller chercher le matos.

- Bon Dieu, Hegga ! dis-je. Qu'est-ce que tu fabriques, merde !
- Ta gueule, murmura-t-il. Je t'expliquerai plus tard.

Quand Helge eut obtenu et payé son sachet, Stegasen le chopa brutalement au col et le plaqua contre le mur. Il planta son regard dans celui de Helge.

- Tu percutes ? dit-il tranquillement. Tu piges ?

Helge acquiesça.

- Oui, oui, bien sûr.

Deux minutes plus tard, nous repartions, nouveaux délinquants, avec un bon sachet de tosh magique dans la poche de Helge. Il était fier comme Artaban. Il rit et me dit qu'il avait juste fait ça pour m'effrayer, il ne se sentait plus, et me dit qu'il fallait bien se faire un contact personnel, d'une façon ou d'une autre, et il m'expliqua qu'il n'avait fait qu'entendre parler de ce Stegasen et de Nedstrandgata par quelqu'un de terminale, qu'il n'était jamais venu à une teuf ici, qu'il n'avait fait que tenter sa chance, qu'il n'avait jamais vu ce mec – "Bon Dieu, bien sûr que je sais qu'on ne peut pas frapper à la porte et demander du shit ! Tu me prends pour un con ?! Il faut prendre des risques, de temps en temps ! Et maintenant, on a un homme dans le milieu, on a une ligne." Helge parlait comme si l'objectif était de passer aux drogues dures en peu de temps, alors que tout ce qui était prévu, c'était d'être bourrés, de passer un moment dans un état second et de déconner.

- Espèce d'enfoiré nazi ! dis-je en donnant une tape dans le dos de Helge.

- Yes, répondit-il en riant.

D'ailleurs, dis-je en retournant vers le centre-ville, tandis que nous nous sentions plus forts que tout, même si nous n'avions pas encore commencé à fumer notre matos, pourquoi faut-il absolument que ce soit du tosh ; pourquoi est-ce qu'on ne peut pas se trouver de la bonne vieille herbe, c'est quand même plus facile ?

- Seigneur, dit Helge en me regardant comme si j'étais complètement idiot. Écoute, c'est Elton John ou c'est les Pixies ?

- Pigé, acquiesçai-je.

Maman n'était pas couchée quand je rentrai de notre expédition hasch, elle était à la table de la cuisine, ses lunettes sur le nez, dans un gros pull plus tout jeune. Il y avait tout un tas de papiers devant elle. Elle les rassembla quand j'entrai.

- Je ne vais pas rester longtemps, dis-je sans voir ce qu'elle faisait. Ça va mieux ?

- Oh oui, répondit-elle. Ça va bien, ça.

- Qu'est-ce que tu fais ?

- Oh... c'est juste ma déclaration.

J'ouvris le frigo. C'était plutôt clairsemé, à l'intérieur.

- Tu n'as pas fait les courses ? dis-je en sortant une brique de lait. Tu avais pourtant le temps, puisque tu étais malade.

- Jarle, dit-elle sévèrement, plus sévèrement qu'à l'accoutumée. Quelquefois, tu es particulièrement malavisé, tu le sais ?

Je me retournai.

- Sorry, dis-je avec un regard désolé. - C'était un peu violent, je voulais dire qu'il va bientôt falloir manger, non ?

Maman poussa un soupir, rassembla ses papiers en une pile, les rangea dans une pochette et me regarda.

- Mais si, on va manger. On se fait juste une omelette, ou quelque chose comme ça ?

- Tu me conduis à la répet', après ?

- Oui, souffla-t-elle. Je t'emmènerai.

- Bien ! dis-je en l'embrassant. Tu vas bosser, demain, alors ?

- Tu ouvres un paquet de jambon ? demanda Maman en sortant les œufs du frigo. On va faire simple.

Le père de Helge n'était pas aussi bien luné ce soir-là que la veille. Il piétinait, bouillonnait et jurait tout seul dans le salon, et il n'y eut pas moyen de s'en fumer une en discutant avec lui après la répétition. Mais le groupe progressait, et nous commencions à croire que ça allait effectivement pouvoir aller pour samedi, que nous allions faire un bon concert.

- Avec encore quatre répet', on va exploser ce groupe de Hekkan, dit Helge en reposant ses baguettes après la dernière édition de *Chair à canon*.

Il était 11 heures, nous raccrochâmes.

Helge se tourna vers Andreas.
- Demain, alors ? 7 heures ?
- Bien sûr, répondit Andreas.
Mercredi arriva. Comment allais-je me sortir de cette merde ?
Je ne pouvais pas être à deux endroits à la fois. J'avais prévu ceci : j'allais parler à Katrine de ce qui s'était passé le week-end précédent avec papa. Je le ferais au premier intercours, en l'organisant de telle façon que je puisse lui donner, ainsi qu'à Helge, l'impression que je ne me sentais pas bien à ce sujet pendant le premier cours. M'attirer leur sympathie, éveiller leur inquiétude. Puis je prendrais Katrine à part pendant l'intercours pour lui expliquer que je me sentais mal par rapport à ce qui s'était passé avec papa. Selon mon plan, elle me montrerait qu'elle comprenait, et elle écouterait avec attention et maturité ce que je dirais. Je laisserais ensuite ce malaise croître toute la journée, toujours en laissant Helge s'en douter à moitié, en ne le laissant entendre que des bouts de phrases, en lui laissant voir comment Katrine me protégeait, avant de demander à pouvoir rentrer avant la fin des cours. Et en partant, je passerais dire à Helge :
- Hegga, je sais que c'est vraiment nul de ma part, et je sais qu'on a besoin de s'entraîner, mais il faut que tu me donnes un jour de repos, là, ça ne marche pas, je n'arrive plus à classer mes idées. C'est papa.

Et Helge comprendrait. Il serait peut-être furibard – oui, certainement – mais il comprendrait. Et je lui promettrais que jeudi, vendredi et samedi, il me verrait jouer et chanter avec une telle débauche d'énergie qu'il comprendrait que ce mercredi de congé avait rendu le groupe meilleur, et pas moins bon.

Pas vrai, Helge ?

Ça devait pouvoir marcher. Mais oui. Ça allait marcher. Oui. Ça allait bien se passer, me dis-je en sortant de la douche mercredi matin. Je peux jouer au tennis avec Yngve ce soir.

Quand j'arrivai dans la cuisine, maman y était déjà. Je fus content de la voir debout. Elle avait l'air en meilleure forme que ces derniers jours.

- Bonjour, maman... tu es levée ? Guérie, alors ?
Maman me regarda. Elle sourit, mais pas chaleureusement, simplement, sans inquiétude. Elle sourit gravement.
- Qu'est-ce qu'il y a ?
- Jarle, j'ai quelque chose à te dire.
- Bon, répondis-je en m'asseyant. Maman se leva, se mit à sortir les aliments du réfrigérateur, lait, de quoi faire des tartines, et coupa du pain.
- Qu'est-ce qu'il y a ? demandai-je à nouveau.
Maman posa toutes ces garnitures sur la table et me regarda gravement.
Qu'est-ce que c'est que ça ? Je commençais à être nerveux. Est-ce que quelqu'un est mort ? Grand-mère ! Grand-mère à un problème ? Qu'est-ce qu'il y a ? Les catastrophes s'accumulaient dans ma tête.
- Qu'est-ce qu'il y a, maman ?
- Il ne faut pas que tu aies peur, ou quoi que ce soit, parce que ce n'est pas si... commença-t-elle.
- Qu'est-ce qu'il y a, maman ?!
- J'ai perdu mon job, dit-elle en s'asseyant.
Je restai pétrifié.
Perdu son job ? Que voulait-elle dire ? *Perdu son job ?*
- Perdu ton job, tu veux dire... hein ?
- Oui. Bærheim m'a demandé de partir.
Demandé de partir ?
Bien sûr, je savais que les gens perdaient leur boulot, je savais que les gens se faisaient virer, il y en avait tous les jours dans les journaux : on se rapprochait du niveau de chômage du continent, on battait les records de chômage du pays, mais... perdre son boulot ? Je ne connaissais personne qui ait perdu son boulot. C'était quelque chose que j'associais au père de Helge.
- Quand ça ? demandai-je d'une voix sans timbre en essayant de me reprendre.
- On me l'a dit vendredi.
- Vendredi ? Pourquoi tu ne me l'as pas dit ? *Vendredi ?*

À présent je la voyais. Je n'avais pas regardé correctement maman pendant toute la semaine passée, j'avais été trop absorbé par moi-même, par Yngve, par le groupe et par papa pour voir que j'avais une mère devant moi qui avait reçu une baffe en pleine tronche. Tout ce à quoi je n'avais pas accordé d'importance me revint : qu'elle n'avait pratiquement pas mangé au dîner, qu'elle n'avait pas du tout été malade, mais hors service, qu'elle avait porté les mêmes fringues toute la semaine, qu'elle était restée assise à faire des mots croisés dans *VG* le samedi, à quel point elle avait été falote et méconnaissable quand papa était venu vendredi soir, et en y réfléchissant, je n'avais pas entendu qu'elle marchait, la nuit ? Je me souvenais maintenant de tout ce que je n'avais pas remarqué : tout le week-end, elle avait eu de lourdes poches bleuâtres sous les yeux, ses cheveux avaient pendu sans vie alors qu'ils auraient dû être soignés, ses lèvres avaient été ternes.

Et elle était assise devant moi, le dos plus raide après quelques jours passés à réfléchir, et elle allait raconter.

- Mais maman... Ça... pourquoi ?

Maman se frotta les mains.

- Optimisation, économies, tu sais... le marché est saturé. Ils doivent gagner plus d'argent, et je ne suis pas jeune, je n'ai pas les... Maman s'arrêta et se mordit la lèvre.

- Wouf, dis-je, ne trouvant rien de mieux.

- C'est... Elle commença mais ne termina pas, avant de pousser un gros soupir par le nez et de lever les yeux au plafond. Oui, oui, mais je crois que ça ira, pour finir.

- Comment ça, *ça ira* ?

- Rien, ils ont dit qu'il se pourrait bien que je récupère mon boulot, les temps sont durs, tu sais, Bærheim, Hellvik et Bø ne sont pas des imbéciles, et ils savent comment gérer ça. Oui, ils me l'ont dit, je récupérerai peut-être mon boulot, quand ça sera terminé. En tout cas, ils plaideront en ma faveur auprès de leurs vieux collègues de chez Amoco, alors... il se pourrait bien que je reprenne là-bas ?

Maman sourit. Je ne savais pas quoi dire.

- Ouais, je repasse mes vieux papiers en revue, je lis le journal, et... Maman ramassa une feuille et me la tendit. Tiens, regarde la chouette attestation que Bærheim m'a donnée. Hein ? C'est presque trop, toute la pommade qu'ils me passent.

Elle sourit de nouveau. Je pris la feuille sans piper. Je la lus, je lus tout le bien qu'ils pensaient de maman, tout le bien qu'ils en disaient en lui foutant leur pied au cul. J'avais les paroles de Helge dans un coin de mon crâne, toutes ces histoires sur l'impitoyable culture d'entreprise, sur les gens qui se faisaient traiter comme de la merde.

- Ce n'est pas chouette, ce qu'ils disent de ta mère ?
- Si, mais..., commençai-je en regardant la feuille. Mais maman, ça... tu ne peux pas rester là à dire du bien d'eux, ces capitalistes cyniques qui t'ont fait ce coup-là ?!
- Ne parle pas comme ça, Jarle, dit-elle en me jetant un regard bourru. C'est difficile pour eux aussi, l'entreprise est menacée, quand même, et ils bossent d'arrache-pied pour se sortir de ce mauvais pas.

Je me levai et allai vers la paillasse. Je m'appuyai dessus et regardai par la fenêtre. J'essayai de comprendre ce qui se passait.

- Il n'y a jamais rien eu dont on n'ait jamais parlé avec eux, dit maman, c'est eux qui m'ont donné cette chance, tu sais, et ils m'ont traitée convenablement.
- Traitée convenablement ?! Maman ! Écoute-toi... tu t'es fait lourder !
- Jarle, s'écria maman. Tu n'y connais rien. Des gens doivent... Elle chercha ses mots. Oui, ils doivent faire des coupes, et ils sont plus importants que moi.

J'essayai de me reprendre.

Ils sont plus importants que moi, disait maman.

Elle y croyait. C'était la gentille fille que maman avait été tout au long de sa vie. Envolées toutes les expériences de son mariage avec papa, les réprimandes qu'elle avait pu recevoir de Ragnhild. C'était de nouveau maman. Une gentille bourgeoise de la classe moyenne protégée, qui faisait son maximum pour défendre son prochain.

- Oui, tu vas avoir un autre boulot ? demandai-je.

- Bien sûr... bientôt. Ou alors... on me redonnera l'ancien, peut-être, après qu'Amoco aura appelé.
- Oui, espérons-le, répondis-je en la regardant.
- Ça va bien se passer, dit-elle en posant sa main sur la mienne. On va s'en sortir. Maman regarda l'heure. Il faut que tu ailles au lycée, mange quelque chose avant de partir.

Maman avait bossé toute sa vie. Elle n'avait pas un gros bagage théorique, mais elle avait progressé grâce à son expérience, son ancienneté, une bonne réputation, et elle était allée à toutes les formations pour se tenir à jour. Après six mois passés en école de commerce, elle était entrée comme secrétaire à l'institut des cartes marines, dans les années 60. Assidue, très forte pour mettre de l'ordre dans les papiers des autres, douée pour taper à la machine, ordonnée, toujours prête à aider, toujours de bonne humeur. Ponctuelle. Tout le monde pouvait compter sur maman. Avec l'arrivée du pétrole, elle était entrée chez Amoco. Elle était un peu montée en grade, avait eu plus de responsabilités et avait touché un meilleur salaire. Ça ne s'appelait alors plus "*secrétaire*", mais "*consultante*". Je me souviens d'une fois, dans les années 80, quand elle était rentrée du boulot, elle m'avait montré en rigolant une carte de visite. "Regarde, Jarle, maintenant, ta mère est consultante... Consultante, tu parles ! Je fais exactement la même chose qu'avant !" Puis, en 1986, quelques années avant le divorce, maman s'était vue proposer une offre par un collègue de chez Amoco, Bjørn Ove Bærheim. Il allait démarrer sa propre boîte d'audit dans l'industrie pétrolière avec deux collègues ; West-Consult. Ils avaient le capital actions. Ils avaient un profil, ils avaient les compétences de pointe, d'inestimables connaissances qui deviendraient un produit sûr et les rendraient incontournables sur le marché.

"C'est aussi simple que ça, avaient-ils dit ; nous proposons un produit que personne d'autre ne peut proposer, et pour lequel le besoin est important". Bærheim voulait être entouré de personnes de valeur chez West-Consult, "des gens sur qui compter", disait-il en flattant maman, "des gens comme vous". Il pouvait promettre un meilleur salaire, plus de libertés dans le travail, moins de bureaucratie, moins de contraintes, des possibilités de bonus, plus de flexibilité, de l'efficacité, un bon cadre de travail, une retraite assurée. Maman n'était pas syndiquée, et elle n'aurait jamais besoin de l'être, avait-il dit. Elle avait accepté le poste, elle lui faisait confiance, elle aimait ça. Elle progressait au fur et à mesure qu'on lui confiait de nouvelles missions. Elle accordait une grande importance au fait d'avoir été remarquée, tirée du lot des autres que Bærheim & Co pouvait choisir chez Amoco. C'était avec beaucoup d'enthousiasme qu'elle avait démarré son nouveau job. Elle avait veillé à s'acheter de nouveaux vêtements, elle mettait un point d'honneur à travailler dur et à se tenir à jour.

Et maintenant, elle en était là. West-Consult était dans le jus, la concurrence était devenue trop forte, les gens devaient se tirer pour éviter la faillite. Parmi eux, maman, qui n'avait pas acheté d'actions, qui n'avait pas assuré ses arrières.

Je ne savais pas quoi dire.

- Enfoiré de Bærheim.
- Ce n'est pas sa faute, répondit maman.
- Non mais, maman... si ce n'est pas sa faute à lui, alors à qui ?
- C'est moi qui ai fait ce choix, tenta-t-elle.

En me préparant dans l'entrée, j'étais désorienté, et je me disais que j'aurais dû être un homme pour maman, à ce moment-là, quelqu'un qui pouvait la soutenir, l'encourager, lui donner des forces d'une façon ou d'une autre. Maman sortit. Elle essaya de sourire, mais elle exprimait surtout la gêne.

- Jarle ?

Je la regardai. *Demande-moi quelque chose, alors, maman, demande-moi de faire quelque chose que je puisse faire pour toi.*

- Oui ? Qu'est-ce qu'il y a ?
- J'apprécierais que tu restes à la maison avec moi, aujourd'hui.
- Maintenant ? Mais il faut que j'aille au bahut.
- Non, répondit-elle en riant, non, je veux dire, plus tard dans la journée, après. Je n'ai pas tellement envie de rester seule. Ce n'est pas dramatique, mais... je n'ai juste pas envie de rester seule.

- Bien sûr, pas de problème ! m'écriai-je. Bon sang, maman, bien sûr que je resterai, c'est la moindre des choses, on ira se promener, on ira voir grand-mère, ce que tu veux !

- Non, ne parle pas de ça à grand-mère, elle va se faire du mouron, elle n'a pas besoin de le savoir, non... c'est juste si tu voulais bien rester à la maison avec moi, ce soir.

- Bien sûr, répondis-je avec l'impression d'être quelqu'un de bien.

Maman m'invita à sortir. J'étais déjà à la bourre. Il était 8 heures et demie. Je montai à vélo, et en passant le coin de la rue, je lui criai que je rentrerais juste après la fin des cours, que je ferais des courses pour elle, et qu'il n'y avait pas de problème, je resterais à la maison avec elle. C'est clair, pensai-je, maman a perdu son job. Elle a besoin de moi, maintenant. Elle ne le comprend pas très bien, elle ne comprend pas la gravité de la situation, mais elle a besoin de moi, maintenant.

C'était la fin de la dernière vague de circulation. La pluie tombait à seaux, et je dus appuyer comme une brute sur les pédales pour résister au vent.

Quelques secondes plus tard, des détonations résonnèrent dans mon crâne : Yngve. Tennis. Entraînement.

Je montai la côte, pris dans Strandgata, passai par un autre chemin que d'habitude, tressautai sur les pavés du vieux Stavanger tandis que la panique regorgeait partout en moi.

Bon sang, Jarle. Et maintenant ? Qu'est-ce que tu fais, maintenant ?

Je devais jouer au tennis avec Yngve de 8 à 10. Je devais répéter avec le Mathias Rust Band de 6 à 11. Je devais passer la soirée à la maison avec maman. Je devais être à trois endroits en même temps.

12

HYPOCRITE

*Je suis le garçon
qui s'est tiré
une fusée dans la main*
— Kent

— République démocratique d'Allemagne, Tchécoslovaquie, Hongrie, Roumanie et Bulgarie, dit Svensen, le prof d'histoire, sur un ton émerveillé.

J'essayai de me concentrer.

— Hein ? relança-t-il en nous encourageant du regard.

C'était le premier cours. Svensen se poussait, son cœur en mettait un coup, il produisait des kilos et des kilos d'adrénaline, et sa glycémie augmentait à mesure qu'il avançait dans son sujet favori : la réalité. J'éprouvais une grande sympathie pour ce prof d'histoire transpirant, amoureux de son temps, avec ce front dégarni et ces grosses lunettes, mais de temps en temps, il me démontrait aussi où étaient les limites du réalisme. Qu'adviendrait-il de Svensen s'il tombait un jour nez à nez avec un fantôme ? Il sortirait son mètre ruban. Dans sa vie, dans son monde quantifiable, il n'y avait pas de place pour une imagination pauvrette ancrée dans les processus historiques. Bien sûr, il aimait la spéculation, mais c'était la spéculation du type "si vous voulez *mon* avis, l'apartheid aura disparu dans, oui, disons trente ans." Il aurait catégoriquement rejeté la théorie que le prof de bio avait exposée avec admiration quand Ingar, l'abruti de la classe, avait posé tout un tas de questions sur l'audition et la voix des animaux. Est-ce que les larves sont muettes, par exemple ? avait-il voulu savoir. Ça avait incité le prof à raconter une histoire captieuse, qui concernait certes les limaces, mais qui pouvait quand même illustrer la question. Il était question d'un chercheur qui rassemblait en un même endroit d'énormes quantités de limaces. Des milliers et des milliers de limaces, noires et brunes. Il les cloîtrait de sorte que les animaux n'aient aucune possibilité de fuite, les empilait les unes sur les autres et les soumettait à une chaleur et une lumière intenses. Et comme nous le savons, les limaces sont des animaux qui affectionnent le froid et l'obscurité. Le but de cette expérience grotesque était d'étudier leurs réactions à ce qu'elles redoutaient le plus, à ce qui était pour elles une forme d'apocalypse, d'holocauste des limaces, ce que l'espèce pouvait s'imaginer de pire ; être amassées en grande quantité pour un calvaire sous un soleil de plomb. Dans ces conditions de torture, le chercheur parvint à un surprenant résultat. Tandis qu'il se trouvait là, debout devant sa ferme, à regarder les malheureuses limaces, il vit la panique croître à mesure que les animaux comprenaient qu'ils étaient perdus. Ils se mirent à se dévorer les uns les autres, essayèrent de se débiner, mais sans y arriver. C'est alors qu'il se passa quelque chose. Tout à coup, le chercheur entendit un bruit. Un minuscule couinement, qui pouvait faire penser à un cri. Il sursauta. Un enfant ? Le cri était si réaliste, si quasiment humain qu'il crut d'abord que ça venait de la ferme voisine, que c'était un enfant en bas âge qui criait. Mais il comprit alors ce qu'il avait entendu, il comprit à son grand étonnement que ce son, ce faible cri, devait provenir de ce grotesque tas de limaces qu'il avait devant lui. Le chercheur, qui n'enquêtait pas sur les sons que pouvaient produire ces mollusques mais sur la réaction de l'espèce face à une menace de destruction totale, se mit à calculer et à conjecturer, pour finalement arriver à la conclusion que ce qu'il avait entendu, c'était les milliers de limaces qui avaient à un moment donné crié simultanément sous la torture infligée par la chaleur et la lumière, probablement quand elles avaient compris qu'elles étaient perdues, qu'elles allaient mourir là, qu'elles allaient trépasser et sécher dans la clairière devant la ferme où le chercheur les avait rassemblées par une chaude journée d'été. Et tout à coup, le chercheur avait compris que le monde était plein de murmures, de caquetages, de discussions et de conversations. Évidemment qu'elles parlent, évidemment que tout le monde parle, il n'y a que nous, les humains, qui avons une si mauvaise ouïe, c'est nous, les monstres humains, qui chancelons sur deux jambes, qui passons notre temps à gueuler, qui sommes dotés d'une exceptionnelle mauvaise oreille. Il s'agit d'un autre registre de parole et d'audition que le nôtre ; les limaces ne sont pas muettes. Elles papotent sans discontinuer, elles pleurent, elles rient et crient, mais il faut donc faire un effort énorme, en plus du cri synchrone de plusieurs milliers de limaces, pour que nous puissions les entendre. Il est donc clair que si nous opérions dans le même registre vocal qu'elles, nous entendrions continuellement des phrases comme "est-ce que tu es allée dans le champ de choux, aujourd'hui ?", si nous allions sur la route, ça papoterait dans tous les jardins, tous les soirs, "Oh, quelle délicieuse brise !", au moment où les limaces se détendent. Le chercheur précité n'était jamais redevenu le même après sa fameuse expérience. Alors qu'il avait considéré le genre humain avec une espèce de fierté, il nous accordait depuis très peu de valeur. Il comprenait à quel point nous étions roulés dans la farine, que les autres espèces du globe se moquaient de nous, les limaces, qui nous étaient tellement supérieures en matière d'ouïe, les antilopes qui pouvaient se promener tout tranquillement à côté de nous tandis que nous courions comme des dératés... et les mouettes, avait-il dit, et elles ? Vous avez vu ce que ça donne quand vous videz un poisson ? Si vous êtes sur un quai, tout au bout d'un fjord, et si vous vous servez de votre couteau sur le ventre d'un poisson, qu'est-ce qui se passe ? La seconde qui suit, le fjord est plein de mouettes qui tournent autour de votre tête, qui crient et qui "miaulent", alors que quelques secondes plus tôt, elles n'étaient pas là, il n'y avait aucune – *aucune* – mouette en vue, mais elles ont senti l'odeur du poisson que vous avez éventré, elles se sont abattues à la vitesse de l'éclair et avec une précision diabolique sur votre bout de quai. On n'a aucune chance face à ces animaux. Aucune chance. Le chercheur perdit courage. Il resta assis à regarder autour de lui, raconta le prof de bio, à regarder la nature, et tout ce qu'il voyait, c'était sa propre insuffisance. Les voix qu'il n'entendait pas. Les odeurs qu'il ne distinguait pas. Les visions qu'il ne voyait pas. Les sensations qu'il ne pouvait pas sentir. Il se sentait amputé, petit, insuffisant, et il avait peur. La peur provient de la conviction qu'il y a quelque chose par-delà de ce que l'on peut voir, entendre, sentir ou percevoir d'une autre façon. Si on voit tout ce qui existe, on n'a pas peur. Les petits enfants le savent. Ils ont peur de ce qu'il peut y avoir à la cave, dans le noir. Pour ce malheureux chercheur, le monde entier était devenu comme l'obscurité d'une cave pour un enfant, il avait perçu *ce qui n'existe pas, ce que nous ne pourrons jamais voir, entendre, sentir ou percevoir*, et il devint impossible pour lui de traverser un parc, de faire de la barque, parce que les fleurs du parc parlaient, et il ne pouvait pas entendre ce qu'elle disaient, les plans qu'elles fomentaient, car les profondeurs de la mer détenaient des secrets qui lui seraient de toute éternité inaccessibles.

- Alors oui, dit le prof de bio, le monde entier papote.
- Il bluffe, dit Helge en se penchant vers moi, c'est un truc qu'il invente.

À l'inverse du prof de bio, qui avait le goût des théories spéculatives qui n'avaient pas toujours la même fiabilité, que nous soupçonnions souvent d'être des mensonges éhontés de sa part, inspirés par son infinie fascination pour les secrets du monde, les splendeurs et les phénomènes qui n'avaient pas encore été découverts, Svensen était absolument sourd de ce point de vue-là. Il vivait dans la réalité. Il n'y avait pas de bruits qui ne soient audibles. Et à l'époque, avant que la fac ne vienne en prendre certains d'entre nous, Jarle, Helge et Katrine aussi vivaient dans cette réalité, même si Svensen pouvait nous gonfler, et même si par la suite je me suis souvent servi de son personnage pour définir la frontière de la part d'enfance que nous avons tous en nous et que nous pouvons perdre pour n'être plus que des centres d'observation de grandeurs mesurables.

J'essayai de me concentrer, mais c'était le désordre le plus complet dans ma tête : maman avait perdu son boulot, il fallait que je répète avec le groupe, et je devais jouer au tennis.

Svensen haussa le ton et répéta :

- Hein ? La République démocratique d'Allemagne, la Tchécoslovaquie, la Hongrie, la Roumanie et la Bulgarie. Il leva la main droite et exhiba fièrement cinq doigts. "Hein ? Cinq – *cinq* –

élections libres ! Quatre-vingts millions de personnes vont aller aux urnes pour la première fois depuis quarante ans... vous imaginez ce que ça sous-entend ? Ce ne sont que communistes brisés, partis annulés ou dissous contre opposition, sur toute la ligne. C'est une photo complètement nouvelle de l'Europe de l'Est, et ça se passe maintenant. Juste sous nos yeux. Svensen replia trois doigts, ému par son propre discours, et les mit devant ses yeux. Oui, juste devant nos yeux, et ça va arriver en l'espace de quelques mois. L'Europe va changer en quelques petits mois.

Svensen déplia la carte devant le tableau, attrapa la baguette et s'assit derrière son bureau. Il leva les yeux vers la carte et passa le bout de la baguette autour des pays concernés.

- C'est si global, si énorme, que nous avons du mal à comprendre ce qui se passe. Un monde tout neuf, dit-il en versant dans le théâtral ; la décennie dans laquelle nous nous trouvons sera décisive pour la conjoncture mondiale. C'est maintenant que commence le nouveau chapitre des livres d'histoire à venir.

J'essayai de me concentrer, ça m'intéressait, j'aimais bien ces cours, et ça traitait de gens comme nous, Helge et moi, les communistes, à la fois ceux en qui nous croyions et ceux en qui nous avions perdu la foi.

Svensen le savait. Il désigna Helge :
- Toi, Fidel, et le Che, vous vous reconnaissez bien dans le communisme, non ? Alors qu'est-ce qui a raté ?

Nous adorions quand Svensen utilisait ces surnoms pour nous : Helge était Castro et j'étais Guevara, et nous adorions ça, mais nous faisions comme si c'était évident, et omettions de le commenter.

- Seigneur, dit Helge avec exaspération en levant les yeux au ciel, comme si c'était élémentaire, il n'y a jamais eu de communisme digne de ce nom.

Svensen le regarda.
- Il faut approfondir un peu, Helge.
- OK, répondit ce dernier en se penchant sur sa table. Écoutez, ils ont eu le socialisme en Union soviétique juste après la révolution de 1917, hein, et quelque chose qui ressemble en Chine, mais

c'est différent du communisme. Le communisme, c'est le but, c'est bien la société de la liberté, non ? Mais en Union soviétique, ça a été du fascisme social, ce n'était à tout prendre pas mieux qu'aux USA, on a deux superpuissances, toutes deux corrompues et fascistes.

Un soupir parcourut la classe. Nos condisciples avaient déjà entendu ça, et ils en avaient soupé des analyses de Helge.

- C'est une façon de voir les choses, dit Svensen. Oui, vous savez à quoi fait allusion Helge en parlant de 1917 ? Oui, bien entendu. Quelqu'un d'autre ?

Silje leva la main. C'était une nénette de la jeunesse droite, assez jolie ; un ennemi avéré.

- D'après moi, ce qui se passe ne fait que démontrer que le communisme était condamné à l'échec dès le début, et que la démocratie, le parlementarisme et le libre échange représentent le système le plus sain, c'est absolument évident, aujourd'hui. Elle nous regarda, Helge et moi. C'est aussi ce que dit Gorbatchev.

La dernière remarque était une attaque en règle contre nous deux : Gorbie était bien sûr le sauveur, mais il était en même temps communiste. Il était la patate que la plupart des gens mangeaient avec plaisir, il était le fouet avec lequel presque tout le monde se plaisait à frapper. Bush, la Communauté européenne et les capitalistes lui souhaitaient la bienvenue parce qu'il critiquait l'ancien système, parce qu'il avait ouvert le monde comme par une fermeture éclair avec la Perestroïka, la Glasnost et ses interminables voyages de paix à travers le monde, et nos socio-démocrates lui souhaitaient également la bienvenue parce qu'il allait réformer le monde, remettre la solidarité sur pied, chasser le monopole du pouvoir hors du parti de Moscou, chasser les dictateurs des pays de l'Est, et même s'il y avait désaccord sur sa personne dans les cercles radicaux, les gens étaient fiers de lui, parce que le sauveur du monde ne s'appelait pas Bush, Kohl ou Thatcher, mais *Mikhaïl Gorbatchev*, d'Union soviétique. Mais Helge avait un autre point de vue.

Il posa deux yeux étincelants sur Silje et la singea :

- "*C'est aussi ce que dit Gorbatchev ?*" Tu es si conne que c'est tout juste si je daigne te répondre, s'exclama-t-il en se frappant le front. Ton Gorbie est celui qui a tué le plus de monde en Afghanistan, tu le savais ? Il a envoyé encore plus de soldats jusqu'à ce que plus une seule maison ne reste intacte.

- OK, on arrête là, dit Svensen. Élection libre. Qu'est-ce que c'est ? Qu'est-ce que le parlementarisme ?

Je n'arrivais pas à me concentrer. Ma cervelle travaillait sans arrêt sur de tout autres sujets, et tandis que l'histoire du parlementarisme se mettait à tournoyer dans la pièce, que l'on parlait de 1884, de la Révolution française, je m'évadais du cours de plus en plus. J'avais la solution. Je regardais fixement devant moi, et j'avais la solution. Ce n'était pas un plan spécialement agréable, et certains auraient à y perdre, certains seraient blessés, mais c'était un plan qui tenait la route, pensais-je.

Il y a trois types de personnes qui sont créatives : ceux qui sont bourrés, ceux qui sont amoureux et ceux qui sont pauvres. Je n'étais ni bourré ni pauvre, mais j'étais amoureux, et je savais ce que j'allais faire.

- Jarle ?

Je levai les yeux, quelqu'un m'arrachait aux stratégies de l'amour, et je regardai Svensen. Il me regardait.

- Euh... oui ? fis-je, abasourdi.
- Tu as dit quelque chose, dit Svensen.

J'ai dit quelque chose ?

- Euh, non... quoi... non, j'ai fait ça ?

Rires dans toute la classe. Il avait manifestement raison. J'avais ouvert la bouche et j'avais parlé. Helge se retourna et me jeta un coup d'œil bizarre. Je rougis.

En sortant, Katrine vint me voir.

- "Putain, ça doit être possible ?" dit-elle en me regardant par en dessous.

C'est donc ça que j'avais dit : *putain, ça doit être possible.*

- C'est maman, dis-je en lui mentant en pleine poire. Encore une fois, je me servais des tragédies de mes proches pour me tirer de mes propres difficultés ou m'attirer la sympathie. C'est maman, dis-je en affichant une mine grave, en attendant un peu avant de passer aux aveux. Katrine ouvrit de grands yeux, elle avait l'air d'avoir peur.

- Oui. Elle a perdu son boulot, dis-je en baissant les yeux.

Un drôle de moment. Je me servais de maman, cyniquement, alors que dans le même temps, je m'en faisais sincèrement pour elle. Les sentiments n'allaient pas ensemble. Mais mon histoire se tenait, celle que j'avais élaborée pendant le cours, celle dont j'avais parlé sans en avoir conscience ; *Putain, ça doit être possible*. Mon plan avait déjà commencé à influencer les circonstances.

La chose la plus futée que je pouvais faire quand il s'agissait de m'attirer les bonnes grâces, en particulier quand ça devait friter avec Helge, c'était de commencer avec Katrine. C'était malin de préparer le terrain auprès d'elle, car même s'ils s'étaient toujours chamaillés, je comprenais qu'il n'y avait personne qu'il respecte comme Katrine.

- Je ne l'avais pas compris, mais elle a perdu son boulot vendredi. C'était comme si elle était malade, et je croyais juste qu'elle avait la grippe, tu vois, mais elle a perdu son job, et elle est complètement à plat, je ne l'ai jamais vue comme ça.

J'en rajoutais. Je ne dis rien sur le fait que maman s'était levée, ce matin-là, qu'elle se sentait mieux, même si elle se racontait de toute évidence des bobards.

- C'est vrai ? Katrine était choquée.

J'acquiesçai.

- Les enfoirés, dit-elle, maintenant, c'est l'argent qui dirige tout et partout, merde, est-ce que plus personne ne pense aux gens ?

- Non, tout est pourri. Et maman qui a pris des cours en plus, et tout ça. Il n'y a que l'optimisation qui compte.

C'était parfait. Non seulement la démission de maman était un événement personnel, quelque chose qui nous touchait en fait elle et moi, mais c'était également *une histoire inhumaine tirée de la réalité*. Enfin : une histoire qui seyait à notre haine contre la société, à l'image qu'on se faisait de la cynique culture d'entreprise, du capitalisme sans cesse croissant, du chômage grandissant, et ça confirmait notre idée que la politique que Gro et Kåre[1] avaient menée, et qui était depuis poursuivie par Jan Peder Syse[2], conduisait la Norvège dans un enfer libéral lié aux marchés ; à présent, le petit reste de sens des responsabilités et de solidarité disparaissait dans cette saloperie de société du Fremskritt Parti.

Katrine était sans voix.

- Mais il faut faire quelque chose ! s'exclama-t-elle.
- Nous ? soupirai-je. Quoi ?

Helge arriva. Katrine se mit illico à lui parler de maman. Je tournai les yeux, jouai ce jeu dans lequel j'étais désemparé à la fois artificiellement et sincèrement, tout en remarquant que l'histoire l'atteignait exactement comme elle devait. Bien entendu, Helge fut pris de fureur. Il rattacha immédiatement cette histoire au combat que nous menions, et aussi pas mal au groupe. C'est vrai qu'il avait un père qui travaillait là-dedans, qui se blindait pour les négociations collectives, où le chômage occupait une place centrale.

- Bon Dieu de bordel, dit Helge, elle n'est pas syndiquée, si ?

Je secouai la tête.

- Travail de bureau, c'est ça ? demanda-t-il.
- Qu'est-ce que tu veux dire ?
- Ce n'est pas du travail de bureau qu'elle faisait ?
- Si, si on veut. Si, c'est ça.
- Merde, c'est une branche où les choses sont tendues, pour l'instant. Pas de poste libre. Des files et des files de chômeurs. Pas bon.

J'entendais son père parler à travers lui. Helge connaissait tout ça par cœur, il en bouffait à la maison, en particulier maintenant, avant les négociations collectives, il savait quelles étaient les branches les plus touchées, il savait où c'était le plus difficile.

- Elle n'a aucune chance, conclut-il.

C'était parfait. Maintenant, je pouvais le dire. Même si Helge brossait une peinture noire de l'avenir de maman, et même si ça aurait dû me rendre plus inquiet que je l'étais déjà, je sentais que la situation allait dans mon sens.

---

1 Gro Harlem Brundtland (socialiste) et Kåre Willoch (conservateur) déjà cités.
2 Premier ministre (conservateur), du 16 octobre 1989 au 3 novembre 1990.

- Alors je vais devoir rester avec elle aujourd'hui. Elle me l'a demandé. Elle est complètement retournée.

Helge poussa un gros soupir. Il savait ce que ça signifiait, et il avait du mal à l'avaler. Il venait de distribuer tout un tas de badges MRB maison à quelques-uns de la classe qu'il avait considérés comme impossibles à attirer, et il était toujours euphorique.

- Il le faut, Helge, ça ne va pas. Quand personne d'autre ne montre d'égards envers maman, il faut que je le fasse, moi.

Et je pensais ce que je disais. Je le pensais, même si j'étais hypocrite.

- OK, dit Helge d'un ton bourru. Il ne pouvait pas aller à l'encontre de ça, même si je voyais qu'il bouillait, même si je voyais qu'en réalité, il avait envie de dire *merde, Jarle, merde, quand est-ce qu'on va répéter, alors, hein ? On ne devait pas le faire tous les jours cette semaine ? Ça ne s'appliquait pas à maintenant ?* Mais ça, il ne pouvait pas s'y opposer, car il s'agissait de ce pour quoi on se battait, c'était un événement tiré de la réalité, et il avait un max de respect pour ces trucs-là.

- OK, dit-il. Mais on répète demain, alors ?

- Bien sûr, acquiesçai-je. Je dois juste veiller sur maman une journée.

Ils me laissèrent tranquille le restant de la journée. Je fis clairement comprendre que j'avais besoin d'être seul. Katrine avait aussi l'histoire de papa dans son sac marqué "sollicitude pour Jarle", et j'étais protégé, mes plans pouvaient fonctionner sur des bases solides. Il restait juste à trouver Yngve dans le courant de la journée, de préférence vers la fin, et il fallait que je puisse lui parler seul à seul, sans que d'autres ne nous voient.

La possibilité apparut lors du dernier intercours. À cette période, les différents groupes d'activités venaient nous voir pendant les cours. C'étaient des gens qui bossaient en idéalistes, qui pouvaient faire le tour des classes pour parler une dizaine de minutes de leurs activités. Nous avions déjà eu la visite de celui qui s'occupait du journal de l'école, un gars de seconde, compagnon d'Emmaüs dans les quartiers Est, qui portait un blouson en jean et un chapeau de cow-boy, et qui voulait recruter des journalistes "critiques", comme il disait. J'avais des projets bien définis concernant ce job. Des gens de Laget, les chrétiens, étaient venus, Helge et moi avions canardé leur représentante de toutes nos forces verbales, et l'avions chassée à coups d'arguments sur les missions et l'endoctrinement. Nous avions eu un topo de la chorale, dont nous pensions que c'était une connerie bourgeoise comme une autre. Nous avions eu les dirigeants de la troupe théâtrale, dont nous pensions aussi qu'ils étaient une bande de poseurs. Et nous avions eu la visite de la toute nouvelle association des lycéens, représentée par un type enthousiaste de première, aux cheveux longs et blonds, en pull de treillis, écharpe palestinienne et lunettes toutes rondes. Helge et moi avions tout d'abord été sceptiques, et nous avions soupçonné l'association d'être sentimentale, estudiantine et rétrograde, mais la frange blonde nous avait persuadés que ce devait être actuel, critique et percutant, et nous l'avions cru. Et c'était à présent au tour de la Jeunesse contre la CEE, qui recrutait pour sa délégation locale. Helge, Katrine et moi étions des candidats tout désignés, prêts à travailler gratuitement pour eux si le besoin s'en faisait sentir. La représentante était une fille de l'Est du pays, en terminale, avec un regard perçant et un grand sourire. Elle parlait fort et à une vitesse démentielle, et elle portait un T-shirt "Nature et Jeunesse" affichant "Tu jettes 250 kg d'ordures par an (ou bien est-ce moi ?)". Après le cours, tandis qu'elle faisait son speech expliquant comment la CEE détruisait quatre tonnes et demie de nourriture par minute – *par minute !* – et que ceux qui s'intéressent à la protection de l'environnement, ceux qui veulent protéger les droits des salariés et la possibilité de disposer de soi-même, ceux qui pensent que la solidarité est une valeur importante devaient faire partie de la Jeunesse contre la CEE, un groupe d'idéalistes en manteaux de tweed noir à chevrons, pulls en laine, bottes et écharpes palestiniennes se regroupèrent autour d'elle devant la classe. Ils ne sortirent pas dans la cour, où la pluie tombait en biais dans une brise fraîche, mais restèrent à l'intérieur.

Si la situation avait été ordinaire, je serais resté avec eux. J'aurais été l'un des plus enthousiastes, je me serais inscrit sur toutes les listes existantes. Mais ce mercredi, je me contentai de faire un signe de tête à Helge et à Katrine, pour leur signifier "je vais faire un tour", et on me ficha la paix.

Je trouvai Yngve dans le couloir du bâtiment près du Breiavann. Il était appuyé au mur, et parlait avec un autre garçon.

Je pilai. Je n'avais encore jamais vu Yngve parler avec quelqu'un d'autre, et je réagis instinctivement à cette intrusion dans sa solitude, cette belle solitude que je pensais être le seul à pouvoir guérir.

- Salut, Jarle, dit gaiement Yngve avec un signe de tête vers l'autre type. C'est Tommas, il est dans ma classe.

Je lui fis un signe de tête. Ce Tommas était un type guindé, et je ne l'aimais pas. Je savais qui il était parce qu'il était le maître local d'échecs, on en avait parlé dans le journal. Bon sang, pensai-je, est-ce qu'il va recruter Yngve pour jouer aux échecs ? Il jetait une vilaine lumière sur Yngve, et le salissait. Tommas me rendit mon salut. "Bon, il faut que j'y aille", dit-il avant de s'en aller. J'étais soulagé, Yngve redevenait mien.

- Alors, dis-je, comment ça va ?
- Bien, un peu déprimé par le temps, mais...

Le temps. Yngve parlait du temps. Le temps aurait été un sujet de conversation pour Helge, Katrine et moi, s'il avait eu des conséquences écologiques. Toute autre allusion au temps était le signe que tu vivais une vie barbante, que tes journées avaient besoin de quelque chose pour les remplir, que tu étais en train de devenir comme tes parents. Qui disait temps disait couche d'ozone, effet de serre, et cet hiver-là, nous avions eu de nombreuses discussions concernant le temps, parce qu'il faisait très doux, parce qu'il avait fait entre deux et neuf degrés pendant tout le mois de janvier, avec de la pluie, du vent et encore de la pluie, et nous pensions – non, nous étions sûrs à 100 % – que c'était dû aux changements de climat et à l'accroissement de la quantité de gaz à effet de serre dans l'atmosphère, ce qui était notre faute, bien sûr, la faute des capitalistes, la faute de l'Ouest, qui abattait la forêt équatoriale dans le delta de l'Amazonie, qui faisait tourner ses industries sans les équiper de dispositifs antipollution.

Si ça n'avait pas été Yngve, devant moi, j'aurais sûrement répondu "tu sais qu'à Katowice, en Pologne, cent cinquante nourrissons sont morts en 1986 à cause de la pollution atmosphérique, parce qu'on travaille dans des usines qui datent de 1880 ? C'est nous qui réchauffons la terre ; alors effectivement, tu vois le temps..." Mais je ne le dis pas.

- J'aime bien la pluie, dis-je.
- C'est vrai ?
- Pluie et vent, acquiesçai-je, ça fait du bien, quand ils te prennent.

Seigneur, Jarle, c'était toi, ça ?

Yngve sourit.

- Alors, on joue, aujourd'hui ? demandai-je avec enthousiasme en faisant un mouvement de tennis maladroit en l'air.
- Bien sûr... vous venez ?
- Non, il n'y aura que moi. Katrine a un anniversaire.
- Oh, d'accord.

Je le regardai.

- Mais ça ne fait rien, si ?
- De quoi ?
- Qu'il n'y ait que moi.
- Non, c'est chouette, répondit Yngve.

C'est chouette. Je retournai en cours. Ça allait tout seul, ça, il ne restait qu'un problème, le plus gros, mais ça irait, et Yngve avait dit que c'était chouette qu'il n'y ait que moi. En tout cas, il préférait être avec moi plutôt qu'avec Katrine, et Tommas et ses échecs ne l'intéressaient pas.

Le dernier cours était un cours de maths.

- Shit ! m'exclamai-je lorsqu'on nous rappela que nous avions une interro le lendemain.
- Quoi ? demanda Helge.
- Non, c'est juste cette interro de maths, je n'ai pas bossé, et ce soir..., je m'interrompis.
- Si, tu peux potasser ce soir, puisque tu dois rester chez toi.
- Oui, oui, mais il faut que je reste avec maman, c'était quand même pour ça.

Helge grogna quelque chose.

- Et le tosh ? chuchotai-je pour me rabibocher avec Helge.
- Comme sur des roulettes. En sécurité. Il baissa sensiblement le ton. Putain, ce que ça sent bon !

J'assurai à Helge que nous répéterions comme des brutes le reste de la semaine, et j'assurai à Katrine que je prendrai soin de moi et de maman. Je rentrai à la maison en vélo, dans le vent, dans la pluie, qui me faisaient du bien.

Maman refermait l'enveloppe dans laquelle elle avait glissé sa déclaration de revenus. Pas un boulot sympa, de tourner et de retourner le chiffre de l'année passée, quand les finances de l'année en cours était devenues si incertaines.

- Déclaration ? demandai-je en posant mon sac.

Maman acquiesça.

- Et pour... J'hésitai. Oui, pour l'argent, ces trucs-là, quoi...
- On va régler ça, dit maman. On s'en occupera, dit-elle en souriant. C'est bien que tu sois là. Qu'est-ce qu'on va faire aujourd'hui, alors ? Elle me regarda, comme si elle attendait que je lui propose quelque chose. Je ne sais pas... quelque chose de différent ? Sortir manger, peut-être ? Aller au cinéma ? Faire un tour en voiture ?
- On ne va peut-être pas dépenser trop d'argent, maintenant que... commençai-je.

Maman se ratatina sur sa chaise.

- Non, répondit-elle en se mettant à fixer le néant. Non, peut-être pas.
- Mais c'est clair qu'on peut... faire autre chose, dis-je. Aller voir quelqu'un, peut-être ? On pourrait aller voir Ragnhild, tous les deux ?

Pourquoi est-ce que je disais ça ? Pourquoi est-ce que je me mettais à lui faire des promesses alors que je ne pourrais rien tenir ?

Le visage de maman s'éclaira un instant, mais elle se mit bientôt à douter.

- Non, je ne sais pas, Jarle. Je n'ai pas tellement envie d'être exposée à tous les regards, pas maintenant.

Je compris de quoi elle avait peur. Tout au fond d'elle, derrière toutes les justifications de substitution et les explications illusoires qu'elle élaborait pour elle, elle savait bien ce qui s'était passé, et elle savait qu'elle l'entendrait de la bouche de Ragnhild. Elle n'en avait pas le courage.

Je m'assis à côté d'elle.

Il fallait que je le dise. Il fallait que je casse ça, de sorte qu'on puisse passer les heures suivantes à recoller les morceaux.

- Maman... commençai-je.

Elle se raviva de nouveau, se redressa sur son fauteuil, leva la tête et me regarda chaleureusement.

- Oui, dit-elle, oui, propose, je ne dirai pas non, et ça n'a pas besoin d'être cher. Mais non. C'est toi et moi, aujourd'hui. On fait ce que tu veux.

Elle me regardait, pleine d'espoir.

- Je peux me procurer de l'argent auprès de papa, si c'est ça, dis-je, en évitant ce que j'avais à dire.

Maman balaya la suggestion d'un geste, elle ne voulait surtout pas l'aumône, c'était indigne d'elle, et encore moins de lui.

- Non, répéta-t-elle, juste toi et moi, Jarle. Je m'en réjouis. Qu'est-ce qu'on va faire ?

Je baissai les yeux. J'avais mal au ventre.

- Je ne peux pas rester à la maison aujourd'hui, dis-je.

Le visage de maman se figea.

- Je veux dire, pas toute la journée, me hâtai-je d'ajouter, il faut que je m'en aille dans quelques heures.

La peau entourant la bouche de maman se mit à frémir imperceptiblement. Son nez se rétrécit, sa bouche s'ouvrit, et ses paupières tombèrent. Ses joues rougirent, ses épaules s'affaissèrent.

- Il faut qu'on répète, dis-je. Je sais que c'est nul, mais je ne peux pas faire ça à Helge et aux autres.

Elle se leva. Maman était devenue une petite fille devant moi, et à présent, elle se levait, elle n'en pouvait plus, elle n'encaissait pas ça, et je ne le voyais pas, Jarle, l'adolescent amoureux, n'avait pas les capacités pour voir quels sentiments, quelles expériences et quelles histoires immergeaient sa mère quand il rentrait à la maison en disant qu'il ne pouvait pas rester avec elle, comme il l'avait promis, alors que c'était tout ce qu'elle avait demandé, et à présent, maman se levait, s'arrêtait devant moi et me regardait, et ses yeux n'étaient pas accusateurs, ils ne faisaient que me regarder, et ne pouvaient-ils d'ailleurs pas plutôt me reprocher quelque chose, au lieu d'être simplement tristes, infiniment tristes, dévoilant que devant moi se trouvait une personne qui n'avait besoin que d'une chose : m'avoir près d'elle pendant quelques heures. Elle s'était réjouie en pensant que ça allumerait une minuscule lueur parmi ces journées sombres, que nous allions rassembler quelques forces, ensemble, maman et moi, passer un après-midi et une soirée ensemble, dont nous nous souviendrions par la suite, dès que nous serions sortis d'une période qui était beaucoup plus difficile que ce que nous commencions à comprendre, une soirée à laquelle repenser, une soirée pendant laquelle nous nous étions rassemblés pour glaner des forces, une soirée où maman aurait été vue, au lieu de me regarder moi, comme maintenant, avec les yeux les plus tristes que j'aie jamais vus, qui la faisaient paraître nue, petite et triste.

- Je vais me coucher, dit-elle.

Je me levai.

- Maman... J'hésitai. Non...

Maman monta les marches.

- Maman...

J'entendis la porte de sa chambre se refermer.

Ce qu'une personnalité a de prévisible, ce qui fait qu'on peut reconnaître les gens, ce qui fait qu'on peut le plus souvent prévoir comment ceux que l'on connaît bien vont se comporter dans telle ou telle situation, disparaît quand la personne en question est elle-même soumise à un événement imprévisible. L'assurance disparaît alors, l'indécision gagne du terrain, la personnalité se met à grincer, comme s'il ne restait que le squelette. C'était probablement le cas pour maman durant les semaines qui ont suivi le jour où elle a appris qu'ils "devaient la laisser partir". Elle se cramponnait à son vieil optimisme, elle enjolivait tout pour aider les jours à passer, mais il ne fallait pas grand-chose pour la désarçonner. Une petite promesse rompue, ça suffisait. Avec quoi allait-elle combler son après-midi ? Alors qu'elle n'était même pas assez importante pour moi ?

Les heures suivantes, tandis que ça s'assombrissait au dehors, tandis que la pluie tombait et que le vent faiblissait un chouia, je restai au salon à fumer. Mes cours de maths s'étalaient devant moi, mais je n'arrivais pas à lire. J'essayai d'écouter des disques, mais sans succès. Je feuilletai distraitement le *Stavanger Aftenblad*, tentai de lire un article racontant que des rumeurs circulaient sur le possible retrait de Gorbatchev en tant que chef de parti, mais je n'arrivai pas à me concentrer, j'essayai de lire un article disant que des restes d'une mâchoire, quelques vertèbres et l'os d'un coude avaient été retrouvés quand on avait procédé à des fouilles sous le dallage de la cathédrale, mais le monde ne voulait pas s'accrocher à moi. Je restai assis là à fumer, en rogne contre Katrine, contre Helge, et je me mis à éprouver de l'irritation à l'égard de maman. Bon sang, elle n'était pas capable de se reprendre ? Elle n'était plus une petite fille, quand même ? Elle avait vécu, elle avait travaillé pour plusieurs boîtes depuis les années 60, elle savait à quoi s'en tenir, et quand elle s'était engagée dans la branche pétrolière sans se syndiquer, ça avait été son erreur, ça ne tenait pas, à la longue, de faire porter le chapeau à papa, alors qu'elle avait été une dame de droite la moitié de sa vie, elle paierait pour... et qu'est-ce que c'était que ça ? Elle commence par défendre les faces de pet qui lui ont foutu un pied au cul, cul qu'ils caressaient encore la veille, et elle se met ensuite à prendre du gîte comme un petit optimiste, elle se fout au lit simplement parce que son fils ne peut pas rester avec elle ? Est-ce qu'elle va faire la gueule, maintenant, au lieu de se ressaisir, de relever la tête et de chercher un nouveau job ? OK, il n'y en a peut-être pas tant que ça de libres, mais elle croit peut-être que le peu qu'il y a va lui tomber tout chaud dans la gueule ? Elle croit sérieusement qu'ils vont téléphoner, ceux de chez Amoco ? Que Bærheim va appeler pour lui dire qu'il regrette ? Je la méprisai pour ça ; fichue bonne femme, pensai-je, qui m'entraîne là-dedans. Elle ne peut pas gérer sa propre vie ?!

C'est étrange. Si on m'avait parlé des travailleurs nicaraguayens qui avaient perdu leur boulot parce qu'ils étaient passés sous le contrôle d'une multinationale, j'aurais été capable de lâcher ce que j'avais dans les mains, de prendre le premier avion et de partir les aider. Mais quand le chômage arrivait sournoisement à ma porte, dans la sécurité de la Norvège, avec maman sous le bras, avant de la laisser tomber comme un paquet de linge sale sur le tapis du salon, j'étais infoutu de voir les contours de la crise. Si j'avais lu l'histoire de maman dans le journal, disons un reportage déchirant dans *Klassekampen**, sur la façon dont une Norvégienne comme les autres avait été la proie du développement sauvage du marché, à cause de sa propre naïveté, je l'aurais probablement mieux compris. J'aurais alors lu l'histoire d'une femme disant avec le recul que les portes de la vie lui avaient été claquées au nez. Qu'elle avait l'impression qu'on lui avait dit qu'elle n'avait aucune valeur. *Tu n'as aucune importance. Tu n'es pas nécessaire.* Et ceci après avoir travaillé pour eux chaque jour, employé toutes mes forces pour faire du bon boulot, disait la femme au journaliste, après m'être levée tous les matins, m'être préparée, être arrivée au boulot à l'heure, et même plutôt dix minutes avant mes supérieurs masculins pour que tout soit en ordre à leur arrivée. Et puis, un jour, il sort de son bureau et me demande de venir le voir. Je m'assois devant lui. Il dit "Sara", il m'appelle par mon prénom. C'est inhabituel. Il me dit à quel point je suis compétente, que je suis toujours de bonne humeur, et quel prix il accorde à mes connaissances, à ma capacité à m'adapter aux circonstances, à ma fiabilité, à ma ponctualité. Que je n'élève jamais la voix ni ne panique sans raison. Je suis flattée, je me sens valorisée, mais je me demande pourquoi il s'est mis à m'appeler par mon prénom. Il ne l'a jusqu'alors fait qu'à l'occasion de pots d'entreprise, quand la soirée était déjà bien avancée. Il sort ensuite un bouquet de fleurs, et je me dis que là, il y va fort, il me tend le bouquet et me dit qu'il a quelque chose de difficile à me dire, quelque chose qui me sera signifié par écrit, mais il

---

* Quotidien national communiste.

pense que c'est un devoir de sa part de me le dire en face. C'est ainsi que nous faisons à West-Consult, dit-il – *Sara*. Il m'appelle par mon prénom. Je tiens le bouquet sur mes genoux. Il m'annonce alors qu'il doit me laisser partir. Il doit me licencier. Il précise combien je suis compétente, qu'il n'a jamais regretté une seule seconde de m'avoir embauchée, mais il doit me laisser partir. Pour être tout à fait honnête, dit-il, ce n'est plus justifiable pour lui de m'avoir, compte tenu de la situation du marché. Cette entreprise se bat chaque jour pour sa propre existence, dit-il, tu sais ? Je le sais. La pression est trop forte, et il faut bien commencer quelque part, dit-il, oui, je n'ai évidemment pas besoin de partir aujourd'hui, non, non, répond-il en riant, ça se passera comme convenu par écrit. La femme raconte qu'elle était complètement anéantie, qu'elle ne pouvait pas croire que ce qu'il disait était vrai, elle sortit à reculons de son bureau, les fleurs dans les mains, pendant qu'il disait "qui sait, tu pourras peut-être revenir quand tout sera terminé ?", qu'elle aurait les meilleures lettres de recommandation qu'on puisse rêver, qu'il allait passer deux ou trois coups de fil pour elle, la recommander à des gens qu'il connaissait, d'anciens collègues, et en la rassurant : des gens comme toi – *Sara* – on en a toujours besoin. Elle sortit à reculons du bureau, l'entendit dire qu'elle pouvait partir pour le week-end, elle lui sourit et lui répondit "merci beaucoup", avant de mettre son imperméable, de passer l'anse de son sac autour de son épaule, de descendre les escaliers, le bouquet de fleurs à la main, sans rien comprendre. Perdre son job ? Est-ce qu'elle – *Sara* – avait perdu son job ? Non, ce n'était pas possible. En se dirigeant vers sa voiture, elle sentait ses tripes se nouer, elle se sentait nauséeuse, elle avait honte, elle avait envie de vomir, mais elle se dépêcha de regagner sa voiture, et tout ce à quoi elle pensait, c'est que personne ne devait savoir ça, ça ne m'est pas arrivé, ça va sûrement passer, qu'est-ce que je vais faire, maintenant ? Les idées se bousculaient dans ma tête, dit la femme au journaliste, et je ne savais plus qui j'étais, je ne faisais que me répéter, encore et encore : On a toujours besoin de gens comme toi, *Sara*. Ça va aller. Vers la fin de l'article, la femme déclare : je suis une fille des années 50. Que voulez-vous dire par-là ? demande le journaliste. Je viens d'une autre époque, dit-elle, d'un autre endroit, je n'ai pas compris ce qui s'est passé. À présent, elle est malade, écrit le journal, et elle est toujours chômeuse de longue durée. La dernière chose que dit cette femme dans l'article, c'est : il s'agit du sentiment de valeur. Celui qui ne se sent d'aucune valeur n'a rien à offrir.

Cet article-là, je l'aurais compris. Et il m'aurait foutu hors de moi. J'aurais pris fait et cause pour cette femme, j'aurais été capable de me battre pour elle. Je l'aurais découpé, montré à maman, à Helge, en disant *et voilà*. Des cadavres partout.

Mais dans mon salon, je n'arrivais pas à réfléchir efficacement. J'étais en pétard contre Bærheim & Co., et j'étais en pétard contre maman.

La théorie est toute simple. La pratique est un innommable boxon.

J'avais accompli mon plan. J'avais trahi maman, j'avais menti à Helge, je m'étais servi de la situation de maman pour m'attirer les bonnes grâces de Katrine.

Oui ?

C'était bien ce que je voulais ?

J'étais content, maintenant ?

Oui, j'étais content.

Devant moi, sur la table, à côté des livres de maths et du Stavanger Aftenblad, il y avait le cadeau pour Yngve. L'album joliment emballé. Et à côté de moi, sur le canapé, il y avait ma raquette de tennis. L'horloge au mur avançait tranquillement vers 7 heures et demie, la pluie tombait au dehors, et j'étais content.

Il existe peut-être des gens privés de conscience ? Certainement. Mais, dans ma famille, nous sommes doués en kilos de cette instance à la fois salutaire et prodigue. Je ne peux pas remonter plus loin que ma grand-mère, je ne sais pas comment ça a commencé, mais j'imagine que si je rencontrais quelqu'un de ma famille, du XVIIe siècle, je pourrais le reconnaître comme l'un des *miens* à cause de cette mauvaise conscience maladive, souvent cultivée et entretenue par son frère : le besoin impérieux de faire des choses qui vous filent mauvaise conscience. Et il n'est pas question ici de choses criminelles, ou de ce qu'on pourrait considérer comme des actes graves, non, non, il y a juste que notre famille est on ne peut plus liée, on ne peut plus solidement attachée à des complexes qui remontent à la nuit des temps, que nous avons tant de choses avec lesquelles rompre, de sorte que nous puissions avoir mauvaise conscience quand nous tondons la pelouse, une fois par semaine, en été. Oui, je suis sûr que si je rencontrais cette citoyenne du XVIIe, je la reconnaîtrais, il y aurait quelque chose dans l'expression de son regard, et je pourrais l'aborder pour lui expliquer que je suis Jarle, l'un de tes descendants, et nous avons sûrement beaucoup changé, *les nôtres*, mais s'il y a une chose que nous avons conservée, et vous auriez dû le savoir, mes ancêtres, et vous auriez dû mettre les bouchées doubles pour l'effacer de nos gènes, la laisser dans la poussière de l'évolution : cette mauvaise conscience maladive. Cette personne du XVIIe en serait restée bouche bée, car elle aurait immédiatement compris que je disais la vérité, que j'étais réellement l'un de ses lointains descendants, elle m'aurait reconnu tout comme je l'aurais reconnue, ça lui aurait apporté encore une vague de cette conscience dure et méchante de constater à quelle chaîne elle était un maillon, ce qu'elle détenait et ce qu'elle allait transmettre à la postérité.

La période de la vie durant laquelle on est le moins sujet à la mauvaise conscience, c'est l'adolescence. Je dirais que ça va de quinze, peut-être seize, jusqu'à vingt ans passés ; entre vingt et vingt-quatre. C'est une observation basée sur *ma propre famille*. Bien sûr, si l'on fait abstraction des premières années, entre la naissance et environ quatre ans. À ce moment-là, on n'a pas de conscience, on n'est que nature, amoralité et égoïsme, comme tous les enfants. Mais ça arrive après comme autant de bulldozers : l'empathie, la sollicitude, la terreur, la honte, les complexes et les peurs, et ils mettent tout leur cœur à vous réduire en une poussière terrifiée – avant l'âge d'or. Cet âge d'or où vous vous libérez péniblement, où vous vous rebellez contre vous-même, contre la famille, contre l'histoire et le monde, en perdant un peu du joug de la conscience. Ce sont des années sublimes. Vous pouvez fumer du shit, vous pouvez descendre à coups de tatane le rétro des BMW garées dans les quartiers riches, vous pouvez laisser tomber des gonzesses tout en en sautant d'autres à la fois – *sans avoir spécialement mauvaise conscience*. C'est toute la différence. Il est possible de continuer ces petites besognes, comme être infidèle, hypocrite, humain, mais avec rancune, alors. Rancune, rancune, rancune. Ça se fiche en vous et ça vous renseigne sur qui vous êtes : une personne, une personne idiote, puante et guidée par le désir, qui saute d'autres nanas alors que vous êtes marié, qui mentez à votre entourage. Vous avez de l'expérience. Vous êtes devenu adulte. C'est infernal.

Mais c'était la moindre des choses en 1990. Avec ma prédisposition colossale à la mauvaise conscience, je le sentais bien évidemment, assis dans le canapé, en rogne contre le monde environnant, faisant passer maman d'une femme qui avait besoin de mon soutien à une mère de famille de classe moyenne pleurnicharde et infichue de se prendre en main. Ailleurs en moi, je sentais on ne peut plus clairement que je m'étais glissé comme une anguille tout au long de cette journée et que j'avais eu tout ce que je voulais ; mais j'avais deux choses qui m'empêchaient de sombrer : un coup de foudre, et 17 ans et demi. Combinaison parfaite pour des crimes monstrueux au nom de l'amour.

Je traversai Stokka à vélo, vers le centre sportif, en vêtements de pluie. C'était une tenue dans laquelle je me serais normalement senti crétin, que je ne portais que par absolue nécessité, mais dont je pensais qu'elle m'allait bien tandis que j'allais retrouver Yngve. Ma nervosité crût un instant en passant le pont vers Tjensvoll, très légèrement effrayé à l'idée que pour une raison ou pour une autre, Helge passe, dans la voiture de son père ou Dieu sait quoi, et me voie, puisqu'il n'habitait pas si loin.

En arrivant dans le vestiaire, les choses étaient exactement comme la semaine précédente. Si on chope quelque chose rapidement, ce sont bien les habitudes. Une seule répétition, pour ne pas dire la perspective d'une répétition, est suffisante pour se persuader que *ça, c'est quelque chose que je fais souvent, je l'ai toujours fait,* comme maintenant : entrer dans les vestiaires, c'était comme entrer dans *ces bons vieux vestiaires que l'on connaissait si bien et où on se sentait tellement en sécurité,* où les vêtements d'Yngve, *ces bons vieux vêtements,* formaient une pile bien nette et nous attendaient, mes vêtements et moi.

Tous mes soucis s'envolèrent subitement, je me sentis chaud, je me sentis bien, protégé du monde. Je me déshabillai tranquillement, regardai mon visage et mon corps dans le miroir, et enfilai mes affaires de tennis.

Je posai le sac contenant le disque sous le banc.

Je descendis vers les terrains. Je m'arrêtai tout en haut, à un endroit d'où je pouvais voir les courts. J'étais en avance de quelques minutes, et je vis Yngve jouer contre un autre garçon. Ou un homme ? Il était un petit peu plus vieux. Comme plus tôt, quand Yngve parlait avec Tommas, je me sentis contrarié. Pourquoi y a-t-il d'autres personnes dans le monde d'Yngve ? Est-ce nécessaire ?

Je laissai mon regard suivre Yngve sur les dernières minutes du match. Son corps était souple et rapide, s'étirait quand il servait, pilait quand il devait renvoyer. Les deux joueurs se serrèrent la main, et Yngve leva les yeux vers les gradins, où j'attendais, la raquette sur les genoux. Il me fit signe. Je descendis le rejoindre. Son adversaire disparut dans les vestiaires.

- Salut, dit Yngve.

- Salut. C'est incroyable, comme tu cours... tu n'es jamais fatigué ?

- Si, mais ça aussi, ça fait du bien.

- Eh ben, ça doit être vraiment chiant de jouer contre moi, moi qui suis si nul.

- Ça ne fait rien.

Ce mercredi, je remarquai ce qui faisait d'Yngve un très bon joueur. Il avait une concentration extrême. Je ne l'avais pas noté la dernière fois, quand Katrine jouait avec nous, mais cette fois, alors qu'il n'y avait que lui et moi, je le vis : il ne perdait jamais sa concentration. Quand il jouait, il jouait. Sur le court de tennis, il offrait un contraste saisissant avec cet Yngve un peu rêveur, joliment absent, qui pouvait boire de l'eau à la fontaine dans la cour, qui penchait la tête sur le côté, qui tendait le cou et qui souriait vers le bas. Même quand il jouait contre moi, à un rythme si peu soutenu, il était concentré. Il ne se laissait jamais distraire, c'était comme s'il jouait au ralenti, et il se concentrait sur ses mouvements lents. J'essayais de me cramponner, j'essayais de suivre, et je me sentais fier, fier d'être celui qui passait des heures avec Yngve.

Après le match, nous rentrâmes au vestiaire. Je ne savais pas trop quand je devais lui offrir son cadeau, et de quelle façon j'allais m'y prendre. Je pouvais mentir et dire que j'avais deux exemplaires de cet album, qu'on m'en avait offert un à Noël, même s'il n'était pas encore sorti à ce moment-là, et faire comme si c'était un hasard qu'il récupère celui-là. Ou alors je pouvais être honnête. Lui offrir, tout simplement. Dire que je l'avais acheté, pour lui. C'était ce dont j'avais le plus envie. Je ne voulais pas être hypocrite envers Yngve.

Il quitta ses vêtements et alla vers la douche.

Je lui donnerai le disque après, pensai-je.

- Comment ça marche, avec l'Égypte ? demandai-je en regardant Yngve se savonner.

- Je n'ai pas pu lire beaucoup ces derniers temps, répondit-il avec un sourire, mais j'ai commencé à mettre de l'argent de côté... J'irai peut-être à Alexandrie et au Caire, cet été.

Yngve se pencha, leva le pied et se passa du savon en dessous.

- Avec qui tu pars ?

- Oh... Je ne sais pas. Je ne crois pas que papa et maman voudront venir.

- J'aimerais bien voir l'Égypte.

- Ah oui ?

- Oui.

Yngve rit, fit un geste de la main, comme si c'était une idée absurde, lui et moi en Égypte.

- Et ce concert ? demanda-t-il.

Je n'avais pas envie de parler de ce qui se trouvait en dehors de notre monde, notre monde qui grandissait, mais en même temps, j'étais heureux de pouvoir jouer pour lui.

- Oui, ça se présente bien, je crois, on répète, ça commence à ressembler à quelque chose.
- C'est quel genre de musique ?
- Euh... hésitai-je.
- Helge, il discutait devant notre classe, cet après-midi, et ça avait l'air assez... costaud, d'une certaine façon, et assez orienté ?
- Ah oui, on a des opinions. On est engagés dans ce que l'on dit.
- Je n'y connais rien en politique. Je ne suis vraiment pas doué, pour ces trucs-là.

Il leva l'autre pied et passa du savon en dessous. Puis il me tourna le dos et pencha la tête en arrière pour se rincer les cheveux. J'étais là, juste à côté de lui, j'avais oublié de me laver, je n'avais fait que l'observer, ses mains sur son corps, sur ses bras, sa poitrine, ses épaules, ses fesses, son sexe, le savon qui moussait, qui faisait des bulles qui éclataient sur sa peau, qui était étalé et qui dégoulinait sur sa peau, en suivant les reliefs de son corps. Yngve se retourna.

Et ça arriva de nouveau.

Comment appeler ça ?

Les premières secondes, j'eus simplement l'impression qu'il réfléchissait, comme s'il venait de repenser à quelque chose, mais comme s'il n'était pas sûr et devait réfléchir. Il redressa la tête, ses yeux s'ouvrirent tout grands et se fixèrent sur un point à quelques petits centimètres devant lui, mais sans regarder quelque chose en particulier, ce qui donnait plutôt l'impression qu'il transférait son regard au loin, droit devant lui, comme s'il libérait ses yeux et les laissait observer le monde, complètement détachés de lui, pendant que lui-même ne pouvait voir. Son corps se figea, se raidit, pas froidement, pas dans la peur, mais plus comme une nature morte, comme si quelqu'un avait arrêté le temps.

Puis sa bouche se mit à bouger. Il s'était écoulé quelques secondes pendant lesquelles je l'avais regardé, dans l'expectative, mais ça avait suffisamment duré pour que je me sente mal à l'aise. Qu'est-ce que c'est que ça ? Sa bouche remuait faiblement, son regard était vide, ses yeux grands ouverts, il n'était pas là. Yngve n'était pas là, il n'était pas devant moi. C'était le même instant fascinant et effrayant que lorsque j'avais posé ma main sur sa cuisse, quand j'étais allé le voir chez lui à Tennisveien, cette sensation violente qu'Yngve était parti pour un long voyage, très loin, où on ne pouvait pas le joindre, tandis que son corps était toujours devant moi. Et cette fois, sa bouche remuait.

Est-ce qu'il disait quelque chose ? Ça n'en finissait pas.

Cette belle bouche, ces grands yeux vides, cette belle bouche qui s'agitait.

Qu'est-ce qu'il y a, Yngve, tu dis quelque chose ?

Yngve continua à se savonner. Ses mains passèrent sur sa nuque.

- Je transpire toujours comme pas possible à la nuque, dit-il en riant.

C'était terminé. Je le regardai sans faiblir. Qu'est-ce qui t'arrive, Yngve ? Où t'en vas-tu ?

- Je ne transpire pas autant ailleurs, mais à la nuque, pardon ! précisa-t-il en riant de plus belle.

Je m'occuperai de toi, Yngve.

Nous étions assis côte à côte sur le banc, encore nus, après nous être essuyés. Ça paraissait tout à fait normal. Juste deux corps l'un à côté de l'autre. Oui ? Et alors ? Tous deux pâles, tous deux relativement minces, mais l'un mieux entraîné que l'autre. Oui ? Et alors ?

Je me penchai et attrapai le paquet. Je sortis le disque du sac.

- J'ai quelque chose pour toi.
- Pour moi ?
- Oui.
- Pourquoi... pour moi ? Pourquoi ça ?

Qu'est-ce que je devais dire ?

- Non, je voulais juste... Je m'emmêlais les pinceaux. J'étais au magasin, et puis...

Pourquoi je ne peux pas tout simplement dire les choses comme elles sont ? me demandai-je avec agacement tout en entendant ma voix raconter une histoire, pâle reflet de ce qui s'était passé. Jarle, pourquoi ne peux-tu pas dire les choses telles qu'elles se sont passées ?

- J'ai vu ce disque au magasin, et j'avais entendu une chanson à la radio, alors je me suis dit…

Dis-le, Jarle. Dis-le.

- Ouais… j'ai pensé à toi.

Yngve me regarda, comme deux ronds de flan.

- Oui, mais… je ne peux pas…
- Mais si, tu peux, dis-je en lui tendant le paquet. Tiens, ouvre-le.

Yngve était confus et déboussolé, mais il ouvrit son cadeau. Il regarda la pochette, la retourna, lut les titres des chansons et me regarda.

- Je… je n'y connais pas grand-chose en musique, je ne l'ai pas entendu, mais c'est sûrement bien. Merci.

Et maintenant ? Et maintenant ? Allions-nous nous embrasser ? Nous serrer la main ? Je n'étais pas un fana des embrassades, je trouvais déplaisant cette nouvelle habitude qu'avaient prise les garçons de s'embrasser à tout bout de champ. C'était perturbant, les codes étaient confus, et je trouvais toujours ça maladroit d'embrasser les mecs. J'embrassais maman. J'embrassais Katrine. Les filles. Mais Yngve, est-ce que je devais l'embrasser ?

Yngve se pencha vers moi. Son corps se rapprocha.

Et maintenant ? Il tenait toujours son disque à la main, et il se penchait vers moi, je sentais la nervosité me gagner, nous étions à poil, bordel, et à présent, il se penchait vers moi, il ouvrait les bras, en tenant toujours le disque dans une main, il tendit une joue vers la gauche, il voulait m'embrasser, en remerciement, il voulait m'embrasser, et il aurait alors fallu que j'écarte les bras, que je tourne la tête vers la gauche – et que je ferme les yeux ? Le cœur battant, je vis les bras d'Yngve approcher, sa joue, son buste, ses lèvres, Yngve tout entier approchait, je voyais que ses clavicules étaient encore mouillées, comme si une petite flaque s'y était formée, et Yngve approchait. Je le sentais dans mon ventre, je le sentais dans le bas de mon ventre, j'avais les jambes tremblantes. Yngve passa ses bras autour de moi, posa sa joue sur la mienne, et nos bustes nus se collèrent l'un à l'autre. Mon cœur tambourinait tellement que j'en avais des élancements dans la tête, j'avais peur que l'écho se répercute entre les murs du vestiaire, j'avais peur qu'il le sente contre sa poitrine.

- Merci, dit-il.
- Ce n'est rien.

Est-ce que je vais t'embrasser ?

Nous nous lâchâmes.

Je me raclai la gorge.

C'est alors que j'entendis quelqu'un d'autre toussoter, et je me tournai vivement vers la porte.

Je connaissais ce bruit.

Helge. *Helge !*

Merde, merde, merde. Helge ? *Ici ?* Ma respiration tomba comme une pierre, mon cœur eut des ratés et mon regard vacilla. Helge, ici ? Qu'est-ce que Helge pouvait bien foutre ici ?

Il nous regardait tranquillement depuis la porte, Yngve et moi, nous qui venions tout juste de nous embrasser, Yngve avec son disque à la main, tous les deux nus, nos fringues en jolies piles à côté de nous, nos raquettes de tennis sur le banc. Je regardai Yngve, qui souriait, comme d'habitude. Je regardai Helge, qui semblait en proie à une colère froide.

- Salut, dit Yngve en faisant un petit signe de tête à l'attention de Helge.

Ce dernier ne réagit pas.

- Hegga ! m'exclamai-je dans une tentative ridicule pour paraître naturel. Eh bien ?

- Qu'est-ce que c'est que ça ? dit-il le plus calmement du monde. Hum ?

Yngve et moi commençâmes à nous habiller, en même temps, moi parce que j'avais honte, Yngve parce que l'on s'habille quand on va sortir.

- Non, dis-je... euh... longue histoire, maman est allée se coucher, et...
- Oui, m'interrompit Helge en entrant dans la pièce. Je lui ai téléphoné.

Helge avait appelé maman. Merde. Qu'est-ce qu'elle avait dit ?
- Oui... je...
- Elle m'a dit que tu étais parti répéter.

Que devais-je dire ?

Yngve était là, à côté de moi, il mettait ses chaussettes blanches de tennis, comment allais-je me sortir de ce pétrin ? Le plus simple, ça aurait été d'attaquer Helge, d'entrer en confrontation directe avec lui, l'accuser d'être soupçonneux, de me suivre, mais je ne voulais pas montrer cet aspect de moi-même à Yngve.

- Je ne pouvais pas, Hegga, dis-je. Je n'avais tout bonnement pas la force de répéter aujourd'hui. Il fallait que je fasse autre chose.

Ça allait ? Est-ce que Helge avalait ça ?

- C'est aussi papa, dis-je dans une tentative désespérée pour m'en sortir.

- Ton père, maintenant aussi ? dit Helge durement. Tu es vraiment trop nul.

Helge était comme un bloc de glace. C'était sa spécialité. C'était ce qu'il pouvait faire de pire aux gens. Le Helge bruyant, jurant, arrogant et parlant haut, qui rentrait dans le lard des gens, était bien plus facile à appréhender que celui-ci.

Il s'approcha encore un peu. Je passai mon T-shirt et jetai un regard d'excuse à Yngve, qui avait mis son pantalon, ses chaussures et son pull, et tendait la main vers son blouson. Il fit un sourire en coin, il comprenait bien que quelque chose ne tournait pas rond. Yngve me donna une tape prudente dans le dos et leva le disque en souriant.

- Bon, je file. Vous avez sûrement des trucs à... oui... Merci beaucoup, dit-il en me regardant.

- Yngve... dis-je d'une voix sans timbre.

- Je viendrai, samedi, dit-il.

Il me fit un sourire affable et sortit.
Je fis face à Helge.
- "Tre Små Kinesere ?" dit-il. Il attrapa ma raquette de tennis, la retourna dans sa main et en donna un bon coup sur le banc, il ne se contenait plus ; il était Helge, et il écumait.
- Tu crois que tu peux jouer avec moi, Jalla ? Tu crois vraiment que je ne vois pas ce qui se passe ? Tre Små Kinesere ? Ton père ? Ta mère ? Tu te fous complètement d'eux. Je sais ce qui se passe, Jalla !
- Quoi ? Qu'est-ce qui se passe, alors ? demandai-je en regimbant. Maman est au trente-sixième dessous, elle a perdu son boulot, et papa, oui... et moi, ça ne va pas très fort non plus...
- Ça ne va pas très fort ? Ça ne va pas très fort ? Putain, qu'est-ce que tu crois, Jalla ?! Je sais ce qui se passe !
- Écoute, Hegga, j'étais à la maison, en face de mes bouquins de maths, maman est montée se coucher, il flottait, il était bien plus de 6 heures, il n'était pas question de répéter, et j'avais besoin de me sortir de tout ça...
- Pourquoi tu ne veux pas le dire, tout simplement ?
- Dire quoi ?
- Que c'est terminé.
Terminé ? Est-ce qu'il avait discuté avec Katrine ? Est-ce qu'ils avaient tout compris ?
- Quoi, terminé ? C'est ma gonzesse, tu crois que je...
- Allez, arrête, putain, Jalla, tu rames comme pas permis. Le groupe ! Mathias Rust Band ! Je n'ai pas la moindre idée de ce que tu bricoles, mais en tout cas, tu n'es pas là ! Qui est-ce qui a fait les flyers ? Qui a fait les badges ?! Tout seul ! À la maison ! Qui a fait tout ça, hein ?!
Le groupe. Bon sang. Helge pensait sérieusement, véritablement, qu'il s'agissait du groupe. OK. Le groupe.
- Tu as changé, poursuivit-il en faisant un grand geste vers mes cheveux, tout le monde le voit. Mais ça, je m'en tape, OK ? Si tu veux trahir tes potes, te foutre complètement de ta mère, si tu veux

commencer à aimer Sting, Dire Straits et... Tre Små Kinesere... alors ça me va parfaitement, mais aie au moins les couilles de me le dire. OK ? Allez, dis-le !

- Je n'ai rien à dire, Helge, tu te goures complètement.
- Dis-le ! Dis que tu veux arrêter, que tu vas jouer en solo, ou que cette tapette d'Yngve va jouer avec toi en duo acoustique, dis que tu vas voter à droite aux prochaines élections, dis que tu ne veux plus rien avoir affaire avec nous, mais bordel, ne viens pas...
- Helge, tu es complètement à côté de la plaque, l'interrompis-je. C'est quoi, ton problème ?

Helge étouffait de rage. Il se dirigea vers la porte.

- Comment tu as su que j'étais là, alors ? Tu es complètement parano ! criai-je. Helge ! Qu'est-ce qui t'arrive ? Attends !

Il ouvrit la porte. Je passai mon pull, mon blouson, attrapai mon sac et mes vêtements de pluie et me lançai péniblement à sa poursuite sans avoir attaché mes grolles. La pluie et le vent m'accueillirent au dehors. Helge était un peu plus loin sous l'auvent et s'allumait une clope.

- Hegga ! Le groupe représente autant pour moi que pour toi. Bordel, Hegga ! Et tu le sais !
- Je ne sais plus rien en ce qui te concerne.

Je regardai l'heure.

- 10 heures moins 10, dis-je calmement en m'approchant de lui. Tu es à vélo ?
- Oublie.
- On peut rappliquer chez toi et répéter trois quarts d'heure, toi et moi, il y a pas mal de choses qu'il faut que l'on bosse.
- Tu es un faux-cul, Jarle, dit-il en me regardant bien en face. Tu le savais ?

Il sortit sous la pluie.

- Helge !

Helge passa le raidillon, traversa le carrefour dans son manteau noir.

- Helge ! Je croyais qu'on devait faire un single, hein ?

La pluie tombait sur Helge, il me quittait.

- Quarante-cinq tours, hein ? *Viande hachée contre le mur* en face A, et *Trouve-toi une vie* en face B, c'est ça ?
Il fit volte-face.
- Putain, quel faux-cul tu fais, Jalla.

13

JE DIS : PIERRE, GRAVIER, SABLE

hey
must be a devil between us
- The Pixies

Hypocrite ? J'étais entier et amoureux. J'étais à 100 %. Tous mes mensonges, tous mes pas sur l'asphalte, tout ce que je faisais, tout était à 100 % pour lui.

Quelques jours merdiques s'ensuivirent. Nous répétâmes jeudi et vendredi avec le MRB, mais Helge et moi nous comportions comme un couple recollé. La basse autour du cou, Andreas ne pigeait rien, mais remarquait que Helge ne regardait pas Jarle, que Helge refusait de parler à Jarle, que Jarle faisait la tronche et refusait de parler à Helge, si bien que toute communication passait nécessairement par Andreas. "Tu comptes pour Che Guevara, Anni ?", une situation ridicule, complètement ridicule. "Anni, est-ce que Jalla a accordé sa Fender ?" Helge et moi faisions pas mal penser à papa et maman quelques années plus tôt, quand ils pouvaient passer une semaine entière sans s'adresser la parole, tandis qu'à moi, ils parlaient gentiment, à travers moi, et avec le monde. On pouvait être tous les trois à table, maman me demandait comment ça s'était passé à l'école, je répondais "la matière d'éveil, c'est supercool", papa pouvait me demander comme ça allait au foot, je répondais "je préférerais jouer avant, plutôt que défenseur", il pouvait me faire un grand sourire, tandis qu'une véritable Muraille de Chine faite de haine muette séparait papa et maman, une haine muette qui ne cédait pas avant que papa ne soit correctement imbibé, vendredi quand la soirée était déjà bien avancée. À ce moment-là, ils se mettaient à "se parler", comme on peut appeler ça. C'est comme ça que Helge et moi nous comportâmes pendant ces jours-là. Après le mercredi, quand il m'avait pris en flagrant délit, sans comprendre ce qui se déroulait, nos relations étaient devenues merdiques.

Pauvre Andreas, ça n'a vraiment pas dû être des jours marrants pour lui. Il souriait, il jouait, il acheta de nouvelles cordes pour sa basse et il se pointait, il faisait ce qu'il avait à faire, mais il ne captait rien et ne mouftait pas. Le plus bizarre, c'est que nous jouions bien, la musique se tenait, bien que le trio roulât sur la jante. C'était peut-être la précision et l'énergie dans la colère, dans la rancœur, qui contaminaient le jeu ?

Les choses ont une fâcheuse tendance à s'amonceler. Si la pluie se met à tomber, ça vire tout de suite au déluge, ça tombe en biais dans un vent puissant. La seule chose qui tournait rond durant ces foutues journées du début du mois de février 1990, c'était le groupe. Tout le reste s'effrita en un temps record.

En rentrant à la maison ce mercredi soir-là, après que Helge m'eut quitté, j'étais nerveux. Comment est-ce que ça allait se passer, à présent ? Maman va s'en sortir, me dis-je, pas de doute. Mais Helge ? Katrine ?

Yngve ?

Et pourquoi ne l'avais-je pas embrassé ?

Je tournai dans la rue. Devant chez nous, je vis une Mitsubishi rouge. J'en restai pantois. Je reconnaissais la voiture. Est-ce qu'elle est là, maintenant ?

J'entrai prudemment, comme si je n'avais pas le droit d'être là. L'entrée était enfumée, comme elle l'était toujours quand Ragnhild venait nous voir, Pall Mall. Je fermai doucement la porte derrière moi, ressentant cette vieille sensation d'incertitude que j'avais systématiquement dans le passé, *comment est l'ambiance, ici*, comme si c'était papa qui lui tenait compagnie au salon.

Le silence était total. Je retirai mes chaussures, pendis mon imper, posai mon sac de tennis et entrai au salon.

- Ohé ?

Maman et Ragnhild étaient assises dans le canapé. Maman portait un grand pull bleu, ses bras pendaient le long de son corps recroquevillé. Elle leva des yeux rougis, il était flagrant qu'elle avait pleuré. Ragnhild posa sur moi un regard doux mais ferme, qui m'apprit qu'elle avait le contrôle de la situation.

Ragnhild est quelqu'un de fier. Maman l'a toujours admirée, tout comme moi. Elle a le dos droit, ce n'est pas une chiffe molle. Elles se sont rencontrées en 1961, à 16 ans, quand elles travaillaient comme femmes de chambre à l'Hôtel Atlantic, et elles étaient restées amies depuis, se voyant plus ou moins régulièrement, mais de forts liens les unissaient ; quand il y avait eu de l'eau dans le gaz pour l'une d'entre elles, l'autre avait toujours été là, à l'exception de huit ou dix années du mariage avec mon père, pendant lesquelles il avait réussi pour de bon à la couper du reste du monde.

- Salut, Jarle, dit Ragnhild.

Maman renifla. Sur la table devant elle, il y avait une tasse et un thermos de café. Maman tendit la main, attrapa sa tasse et but.

- C'était sympa ? demanda-t-elle doucement avant de regarder Ragnhild. Jarle est allé répéter avec son groupe.

Je ne savais pas quoi dire. J'avais un petit collectif de femmes devant moi, petit mais puissant, et je sentis sur-le-champ que je n'avais rien à faire là. Je n'avais rien à proposer. C'était leur monde. C'était comme quand on va au collège, en sixième, cinquième, quand les filles se réunissent pendant les intercours, en groupes fermés, en sociétés féministes pures et dures, face à face, le dos tourné au monde. Vous n'avez rien à y faire. C'est le monde des filles. Maman et Ragnhild remontaient un grand coup le temps, il s'agissait de choses auxquelles je n'aurais jamais pu participer, un vécu commun, des jours et des nuits avant ma naissance, un monde dans lequel les gens dansaient le swing, regardaient le premier alunissage à la télé, portaient des chapeaux et allaient voir Sophia Loren au cinoche.

Ragnhild se leva, et maman eut aussitôt l'air paniqué.

- Tu t'en vas ?

Ragnhild sourit à maman, la tranquillisa, secoua la tête et vint me voir. Elle m'entraîna dans la cuisine.

- Attends un moment, Sara, dit-elle.

Une fois dans la cuisine, elle me parla calmement. Résolument, gravement. Elle m'expliqua que maman l'avait appelée quelques heures plus tôt pour lui demander si elle pouvait venir. Maman était

calme, absolument pas mélo, elle avait juste demandé si elle pouvait passer. Elle lui avait alors raconté ce qui s'était passé.
- Tu dois le savoir aussi, Jarle ?
J'acquiesçai.
- Ce n'est pas si facile pour elle, en ce moment, il lui faut un peu de temps pour comprendre ce qui lui est arrivé... tu comprends ?
J'acquiesçai derechef. Ragnhild m'emplissait toujours d'une espèce de respect. Elle n'était pas comme les autres femmes de cet âge. Elle était à des années-lumière des précédentes amies de maman, ces mères de familles caquetantes, souriantes, gentilles et consciencieuses dont maman s'entourait dans les années 70 et 80. Ragnhild ne se laissait pas marcher sur les arpions.
- Bien sûr, dis-je.
Ragnhild sourit et hocha la tête.
- Elle va avoir besoin que tu l'épaules, maintenant.
J'étais sur le point de dire que je pouvais aussi prétendre à un peu de soutien, mais je la fermai. Nous retournâmes au salon. Je regardai maman. Qu'est-ce qui se passe ?
- Ça va s'arranger, ça, dit de nouveau maman. Ne t'en fais pas, Jarle. Tu as mangé ?
Je souris, l'embrassai et partis me coucher. Je me brossai les dents. Je les entendais discuter au rez-de-chaussée. Qu'est-ce que c'est que ça ? pensai-je. Qu'est-ce que c'est que ça ?
En passant en haut de l'escalier, j'entendis la voix de maman.
- Ce n'est pas leur faute, c'est la mienne.
- Sara !
C'était Ragnhild. Elle haussait le ton.
- Ils font tout leur possible.
Maman était anéantie.
- Sara ! Ce n'est pas ta faute ! Fiche-toi ça dans le crâne !
Je dormis mal, cette nuit-là.
Lorsque je me levai le lendemain, la maison empestait le tabac. La tasse à café était toujours dans le salon, à côté d'un cendrier plein à ras bords. La nuit avait été longue. Un mot m'attendait sur la table de la cuisine.

"Jarle chéri. Je me suis couchée tard. Tu trouveras de quoi manger dans le frigo. Salut. Maman." Tout en bas de la feuille, elle avait dessiné une fleur.

Je me fis à manger en constatant que les sentiments de colère et de tristesse combattaient en moi. Je n'avais aucune bonne raison d'en vouloir à maman, mais je le faisais malgré tout. Ne pouvait-elle pas se reprendre ? Est-ce que Ragnhild allait venir lui monter le bourrichon ? De quoi ont-elles parlé toute la nuit, et dont il faille me tenir à l'écart ? J'étais complètement irrationnel. Je pensais avec la cervelle de papa. Ragnhild avait toujours représenté un sérieux péril pour lui, car elle était celle qui pouvait détruire les illusions.

Je déjeunai seul, deux tartines, l'une de pâté de poisson et l'autre de confiture de fraises. Je n'allumai pas la radio, je renonçai à préparer mon interro de maths ; ça donnerait ce que ça donnerait : une cata. Je guettais les pas de maman tout en mâchonnant seul, le plus silencieusement possible. Elle va bien descendre. Elle va sûrement venir. Ça va s'arranger, ça.

Il ne se passa rien. Je regardai mes mains, comme pour les appeler à mon aide : qu'est-ce qu'on va faire, maintenant ?

Mes mains ne répondirent pas.

Avant de sortir, j'attendis quelques minutes pour voir si elle venait.

- Maman ?

Le silence était complet au premier.

- Maman ?

Elle ne répondit pas.

Merde, maman, moi aussi, j'ai besoin de toi. Il n'y a pas que toi qui aies besoin des gens.

Je partis au bahut à vélo.

Oui, oui, me dis-je, ça va passer, maintenant, il faut que tu arranges les choses avec ton meilleur pote.

L'interro de maths devait avoir lieu durant les deux premières heures. J'avais complètement renoncé à améliorer mes mauvais résultats, et c'est donc avec l'intention d'expédier ça que j'entrai en classe.

Ce ne fut qu'en entrant que je remarquai avec quelle froideur et quel détachement Helge se comportait. J'essayai de discuter avec lui pendant que le prof distribuait les sujets, soulevai encore une fois la possibilité de faire un single, mais il rejeta toutes mes idées et se retourna pour composer.

Ce fut un désastre. Je n'arrivai pas à me concentrer, j'eus "fini" longtemps avant tous les autres et vécus difficilement les deux heures.

Pendant l'intercours, j'allai voir Katrine. Je la pris dans mes bras. Pour la première fois depuis que j'avais rencontré Yngve, elle ne me rendit pas mon salut avec enthousiasme.

- Salut, comment ça va ?
- Bien.

Elle était laconique, froide. Qu'est-ce que c'est que cette nouveauté ?

- Ah, je ne m'en suis pas trop bien sorti, dis-je ; je n'ai pas pu trop bosser, hier.
- Non, tu n'as sûrement pas pu.
- Non.
- Sympa, le tennis ?

Bon Dieu. Qu'est-ce que c'est que ça ? pensai-je. Elle le sait, alors ? Est-ce que le monde entier va se retourner contre moi, maintenant ? De toute évidence, Helge lui avait parlé, il lui avait dit que j'avais séché la répét', que j'avais menti à maman et que j'étais allé jouer au tennis.

Katrine me regardait durement.

- Qu'est-ce que tu brocantes, Jarle ?
- Comment ça, "qu'est-ce que je brocante" ? demandai-je en essayant de jouer les innocents.
- Tu me dis une chose à moi, une autre à ta mère, et une troisième à Helge. Elle était parfaitement calme.
- Non... Katrine, ce n'est pas ça... commençai-je.
- Et quand est-ce qu'on va passer un moment ensemble, nous, alors ? m'interrompit-elle.
- Comment ça... nous ?
- Oui, nous, Jarle, nous, est-ce que tu y penses, de temps en temps ?

Katrine partit rejoindre ses copines. Je les entendis rire devant les toilettes, et aussi Jonas qui les amusait de ses blagues lamentables. Il avait évidemment un nouveau blouson, tout à fait différent de tous les autres. Helge fumait avec quelques autres mecs du journal de l'école, près du mur de la cathédrale. Je regardai vers eux, mais aucun ne regarda vers moi. Je regardai vers le groupe où se trouvait Katrine, mais les copines formaient un mur face au monde.

Je restai donc tout seul. Tout ce que je pouvais faire, c'était chercher Yngve, mais même ça, c'était difficile ; en le faisant, j'avouais clairement, noir sur blanc, à Helge et à Katrine, que leurs accusations étaient fondées : je ne me préoccupais pas d'eux. Je restai seul. Je jetai des coups d'œil prudents autour de moi, pour voir si j'apercevais Yngve. Il n'y avait que lui qui me comprenait, Yngve était à un autre endroit que ces gens que j'avais autour de moi, ça, en tout cas, ça ne faisait pas un pli. Il était souvent près du bâtiment le plus long, et je regardai donc tout naturellement dans cette direction.

Ne le voyant pas pendant les premiers intercours, je pris mon courage à deux mains. Je passai outre la crainte que j'avais d'être vu par Katrine ou Helge, et j'allai demander à quelqu'un de sa classe s'il avait vu Yngve.

- Non, il est malade, je crois.

Malade ? Encore ?

Je tournai sur moi-même Je n'avais soudainement plus personne qui se comportait normalement vis-à-vis de moi. D'un seul coup, à une nuit d'intervalle, la sécurité environnante avait été réduite en miettes. Maman ne voulait pas me parler. Helge me repoussait. La compassion de Katrine n'existait plus. Et Yngve était malade. De nouveau.

Après le dernier cours, j'allai voir Helge. Ça suffit, maintenant, me dis-je.

- Alors, on joue ?

- Oui, bien entendu, répondit-il avec arrogance, si tu ne dois pas rester avec ce type de Haugesund ; mais il n'est peut-être pas là, aujourd'hui ?

Le vendredi fut exactement comme le jeudi. Katrine et moi ne pouvions pas parler sans nous disputer, Helge était insaisissable et parlait à d'autres, me montrait clairement qu'il pouvait faire tourner le MRB sans mon aide et se comportait froidement à mon égard. En outre, Yngve n'était pas là. J'étais tout seul.

Ne pas voir la personne dont on est amoureux peut s'apparenter à de l'abstinence. On le sent, physiquement, dans tout son corps, il vous manque un élément essentiel, ce qui vous fait respirer, ce qui fait que vos pieds avancent n'est plus là. Tout le reste perd son sens. Les gens disent que c'est difficile de s'arrêter de fumer, d'arrêter l'héroïne. Essayez donc d'arrêter d'être amoureux, quand vous le serez. C'est impossible.

À la maison, maman répondait sèchement à mes questions, depuis le salon. Elle n'avait plus l'air aussi soignée. J'essayai de me sortir Yngve du ciboulot. Je le verrai demain, pensai-je, au concert. Il viendra très certainement au concert.

- On va faire un tour ? demandai-je. Un petit tour avant que j'aille répéter... c'est le concert, demain, tu sais, et...
- Oh non, dit-elle. Ça va, ça.
- Ouais, tu as trouvé un nouveau job, alors ?
- Pas encore.
- Maman ?

Elle leva les yeux vers moi.
- Tu es... tu t'es fait porter pâle ?

Elle acquiesça.
- Alors... c'était bien, d'en parler avec Ragnhild ?
- Oui, ça a bien aidé.

Maman partit dans la salle de bains.
- Tu seras bientôt remise, dis-je.

Je ne la rejoignis pas. Elle s'était enfermée.

C'est alors que je fis une connerie. Quelques minutes plus tard, un peu avant 3 heures et demie, j'étais dans le bus de Forus. J'étais assis tout à l'arrière, sur la banquette, comme pour me cacher des autres, comme si j'accomplissais un voyage qui m'était interdit.

Je sonnai. Papa ouvrit. Il avait toujours sa chemise du boulot et son pantalon à plis, je compris donc qu'il venait de rentrer. Il avait l'air franchement surpris.
- Jarle ?
- Oui, salut !
- Viens, entre.

J'entrai. C'était toujours bizarre de venir le voir, de voir toutes ces vieilleries de mon enfance à un autre endroit, où maman et moi n'étions pas. Le canapé, la table, les photos aux murs. La petite tasse que j'avais achetée en Angleterre en 1984, une tasse pâle et torsadée censée représenter un arbre, dont la poignée, comble de bon goût, prétendait représenter un hibou. *I love Dad* figurait sur la tasse. Il l'avait sortie. Il en était fier, de sa "tasse au hibou", comme il l'appelait. *I love Dad*. Nos affaires parsemaient la maison, il n'avait pas réussi à se débarrasser de nos traces, comme d'autres l'auraient peut-être fait ; tout était en vue, comme si nous étions morts, et comme s'il pleurait cette perte en bâtissant autour de lui un mausolée à notre mémoire. Comme si maman et moi étions morts dans un accident de voiture, sur l'autoroute, et comme s'il était le veuf éploré, seul survivant ne parvenant pas à se défaire de ses souvenirs et essayant de se rapprocher de nous, *ses morts*, en laissant les rideaux en place, en mangeant dans le vieux service bleu et blanc, pour pouvoir être près de nous, *dîner avec ses morts*, qu'il disait à tous ceux qui venaient le voir. Oui, c'était le tableau préféré de ma femme, elle est morte il y a deux ans, et elle aimait ce tableau du pont et du *stabbur**, et oui, regardez, je ne me séparerai jamais de ce pouf, je pense à mon fils à chaque fois que je le vois, oui, il est mort en même temps que ma femme, et quand il était petit, on mettait toujours ce pouf sur la tranche pour que mon fils puisse s'y allonger sur le ventre et rouler d'avant en arrière ; ah, il adorait ça. *Il s'appelait Jarle. Jarle, un gosse extra, un fils fabuleux, c'est le rêve de tous les parents d'avoir un gamin pareil.* Mais maintenant, ils ne sont plus là, et je suis seul, mais j'ai des affaires, j'ai des souvenirs, ça me réconforte, c'est ça qui me protège jour après jour.

---

* Garde-manger de ferme. Petite construction indépendante en rondins de bois.

Mais papa, c'était bien le contraire, non ?

Mon Dieu, c'était une forme singulière d'autopunition dans laquelle il vivait, ces années avant qu'il ne craque. Nuit et jour, contempler tout ce que maman et moi avions touché, qui ne lui rappelait pas un bon manque et des temps heureux, mais un fiasco monumental, un fils ingrat et une femme haineuse. Le matin, quand papa allait à la fenêtre pour tirer le rideau – *le rideau bleu et vert de maman* – celui-ci ne faisait rien d'autre que lui rappeler maman, car c'était maman qui avait tiré ce rideau chaque jour entre 1974, quand il avait été acheté, et 1988, quand il avait été décroché et emporté par un camion de déménagement. C'était la poigne de maman qui tenait toujours le rideau, cette poigne qui devait rappeler cette petite main qui avait été la sienne serrant les sacs de commissions quand elle rentrait du supermarché, la nourriture qu'il y avait dans les sacs et que nous mangerions au dîner, et ce malheureux rideau, que papa allait *tirer chaque jour dans un sens, puis dans l'autre*, évoquait aussi l'interminable succession de repas, les bons comme les mauvais, les personnes qui étaient autour de la table, maman, papa et moi, pour ne pas parler de la table elle-même, cette table en bois achetée avant ma naissance, le premier meuble de papa et maman, et papa se souviendrait ainsi du jour où ils avaient emménagé ensemble, alors qu'ils étaient encore amoureux l'un de l'autre. Chaque jour, ce rideau allait renvoyer papa dans un voyage royalement grotesque, un voyage gagné par le rideau qu'il devait tirer dans un sens, puis dans l'autre, un voyage qui n'excluait rien de sa vie passée ; la vie avec maman, et la vie avec moi. Son intérieur était ainsi fait : des tonnes et des tonnes de trucs qui racontaient ces histoires, dans lesquelles les vieux événements s'enchaînaient, et bon sang, papa : tu le souhaitais ? Pourquoi tu n'as pas changé les rideaux ? Pourquoi tu n'as pas refilé ce vieux service blanc à fleurs bleues à l'Armée du salut, pour t'en acheter un autre, lavé de cette vie pénible, pour arrêter de te torturer tous les jours avec ta propre déchéance ? Qu'est-ce que c'était ? Une façon de dire que tu regrettais ? Je crois que ce n'était qu'un membre supplémentaire de la très importante Association des sensations butées et complexées de papa, je crois que ça lui donnait une force morbide de toucher le rideau tous les matins et tous les soirs, de tout observer, chaque jour. Je crois qu'il avait l'impression de nous observer nous, de nous toucher, avec toute sa rancœur, toute sa colère, tout son amour tordu.

Papa ne savait manifestement pas quoi dire. J'étais à sa porte, sans que nous étions convenus d'un rendez-vous, à quatre heures et des poussières un vendredi après-midi, un week-end où je n'avais pas à venir le voir.

- Quelque chose ne va pas ? demanda-t-il quand nous fûmes dans le salon.

Il était surpris, et il devait se demander ce qui avait bien pu me pousser à venir, mais il ne montra rien qui pouvait faire penser qu'il avait été blessé par sa visite chez maman. Il ne montrait tout bonnement rien qui pouvait faire penser qu'il était venu chez nous, que la conversation, la querelle et l'épreuve de force avaient eu lieu. C'était tout lui. Bien entendu, dans certains cas extrêmes, quand la Smirnoff avait une emprise suffisante sur lui, il pouvait se persuader qu'il avait eu un black-out, et qu'il ne se rappelait pas avoir arraché un tableau du mur du salon, la veille au soir au plus fort de sa cuite, et il avait bien sûr toujours l'aide de son stock de refoulements, mais en général il se servait de ce talent impressionnant qui lui permettait de rester devant une maison en feu, des flammes léchant les fenêtres, tandis qu'on jetait des nourrissons hurlants par les fenêtres, et de demander : *quoi ? Il s'est passé quelque chose ? Il y a un problème ?*

- Il y a eu un problème ?

M'en voulait-il d'être venu ? Menaçais-je par ma présence une soirée formidable au nom de l'alcoolémie croissante, avait-il un rendez-vous louche dans quelques heures, qu'il avait peur de voir annulé parce que Jarle devait subitement camper à Forus ?

- Je ne vais pas rester longtemps, dis-je.

Il eut l'air de se détendre en entendant ça.

La bêtise ne connaît pas de limites, et surtout pas les siennes propres. Une fois qu'elle est lâchée, la bêtise avance joyeusement dans ses gros sabots, descend les côtes en fredonnant, entraînée par sa propre énergie idiote. Qu'est-ce que je venais faire chez mon père ? Quelle était cette impulsion ridicule qui m'avait envoyé à l'arrêt de bus pour prendre celui qui allait à Forus ? Je me conduisais comme ces imbéciles de représentants du règne animal, chiens et autres créatures, qui ne quittent pas les zones de catastrophes quel que soit le nombre d'avertissements qu'ils reçoivent ; bien au contraire, ils reviennent sur les lieux du sinistre. Qu'est-ce que je venais chercher chez papa ? Est-ce que je voulais affaiblir ma position ? Je suppose que je voulais juste lui parler. Mon monde avait la tête en bas, et pour une fois – probablement l'une des très, très rares de toute ma vie – papa faisait figure de solution dans mon cerveau de 17 ans. Oui, c'est à *papa* que je peux parler. Quand tout le reste crame, il me reste au moins *papa*.

- Tu as une clope ? demandai-je. Il sortit sa blague à tabac, et nous nous assîmes dans le canapé.

Papa désigna une conque qui trônait sur la commode.

- Tu te rappelles de celle-là ?

Je secouai la tête.

- Mais si, toi et moi, tu sais bien, on se baladait le long de la côte. Tu t'en souviens ? Super promenade.

Je hochai la tête, comme si je m'en souvenais réellement.

- Ouais, super promenade, répéta papa en soufflant la fumée. Alors… Je n'ai rien pour dîner, ou ce genre de choses, je…

- Ça ne fait rien, je ne vais pas rester longtemps.

- Il est arrivé quelque chose ?

Je racontai l'histoire de maman à papa. Je n'aurais pas pu imaginer pire idiotie. Si j'avais voulu tendre à papa un bâton pour qu'il nous frappe avec, maman et moi, alors ceci était la solution la plus efficace. Raconter à papa que maman était au trente-sixième dessous, de sorte qu'il puisse se sentir puissant.

- Seigneur, dit-il. Je le savais.

- De quoi ?

- Que ça ne marcherait pas, ce job. C'était trop risqué.

- Et en plus, elle n'est pas syndiquée, dis-je en attendant avec impatience ce qu'il allait pouvoir dire à ça.

Il ne répondit pas.

- Tu l'aides, alors ? demanda-t-il, apparemment exigeant.
- Oui, mais... je ne sais pas si j'y arrive bien.
- Il faut la soutenir, maintenant.
- Oui. Mais... Ragnhild est passée, hier, alors...

Fallait-il que tu le dises, Jarle ?

Les yeux de papa étincelèrent.

- Oui, alors c'est reparti, dit-il sèchement.

Comme si ça ne suffisait pas d'exposer à papa la tragédie qui touchait maman, l'aide de Ragnhild et mes propres inquiétudes, pour qu'il en fasse ce qu'il voulait, je lui dis aussi qu'il y avait du mou dans la corde à nœuds à la fois avec Katrine et avec Helge. Je ne lui détaillai bien évidemment pas les circonstances, la véritable raison – s'il existe un homophobe dans le Rogaland, alors c'est bien mon père. Il aurait nié l'existence naturelle de n'importe quelle forme d'attirance masculine. C'était de la compassion, que je recherchais. Je ne demandais même pas d'argent. Je voulais juste qu'on m'épaule.

Bien sûr, que je le croyais.

La question, c'est : comment est-il possible qu'une personne croie qu'elle va rencontrer la compréhension pour des sentiments complexes, des nuances entre des personnes, des tragédies personnelles, de la part de quelqu'un qui n'est qu'un grand type complexé, un authentique gamin de l'après-guerre, né dans l'ouest, qui sait qu'un homme est un homme, et une bonne femme une espèce d'individu flanqué d'une chatte et de nibards, que tout de suite à gauche de la droite, il y a les communistes, que les chômeurs sont des feignasses, que les psychologues sont des enfoirés qui partagent l'avis des syndicats... un tout petit bonhomme faible et indécis qui se sert de la puissance de ses cordes vocales, de réponses simples à des questions difficiles, de gesticulations brusques et de regards assassins pour paraître plus gros qu'il n'est. Comment est-il possible que son fils, qui a au moins dix-sept années d'expérience avec ce maître de l'autodéfense, croie qu'il va tout à coup rencontrer une compréhension florissante et sincère, alors que l'homme d'après-guerre porte en outre des tonnes de rancune qu'il crache chaque week-end quand il est beurré ?

Là est la différence entre la bêtise et l'ignorance. Les oiseaux qui s'emplafonnent dans des vitres ne sont pas bêtes, il y a simplement certaines choses qu'ils ne peuvent pas voir. Les moutons qui voient chaque jour leurs congénères prendre des châtaignes près des clôtures électriques, pour ensuite aller s'y frotter, eux sont bêtes. Et moi, qu'est-ce que j'étais ?

Puisque papa n'était pas rond, pas encore, il se contenait et restait courtois. Mais il n'y avait que dalle à glaner. J'avais aussi violé une règle... en venant hors des week-ends paternels, en me montrant faible et en entrant dans tout un système de règles qu'il connaissait si bien, je lui donnais un pouvoir classique. Je lui offrais gratuitement la possibilité de reprendre la main sur moi. Ça faisait un an et demi que j'avais l'ascendant sur lui. J'étais venu les week-ends, et il avait été à ma botte pour tout ce que je voulais. J'avais appelé pour lui soutirer de l'argent, la dernière fois remontait à quelques semaines seulement. À présent, c'était à lui. Je le voyais rien qu'en le regardant. Il n'y avait rien à glaner, que des remontrances.

– Il faut que tu te conduises correctement, Jarle, dit papa en se levant. Il alla chercher sa montre sur la table du salon et la passa à son poignet. Tu as une nana dont il faut que tu prennes soin, et tu ne garderas pas tes potes si tu continues comme ça.

Je n'en croyais pas mes oreilles. Papa me faisait une leçon sur l'importance de s'occuper de sa nénette, de prendre soin des gens, d'aller voir ses amis. C'était fantastique de l'entendre dire des choses pareilles. Bon sang, papa ! Écoute-moi ! C'est complètement incroyable que tu puisses dire ce genre de trucs.

Je baissai les yeux. Il dut croire que j'avais honte, que j'étais d'accord avec lui, mais je baissai les yeux en essayant d'étouffer une grosse crise de fureur. Je sentais que je n'étais pas prêt pour un règlement de comptes avec lui, pas maintenant, et en plus, il était à jeun. Ça n'arrangeait pas les choses, c'était difficile de se battre avec papa quand il était à jeun.

- Je peux passer un coup de fil ?
- Oui, oui, mais pense à ce que je t'ai dit.
J'allai dans l'entrée, attrapai le bottin et l'ouvris à la page des L.
- Lima, j'écoute ?
Une voix d'homme. Je voyais papa dans le salon. Il se roulait une clope, et il regarda l'heure.
- Euh, oui, dis-je. C'est... Je suis un copain de classe d'Yngve, et je voulais juste lui faire passer un message, de la part du lycée... Est-ce qu'il est là ?
Le père d'Yngve attendit quelques secondes avant de répondre.
- Non, non, il n'est pas... il ne peut pas répondre. Je peux transmettre ?
- Non, j'appellerai plus tard, mais... il est malade ?
- De qui dois-je transmettre le bonjour ? demanda-t-il.
Je fis comme si je n'avais pas entendu.
- Oui, passez-lui le bonjour, dis-je. Au revoir.
Je retournai au salon.
- Tu pourrais m'emmener chez Helge ? demandai-je ; on doit répéter.
- C'est bien, répondit-il en le prenant comme un signe que les remontrances à trois francs six sous avaient eu un impact immédiat et m'avaient donné un avertissement. Il regarda l'heure. "C'est bien", répéta-t-il, probablement tandis que son cerveau calculait que c'était parfait ; je peux emmener Jarle, être rentré dans une demi-heure et malgré tout réussir à faire tout ce que j'ai prévu.

Nous passâmes dans l'entrée, et papa enfila ses vêtements d'hiver. Il se mit à plaisanter, à sourire et à rire, me dit que c'était chouette que je sois passé, courageux de ma part de parler de ces choses-là avec lui, il me demanda de passer le bonjour à maman et de lui dire que les choses s'arrangeraient certainement, mais qu'elle aurait dû penser dans quoi elle s'embringuait en se lançant dans cette entreprise ridicule ; oui, oui, vu d'un bref coup d'œil, si bref qu'il ne pouvait venir que de papa, tout était en ordre. Il me donna deux cents couronnes en me disant "oui, c'est le week-end, après tout."

Je le regardai.
Nom ? *Terje Orheim.*
Date de naissance ? *23 juin 1940.*
Lieu de naissance ? *Stavanger, Norvège.*
Profession ? *Inspecteur au lycée technique et professionnel de Stavanger.*
Situation familiale ? *Divorcé.*
Enfants ? *Jarle.*
Hobby ? *Boire et baiser.*

Les gens disent que c'est un miracle que nous naissions. Que même l'accouchement, la conception, l'élaboration dans le ventre de la mère, c'est un miracle. Je ne sais pas. C'est facile à expliquer. Tout se tient, ce n'est pas un plus grand miracle que de voir qu'un supertanker peut rester à la surface, ou que je peux avoir une conversation téléphonique avec mon cousin qui vit aux États-Unis. Le miracle – ou l'appelons plutôt *la surprise* ? comme nous devrions peut-être appeler ça ? – c'est l'enfant lui-même, quand il sort. C'est ça qui est curieux. Et plus précisément à quel point certains d'entre eux peuvent manquer aussi radicalement de l'empreinte de leurs parents ; que certains d'entre eux, pensais-je en regardant *mon père dans son canapé*, n'ont pas la moindre ressemblance avec ni l'un, ni l'autre de leurs géniteurs, tandis que d'autres ressemblent à leurs parents comme deux gouttes d'eau, comme ils se plaisent à le dire. Je ressemble à maman. Je ressemble à ma grand-mère maternelle. Et à présent, je le regardais, lui. Il s'appelait *papa*. Je le prononçai intérieurement : *papa*. Encore une fois : *papa*. J'aurais aussi bien pu dire *pierre, gravier, sable.*

14

SAMEDI 3 FÉVRIER 1990

Une créature difforme, un monstre : l'homme pleinement jeune.
– Karl Ove Knausgård

À quel point les choses peuvent-elles aller mal ?
Ça peut aller immensément mal.

Il y a des signes qui ne trompent pas en matière d'amateurisme quand un groupe programme une répétition, un *soundcheck* et un concert le même jour. À ce moment-là, on sait qu'on a affaire à des gens inexpérimentés et surexcités.

Même si le manque de professionnalisme se voyait comme le nez au milieu de la figure chez tous les membres du Mathias Rust Band, le froid entre Helge et moi avait pris une apparence professionnelle. Dans l'espoir de revoir Yngve et de faire revenir mon meilleur pote, je me pointai à l'heure et concentré pour les heures qui allaient précéder le concert. Helge fit de même. Nous communiquions même à présent, bien que froidement, comme deux relations d'affaires. Nous étions comme deux collègues entre qui ça avait frité, mais qui avaient le couteau sur la gorge et étaient contraints de collaborer. Pendant toute la répétition de l'après-midi, chez Helge, la concentration fut militaire. Nous jouâmes le *set* sans interruption, en prenant notre temps, en travaillant les transitions, en travaillant même les accordages de guitare – ce que j'avais obtenu de haute lutte. Helge trouvait que c'était superflu. Ce n'était pas punk d'accorder les guitares pendant un concert.

À quatre heures, nous devions retrouver le groupe de Hekkan à Hundvåg. La mère d'Andreas nous conduisit, dans une voiture bourrée de guitares et de matériel musical.

La veille au soir, il y avait eu une grosse discussion touchant au profil visuel du groupe.

- Putain, on ne va pas se prendre le chou pour savoir de quoi on a l'air ! réagit Helge quand je proposai une tenue commune : bottes noires, jeans, T-shirts rouges.

- Et si on se trouvait des casquettes militaires, le genre Mao ou Che ? dis-je.

- Non, c'est nul, répondit Helge. C'est la musique et les textes qui renseignent les gens sur qui on est.

Les choses en restèrent donc là. Mais il y eut malgré tout une espèce d'uniforme : nous n'avions presque que des vêtements identiques.

Et ce que l'on devait dire entre les morceaux, alors ? Fallait-il le prévoir ? Qui devait parler ?

- Il faut que ça soit court, percutant, dit Helge, genre, si tu dis "OK, et maintenant, une chanson pour ceux qui aiment fêter le 17 mai", et on se met à jouer pendant que tu élèves le ton, avant le début de la chanson, et tu dis "Alors ? Vous aimez ça ?! Cette chanson s'appelle *Mâts de drapeaux à l'unisson !*"

- Oui, c'est cool, dit Andreas.

- Et on y va carrément, dit Helge. Pas de conneries à l'avance, je m'avance juste pour dire "Vous êtes le public, nous, on est le Mathias Rust Band, et le monde est vraiment pourrav". Et on joue.

- Ce n'est pas vraiment direct, insinua Andreas.

- Oui, bon, dit Helge en se frappant le front ; tu vois ce que je veux dire.

Nous passâmes sur le Bybru. Il pleuvait, le vent soufflait, et nous craignions que le temps ne dissuade les gens de sortir de chez eux. La mère de Helge nous sourit. Je crois qu'elle trouvait qu'on était "mignons" de prendre les choses aussi sérieusement.

- Palpitant, hein ?

- À condition qu'il vienne des gens, dit Helge en tapant une transition sur ses cuisses avec les paumes de ses mains.

- Mais tu as inondé toute la ville de badges, dis-je.

- D'accord, mais le temps...

Une camionnette blanche était garée devant la maison de quartier.

- Vous allez juste rester ici, dehors ? demanda la mère d'Andreas à son fils. Vous allez pouvoir manger ?

- Oui, oui, maman, ça va aller, on ne va pas rester là à faire des allers-retours. On va se commander une pizza, ou un truc du genre.

Helge tapa sur sa poche au moment où la mère d'Andreas freinait à côté de la camionnette blanche. J'étais nerveux ; il avait le sachet de shit, comme pour signifier que nous n'avions pas besoin de nourriture, puisque nous avions du tabac magique. Le coffre était aussi plein de bouteilles dissimulées, de bière et d'autres alcools. Nous avions laissé deux ou trois packs de six en évidence pour que la mère de Helge n'ait pas de soupçons en observant que nous n'avions pas de bière du tout, mais au milieu du matériel de batterie, des jacks et de tout ce que nous trimballions dans des sacs, nous avions un pack supplémentaire et quelques bouteilles d'alcool, enroulées dans des serviettes et du papier journal pour éviter qu'elles ne tintent les unes contre les autres. C'était une opération classique que nous avions déjà accomplie bien des week-ends : dissimuler de l'alcool aux parents. Ce samedi, les records allaient être battus, l'excitation était à son comble : *plus* de bière que jamais auparavant, *plus* de *meilleure* drogue que jamais auparavant, le concert, des potes, des filles – et Yngve. En dépit de la semaine chiatique qui avait précédé, aussi bien pour Helge que pour moi, ce jour allait être unique. Le jour à ne pas manquer. Une nouvelle ère commençait.

Lorsque nous ouvrîmes la porte de la salle, le son aigu de doigts rapides et inventifs sur le manche d'une guitare électrique nous heurta de plein fouet. Andreas, Helge et moi nous arrêtâmes pour échanger un regard. Nous l'entendions tous. Il y en avait un, là-dedans, qui jouait mieux en dormant que nous pouvions le rêver.

– Strømsvold, dit Andreas.

Helge acquiesça.

J'aperçus le dos de l'ingé-son, un type que les gens appelaient simplement Danka, personne ne savait réellement comment il s'appelait. Un mec à cheveux longs, de Trondheim, la trentaine bien sonnée, un revenant dans ce milieu. Devant lui, sur la scène, Hekkan faisait son *soundcheck*. Ils étaient au beau milieu d'une partie de guitare pleine de transitions coton, de riffs prog bien lourds qui se mêlaient en un refrain entraînant. Ståle Strømsvold était un grand type coiffé à la sixties, des cheveux noirs qui lui tombaient sur le front, pas mal de cheveux dans la nuque, qui partaient sur les côtés, des yeux concentrés, des mouvements spasmodiques, et un travail de doigts fabuleux. Il portait un pantalon patte d'eph, une chemise blanche et un gilet noir. Le bassiste était sérieux, un grand type du genre pondéré. Le chanteur, qui était aussi en première, était un godelureau aux cheveux mi-longs, portant une chemise bariolée à la mode des années 60 sous un blouson en cuir marron. Il s'appliquait plus à courir dans tous les sens sur scène, à ramper et à marcher, à monter sur les épaules du guitariste qu'à chanter proprement. Le batteur était un petit tueur, Paal quelque chose, 16 ans seulement. Il mettait une déculottée à qui le désirait.

Nous échangeâmes un signe de tête, Helge, Andreas et moi. Pour nous, c'étaient des pros. Pour d'autres groupes, ils étaient sans doute des amateurs porteurs de promesses. Mais pour nous, c'était des pros. Je me sentis une envie de filer d'ici au plus vite. Bon Dieu, ce n'est pas possible, me dis-je, nous ne pouvons pas jouer.

Strømsvold fit des moulinets avec les bras pour essayer d'arrêter le batteur et les autres musiciens.

- Dis voir, ingé, je peux avoir un peu plus de basse dans mon retour ?

De la basse dans mon retour, me dis-je. *Retour*. OK.

Qu'est-ce qu'on savait de tout ça ? Nous devions juste jouer, nous devions juste changer le monde.

- Est-ce que ton son est bon ? cria le chanteur.

L'ingé-son hocha la tête.

- Je m'occupe du son ici, dites-moi juste quand vous êtes satisfaits, sur scène.

Strømsvold nous aperçut, leva virilement la main et fit signe à Andreas. Celui-ci fit un signe de tête en retour.

Nous posâmes nos affaires et allâmes nous asseoir à l'une des tables, en attendant. Tout le monde était nerveux, je le remarquai bien. Helge fuma deux cigarettes tandis que nous écoutions Hekkan jouer deux morceaux de plus. L'un des deux s'appelait *Bjarne l'anémique*, et ses paroles à la Kinks faisaient penser à du vaudeville sur un refrain rock qui balançait. Nous échangeâmes des regards. Lorsqu'ils achevèrent leur *soundcheck* avec une version électrifiée de *Kiss Off*, de Violent Femmes, j'eus envie de vomir.

Je me penchai vers Helge.

– Ça ne va pas, ça... écoute ! dis-je avec un signe de tête vers le groupe.

Helge me regarda. C'était la première fois qu'il me regardait bien en face depuis plusieurs jours, et avec une pointe d'empathie. Il baissa le ton. Il avait tout à coup l'air plus sûr de lui que jamais.

– Jalla. Ça va se passer mieux que tout ce que tu crois. Tu m'entends ?

C'était un don fantastique qu'avait Helge. J'espère qu'il l'a encore. En plein milieu de toute cette arrogance, qui à cette époque surpassait la mienne, on trouvait une force étonnante d'empathie. Il pouvait être plus inapte socialement que papa au pire de sa forme, mais il n'y avait par ailleurs pas de mains plus fortes que les siennes, à partir du moment où il décidait de s'en servir. Il aurait alors pu tirer n'importe qui de sa propre incertitude. J'étais rarement peu sûr de moi, bien au contraire, j'avais l'habitude de me démener sans me livrer à l'autocritique. Mais je pouvais être nerveux, le plus souvent juste avant que quelque chose ne se produise. Je pouvais alors ressentir un sérieux coup de réalisme, comme si quelqu'un me mettait la bonne paire de lunettes sur le pif, pour que je puisse enfin voir la situation. Et j'étais pour l'heure d'une nervosité record.

– Tu m'entends, Jalla ? répéta Helge en me tendant une cigarette.

Je pris la clope, l'allumai, tirai dessus. Je hochai la tête.

Ce fut ensuite notre tour. Nous n'avions jamais fait de *soundcheck*, mais nous fîmes comme si l'opération nous était familière. Nous saluâmes les gars de l'autre groupe, Strømsvold nous montra leur matériel et le chanteur nous regarda avec des hochements de tête approbateurs. Ils sortaient se chercher quelque chose à manger. Je fus déçu de constater qu'ils ne s'asseyaient pas pour nous écouter.

– Bon courage ! cria le chanteur.

Nous passâmes en force quelques chansons. L'ingé-son était impatient, il était flagrant que ça ne l'intéressait pas de nous créer un nouveau son, même si Helge se prévalait de ce que nous étions un groupe beaucoup plus hard qu'eux, et que nous avions besoin d'un autre son. Je jouais sans être trop sûr de moi, sans trop de précision dans les riffs, mais je sentais que j'avais le regard de Helge derrière moi. Ça aidait.

— OK, c'est bien, dit Danka. Je m'étais peut-être attendu à ce qu'il commente le groupe, à ce qu'il dise par exemple que nous étions bons, au moins quand nous jouions *Trouve-toi une vie*, que tout le monde trouvait entraînante. Mais que dalle. Pas un seul mot. "C'est bien", dit-il en faisant référence au son. "Je me tire quelques heures, on démarre à 8 heures. Ça serait chouette que vous soyez là à 7 heures et demie."

De toute façon, nous n'avions nulle part où aller.

— OK, dit Helge.

Alors commença l'attente. Je n'étais absolument pas préparé à cette phase, à la quantité d'énergie que ça réclame d'attendre, tout simplement. Nous nous étions remontés, cette semaine, nous étions plein d'énergie accumulée et refoulée, nous avions répété jusqu'à ce que des lambeaux de peau nous pendent au bout des doigts, jusqu'à ce que nos cordes vocales soient plus enflées qu'échauffées – et nous devions rester assis et attendre. Il restait trois heures avant le concert. Au moins deux avant que les gens ne se pointent. Tout ce que je voulais, c'était monter sur scène immédiatement, extraire de mon être tout ce que j'avais d'agressivité, de frustration, et me lancer. Mais au lieu de ça, il fallait que j'attende. Si au moins Helge et moi nous étions entendus comme avant... mais non. Il n'y avait rien dont nous puissions parler. Andreas se roula une clope.

— Une bière, peut-être ? dit Helge après dix minutes de silence.

Je savais que ça arriverait. Nous avions conclu un accord clair comme de l'eau de roche. Pas une goutte avant le concert. C'est moi qui avais insisté pour. Andreas trouvait que j'étais complètement à côté de mes pompes. "Pas une bière, c'est ça ? Bon Dieu." C'était rare qu'il le prenne tant à cœur. Helge, qui respectait le principe, comprenait la chose, mais tout en pensant en même temps que "ça, ce n'est pas à toi de décider, on est des adultes, on peut gérer ces trucs-là." Je refusai catégoriquement. "Pas une goutte", dis-je. "Ce concert doit être nickel chrome".

- Bordel. C'est osé, dit-il après avoir réfléchi un petit moment. Ça le tentait. C'était surprenant, d'une certaine façon.

- Jouer complètement à jeun. On peut dire que c'est gonflé. Personne ne le fait.

Mais nous étions assis là, et même si Helge avait daigné m'adresser quelques petits mots de réconfort, et si en fin de compte nous avions fait un *soundcheck* tout à fait passable, l'attente était pesante. Dehors, il flottait, et qu'est-ce qu'on pouvait bien foutre à Hundvåg ? Pas de télé, rien qu'une table de billard naze, mais pas de queues. Idem pour la table de ping-pong.

- Putain, pourquoi est-ce qu'il y a une table de ping-pong ici, s'il n'y a ni balles ni raquettes ?! cria Helge.

- Sûrement pour que tu demandes si tu peux en emprunter, suggérai-je.

- Alors on va se prendre une bière, réitéra Helge. Une bière.

- Non. C'est le marché. Rien avant le concert. Après, tu pourras boire et fumer tant que tu voudras, et idem en ce qui me concerne, mais rien avant. On a passé un accord.

Helge baissa les yeux. Andreas baissa les yeux. Helge et Andreas s'entre-regardèrent.

- Il y a un téléphone, ici ? demanda Helge, manifestement énervé.

- Pense pas. Enfin, tu peux toujours chercher.

Helge disparut dans le couloir. Je l'entendis chercher en claquant les portes derrière lui.

- On peut peut-être travailler un peu en attendant ?

- Non, ça suffit, on a déjà bossé quatre heures aujourd'hui. Ça pourrait faire trop.

Helge revint. L'excitation avait disparu pour quelques heures. La bonne énergie canalisée avait disparu, il ne restait que trois plutôt mauvais amis, de mauvais poil.

- Niqué.
- De quoi ?
- Le téléphone.
- À qui tu devais téléphoner ? demandai-je, moi qui avais moi-même cherché à m'en faire péter les neurones un moyen de me tailler pour appeler Yngve, pour lui rappeler le concert. Il ne s'en souvenait peut-être pas ? Il avait peut-être eu de la fièvre pendant plusieurs jours, et il avait oublié ?

Helge se leva de nouveau. Impatient.
- Non, je me casse, je vais voir si je trouve une cabine téléphonique.
- Qui est-ce que tu dois appeler ?
- Juste quelques personnes que j'ai oublié d'inviter.
- Je reste ici.

Andreas se leva et mit son blouson.
- Je vais faire un tour avec toi, dit-il.

Ils sortirent. C'était le comble. Je me retrouvais tout seul. Il était 5 heures et demie, j'étais complètement esseulé à la maison de quartier de Hundvåg, seul avec mes idées noires et ma nervosité débile, jusqu'à ce que Helge et Andreas jugent bon de revenir. C'était le bouquet. Tout ce qui me manquait, maintenant, c'était plein de temps pour penser à maman, à Helge, au merdier autour de moi. Tout ce dont j'avais besoin, c'était de pouvoir jouer, de pouvoir monter le son de mon ampli et de crier jusqu'à ce que mes cordes vocales lâchent. Pour Yngve.

Et si je me tirais, tout simplement ? pensai-je soudain.

Mais est-ce que je peux tout plaquer ? Prendre le bus pour rentrer en centre-ville, aller voir Yngve... Pas possible. Je me tortillais sur le banc. Je me sentais mal. Je quittai mon blouson, le roulai en boule et m'allongeai sur le banc en me servant de mon blouson comme oreiller.

Ça va aller, pensai-je. Ne délire pas, Jalla. Ça va aller. Ça va aller mieux que jamais. J'essayai de me persuader. Je fermai les yeux. Ça va aller. C'est maintenant que ça commence.

Je m'endormis.

Des voix. Je fus tiré de mon sommeil. Des voix fortes, des rires, une porte qui claque. J'ouvris les yeux et regardai l'heure. 7 heures moins le quart. 7 heures moins le quart ! Concert dans une heure et quart ! Bon Dieu ! Je m'assis sur le banc. Les voix se firent plus fortes. Helge. Andreas. Ils entrèrent dans la pièce. Ils étaient tous les deux trempés comme des soupes, il avait l'air de pleuvoir à seaux, dehors.

- 7 heures moins le quart ! criai-je.

Je les avais devant moi.

Non.

Helge eut un petit rire, Andreas pinça la bouche. Puis ils éclatèrent simultanément de rire.

Non.

- Merde, dis-je, découragé, vous avez... merde ! Vous savez que le concert, c'est dans un peu plus d'une heure ? *Dans un peu plus d'une heure !!*

Ça se voyait à des kilomètres. Ils s'assirent sur le banc en face de moi. Envolée, toute la froideur de Helge, il était à présent heureux, d'un bonheur chanvresque. Ma nervosité doubla.

- Relaxe, Jalla !
- Combien vous avez fumé ? demandai-je sévèrement.

Ils pouffèrent de rire.

- Combien ? insistai-je. Vous avez picolé, aussi ?
- Relaxe, Jalla, répéta Helge. C'est tranquille, aucun problème... Putain, ce shit ! Tu n'as pas idée ! De la chair à canon !

Helge et Andreas se regardèrent comme seuls peuvent le faire des gens qui ont fumé du cannabis. Ils rirent. C'est une complicité toute particulière qui s'instaure entre deux jeunes garçons qui ont fumé du hasch, c'est une communauté du rire qui annihile l'incertitude, la nervosité, ça peut rassembler n'importe qui, ce n'est pas compliqué de deviner ce que les Indiens pouvaient fourrer dans leurs calumets de la paix ; si Reagan et Brejnev s'étaient rencontrés autour d'un petit morceau de shit, ils seraient rentrés chez eux avec des accords délirants sur le désarmement au tout début des années 80. Mais ces accords auraient également été imprécis. Ils auraient été incroyablement bons aux yeux de Brejnev et Reagan, tant qu'ils avaient du shit dans le corps et du coton dans le têtiau, mais pour le reste du monde, ces traités auraient eu l'air de dessins d'enfants.

C'est bien ce qui se passe, n'est-ce pas, quand on devient amis ? La même chose que quand on est amoureux ? On devient imprécis, et on perd le sens des réalités. On perd le sens critique, y compris envers soi-même, on laisse passer des choses qui sont en fait insuffisantes, juste parce qu'on est heureux. Rien que parce qu'on ressent du bonheur, et comme chacun sait, le bonheur est doté d'une solide dose de bêtise. Voilà ce que j'avais en face de moi, deux jeunes garçons qui jouaient dans le même groupe, qui se connaissaient à peine, devenus les meilleurs amis du monde, tous deux absolument convaincus que tout baignait dans l'huile, que rien ne pouvait leur arriver, que tout irait comme sur des roulettes.

– Bordel, Jalla, dit de nouveau Helge, il faut que je te dise une chose...

Et merde. Les confessions, à présent.

– Une chose, poursuivit-il en riant. Tu t'es comporté on ne peut plus bizarrement, ces derniers temps... et cette coupe que tu t'es fait faire ! Mais on passe l'éponge, OK ? Oui. On y va. Mathias Rust Band ! Putain, quel nom !

J'essayai de rester sévère. Je savais que ce n'était pas une bonne idée d'essayer de les arracher à leur état second ; ce qui pouvait arriver de pire, c'était qu'ils reprennent leurs esprits pendant qu'ils jouaient. Mais je voulais savoir à quoi m'en tenir.

– OK. Je me contrefous de ce que vous avez fabriqué. Je veux juste savoir une chose : combien vous avez fumé ? Est-ce que vous avez bu de la bière ?

Helge porta la main à sa poche, à la recherche du sachet de shit.

– Non, non ! Bordel de merde ! Laisse-moi ça tranquille ! dis-je. C'est une maison de quartier, ici ! Il y a des gamins qui viennent là !

– OK, OK, dit Helge. Andreas pouffa de rire.

– Alors, Anni, qu'est-ce que tu en dis ?

– Super, putain, vraiment super ! s'enthousiasma Andreas.

– Deux ou trois cônes, dit Helge en souriant.

- Et un pack de six, ajouta fièrement Andreas.
Des enfants. Des petits enfants. J'avais deux merdeux devant moi, heureux de raconter à leur père combien de chewing-gums bourrés de bactéries ils avaient décollés du trottoir pour les mettre dans leur bouche. Le bon sens était parti en vacances et avait confié à l'idiotie le soin de surveiller la baraque.

Je ne savais pas si je devais être heureux ou anéanti d'apprendre qu'ils avaient picolé en plus. Quand c'est le merdier généralisé, une cata de plus ou de moins, ça ne change pas fondamentalement les choses... J'essayai de me référer à mes petites expériences en la matière. J'avais un rapport quelque peu irrationnel vis-à-vis de la drogue et de l'alcool. D'un côté, j'étais comme la plupart des jeunes de mon âge – si on faisait abstraction des grenouilles de bénitier ; j'aimais bien mettre mon cerveau en stand-by pour le week-end, ne plus rien demander à mon corps et me bourrer. Tout bonnement. Les gens aiment être cons. En tout cas tant qu'ils le sont. Après, on peut souhaiter la bienvenue au regret, à la honte, à l'angoisse postcuite, si on en a les prédispositions. De l'autre côté, j'avais le fantôme papa, ce qui me rendait plus nerveux qu'une bonne partie de mes amis. D'une certaine façon, j'avais beaucoup moins de mal à appréhender le shit et la marijuana parce que je ne les reliais pas à papa. Pour moi, l'alcool était plutôt lié au mal, même si je buvais, je considérais ça comme un vecteur qui allait chercher le mal latent chez les gens. Avec le shit et l'herbe, c'était autre chose. Je me tenais à l'écart de trucs plus costauds, j'avais un respect énorme pour ça. Mais de bons et de mauvais amis m'avaient convaincu que le seul danger que pouvait représenter le tosh et la marijuana, c'était leur illégalité. Et à mesure qu'on grandit, tout ce qui est illégal devient intéressant. Malgré tout, je buvais de la bière une fois par semaine depuis que j'avais 16 ans, comme la plupart de mes amis, un peu d'alcool fort de temps à autre, même si c'était là que le fantôme de papa était le plus fort, et j'avais fumé de l'herbe cinq ou six fois. Mais je ne m'étais jamais approché du shit avant ce samedi. Parce que personne n'en avait à cette période-là. Ça, on l'associait aux gens qui avaient d'*un peu trop mauvais amis*. Je n'avais en conséquence pas tant d'expériences que ça pour faire des comparaisons. La plupart me venaient de livres et de films. Mais si j'étais convaincu d'une chose, c'est que quand on buvait, on affaiblissait l'effet de l'alcool lui-même, et on était encore plus beurré ; encore une preuve des forces colossales de l'alcool. Si c'était le cas, ce shit qu'on s'était procuré chez Stegasen devait être un truc délirant. Parce que les deux jeunes qui rigolaient bêtement en face de moi n'avaient pas l'air d'avoir bu de la bière. Ils avaient l'air de s'être défoncés pendant plusieurs heures. Ils pouvaient faire penser à deux gamines de 13 ans venant de se taper leur premier Martini.

Je me levai.

- OK, dis-je en regardant ma montre. Venez, on va faire un tour.

Il restait encore quelques minutes avant l'ouverture des portes, sûrement une bonne demi-heure avant que Katrine ne se pointe, et je voyais une chance de faire sortir en douce les deux hyènes pour essayer de les ramener à la raison tant que c'était encore possible. Dans quelques minutes, l'endroit s'emplirait d'ingés-son, d'organisateurs et de public, et l'autre groupe arriverait. Et ils le verraient. Bon Dieu... les gens qui bossent au contact des jeunes, ils s'en rendent compte ! Non ? Quand deux abrutis ricanent comme Helge et Andreas, le tosh leur pousse littéralement entre les dents, non ?

- Un tour ! Mais bordel, on en revient, de faire un tour ! dit Helge en essayant de m'engueuler, mais ce petit mot, "tour", avait manifestement des connotations si festives pour lui et Andreas que c'était une nouvelle occasion de se payer une crise de rire. Ça commençait à être gonflant. Il y a des limites à l'amusement que peut te procurer de voir des gens se marrer quand les blagues sont de ce niveau.

- En plus, on est trempés, dit Andreas.

Je les chopai et les forçai à ressortir sous la pluie. Je regardai Helge droit dans les yeux en lui disant maintenant, on va faire un tour, tu piges ?

Nous marchâmes pendant un quart d'heure sous la pluie, le long de la mer. Je sortis mon paquet de Marlboro et en distribuai généreusement. Nous entrâmes dans un petit hangar à bateaux et nous assîmes sur une des embarcations.

- Putain, tu en fais, une gueule, protesta Helge.
- Je ne fais pas la gueule, répondis-je. Je me dis juste qu'on doit faire un putain de bon concert. OK ?

Helge me regarda. La bonté irradiait tout à coup de lui. Il agita des baguettes invisibles en l'air.

- Ça, tu peux le jurer, Jalla.
- Oh oui, renchérit Andreas, c'est bien le meilleur putain de groupe au monde.

En revenant, Helge mit le pied dans une flaque d'eau. Je ne fis aucun commentaire.

À 8 heures moins cinq, nous étions en coulisses, et nous nous regardions dans les yeux.

- Hein ! s'exclama Helge en tapant de la paume de sa main le bras du fauteuil.
- Au moins deux cents ! dit Andreas.
- En tout cas cent cinquante, rectifiai-je.

J'étais sorti trois fois accorder ma guitare, j'avais essayé d'apercevoir Yngve et j'avais constaté que le local s'était rempli. C'était vrai. La maison de quartier était pleine. Les gens étaient venus, plus que nous le pensions, pas seulement des gens que nous connaissions, Jonas, Irene, Torill, Anita, mais aussi des gens dont on savait juste qui ils étaient, oui, même des gens envers qui nous nourrissions un respect sceptique ; la frange blonde de l'Association des lycéens était là, le type avec son chapeau de cow-boy et la veste de jean du journal de l'école était là, en plus des jeunes qui fréquentaient habituellement le lieu. Nous aurions dû comprendre que la pluie ne pouvait pas arrêter ce public, dont la majeure partie n'avait jamais assisté à un concert parce qu'on ne les laissait entrer nulle part où on pouvait en voir. Les jeunes habitués qui venaient à la maison de quartier durent penser que c'était un drôle de samedi après-midi en voyant soudain débarquer des tas de lycéens de Kongsgård et St Svithun.

Et le plus important de tout : Yngve était venu. Il était là-bas, exhibant son sourire, et il discutait avec Katrine. J'avais tout juste eu la possibilité de lever la main pour lui faire un petit signe. Il nous restait dix minutes avant de jouer. L'autre groupe aussi était arrivé. Strømsvold était passé dans la loge pour nous dire qu'ils allaient regarder.

- C'est du punk ? demanda-t-il

Helge et moi répondîmes en chœur :

- Oui, dit Helge
- Non, dis-je.
- De temps en temps, dit Andreas.

Ils s'étaient un peu repris, mais je crois que c'était juste la volonté qui chassait un peu l'ivresse.

Et nous étions prêts.

À quel point les choses peuvent-elles mal aller ?

Elles peuvent aller infiniment mal.

Le Mathias Rust Band était sur scène. C'était ce que nous avions attendu. C'était pour ça que nous avions monté le groupe.

Je jetai un coup d'œil dans mon dos pour signifier à Helge que tout était en ordre et qu'il pouvait lancer son ouverture. Je m'étais branché à mon ampli, un truc magnifique que m'avait prêté Strømsvold, un vieux Vox à lampes, naturellement. Andreas et Helge échangèrent un petit rire niais. Helge me regarda, apparemment sans comprendre ce que je voulais, avant de plonger vers le micro près du kit de batterie.

- OK ! Cherchez dans vos tripes qui vous êtes ! Nous, on est le Mathias Rust Band, et vous, vous êtes de la viande hachée contre le mur !

Je sursautai devant l'inventivité de Helge et me dis que ça sonnait plutôt bien, il a peut-être le parfait contrôle de la situation ? Il est peut-être au top ?

Juste après avoir débité sa tirade, il fit claquer ses baguettes l'une contre l'autre en criant "*Ein, zwei, drei*, meeerde !". Je me mis à gratter de dures croches sur l'accord de *fa* en intro, et j'entendis Andreas attaquer sa partie de basse, qui enflait et décroissait tandis que Helge et moi martelions en rythme rapide et monotone jusqu'au break, quand je me mis à chanter : *"Est-ce que tu as peur, maintenant ? / Tu devrais pisser dans ton froc / parce que le bataillon de la viande hachée se met en joue..."*

Jusqu'ici, ça allait. Cette chanson n'était pas la plus simple que nous avions, elle allait vite et réclamait une bonne précision à cause de toutes ces syncopes et de tous ces breaks. En arrivant au refrain, j'étais convaincu : j'avais été inutilement nerveux. Les mecs jouent pas mal, me dis-je avant de jeter mon refrain vers le public, qui l'accueillit avec enthousiasme – c'était un sermon pour les crétins fous de Dieu : *"Viande hachée viens ici / Le long du mur, paf ! Fini !"* Ça allait bien. Je fis un signe de tête énergique aux autres.

Ça allait bien. Pendant environ quarante secondes. Pendant quarante secondes, le Mathias Rust Band fut un groupe de live incroyablement bon, ce samedi 3 février 1990. Je crachai mon texte avec une grande agressivité, en pensant ce que je disais, que les gens devaient faire attention car il viendrait un jour où les traîtres et les capitalistes se retrouveraient contre le mur pour se faire farcir de plomb. La batterie martelait et m'entourait, j'étais surpris d'entendre à quel point ça sonnait bien, à quel point mes deux comparses enfumés étaient nets.

Putain, ce qu'on est bons ! me dis-je.

Ça merda dans les grandes longueurs. Les premières quarante secondes, ce fut tout ce qu'on parvint à rassembler. Le reste fut un désastre. C'est donc le temps maximum que deux jeunes garçons grisés au tosh peuvent garder leur concentration. Les choses partirent en sucette après le refrain de *Viande hachée contre le mur*. Helge avait un bridge de deux mesures à la batterie, qu'il faisait toujours bien. Pendant ce temps, Andreas marquait les temps faibles. Mais ce fut le bordel. Helge perdit une baguette. Ses doigts gélatineux engourdis par le shit ne parvinrent pas à retenir la baguette qui fila vers le ciel, laissant le batteur du Mathias Rust Band face à un bridge rapide à jouer avec une seule baguette. Il n'avait pas tablé sur quelque chose de ce genre et n'avait pas de baguette de rechange à portée de main. En entendant cela, je me retournai, horrifié, et je le vis se pencher en arrière tout en essayant maladroitement de marquer ses temps forts avec sa main libre. À ma droite, j'entendis Andreas commencer à merder ses lignes de basse, lui aussi brusquement déstabilisé, et au même moment, Helge bascula et se retrouva par terre.

Et maintenant, qu'est-ce qu'on fout ?

Si nous avions eu l'habitude, ou bien Andreas et moi aurions continué à jouer comme si rien ne s'était passé, ou bien nous aurions été magnanimes, nous aurions arrêté le morceau, souri et dit "OK, tout le monde peut se planter, on l'a fait, on recommence." Nous aurions alors sûrement récolté de la sympathie pour notre maladresse. Mais que nenni. Ce n'est pas ce que nous fîmes. Nous nous cramponnions à ce bazar, comme si c'était notre seule bouée de sauvetage, et nous jouions le morceau tandis que la nervosité se répandait comme du pollen sur la scène. Je loupais mes cordes, je me paumais dans mes riffs, je perdais mon assurance sur les parties vocales, j'oubliais mon texte et chantais comme une casserole, pendant qu'Andreas et Helge étaient aussi loin d'une section rythmique que faire se peut.

Tous ceux qui sont montés sur scène savent que ce sont les premières minutes qui sont déterminantes pour les cinquante qui suivent. Nous n'étions jamais montés sur aucune scène. Nous continuâmes donc, frénétiques, déconcentrés, nerveux. Le fait que Helge et Andreas aient été si brutalement tirés de leur ivresse n'arrangeait évidemment pas les choses. Nous ne jouâmes pas un seul des morceaux ne fût-ce qu'aussi mal que pendant nos pires répétitions. Même un public aussi peu habitué et initialement aussi bien disposé à notre égard comme celui que nous avions ce soir-là remarqua que les choses viraient à la catastrophe. Certains s'assirent, d'autres allèrent jouer au billard, un groupe de la classe A ricana quand j'attrapai par erreur ma corde de ré en plein milieu du refrain de *Che Guevara*, et la frange blonde de l'Association des lycéens, qui avait été si enthousiaste au début, prit un peu de recul dans la salle. Tout au fond, je vis Hekkan. Le chanteur leva les yeux au ciel. Et juste devant moi, il y avait Katrine. Elle resta immobile tout le concert, jusqu'à la dernière chanson – il n'y eut pas de rappel, ça va sans dire – et je la vis essayer, presque avec une indulgence maternelle, de marquer d'un pied le rythme boiteux, de chanter les paroles qu'elle connaissait, mais ce que son réconfort avait de délibéré ne faisait que rendre les choses insupportables : ça se voyait comme le nez au milieu de la figure. Je le comprenais. On puait. Ça puait comme pas permis. Le Mathias Rust Band était moisi.

Le seul qui n'avait pas l'air de trouver ça miteux ou insupportable, c'était Yngve. Il était un peu sur la droite, il portait un jean et un pull bleu, et à chaque fois que je regardais vers lui, j'avais l'impression qu'il me regardait. En souriant. Que celui dont j'étais amoureux, pour lequel je faisais ce concert, me regarde, ça rendait évidemment les choses plus pénibles. Mais Yngve ne semblait pas le remarquer. Il me regardait, point.

Les applaudissements après *Mâts de drapeaux à l'unisson* furent brefs et mesurés. Nous nous éclipsâmes de la scène. Katrine me tapa sur l'épaule quand je traversai la foule la Strat à la main et le médiator entre les lèvres. Yngve souriait.

En arrivant dans la loge, Helge et Andreas s'effondrèrent dans le canapé. Ils avaient l'air complètement dégrisés. Je me sentais trahis par eux, j'étais dans une rage noire.

– Alors, vous êtes contents ? demandai-je en me penchant vers le gros sac rouge d'Andreas. J'ouvris la fermeture éclair et dénichai une bière au milieu des serviettes.

– Tu vas… quelqu'un pourrait entrer, dit Helge.

Je me retournai et le regardai durement.

– Et c'est toi qui me dis ça ? Putain, Helge ! Je décapsulai la bouteille avec mon briquet, la portai à ma bouche et en vidai la moitié d'une seule gorgée.

– Oui, oui, dit Helge en poussant un gros soupir, fais gaffe, juste. On en est sortis, en tout cas.

Andreas fit un petit sourire.

– Oui, vous en êtes sortis, dis-je sarcastiquement en buvant encore un peu de bière. Putain, on peut le dire. Vous avez conscience de la merde que ça a été ? Vous savez à quel point on a mal joué, et quelle réputation fabuleuse va avoir le Mathias Rust Band après une prestation comme celle-là ?

- Termine cette canette, répéta Helge, ils vont nous foutre dehors s'ils voient qu'on boit ici ; il n'y a que des mômes qui traînent dans le coin, tu piges ?

Je m'en foutais. La bière était amère et froide, exactement comme moi. La colère me faisait bouillir, et je m'en foutais. J'allai tout près de lui et me plantai devant, me foutant bien de ce qui arriverait si le directeur du conseil de quartier entrait. J'ouvris la bouche, prêt à l'enguirlander.

La porte s'ouvrit. C'était Katrine.

- Alors, ça s'est super bien passé ! dit-elle en souriant.

Nous nous regardâmes, Andreas, Helge et moi.

- Pas du tout, dis-je.

- Mais si !

- Bordel, arrête, Katrine ! dis-je en buvant le reste de ma bouteille.

- Tu picoles ? Ici ?! Elle eut tout à coup l'air effrayée et jeta un coup d'œil nerveux vers la porte.

- Ça a complètement foiré, dis-je, et tu l'as bien vu.

- Il n'y a que toi qui penses ça, répondit-elle en essayant de nous remonter le moral. Les gens ont trouvé ça super bien. Le journal de l'école est là... ils parleront peut-être du concert ?

Helge et moi sursautâmes. Parler de ça ?

- C'était nickel, insista Katrine.

Est-ce qu'elle avait compris que les choses avaient foiré parce que Helge et Andreas étaient défoncés au shit et à la bière ?

Helge se leva :

- Merde, j'espère bien qu'ils ne parleront pas de ce concert. De toute façon, je n'ai pas le courage de rester là à t'écouter déblatérer tes conneries, quand est-ce qu'on va s'éclater ? Et c'est où ?

- On va peut-être voir Hekkan d'abord ? proposa Andreas. Strømsvold et les autres ?

- Oui, oui, mais c'est où, cette sauterie ? demanda-t-il derechef.

- Chez un Trond je ne sais plus trop quoi, répondit Katrine, en classe C, il habite à Buøy.

- Le petit magnat ? ironisa Helge.
Katrine acquiesça.
- Et merde, dit Helge. Il leva les sourcils et hocha la tête. Merde. On va là-bas, *nous* ? Chez le petit magnat ?
Je rangeai ma guitare sans rien dire et sortis dans la salle. Bande de cons, pensai-je, tas de connards.
J'aperçus Yngve, il était seul, le long du mur, un Coca à la main. Sur scène, Ståle Strømsvold et ses collègues s'accordaient, ajustaient les pieds du micro et se préparaient. Je n'avais pas le courage de penser à eux. Ainsi maintenant allait arriver un groupe qui ferait ce que nous n'avions pas fait : convaincre. Je traversai la salle pour rejoindre Ynge.
Il me restait peut-être quinze mètres à parcourir. Sur ces quinze mètres, je passai de l'irritation, une forte sensation de m'être ridiculisé dans les grandes longueurs, à un état chaud, joyeux, dans lequel je ne m'occupais plus de ce que les autres pouvaient penser. C'était comme si Yngve traçait un cercle autour de lui, et je changeais du tout au tout en y entrant.
- Salut.
Ça suffit ?
Un sourire, et une personne qui dit "salut" ?
Cinq petites lettres dans une bouche souriante ?
L'homme est un être ridiculement beau. Cela suffit. Si vous êtes amoureux le jour d'un tremblement de terre, il vous suffit que celui que vous désirez vous sourit en disant "salut".
- C'était bien ! dit Yngve, enthousiaste.
Je changeai de pied d'appui et inspirai de l'air entre mes dents serrées.
- Non... tu trouves ? On n'était pas trop aux taquets. Je le regardai. Je voulais lui dire : c'est chouette que tu sois venu, Yngve. Je voulais lui dire : tu m'as manqué, Yngve. Je voulais le toucher.
- J'ai pu voir que ce n'était pas du chiqué, dit-il.
Une main rude me tapa sur l'épaule et m'arracha subitement au monde d'Yngve.
- Eh bien, Jalla, rockstar, maintenant ?

C'était Rune, le frère de Helge. Rune avait deux ans de moins, c'était une grande perche de 15 ans aux airs de petit adulte, si possible encore pire que son frère mais avec moins de raisons de l'être. Tandis que Helge montrait des signes clairs de fatigue et d'arrogance parce qu'il était réellement supérieur aux jeunes du même âge, la grande gueule et la paresse de Rune étaient dûes au fait qu'il n'arrivait pas à la cheville de son frère, de sa mère ou de son père. Il faisait encore comme s'il s'intéressait aux mêmes choses que son frère, il participait à des discussions politiques comme si c'était son domaine, mais il en était loin. Helge était la progéniture prévisible de ses parents, il était un rejeton logique, il avait leurs qualités, leur agressivité. Rune avait peu de cela, il essayait d'être ce que son éducation aurait dû faire de lui, mais il en était encore loin.

- Hein ? Rockstar ?

Il ne lâchait pas prise. Je ne voulais pas lui parler, c'était à Yngve que je voulais parler. Rune n'avait bien sûr pas remarqué que je discutais avec quelqu'un d'autre. Il était absolument dépourvu d'antennes sociales, et il considérait comme allant de soi la possibilité de débarquer quelque part en se considérant comme le centre de l'attention, que les gens parmi lesquels il s'immisçait soient plus âgés que lui ou non. Rune me ressemblait beaucoup.

- Rune... je ne te dérange pas ? Je parle avec quelqu'un que je connais, OK ? dis-je en le fusillant du regard. Le concert a été une véritable merde, c'est vu ? Alors va retrouver tes potes de seconde ou ton frangin, OK ?

Je me surpris moi-même de pouvoir lui asséner des trucs de ce genre.

Rune leva les yeux au ciel ; une façon intelligente de réagir. Au lieu de se laisser déstabiliser, de se laisser rabaisser à nos yeux, il prouva qu'il était ce que je qualifiais de hautain. Il émit un petit rire et s'en alla.

- Qui c'était ? demanda Yngve. Il me regarda avec étonnement. J'avais montré une facette dure de ma personnalité, qu'Yngve ne connaissait pas.

- C'était Rune, dis-je. Le frère de Helge. Un abruti.

J'ai souvent pensé que j'étais né trop tard. À bien des reprises, je me suis agacé sur cette impression de ne pas réussir à rattraper l'histoire. Avoir 5 ans en 1977, c'est complètement raté si l'on pense que c'est à ce moment-là que les Sex Pistols ont sorti *Anarchy In The UK*. On peut bien faire des afters quelque part dans le monde de 1990, avoir 17 ans, la haine et vouloir être punk, mais ça n'aide pas. Vous le savez, tandis que vous débouchez votre canette de bière avec les dents et recrachez la capsule contre le mur, que vous voulez renverser la monarchie, que vous êtes un vestige. Vous savez que c'est terminé. Ne pas avoir été là en 1966, 1967 ou 1968 est un échec semblable. Vous pouvez passer dans les magasins de disques n'importe quand dans les années 90 pour découvrir que cette période folle, pendant laquelle il est sorti autant de grands albums en quelques années que maintenant en vingt ans, et sentir que ces disques sont à vous, mais tout au fond de vous, vous savez qu'il est trop tard. Vous n'y étiez pas. Vous n'étiez pas là quand les grands groupes sortaient à qui mieux mieux leurs albums ; *Revolver*, *Rubber Soul* et *Sgt. Pepper*, des Beatles, *Pet Sounds*, des Beach Boys, *Odessey and oracles*, de The Zombies, *Face to face*, *Something else* et *The Village Green Preservation Society*, de The Kinks, *Aftermath* et *Beggars Banquet*, des Stones. Vous n'étiez pas là. C'est ça que ces disques vous disent. Ils ne tournaient pas sur la platine, nouveaux pour le monde et pour vous, en 1968, pendant que la guerre faisait rage au Vietnam et que le festival de Woodstock battait son plein. Vous êtes né trop tard, et vous le savez. Quand *Vous* aviez 12 ans, c'était de Frankie Goes To Hollywood, de la guerre froide et de Breakmachine qu'il s'agissait.

Il est rare que je sente que je suis né trop tôt. Mais quand je pense à Rune, je me demande si nous qui étions nés en 1972 n'étions pas la dernière promo de la génération shit. C'est peut-être vrai ? Ceux qui avaient 18, 19 ou 20 ans vers la moitié des années 90 avaient une autre façon de s'éclater que nous. Alors que j'étais trop jeune pour le punk, j'étais trop vieux pour le skate et les comprimés de la fête. Quand Rune et les autres mômes de 1974 allaient d'usine désaffectée en usine désaffectée en 1994, prenaient des pilules et dansaient sur de la techno, moi et mes copains de 72 buvions toujours de la bière en fumant des drogues douces de temps en temps, comme nous le faisions quand nous avions commencé à faire la teuf à la fin des années 80. Bien sûr, quelques-uns des jeunes de mon âge, qui bouffent aujourd'hui les pissenlits par la racine pour avoir consommé de la drogue, s'étaient aussi servis dans le placard enchanté de merveilles pharmaceutiques. Mais pour la majorité, c'était rare, quand j'avais 18 ans. C'était très rare que quelqu'un se pointe à une fête avec des comprimés. Si vous vouliez mettre la main sur ce genre de trucs, il fallait aller voir dans les coins, entrer un peu plus profond dans la culture underground. La banalisation des drogues chimiques n'avait pas encore atteint la Norvège. Quand elle arriva, quelques années après notre départ du lycée, beaucoup d'entre nous avaient instauré cette culture de fête à laquelle nous allions nous en tenir pendant toutes les années 90. C'était exactement comme le skate : c'était trop naze. Je ne pouvais pas me mettre à faire du skate maintenant, porter des pulls à capuche, écouter du hip-hop, en transe, et bouffer des designer-drugs. C'était trop con. J'aurais eu l'air d'un type de 50 ans s'éclatant au milieu de mecs de 20. C'étaient les kids qui faisaient ça. Avec un mélange d'envie et de peur créées par la distance, je regardais les gens comme Rune, *les gens de 1974 et plus*, qui s'enfilaient de l'ecstasy en allant à des houseparties. De temps en temps, je me dis qu'il s'en est fallu d'un cheveu. Quelqu'un a appelé l'hiver 89-90 "*The winter of love*". La période où la vague Manchester battait son plein, où les gens portaient des pantalons qui faisaient penser à des sacs, des chapeaux de pêcheur enfoncés bas sur le front, et où ils ont dansé tout ce froid hiver, gonflés à bloc de stupéfiants, jusqu'au nouveau rock psychédélique et groovy des Happy Mondays et des Stone Roses. Nous nous sommes aussi accrochés à cette culture, c'était le nouveau summum, on a passé des 33 tours des Stone Roses et des Mondays jusqu'à ce que le saphir les traverse ; *She bangs the drums*, *Hallelujah*, et surtout le top du top elle-même, la version 9.53 de *Fool gold*, mais pour la plupart d'entre nous, *The Hacienda* de Manchester était bien loin, et la drogue n'allait pas aussi vite que la musique. Mais elle est arrivée relativement peu de temps après, en même temps qu'une culture musicale un peu moins centrée sur la personne, elle arrivait avec les groupes désindividualisés, avec The Orb et les collectifs de techno sans personne phare distincte, la culture de DJ, la musique anonyme, fin prêts pour aller se perdre dans la masse. Assez bizarrement, je peux leur envier ça, aux gens de 1974 et plus, même si je suis heureux d'y avoir échappé. Rune se perdit dedans, le frère arrogant de Helge se noya dedans. Je le voyais parfois, à Bergen, pendant la première moitié des années 90. Il avait toujours l'air speedé. Il n'était pas un enfant du shit. Il ne ressemblait ni aux punks, avec qui je n'avais pas eu le temps de casser des carreaux, ni aux accros du hasch, dont je nous considérais comme la dernière édition. Il n'était ni fatigué ni embrumé, à cette époque. La paresse avec laquelle il luttait en 1990, quand il n'avait que 15 ans et n'avait pas encore trouvé sa place au sein de la famille Ombo, avait été troqué pour les amphétamines, l'ecstasy et tout ce qui pouvait s'ingurgiter de plats chimiques, qui le tenaient sur pied. Puis nous l'apprîmes. C'est un pote qui nous l'a dit, il y a quelques années.

– Tu ne connaissais pas un Rune ?
– Qui ?
– De Stavanger. Le petit frère de Helge.
– Si, pourquoi ?
– Il est mort. Il a sauté du toit d'un bar.

Et tout l'intérêt du futur est là : il est secret. Un intérêt horrible. Mais qu'est-ce que j'aurais fait si ça avait été adapté différemment ? Disons que je le savais, que Rune allait sauter du toit d'un bar de Bergen en 1996, quand il était venu me voir, l'ado arrogant de 15 ans qu'il était, pour interrompre les premiers instants que je passais avec Yngve depuis plusieurs jours. Disons que je le savais ; et alors ? Est-ce que je me serais conduit différemment ? Est-ce que je ne l'aurais pas qualifié d'abruti si son saut de l'ange mortel avait été aussi visible qu'un anneau à son doigt ?

- Tu as été malade ? demandai-je à Yngve aussitôt que Rune eut tourné les talons.

Sa réponse fut couverte par un chanteur qui criait "un deux trois quatre !" ; les gens affluèrent vers la scène, on me poussa par l'épaule et je fus entraîné vers l'avant tandis qu'Yngve restait contre le mur. Hekkan avait commencé. Du coin de l'œil, j'aperçus Helge, à l'autre bout de la salle, et je pus deviner qu'il pensait la même chose que moi : ce groupe tue.

Rien ne servait de le dissimuler. Non seulement ils étaient bons, mais nous qui avions joué de façon si minable les rendions encore meilleurs. Ce public, un mélange un peu particulier de ceux qui avaient l'habitude de traîner au dehors, d'ados de 14 ans désœuvrés et d'amis du Mathias Rust Band, pour la plupart des gens des deux lycées, réagit tout à fait différemment quand Hekkan joua son *set*, alternant compositions personnelles et reprises, *Dead end Street*, des Kinks, *Begin the begin*, de REM, et une version turbo de *Sorgenfri*, des DumDum Boys. Leurs compos avaient de l'assurance, il y avait une ampleur là-dedans, dont nous pouvions toujours rêver.

- Mais merde, dit Helge plus tard ce soir-là, un tiers de reprises, c'est trop chiant.

Nous rangeâmes notre matériel et appelâmes un taxi après le concert. Aucun intérêt à lanterner à la maison de quartier de Hundvåg le restant de la soirée. Je discutai avec Katrine, Helge et Andreas, tout en cherchant Yngve des yeux par la porte ouverte de la pièce de derrière.

- On se casse à la teuf, ça, en tout cas, c'est sûr, dis-je.
- Putain, oui, dit Helge. Bordel. Chez le petit magnat.

J'avais perdu Yngve de vue pendant le concert, puis je l'avais revu après, mais à présent, il avait disparu. Il n'allait quand même pas rentrer chez lui ?

Strømsvold et le batteur de Hekkan entrèrent.
- Foutrement bien, dit Andreas. Foutrement bien.
- Merci à toi, dit Strømsvold de sa drôle de façon de s'exprimer. C'était un drôle de zig, grand, gentil et plein d'autorité. "Ça s'est bien passé pour vous aussi".

- Première fois, dis-je sur un ton d'excuse. On peut faire mieux que ça.

- Il faut bien commencer quelque part, dit-il.

Le type du journal de l'école passa la tête à l'intérieur. Putain, est-ce qu'il vient nous parler ? Je jetai un coup d'œil nerveux à Helge. Mais non, bien sûr que non, il s'adressa immédiatement à Strømsvold.

- Trond Arne Ramsvik, dit-il en tendant la main. Je viens pour Le Petit Marius, je journal de Kongsgård, je peux vous voir un moment ?

Il ne nous regarda même pas. Pas un regard. Pas un mot. Nous n'étions rien.

- Oui, bien sûr, dit Strømsvold. Lui et le batteur sortirent avec le journaliste.

- Oui, oui, dit Helge. La prochaine fois.

- Il m'a semblé entendre de grosses influences des années 60 ? dit le jeune journaliste dans le couloir.

Yngve passa devant la loge. Je me levai d'un bond.

- Yngve !

Il se tourna vers la sortie.

- Tu t'en vas ?

- Ouii... hésita-t-il. Je pensais en fait que...

- Mais tu ne veux pas venir à la soirée avec nous, alors ? On pensait aller à Buøy, c'est chez un certain Trond, de la classe C.

- Non... Je ne connais personne là-bas, répondit-il avec un sourire.

- Mais si, tu me connais, moi, objectai-je en le regardant droit dans les yeux.

- Jalla !

Je me retournai et regardai dans la loge. Helge et Andreas étaient prêts, leur matériel à la main.

- J'arrive, criai-je.

- Putain, si tu crois qu'on va te porter ton barda ! entendis-je derrière moi. Il était manifestement redescendu sur terre, Helge ; Dieu sait combien de temps ça durerait.

- Allez, viens, dis-je en regardant Yngve. Ça va être cool. Katrine vient aussi. On prend un taxi. Allez, viens.

Yngve avait l'air de douter. Pourquoi douter sur un truc pareil ? Il ne m'appréciait pas ?

- J'ai promis de rentrer tôt, dit-il en détournant les yeux. J'ai été malade, et...

- Jalla !

Je me tournai de nouveau vers Helge et Andreas.

- Oui ! J'arrive ! Relaxe ! Ne fais pas gaffe, dis-je rapidement à Yngve. Mais... tu n'as pas l'air spécialement malade, pour le moment ? Qu'est-ce que tu as eu ? Ça va mieux, maintenant ? Hein ?

- Ouii..

- Tu pourras sûrement passer un coup de fil de là-bas, ce n'est pas un problème, et tu diras que tu es allé à une soirée avec des amis, hein ?

- OK, acquiesça Yngve. Je viens avec vous.

Les phares d'un maxi-taxi révélèrent une pluie dure tombant à torrent et à la diagonale quand nous ouvrîmes les portes sur l'obscurité vespérale. Les buissons en bordure de route luttaient pour rester debout, le vent soufflait sur nous avec une telle force qu'il était difficile de respirer. Cette nuit-là, le temps allait être épouvantable. Dans le taxi, je m'assis à côté de Katrine pour ne pas éveiller les soupçons. Yngve était assis devant, Andreas et Helge derrière. Nous avions aussi récupéré quelques autres du bahut, Roar, de la troupe de théâtre du lycée, et sa nénette, Silje. Il n'y a personne qui s'embrasse avec autant de théâtralité que les gens qui rêvent de devenir comédiens. C'est toujours un encouragement quand plusieurs couples sont rassemblés au même endroit. Ils sont là, vous en connaissez peut-être certains, ils viennent de se maquer, tout comme vous et votre copine. Et puis ils commencent à s'embrasser, à se donner l'un à l'autre sans la moindre vergogne, à entremêler leurs lèvres, leurs langues, ils laissent leurs mains courir sur le pull de l'autre. Tu tiens ta gonzesse dans tes bras, ça ne fait pas longtemps que vous êtes ensemble, vous non plus, et tu la regardes, tu lui souris... et alors ? Vous allez commencer à vous embrasser ? Vous allez être plus mauvais qu'eux ? Mais si vous le faites - commencer à vous embrasser, coller vos lèvres, tendre vos muscles linguaux -, ça sera aussi bien que pour l'autre couple, apparemment ? Vous allez vous mettre à vous embrasser parce qu'eux le font ? Regarde, il la pelote, il faut aussi que tu le fasses, et regarde, elle cambre un peu les reins, elle glisse un chouia sur son siège pour qu'il puisse passer son autre main dans son dos, et ta copine doit faire la même chose, et regarde, elle écarte les jambes, elle pose une cuisse sur lui, il faut aussi que vous fassiez ça ; non ? Il faut que vous soyez plus mauvais qu'eux ? Hein ?

Katrine posa sa tête sur mon épaule, me sourit et ferma les yeux. Je regardai la nuque d'Yngve. Puis un son familier me parvint : celui de la capsule d'une bouteille de bière. Je tournai à peine la tête, tandis que celle de Katrine reposait toujours sur mon épaule, et je vis Helge porter une bouteille à sa bouche. Il souriait.

- On s'en fout, Jalla, dit-il. Hein ? C'est la fête !

Je lui rendis son sourire.

- On va faire la nouba chez le petit magnat ! dit-il en riant. Pas vrai ?

Je me mis à rire à mon tour. C'était plus fort que moi.

- Bordel, comment ça va se passer ?

Pourquoi pas ?

Ça va bien se passer, pensai-je. On va s'éclater. Ça va bien se passer.

Le taxi freina dans une petite cour de graviers devant une grande maison blanche.

À quel point les choses peuvent-elles mal aller ?

Elles peuvent aller incroyablement mal.

Nous déchargeâmes les sacs et le matériel sur le gravier tandis que Katrine payait. La musique jouait à fond dans la maison. Helge leva un regard suspicieux à travers la pluie torrentielle. Il voyait la même chose que moi. Nous nous jetâmes un coup d'œil et nous fîmes un signe de tête complice.

- Putain, dit Helge en levant les yeux au ciel.

La bourgeoisie.

Helge et moi réagissions toujours de la sorte quand nous nous trouvions en contact direct avec la classe supérieure et la bourgeoisie éhontée. Et à présent, nous nous trouvions devant. Un terrain immense, une grosse maison Block Watne, sans aucun doute construite dans les années 70, avec au moins deux ajouts dans les années 80. Un jardin aux dimensions folles, j'ai presque envie de dire *insensées*, au point qu'elles en étaient risibles – *hé ben, tu vois, c'est ce qu'on appelle un sacré jardin* – à quoi diable pouvaient-ils bien l'utiliser ? Atterrir dessus avec un jet privé ? Un hélicoptère ? Un terrain de golf privé ? Lumières extérieures avec toutes sortes de décorations, espaliers le long des murs, garage double, pots en céramique sur l'escalier conduisant à l'entrée. Ça puait. Exactement de la même façon que les citadins trouvent que ça pue le fumier, là-bas, à Jæren, Helge et moi trouvions que ça puait, ici.

J'avais encore suffisamment de présence d'esprit pour éviter de le faire remarquer trop clairement, de crainte de faire fuir Yngve. Helge, en revanche, fut dopé en voyant la haute bourgeoisie de si près. Ses yeux se mirent à briller, comme s'il était amoureux, son dos se redressa et ses lèvres rougirent. Le mépris faisait ruisseler des torrents d'adrénaline en lui. Il n'y avait plus aucun doute : on allait s'éclater, ici. Ça pouvait ressembler à la teuf de la décennie, car y a-t-il meilleur moteur que le mépris de soi-même après l'échec cuisant d'un concert raté, associé à la haine sincère et juvénile vouée à la classe supérieure, le tout pimenté par la perspective d'avoir *plus de bière et plus de shit* que jamais ?

Et c'est là qu'habitait le petit magnat, Trond. Je ne sais pas qui était à l'origine du surnom de petit magnat, mais c'est comme ça que nous l'appelions, tout bonnement parce qu'il était l'unique fils d'un des plus importants magnats du pétrole de la région, et parce qu'il était aussi lisse et brillant que du pétrole. Les nouveaux riches doivent avoir des conceptions sociales tout à fait différentes de celles des riches depuis des générations. Il y a très peu de gens qui encaissent bien une aisance subite, et en tout cas ni ceux qui tombent dessus par hasard, ni ceux qui doivent l'observer sans avoir un rôle à y jouer. Les nouveaux riches ressemblent aux amoureux : ils n'arrivent pas à le dissimuler. Tout comme une femme amoureuse rougit en permanence tout en essayant de cacher qu'elle brûle intérieurement, le nouveau riche ne peut pas non plus se laisser démasquer, pas même s'il possède un tantinet de respect, ce qui est le cas pour la plupart. C'est cette carence qui a rendu riches bon nombre d'entre eux. On le remarque quand ils sortent en ville, on le remarque à leur façon de commander trois bières, à leur façon de dire à leurs potes "elles sont pour moi, pas de problème", on le remarque à leurs pas sur l'asphalte, dans des chaussures qui ont été payées par des gens qui n'ont pas besoin de réfléchir à ce qu'elles coûtent, on le remarque... et on le déteste. Oh oui, comme on le déteste, bon sang, comme on déteste ces gens qui n'ont pas mérité la position qu'ils occupent, qui se sont retrouvés par hasard à un endroit de l'histoire où l'opulence était partout, qui ont pris un billet et qui ont gagné, pendant que d'autres prenaient un autre billet et ne s'en trouvaient que plus démunis. Seigneur, ce qu'on déteste ça, et ce qu'on se déteste soi-même en remarquant sa propre mesquinerie et la petite haine mesquine que l'on trimballe. Mais que faire ? Il n'y a qu'une chose à faire : continuer à haïr cette haine qui s'autoamplifie. Stavanger était pleine à craquer de nouveaux riches insouciants, dans les années 80. Longtemps, alors que j'étais encore petit, il y en a eu tellement que je ne considérais pas ça comme anormal. C'était comme ça. Les gens avaient de l'argent. Un tas de fric. Il n'y avait aucune pauvreté, il n'y avait que des gens bien en fonds qui se comportaient comme si l'économie vue du côté de la nature ne posait aucun problème. C'est vrai, ils plaignaient les gens *d'ailleurs, qui ne s'en sortent pas aussi bien que nous, les gens dans d'autres pays, des non-pays, ce genre-là*, et ils donnaient cent couronnes par mois à l'Unicef, mais ça ne heurtait pas leur conscience, ça ne nous faisait rien. Nous gagnions notre argent de la chance et du pétrole et nous le dépensions avec une bonne dose d'arrogance non feinte ; l'arrogance qui ne se connaît pas. L'argent du pétrole était omniprésent, dans le billet de dix avec lequel je me payais le *Jornal de Mickey* et des bonbons, dans les chaussures que je portais. Si je n'avais pas rencontré Helge quelques années plus tôt, je ne me serais jamais retrouvé sous la flotte devant la maison des parents du Petit Magnat, à haïr ce que je voyais. C'était ma rencontre avec lui et son éducation idéologique qui me rendaient capable de détester ça. Et j'adorais notre haine, elle me nourrissait, elle me fortifiait. Et cette haine était particulièrement intense à l'égard des nouveaux riches, comme elle l'est toujours. La bourgeoisie classique, qui était riche depuis très longtemps, ne faisait pas l'objet de la même aversion. Eux avaient appris à vivre discrètement et dignement avec leurs richesses, c'était un savoir qu'ils avaient peaufiné durant des générations, et qui leur permettait de sillonner les rues dans leurs voitures coûteuses avec plus de sérénité que les nouveaux riches, car ils savaient que c'est ça, la meilleure façon de garder sa fortune : ne pas la montrer. Les nouveaux riches, les malheureux, n'ont pas cette intelligence, ils s'attirent des problèmes parce qu'ils manquent d'expérience, ils paradent sans vergogne à Stavanger dans les années 80, à Grünerløkka, à Oslo, vers la fin des années 90, et ils ne savent pas qui ils sont, ce qui ne les empêche pas de montrer au monde entier qui ils sont. Et celui qui montre qui il est se rend vulnérable ; on peut l'aimer, on peut le détester.

Le Petit Magnat n'avait pas la moindre idée de qui il était, et il était haï. Haï et exploité. Nous avions entendu parler de ses sauteries mais nous n'y étions jamais venus. Nous savions que Trond, dont les parents pétroliers étaient barrés six mois sur douze, qui se prenaient des week-ends dans le Sud en laissant les enfants seuls à la maison, gardait en permanence ses portes grandes ouvertes pour qui le désirait. Nous avions ouï-dire que l'alcool coulait à flots, que tout le monde était le bienvenu chez lui, que c'était l'Alcazar sept soirs par semaine et qu'on pouvait y laisser libre cours à sa fantaisie.

- Non mais regarde-moi un peu ça ! s'exclama Helge en montrant la sonnette tandis que nous montions vers la porte d'entrée. Celle-ci était plaquée or, gravée "Fam. Torkildsen" en caractères de style ancien, presque gothique. Est-ce possible ! Fam. Torkildsen !

La porte s'ouvrit. La musique jaillit, trois fois plus fort qu'elle ne nous parvenait à l'extérieur. Helge et moi échangeâmes de rapides coups d'œil satisfaits en entendant de quoi il s'agissait : Travelling Wilburys. Putain, me dis-je, heureux que Helge ait insisté pour apporter quelques disques ; "en plus, c'est chez les mongols qu'on va faire la fête, tu sais : ils n'aiment que les disques pour mômes et le rock chrétien". Une fille en état d'ébriété assez avancé se tenait devant nous, vêtue d'un jean et d'un polo Lacoste ; elle ne devait pas avoir plus de 15 ans, et elle ricanait bêtement au-dessus d'un verre de vin rouge mousseux. Nous l'ignorâmes superbement et entrâmes.

Est-ce que tu remarques quelque chose, Yngve ? pensai-je. Est-ce que tu comprends, ça ?

C'était une situation difficile. Il est dangereux de sous-estimer les barrières presque infranchissables qui existent entre différents regroupements de jeunes. Ce ne sont pas simplement des distances qu'on trouve entre les monstres, les chrétiens, les snobs et les friqués ; ce sont des abîmes. Et à la différence de ce qui se passe dans des forums plus civilisés, par exemple en politique, il ne règne dans ces structures aucune volonté de transiger, aucune politesse ni aucun intérêt pouvant établir le contact avec la partie adverse. La bière, le cul, l'ennui, la bite ou la schnouff sont les seules raisons de la cohésion intergroupes. Ce soir-là, tout cela vrombissait dans l'air, et il apparut que Trond, pour qui tout le monde pensait que quelqu'un d'autre le connaissait, était le fils d'un crésus que presque personne ne connaissait, qui avait ouvert ses portes, le bar de ses parents et sa propre amitié pour tout un chacun.

Je sentis instinctivement au moment où nous franchîmes les portes que personne ne se sentait réellement chez soi, et que la seule solution, c'était de rechercher ses semblables, qui détestaient cet endroit où nous avions échoué, et de mettre en branle une bacchanale violente et ciblée. Mais Yngve, alors ? N'était-il pas l'un des nôtres ?

Non. Il ne l'était pas.

Était-il l'un des leurs ?

Non. Il ne l'était pas non plus.

Helge me colla une bière dans la main, et nous nous laissâmes tomber sur le sol du salon après avoir salué Trond qui nous souhaitait la bienvenue. Il portait des chaussures vernies, un pantalon aux plis bien marqués et un pull blanc. Sa peau était lisse et blanche, et ses cheveux étaient bien ordonnés sur son crâne.

– Elle est classe, ta baraque, Trond, complimenta Helge, dont l'ironie se faisait meurtrière.

– Oui, répondit l'autre avec un sourire, ce n'est pas si mal ; amusez-vous, servez-vous en tout ce que vous voulez.

La maison était pleine de gens du concert et de bien d'autres. Je vis des gens du bahut, de la classe, Jonas, Irene, Torill, et la mèche blonde de l'Association des lycéens. Tout le monde buvait, tout le monde s'éclatait, et tout le monde avait le même objectif : plus. *Plus de tout.*

Nous avions entreposé notre bière sous la véranda, où elle resterait au frais. Bizarrement, Helge n'avait pas encore fait de commentaire sur le fait qu'Yngve soit avec nous. Le réservait-il pour plus tard ? Allait-il boire comme un trou avant de déverser toute sa rancœur sur Yngve ? Ça m'inquiétait un peu, et je me dis que le mieux, maintenant, c'est qu'Yngve puisse être avec nous. Il doit être avec nous. Je le regardai.

– Tu veux une bière ?

– Non, pas nécessaire.

– Mais si, répondis-je en me levant. Je vais t'en chercher une, on a de quoi faire.

– Qu'est-ce que t'en sais, Jalla ? intervint Helge.

– Va voir le bar de trucmuche, là, Trond, et regarde dans tes poches.

Helge étouffa un petit rire.

– Non, mais je n'en veux pas, dit Yngve.

– Quoi ? Merde, tu ne bois pas ?! demanda Helge. Il était sur le cul.

Yngve chercha Katrine du regard.

– Je t'ai posé une question simple, insista Helge en vidant sa canette. Tu ne bois pas ? Jamais ?

Je vidai ma bouteille et embrayai sur une autre. L'alcool coulait sans que je le remarque.

Yngve n'avait pas l'air tranquille. En réalité, je voulais venir à son secours, mais c'était soudain comme si je me fondais dans le côté inquisiteur de Helge. Qu'est-ce qu'il avait, en fin de compte, ce type de Haugesund ? Il avait toujours un pet de travers, il était bizarre, un peu extraterrestre... Et en plus, il ne buvait pas ? Nous avions eu un mal de chien à le traîner à cette teuf, et il fallait qu'il refuse de picoler à l'œil ?

– Euh... Yngve serra les mâchoires et se mit à respirer lentement. Je n'ai pas envie, tout simplement. Pas aujourd'hui.

– De quoi tu as envie, alors, Yngve ? demanda Helge, qui en était déjà à la moitié de sa deuxième canette. La première avait atterri dans les plates-bandes une seconde après notre arrivée en taxi. J'étais à une canette derrière.

– Non, mais arrête, Helge, s'immisça Katrine.

– Non, bordel, je veux faire sa connaissance, OK ? Vous, vous êtes déjà potes de tennis, alors moi aussi, je veux le connaître, d'accord ?

Je connaissais bien ce Helge-là. Pas moyen de l'arrêter. Et de toute façon, je ne voulais pas l'arrêter. Je vis que ça faisait mal à Yngve, et Andreas ne se mouillait pas, ce n'était pas son genre, alors je laissai pisser.

– Allez, Yngve, répéta Helge ; de quoi tu as envie ?

Yngve m'appela au secours d'un regard. Je répondis en vidant ma bouteille et en lui faisant un sourire. En faisant comme si tout baignait.

– Du tosh ? susurra triomphalement Helge. Il allait tester Yngve. Je le comprenais. Tu viens fumer dehors avec moi ?

Yngve était complètement à côté de la plaque.

– C'est permis de fumer ici... dit-il avec un sourire.

Helge éclata de rire. Puis il abattit une main entre les omoplates d'Yngve.

– Putain, pas mal, celle-là, Yngve ! C'est permis de fumer ici !! Bordel ! Il se retourna alors subitement vers moi, qui venais d'ouvrir

une deuxième canette. Qu'est-ce que tu as fait de nos disques ? demanda-t-il.
La stéréo diffusait du Dire Straits. Il y avait des limites.
- Dans le couloir, répondis-je. À côté des chiottes.
Une heure et quatre bières plus tard, c'était toujours le Mathias Rust Band et consorts qui géraient la stéréo ; nous étions pas mal imbibés, les discussions avaient commencé à prendre un tour sympa, tout le monde s'alcoolisait doucement et devenait plus pote que jamais avec tout le monde, j'avais promis à la mèche blonde de rejoindre son association, il avait précisé qu'il trouvait que les textes du Mathias Rust Band étaient "trop top" même si le concert ne s'était pas bien passé, et nous étions tous tombés d'accord pour fonder un groupe d'action radicale que nous baptisâmes L'ÉVOLUTION D'OCTOBRE, et Helge passait son temps à me filer des tapes amicales sur les épaules et à tapoter la poche dans laquelle il avait le shit en disant "bientôt, bientôt". Le temps aidant, nous avions réussi à nous remettre debout ; c'était maintenant les Pixies qui déménageaient via la chaîne hi-fi. Helge, Katrine, moi et une douzaine d'autres monstres autoproclamés pogotions à qui mieux mieux sur les quelques mètres carrés devant la stéréo. Helge avait lâché la grappe à Yngve, et ce dernier commençait à se détendre ; il ne buvait certes pas, mais il souriait, et il essayait même de danser à côté de nous. Il avait l'air d'apprécier ça, en fait. Ce qu'il comprenait, quels codes il déchiffrait, je n'en ai pas la moindre idée ; c'était probablement une expérience anthropologique, comme s'introduire dans une culture étrangère et en être naïvement sous le charme. Il s'aventure dans cette maison sombre et festive où se trouvent soixante ou soixante-dix jeunes, il y a du monde partout autour de lui, certains font du toboggan sur une rampe d'escalier, deux autres sont assis sur le même escalier et s'embrassent, l'un a passé une main sous le pull de l'autre, et il reconnaît ça, le voyageur, il l'a déjà vu dans sa propre culture, chez lui ; des jeunes gens qui ont de l'alcool dans le sang et du sang dans le bas-ventre, pour l'instant rien d'autre que du très banal, se dit-il avant de monter l'escalier. Arrivé à la moitié, il trébuche sur une canette abandon-

née sur le palier du premier étage, il sent son pied sur des chips qui se désagrègent en milliers de fragments, et la musique du salon se fait plus forte, il n'y a vraiment rien d'exceptionnel à cela, se dit-il, le voyageur, en se demandant pourquoi ils l'ont envoyé ici, ceux de la société d'anthropologie, chez lui, ce qu'il est venu faire ici, c'est exactement la même chose que chez nous, constate-t-il en voyant une fille arriver en courant du bout du couloir, les mains devant la bouche, tandis que ses joues battent, son cou se crispe, ses yeux semblent vouloir quitter leurs orbites. Elle plonge sur une porte, saisit la poignée, mais la porte est verrouillée, et elle panique, il y a quelqu'un d'autre là-dedans, elle crie la bouche fermée, elle regarde désespérément autour d'elle si elle aperçoit un vase, un seau, un pot de fleur, n'importe quoi, mais il n'y a rien à proximité, il est évident qu'elle doit entrer, ça ne fait pas un pli, et c'est exactement comme à la maison, quand les jeunes ont trop bu, elle tambourine des pieds et des mains sur la porte tandis que le vomi monte à sa bouche, celui qui est à l'intérieur n'a pas pensé à ouvrir, qui sait, c'est peut-être quelqu'un qui doit vomir tout son saoul avant que le suivant puisse faire de même, mais non, regardez, la porte s'ouvre, un couple en sort ; le mec rajuste son futal, la nénette à l'air niquée, et c'est sûrement ce qu'ils ont fait, oui, sur le sol de la salle de bains, ou contre le mur, ils se sont livrés à une partie de jambes en l'air alcoolique et désespérée, 16 ans et beurrés, parce qu'il était encore suffisamment tôt dans la soirée pour qu'il trouve le chemin et qu'elle sache qui lui fourrait sa bite dans le con, et à présent, celle qui a parcouru le couloir à fond de train, vraisemblablement après avoir descendu un verre de vin de trop dans l'une des nombreuses chambres du premier, peut entrer pour vomir, mais non, regardez, c'est trop tard, elle gerbe sur le chambranle, une substance grumeleuse et blanche dont une partie atterrit sur son propre pantalon et une partie voltige sur le tapis, elle s'effondre, en larmes, et ça, qu'est-ce que c'est que ça ? C'est exactement comme chez nous, se dit l'anthropologue, qui trouve réellement curieux qu'on lui ait demandé de venir jusqu'ici, il n'y aura en définitive pas tant de choses à noter dans le rapport : "Tout est comme chez nous. Ils vivent exactement de la même façon. Rien de particulier à signaler." Mais alors, juste après cette idée surprenante et la perspective de prendre une navette spatiale plus tôt que prévu, ça se produit, et il comprend les rumeurs qui circulent depuis si longtemps dans l'espace, qui ont poussé leur planète à envoyer une fusée vers le globe terrestre, qui a poussé leur État, là-haut dans l'espace, où il vit, à l'envoyer, car le voilà qui pénètre dans une autre pièce, obscure, il le voit, et il y aura vraiment des choses à écrire sur ce qu'il voit : *Un groupe de jeunes gens, tous d'environ 16, 17 ou 18 ans, se jettent les uns contre les autres, avec agressivité, comme s'ils se battaient, ils frappent durement le sol de leurs pieds, ils se donnent des coups de coudes, la pièce est pleine d'une musique électrifiée, bruyante et menaçante, ils prennent leur élan d'un bout à l'autre de la pièce et se jettent les uns contre les autres, se donnent des coups de coude, des coups de pied à hauteur de hanche, certains serrent les dents, d'autres ouvrent grand la bouche, avec gourmandise, ils font penser à des animaux, et regardez, l'un d'entre eux, celui qui a les cheveux longs, attrape brusquement le visage de l'autre entre ses mains, tandis que les autres chahutent et regardent, regardez, l'autre fait la même chose, il attrape le visage de l'autre entre ses mains, ils se rapprochent et se hurlent au visage tandis que les autres chantent "wanna grow up to be a debaser".*

Qu'est-ce que c'est que cette culture dans laquelle j'ai atterri ?

Du calme. C'est seulement une teuf. On est en 1990. C'est la Norvège.

J'avais attrapé un livre sur une étagère et je le tenais ouvert à la main, en rigolant, tout en dansant sur les Stone Roses. C'était un bouquin sur la famille royale, qui se trouvait aussi dans les étagères de ma grand-mère, une bonne raison de se foutre de la gueule du Petit Magnat et de ses parents. Je le brandis, exhibant une photo de la reine Sonja, et les gens autour de moi embrayèrent : nous rîmes. Sonja souriait fièrement sur la photo, et nous riions.

Helge me tira à l'écart. Je balançai le livre. Helge n'était que modérément passionné par la vague de Manchester, que moi, je trouvais être libératrice. Tandis que Ian Brown chantait "*I am the resurrection and I am the light*" et que l'heure approchait de minuit, il me chuchota à l'oreille :

– Il est temps, hein Jalla ? Temps de fumer un peu de tosh de la paix, hein ?

Je jetai un œil autour de moi. Les Stone Roses étaient manifestement plus populaires que les disques de Helge, car la clientèle de la piste de danse du salon était plus hétérogène. Yngve discutait avec Katrine sur le canapé. Andreas avait disparu.

– OK, chuchotai-je en retour. Mais tu sais ce que Katrine en pense.

– Oui, oui, relax, on ne se coltine pas les gonzesses, maintenant.

Katrine savait que nous avions prévu de fumer, elle savait que je le faisais de temps en temps, mais ça ne l'enchantait pas particulièrement et elle pouvait se foutre en rogne, c'est pourquoi nous filâmes discrètement. En chemin, nous récupérâmes Rune, rencontré au rez-de-chaussée. Il était assis sur la table du téléphone et roulait des patins à une nana. Helge lui donna une bourrade, et il pigea instantanément ; il lâcha les nibards et les lèvres de la fille en demandant "Maintenant ?"

Helge avait fignolé les joints à l'avance. On allait fumer, ici. Dehors, le mauvais temps se déchaînait, et il pleuvait à torrents. Nous remontâmes nos blousons le plus haut possible et nous glissâmes derrière le garage pour être à l'abri du vent. Les premiers pas laborieux sur le gravier me le firent ressentir pour la première fois : Nom de Dieu. Tu es beurré, Jarle, me dis-je. Bien sûr, j'étais déjà rond depuis au moins une heure, mais c'est justement ça la meilleure période quand on picole, quand on ne croit pas qu'on est bourré, quand on boit juste, heureux d'en avoir toujours plus, heureux d'être plus heureux que ceux qui sont à proximité, quand on se barre avec l'alcool en pensant que ce bonheur est *pur, absolument immaculé*, tandis qu'il n'y a que la méchanceté qui n'est pas reconnue comme telle.

– Et maintenant, bordel de merde, vous allez goûter du vrai de vrai, dit Helge en se protégeant du vent et de la pluie et en repliant les mains autour de la flamme du briquet. Le papier froufrouta quand il tira sur le joint. Tel l'amateur qu'il était, il exagérait démesurément toutes les règles de l'art ; nous avions appris qu'il fallait garder la drogue le plus longtemps possible dans le corps en évitant d'expirer. OK. Voilà ce qu'il faut faire. Mais il faut aussi respirer. Nous fumâmes comme si nous n'avions pas besoin de respirer. Nous tirions une bouffée, faisions passer le joint en nous envoyant des coups d'œil plein d'énergie, retenions notre respiration presque à en crever, essayant d'envoyer le hasch au plus profond de nous, car tout ce que nous voulions, les frères Ombo et moi, c'était être collés au plafond. Et si nous voulions y arriver, il ne fallait pas parler. Nous échangions des signes de tête, sans respirer. Si l'un d'entre nous devait dire quelque chose, il le faisait en inspirant, de cette voix qu'ont tous les fumeurs de joints, faite de sons de gorge courts et crispés : C'est de la bonne, putain.

- Va savoir ce qu'il peut bien avoir, l'autre, là, Yngve, dit Helge au moment d'allumer le joint numéro deux.

- Qu'est-ce que tu veux dire ? demandai-je en inspirant, tout de suite après avoir pris une taffe.

- Ah, il est tellement... il est pédé, ou quoi ?

Je sursautai.

- Non, bordel, qu'est-ce que j'en sais ?

- Qui est Yngve ? réussit à demander Rune.

- On ne peut pas entrer dans le garage, il fait tellement froid...

Je me tournai. Devant la porte du garage, Helge secouait la poignée avec un sourire con sur le visage.

- C'est fermé, dis-je en me tournant à nouveau vers Rune.

J'entendis alors un bruit de verre brisé.

- Plus maintenant, dit Helge avec un grand sourire tout en ouvrant la porte.

- Merde ! m'exclamai-je. Tu as pété la vitre !

Helge acquiesça fièrement et entra.

- Putain, dis-je en prenant conscience de la nervosité que j'éprouvais, mais je ne réussis à rien faire d'autre que rire.

Nous entrâmes. Deux voitures étaient garées. Une Mercedes gris acier et une Opel.

– Merce, dit Helge. Évidemment.

Il se dirigea sur le côté de la voiture et secoua la poignée, mais elle était verrouillée. Il fit le tour en essayant toutes les portes les unes après les autres, mais pas moyen d'aller à l'intérieur. Rune et moi le regardions faire en nous refilant le pétard, tandis que Helge allait à l'Opel.

– Bordel, Hegga, qu'est-ce que tu fous ?! On ne va quand même pas faucher des bagnoles ? demandai-je en riant. Hein ?

Helge saisit la poignée, et la portière s'ouvrit.

– Bon sang, dis-je. Ils n'ont même pas la force de boucler leur bagnole.

– Allez, viens ! dit Helge en s'installant.

Rune et moi nous assîmes à l'arrière. Nous appuyâmes nos dos contre les sièges de cuir. Je tirai une grosse bouffée et me mis à rire. Le rire s'étendit dans la voiture, et je passai le joint à Helge.

– Putain, dit-il en se mettant à tousser sèchement, putain, ce que j'ai soif.

– Et moi donc, renchérit Rune.

– J'ai la gueule comme le Sahara, conclus-je.

Je fermai les yeux. Le monde tournicotait autour de moi, j'avais oublié Yngve, Katrine, c'était tout juste si je savais que je fumais du shit dans une voiture inconnue, en plein milieu de la nuit.

– Bordel, dit Helge.

Un petit moment plus tard, je me penchai vers lui. À côté de moi, Rune avait toujours les yeux fermés. Je regardai Helge. Qu'est-ce qu'il fabriquait ? Il était assis sur le siège conducteur, il avait le peu qu'il restait du joint entre les lèvres, et il était penché sur le siège passager. Qu'est-ce qu'il foutait ?

Helge grattait le siège avec ses clés, et l'une d'elle traversa le cuir.

– Bordel de merde, m'écriai-je en riant, là, tu vas nous attirer des emmerdes, Hegga !

– Mais non, répondit-il. Ils le méritent.

– Hein ? grommela Rune sur la banquette arrière.

- Ils le méritent ! cria Helge.
- Quoi ?
- Oublie, dit-il en tirant une dernière fois sur le joint avant de le laisser tomber sur le tapis entre ses pieds.

C'est alors qu'il péta un câble. Je me souviens que j'ai pensé "il faut que tu fasses quelque chose, Jarle, tu ne peux pas rester assis là sans rien faire", mais mon corps ne réagissait plus. Je continuais à rire, je continuais à sourire niaisement et à penser "Bon Dieu, bon Dieu", en regardant Helge se déchaîner. Il planta ses clés dans le toit, fit tout un tas de trous dans la toile, raya le tableau de bord, passa la flamme de son briquet sur le rembourrage des sièges et le fit brûler, tandis que nous autres regardions depuis la banquette arrière, cuits, cons.

Je regardai Rune.
- Rune, tu...

Rune avait mauvaise mine. Il essayait de conserver la mise au point, il essayait de se ressaisir, mais ça n'allait pas fort. Ses mâchoires se crispèrent. Il avait un joint à la main. Et merde, me dis-je, il l'a fumé tout seul ? Tandis que Helge continuait à faire des trous dans le toit de l'Opel de la Fam. Torkildsen, Rune se mit à tousser, il fut secoué de spasmes, il essaya de dire quelque chose, mais il était trop tard. Il n'eut même pas le temps de se tourner et d'ouvrir la porte, et j'étais paralysé aussi bien par ce qui lui arrivait que par Helge. Il commença à se vider, son corps se convulsa et le vomi dégoulina.

Helge remarqua qu'il se passait quelque chose sur la banquette arrière et se retourna.

- Oh, merde, dit-il en voyant son petit frère vomir dans la voiture autant que sur lui-même. Il s'éveilla, ouvrit la portière, plongea vers le siège, chopa son frangin et le traîna sous la pluie. Je les suivis péniblement, je vis les deux frères chanceler sur ce terrain de golf délirant qui servait de pelouse. La voix de Helge me parvint entre les gouttes de pluie : "Voilà, comme ça, recrache toute cette merde", et je vis ses mains sur Rune, qui tomba à genoux et se remit à vomir. Une fenêtre s'ouvrit au premier, quelqu'un tendit un doigt en riant, et Helge se retourna et cria "Ta gueule, pouffiasse de mes deux !!" tout en restant près de son frère. Puis le ciel s'illumina, un éclair déchira impitoyablement la nuit. Tout tournait autour de moi, la situation toute entière m'apparaissait comme irrésistiblement drôle. Je rigolais, je fumais le dernier joint jusqu'à ce qu'il n'en reste plus, jusqu'à ce que le minuscule mégot me brûle le bout des doigts, et tout ce que je réussissais à faire, c'était me marrer. Rune était étalé de tout son long sur la pelouse.

- Tourne-toi, entendis-je Helge dire, tandis que je continuais à rigoler, tourne-toi, roule, comme ça, la pluie te nettoiera un peu.

- Bon Dieu, Hegga ! criai-je. Tu as vu ça ? Il y a eu un éclair, mais pas de tonnerre !

Quelques minutes plus tard, nous rentrâmes en titubant dans la maison. Helge et Rune étaient trempés comme des soupes, comme s'ils s'étaient baignés en plein hiver, et Rune semblait plus mort que vif. Moi, je me marrais sans discontinuer. Helge se fraya un chemin jusqu'à la salle de bains du rez-de-chaussée et flanqua Rune dans la baignoire, verrouilla la porte et arracha ses vêtements, les tordit et se sécha. Je me laissai tomber sur le couvercle des chiottes, toujours fendu de rire.

Helge me regarda. Puis lui aussi se mit à rire. Il regarda autour de lui. C'était une grande salle de bains. Des tonnes de belles serviettes, des carreaux de marbre, des kilos et des kilos de crèmes, cosmétiques, shampooings et je ne sais quoi encore. Helge me regarda. Je le regardai. Il ouvrit tout grands les yeux, en une question muette. Je haussai les sourcils. Il acquiesça. J'acquiesçai.

Helge ouvrit un placard au-dessus du lavabo. Il y trouva un tube de rouge à lèvres et se mit à décorer toute la salle de bain, étalant la pâte rouge en grandes lettres bâtons : PUTAINS DE BOURGEOIS, SALOPE DE CAPITALISTE, À MORT LE CAPITAL, PUTE À PÉTROLE, et tout ce que sa cervelle encrassée pouvait dégoter. J'étais pour ma part nettement moins inventif, et tout en continuant à rigoler à m'en faire péter les zygomatiques, j'ouvris tous les flacons que je trouvai, crèmes, shampooings, savons, parfums, et répandis leur contenu dans la salle de bains, arrosai les murs et le sol, je tordis les instruments de manucure, les pinces à épiler et les limes à ongles. Tandis que nous ravagions la salle de bains, on frappa à la porte et quelqu'un secoua la poignée.

- C'est occupé ! cria Helge. Barrez-vous !

J'essayai de badigeonner les serviettes de gel pour les cheveux. Je m'arrêtai en apercevant un pilulier. J'appelai Helge d'un cri.

- Quoi ?
- Regarde !
- Qu'est-ce que c'est ?
- La pilule de madame, tiens ! dis-je en en avalant trois d'un coup.
- Non, attends ! réagit Helge en venant vers moi à toute vitesse.

Il m'arracha le pilulier des mains, débarrassa du revers de la main l'étagère sous le miroir et posa quelques pilules sur la surface vitrée.

- Qu'est-ce que tu fous ?

Helge ricana et tira un couteau pliant de sa poche, et se mit à hacher les comprimés. Je les regardai en rigolant se réduire en poussière. Helge sortit le paquet de tabac qui nous avait servi à confectionner les pétards, et il se mit à rouler un cône à la pilule contraceptive.

- Bon Dieu ! m'écriai-je en me pliant de rire.
- Pas mal, hein ?
- On va le fumer ?
- Oui ! Oui, bordel !

Nous fumâmes. Chacun son joint à la poudre de pilule. Et nous trouvâmes ça sensass. Nous en fîmes un autre, avec un mélange de tabac à rouler, de pilule contraceptive et de shit. Que nous fumâmes étendus sur le dos au milieu des shampooings, baumes et affaires de toilette.

- Super teuf, dit Helge.
- Ouais. Vraiment une super teuf.

Nous finîmes par nous remettre sur nos quilles. Nous laissâmes Rune pioncer sur le carrelage de la salle de bains pour récupérer du choc tandis que nous achevions le travail, dévastant toute la pièce, arrachant le couvercle des chiottes, entaillant la porcelaine, riant aux larmes, persuadés que le cocktail bière, alcool, shit et pilule contraceptive était ce qui se faisait de plus absolu pour se défoncer. Nous montâmes ensuite au premier. L'ambiance y était de plus en plus chaude et se changeait lentement en un chaos raisonnable. Les gens repartaient du bar les mains pleines de bouteilles, et j'attrapai une bouteille de tequila pour pouvoir partir tranquille à la recherche de Katrine. Yngve était totalement sorti de mon esprit. Le vieux Jarle avait repris les commandes, le béguin était mort et enterré, tout le bon était mort et enterré, il ne restait que moi, bourré, hautain, arrogant. Je portai le goulot de la bouteille à mes lèvres et laissai la tequila déferler en moi. Du coin de l'œil, je vis Helge tirer un livre de la bibliothèque et se mettre à lire à voix haute.

C'est alors que je m'effondrai.

Ici, il manque un morceau de temps. La dernière chose dont je me souvienne avant de me réveiller, prêt pour d'autres choses à boire, d'autres choses à fumer, c'est que je tombe et que la bouteille m'échappe. Quand la mémoire me revient, je suis allongé sur un canapé, un sourire abruti sur les lèvres, et je suis sur les genoux de Katrine qui essaie de se dépêtrer de moi. Dans le canapé voisin, Torill en écrase à côté de Jonas. Et Katrine est hors d'elle. Qu'est-ce que j'avais dit ?

Qu'est-ce que j'ai dit ?

- Oui, en principe, c'est à peu près ça, m'entends-je dire.
- Bon sang ! répond-elle.
- C'est comme ça, c'est tout.

De quoi est-ce qu'on parle ?

- OK, Katri, si tu présentes une chatte, ici, dis-je en levant une main, tu vois ? Et tu mets une chatte là, tu vois ?

Est-ce que je dis ça ? Seigneur, je dis vraiment ça ?

Son genou cogne contre l'arrière de ma tête, Katrine se lève et se penche sur moi. Elle est furax.

- Dis-le encore une fois !

Je regarde autour de moi. Helge est assis sur une chaise non loin, il rigole bêtement en secouant la tête. Dans le canapé devant moi, Yngve mange des chips, et il rougit. Dans quelle situation me suis-je fourré ? Quelle heure est-il ? Pourquoi est-ce que j'ai les mains en l'air, tandis que je dis en riant : "OK, une chatte ici, une chatte là, on peut les baiser, non ? Je veux dire, Katri, si on fait abstraction du fait que l'une des deux est entre tes jambes, tu vois, on peut les baiser, oui ?"

Je suis plié en deux de rire. Au-dessus de moi, je vois son visage, les larmes qui entraînent son maquillage en coulant sur sa joue, et je reçois la valeur d'un bol de chips et un demi-litre de Coca en pleine poire. Katrine crie, pleure, hurle : "C'est fini, Jarle ! Tu piges ? C'est *complètement* fini ! Tu n'es qu'un enfoiré arrogant, égoïste, nombriliste et dégueulasse ! TU PIGES ? C'EST FINI, COMPLÈTEMENT, DÉFINITIVEMENT !!"

C'est tout juste si je vois qu'elle quitte la pièce à toute vitesse, car je me tords de rire en regardant Helge. Il renverse la tête en arrière sur le dossier de sa chaise et ferme les yeux.

Qu'est-ce que je fabrique ?

Est-ce que je connais cette personne ? Jarle Klepp, est-ce que c'est lui ?

Oui, c'est Jarle Klepp. Je ne le connais pas.

Je ris, moi, Jarle Klepp, je ris, et je me relève péniblement, le visage poisseux de Coca, je retire quelques morceaux de chips qui sont restés collés sur ma joue, j'en mange quelques-uns, j'attrape une bouteille de bière sur la table, je la vide d'un trait, et je me laisse tomber dans le canapé à côté d'Yngve. Il a l'air terrorisé, il me regarde les yeux grands ouverts. Quoi, Yngve, qu'est-ce qu'il y a ? Tu ne me reconnais pas, peut-être ?

Mais c'est moi, Jarle, ton pote de tennis ? Hein ?

- Qu'est-ce que tu voulais demander à Yngve ? demandé-je à voix haute en me retournant vers Helge, qui est assis de l'autre côté de la table – non, certainement pas. Où est-il, Helge ? Je plisse les yeux au plus fort de ma cuite, où est-il, Helge ? Tu as vu Helge ? demandé-je à Yngve, qui a l'air effrayé, qu'est-ce qu'il y a, Yngve, tu as peur de moi, moi, Jarle, ton pote de tennis ? Mais il ne faut pas, putain ! Bon Dieu ! C'est moi, Jarle ! Et j'aperçois Helge, oui, le voilà, il roule des galoches à Siv Therese, de la classe A, oh punaise, une fille collet monté, une bourgeoise avec des gros nichons, une gonzesse que ni lui ni moi ne pouvons piffer, je te revaudrai ça, réussis-je à penser avant de passer mon bras autour d'Yngve, de me coller contre lui et de planter mon regard dans le sien.

- Hein ?

Il ne dit rien. Je m'approche encore un peu.

- Hein, Yngve ?

Je suis aussi près de lui que possible.

- Tu ne dis rien ?

Il ne fait que me regarder.

- Putain, c'est quoi, ton problème, Yngve, demandai-je en ricanant. Tu ne dis rien ? Tu restes assis là, c'est tout, hein ? Bordel, il n'y a que le tennis, pour toi, tu n'es qu'un petit mec de Haugesund qui pense Égypte et tennis ? C'est tout ce que tu es ? C'est complètement vide, là-dedans ? Yngve, allez, hein ? Dis quelque chose, bon sang ! Ne reste pas assis là à faire semblant ! Tu dois bien penser à quelque chose ? Pourquoi tu es tout le temps malade ? C'est quoi, ton problème, merde ? Tu es pédé, c'est ça ? Tu sais qu'ils sont tous pédés, en Égypte, tu le sais ? Tu sais que tout ce qu'ils voudraient, c'est planter leur bite dans le cul d'un autre en suçant un troisième, tu le sais ? C'est aussi la même chose pour toi, Yngvis, hein ? Tu vas rester assis là ? Rester assis là et jouer au tennis de poche, hein, Yngvis ? C'est quoi, ton problème, merde, accouche !

Je lui donne une tape dans le dos. Oui, c'est ce que je fais. Je m'écarte de lui d'un demi-mètre et je lui plaque la paume de ma main entre les omoplates. Puis je prends une bouteille sur la table et je la tiens devant lui, je la colle contre sa bouche, et qu'est-ce que je dis ?

- Bois un peu, maintenant, Yngve, hein ? Ou tu n'y arrives pas ?

- Pourquoi tu as fait ça à ta copine ? l'entends-je dire tandis qu'il repousse la bouteille.

- Alors... tu sais parler ?

- Elle a passé sa soirée à me raconter à quel point elle t'aime.
- Oui, je vous ai vus discuter, je me suis dit qu'elle te voulait, mais tu dois être pédé ?

Yngve sursauta. Il me regarda. Assis devant moi, frappé d'épouvante, il sursauta. Mais je ne faisais que jouir de la situation. Jarle Klepp, ce personnage méchant que je ne connais pas, jouissait de ce qu'il voyait.

- Je suis amoureux de toi, Yngve, chuchotai-je.
- Quoi ?
- Tu as très bien entendu, Yngve. Je suis amoureux de toi.

Il se leva.

- Moi aussi, je suis amoureux de toi, bégaya-t-il.

Qu'est-ce qu'il disait ?

Yngve était devant moi, effrayé, la panique dans les yeux, et il me disait qu'il était amoureux de moi. Il porta les mains à son visage, enfonça ses ongles dans ses joues et me jeta un regard désespéré.

J'éclatai de rire.

- Bon Dieu, tu crois que je suis pédé ?! Tu crois vraiment que j'aime ça ? Ah, merde !

Yngve me regardait. Je ris de plus belle, renversai la tête en arrière, la secouai tout en cherchant Helge du regard. Yngve ne me quittait pas des yeux, ses lèvres tremblaient. Puis il baissa brusquement les yeux, se mit à regarder ses pieds, respira lentement et se dirigea vers la porte. Je répétai "Putain, qu'est-ce que tu crois" en riant et en secouant la tête, et je vis Yngve quitter la pièce. Ce fut tout juste si je compris qu'il avait atteint le couloir et qu'il posait la main sur la rampe de l'escalier.

- Qu'est-ce qui se passe ? entendis-je un Jonas réveillé en sursaut dire dans le canapé voisin, et mes souvenirs s'arrêtent là. Je m'écroulai à nouveau.

À 5 heures et demie, de l'eau glacée contre mon visage me réveilla. Je vis indistinctement deux mains qui battaient au-dessus de moi, et je reconnus la voix qui disait "Jarle ! Réveille-toi ! Hé ho ! Tu m'entends ? Jalla ! Réveille-toi !"

C'était Helge. Je sursautai et regardai autour de moi.

Une chambre à coucher. Une fille était allongée à côté de moi. Je jetai un coup d'œil éperdu à Helge qui haussa les épaules, l'air inquiet.

Où étais-je ? Que s'était-il passé ? Qui était allongé dans le lit ? Où était Katrine ? Où était Yngve ? Que m'avait-il dit ? Que lui avais-je dit ? Je ne me souvenais pas. Je me souvenais juste vaguement qu'il s'était barré de la soirée. Je jetai un coup d'œil à la nénette qui était à côté de moi. C'était la première fois que je la voyais, pour autant que je me souvienne. Elle avait de longs cheveux brun foncé, elle était baraquée sans être épaisse. Son rouge à lèvres lui barbouillait la bouche. Elle était nue. Je me regardai. J'étais nu, à l'exception d'une paire de chaussettes noires. Nom de Dieu ? Je m'assis dans le lit et regardai Helge. Qu'est-ce que c'était que ce cirque ?

- Qui... qui c'est ? ânonnai-je.
- Anette, répondit Helge, je crois qu'elle s'appelle Anette. Elle est en troisième, quelque part.
- En *troisième ?*

Je bondis hors du lit, récupérai mes fringues par terre et regardai autour de moi, déboussolé. Nous étions dans une chambre de fille, tapissée de rose, avec poupées et ours en peluche. Un poster de cheval ornait un mur, et il ne faisait pas un pli que ceci était la chambre d'une fille beaucoup plus jeune que la prétendue Anette qui était allongée à côté de moi.

Je passai mon T-shirt. Helge s'assit sur une chaise et alluma une cigarette en faisant la grimace.

- Helge... qu'est-ce que c'est que ce boxon ? En troisième ?
- Ce que c'est ? répondit-il avec un large geste des bras.

Je remontai la fermeture Éclair de mon futal, bouclai ma ceinture et jetai un nouveau coup d'œil à "Anette". Est-ce que nous... Est-ce que j'avais couché avec elle ?

- Ce que c'est que ce boxon, ouais, dit Helge. Tu as offensé Katrine et tu t'es foutu de la gueule d'Yngve ; plus tard, vers la fin de la nuit, je suis arrivé dans cette chambre, et tu étais en train de besogner l'autre greluche, là. Ouais, je ne sais pas trop quel pied elle a pu prendre, je crois qu'elle pionçait pendant que tu la prenais. Voilà ce que c'est, ce boxon, conclut-il en riant. C'était bien ?

Je le regardai. Qu'est-ce qu'il racontait ? J'avais offensé Katrine ? Je m'étais foutu d'Yngve ? Et j'avais couché avec elle, la fille de troisième ?

- Katrine ! Où est Katrine ?!
- Pas ici, ça, c'est sûr.
- Et Yngve, alors, où est-ce qu'il est ?
- Pas ici, répondit-il en me tendant la cigarette.

Je la saisis, pris de panique, et je sentis que tout ce que j'avais fait commençait à me revenir. La soirée et la nuit bouillonnaient sous mon crâne, la panique les faisait filer ça et là, les événements étaient traqués dans ma tête et essayaient de se fuir eux-mêmes, mais en vain ; je voyais Helge dévaster la voiture de la Fam. Torkildsen, je nous voyais ravager leur salle de bains, je me voyais expliquant à Katrine que "toutes les nanas peuvent et doivent être baisées", et je me voyais insulter Yngve ; qu'est-ce que je lui avais dit ? M'avait-il dit quelque chose ? Je me voyais attraper une brunette que je ne connaissais ni d'Eve, ni d'Adam avant de lui dire : "Je vais te sauter jusqu'à ce que tu en chiales, OK ?" Et elle ouvre à peine les yeux, me répond d'une voix pâteuse "Oui ? Maintenant ?"

Jarle. Jarle Klepp.

- On se casse, alors ? demanda Helge.

Je regardai Anette dans le lit. Et si elle était tombée enceinte ? Je me regardai, essayai de le sentir, et il me sembla comprendre que j'avais pris mon pied. Peux pas avoir de même maintenant, bon Dieu. Elle m'avait peut-être juste sucé ? Non, Helge avait bien dit que j'étais sur elle, qu'elle était claquée, elle n'aurait pas pu me faire une pipe à ce moment-là. J'avais peut-être sauté en cours de route ?

- On se casse ?

J'allai jusqu'au lit et soulevai l'édredon bleu qui lui couvrait les jambes. Helge me rejoignit.

- Qu'est-ce que tu fous ? Tu n'as pas eu ton compte ?

Je jetai un coup d'œil à Anette, essayai de regarder entre ses jambes. Pas facile à voir.

- Qu'est-ce que tu fabriques ? demanda Helge à côté de moi. Joli bout de fille, dit-il avec un sourire en me regardant moi, puis elle. J'ai tiré mon coup, moi aussi. Siv Terese.

- Merde ! répondis-je en le regardant. Siv Terese !

- Ouais, confirma-t-il avec un haussement d'épaules. Elle est complètement idiote, mais ça ne l'empêche pas de baiser.

Je regardai de nouveau la fille devant moi. Je me penchai vers elle. Elle en écrasait méchamment. Je tentai de regarder entre ses jambes, voir s'il y avait des traces de mon passage, qui puissent trahir que je l'avais pénétrée. Je l'avais peut-être fait, mais elle prenait peut-être la pilule ? J'étais moi-même peut-être temporairement stérile depuis que j'avais fumé les pilules de Mme Torkildsen ? Je plissai les yeux vers son entrecuisse, essayant d'y voir quelque chose. Je ne pouvais quand même pas lui écarter les jambes, elle se réveillerait peut-être.

- Non, on se barre, dis-je.

- Tu es encore beurré, constata Helge.

Des gens endormis jonchaient le sol. Cinq ou six personnes étaient réveillées et passaient des disques dans le salon. Trond était sur le canapé, les yeux fermés. La fête était finie, mais certains refusaient de capituler.

- Où est Rune ? demandai-je.

- T'occupe. Il se débrouille.

Helge et moi sortîmes. Il pleuvait toujours. Helge s'arrêta et regarda la maison. Puis il fonça vers la pelouse, attrapa une pierre et la jeta dans une vitre qui vola en mille morceaux.

- Viens ! dit-il en m'attrapant. Nous partîmes au pas de course.

- Bon Dieu ! Pourquoi tu as fait ça ? criai-je tandis que nous speedions vers la route principale.

- Qu'est-ce que tu crois !

- Non, non, mais putain !

- Oui ?

- Non, mais... merde !

- Oui... justement ! cria Helge.

Ma cervelle patinait pendant que nous courions vers le Bybru, cherchait à retrouver les événements de la soirée et de la nuit, refusait de les croire. Pouvais-je réellement avoir fait tout ça ? Et que m'avait dit Yngve ?

Nous ne nous arrêtâmes pas avant d'avoir atteint le Bybru. Je me retournai vers Helge :

- Il te reste à boire ?

Helge essaya d'arrêter le dixième taxi qui passait, mais sans succès. Il sortit alors une demi-bouteille d'alcool de sa poche intérieure et me la tendit.

- Sûr ? demanda-t-il.

- Un peu, que je suis sûr, répondis-je avant de porter la bouteille à mes lèvres et de boire. J'avalai autant que je le pus, j'engloutis, luttant pour faire descendre le liquide.

- Non, arrête, Jalla ! cria Helge en me prenant les bras.

Je m'interrompis. Pas question, pas question de lui rendre la bouteille. J'allais boire et la liquider, cette putain de bouteille. Je rassemblai toutes mes forces et bus.

- On est à nouveau potes, Helge ? demandai-je en jetant la bouteille vide dans la mer.

- Hein ? Potes ? De quoi tu parles ?

- Bien, répondis-je avant de m'effondrer.

Quand je m'éveillai à nouveau, j'étais sur un banc du parc de Bjergsted. Tout en haut, d'où on peut contempler le Palais des concerts. Helge était assis à côté. Je le regardai. Je m'assis. Il faisait clair. La pluie avait cessé, je tremblais de froid, j'étais trempé comme une soupe. Je me retournai. À une centaine de mètres, je vis la maison.

- On est dimanche, Hegge ?

Il me regarda.

- Putain, dit-il, je n'ai jamais vu personne chialer aussi pitoyablement.

- Hein ?

- Toi, dit-il. Ça fait deux heures que tu chiales comme un veau, et que tu gueules et cries comme un pisseux.
- Pourquoi ça ?
- Parce que tu as éjecté tous ceux que tu aimes.
- Pas toi.
Helge secoua la tête.
- Non, et rien que ça, c'est un miracle.
- Quelle heure il est ?
- 8 heures et demie.
- Putain, ce qu'il fait froid !
- Tu peux le dire.
- On est dimanche ?
- Oui, oui ; combien de fois tu vas me poser la question ?
- Bon Dieu, j'ai une de ces dalles !
- Pas étonnant, quand on voit tout ce que tu as gerbé.
- J'ai gerbé ?
- Tu parles, le Byfjord n'est plus le même depuis que tu l'as alimenté ; il va se passer de drôles de mutations là-dedans...
- Je me sens super mal. Tu as faim ?
Helge acquiesça.
Je regardai vers la maison de maman. Nous nous levâmes.
- Maman a sûrement un petit quelque chose à manger.

Nous parcourûmes la rue à pas lents. Les problèmes faisaient la queue dans ma tête, mais parfois, les choses se sont à ce point mal passées qu'on n'a pas la force d'y penser correctement. À certaines occasions, tout est tellement parti en couille que rien ne peut aider, et tout ce à quoi on pense, c'est la bouffe. Deux ou trois tartoches maintenant, pensai-je, et des œufs brouillés, il me faut des œufs brouillés, avec plein de sel dessus, et des tomates, des tomates, je veux des tomates, avec de la crème de jambon, c'est ça qu'il nous faut, avec de la mayonnaise, beaucoup de mayonnaise, et des betteraves, voilà ce qu'il nous faut, et du poivron, du fromage et du poivron, il me faut du poivron.

OK, Jarle. Tu vas avoir quelque chose à manger. Sans aucun doute. Tu vas rentrer chez ta mère, avec Helge. Tu vas lui servir l'un de tes bobards expliquant pourquoi tu es entièrement couvert de gerbe, pourquoi il est 8 heures et demie, pourquoi tu chlingues. Ça ira, d'une certaine façon. Tu y arriveras. Tu vas avoir un petit quelque chose à manger. Ça va sûrement bien se passer.

Mais ensuite.

Comment est-ce que tu vas te tirer de ça ?

15

TU ES UNE HONTE, JARLE KLEPP

What a terrible mess I've made of my life
  - The Smiths

- On a tous été jeunes, Jarle.
Il y en a tout autour de la terre, des parents, qui croient ce que leur racontent leurs gamins. C'est incroyable, je veux dire : puisque eux-mêmes ont été jeunes. C'est exactement ce qu'ils disent, en souriant à leurs enfants qui se sont confiés à eux, qui ont élaboré une histoire bancale pour dissimuler une réalité un peu trop dure, et qui disent *j'ai été jeune moi aussi, tu sais, je sais ce que tu traverses.* Et par la suite, ces parents peuvent se reposer en pensant "j'ai une relation ouverte avec lui, on joue cartes sur table, on est honnête l'un envers l'autre, ce n'est pas comme lorsque j'étais jeune et que je sortais mensonge sur mensonge à mes propres parents, qui ne se doutaient pas de ce que je *faisais réellement.*" C'est incroyable, mais juste après les amoureux, personne n'est plus crédule que les parents. J'étais amoureux. Maman était ma mère.

- Non, je ne t'en veux pas, dit-elle en me passant vigoureusement la main dans les cheveux. Comment je pourrais t'en vouloir ?

De temps à autre, on pourrait penser que plus la distance est grande entre ce qui s'est réellement passé et ce que l'on raconte, plus c'est crédible. Maman ne m'aurait certainement pas cru si je lui avais raconté la vérité – une voiture vandalisée, une salle de bains dévastée, un Jarle qui avait offensé ses amis, couché avec une inconnue de 14 ou 15 ans et consommé des stupéfiants ; mais ça, elle le croyait :

- On m'a proposé de boire, dans une soirée. Oui, on est allés à une soirée à Storhaug, après le concert, et tu connais mon point de vue sur l'alcool.

- Oui, acquiesça-t-elle, je sais que tu fais attention.

- Oui, hein. Mais le concert s'est tellement mal passé, et l'ambiance était tellement merdique que j'ai accepté de boire un cocktail avec je ne sais plus trop qui.

Un *cocktail*.

Un *cocktail* ? Ce n'était pas des cocktails que nous buvions, ça, c'est clair. S'il y a bien une chose que nous ne buvions pas, c'était des *cocktails*. Les bourgeois buvaient des cocktails, James bond aussi, on en buvait dans *Dynasty*, la génération de nos parents buvait des *cocktails*. Nous, on buvait. Point.

- Quel dommage que le concert ne se soit pas bien passé, dit maman ; vous qui vous êtes tant entraînés...

- Oui. Les nerfs, tu vois... Oui, enfin, un verre avec quelqu'un, et il y avait la bouffe... de la cuisine exotique.

- Waoh, fort ?

- Oui ; plein de choses qui arrachaient, des sauces mexicaines et je ne sais pas quoi, et ces cocktails, après. Et puis ça a déconné. Quand il a fallu partir, pour aller à une autre soirée, j'ai eu le tournis et je n'ai pas pu m'empêcher de vomir ; et on était près de l'étang, tu vois, et c'est alors qu'un copain, ouais, tu ne le connais pas, un copain de Kongsgård s'était avancé dans l'étang, il était murgé, et il a glissé.

- Non ! Dans l'étang ?

- Oui ! Dans l'étang ! Les autres étaient un peu plus loin devant, moi, je vomissais contre un grillage de jardin, j'ai été le seul à le voir, oui, il s'appelle Trond, et j'ai vu qu'il basculait, tandis que je recrachais ces cocktails verts qu'on nous avait servis dans Opheimsgata, à Storhaug, alors qu'est-ce je pouvais faire ? Qu'est-ce que je pouvais faire, hein, maman ?

- Il fallait bien que quelqu'un l'aide.

- Oui, hein ?

Bon sang. Ça fait tellement de bien. La sensation que l'on a quand on a pu faire avaler un mensonge à quelqu'un, son mensonge qui vous valorise aux yeux des autres, qui parle d'une personne qui s'est retrouvée dans la panade parce qu'il a été *gentil, innocent, insouciant et bon* ; voilà ce que je racontais, c'était ce bobard que je servais à maman, le crack d'un gentil Jarle qui avait voulu aider un pote, un Jarle malchanceux qui avait foiré son concert, un Jarle ignorant qui avait avalé des cocktails et de la nourriture qui avaient eu raison de lui, un bon Jarle qui se résignait devant les circonstances à être sincère envers sa mère en lui racontant l'intégralité de l'histoire. Pourquoi cette sensation n'est-elle pas infâme ? Pourquoi est-ce si bon de constater que son histoire entre sans à-coups dans le crâne de l'interlocuteur, et de voir que le visage de celui-ci s'empreint de sympathie ? On récolte de la sympathie, on récolte de la sollicitude, on grandit. Pourquoi est-ce si agréable ? C'était bien un mensonge, quand même ? De l'hypocrisie ? C'est bon parce que l'on comprend que ça aurait pu être comme ça. C'est bon parce que l'on constate qu'on peut réellement être vu ainsi : *gentil, ignorant, malchanceux et bon.*

C'est pathétique. Bon sang. Tu es tombé bien bas.

Heureusement que nous vivons dans une société dans laquelle les représentations de vertu, d'honneur, d'intégrité, de droiture et de personnalité n'ont plus aucune signification. Heureusement que nous vivons dans une société entièrement dévouée à l'autosimulation, l'automutation et l'autoparodie. Dans le cas contraire, nous ne survivrions pas.

Maman s'assit un peu plus près de moi dans le canapé.

- Fais gaffe de ne pas attraper ma crève.

Elle me passa un bras autour des épaules et me serra contre elle.

- Oui, et on a marché tout le reste de la nuit, ce Trond et moi ; tous les deux trempés après notre virée dans l'étang, tous les deux couverts de vomi.

- Mais pourquoi vous n'êtes pas rentrés, alors ? Tu sais quand même bien que tu peux toujours revenir ici, non ?

- Oui, je le sais. Mais je n'ai pas osé.

Elle me serra à nouveau contre elle. Plus fort.

- Maintenant, c'est sûr, tu as chopé ma crève.

- Bon, je l'ai. Mais heureusement que tu as rencontré Helge.

Qu'est-ce qu'elle racontait... Helge ?

- Hein ?

- Oui, que tu as croisé Helge. Oui, il était avec toi, quand tu es rentré.

La douce sensation tient jusque-là : jusqu'à ce que l'on comprenne que son histoire va avoir du mal à tenir la route. C'est alors que l'angoisse se pointe. La peur d'être pris, d'être démasqué comme le menteur que l'on est.

- Ah, Helge, oui ! m'écriai-je, trop fort. Oui, on a fini par retrouver les autres.

- C'était une chance.

J'étais sauvé. Pour l'instant. Maman me croyait. Nous nous étreignîmes. Je toussai, maman sourit, et nous nous étreignîmes.

Mon crâne était bourré d'ouate, mon front, mon nez et mes joues étaient tartinés de morve, mes lèvres étaient gercées après une journée à respirer par la bouche parce qu'il m'était impossible de faire autrement, mes bras et mes jambes étaient courbaturés, ma gorge me donnait l'impression d'avoir été passée au papier de verre, et c'était un boxon incroyable dans mon ventre. Tout ça en même temps. Jarle était malade. C'était lundi. Quarante de fièvre, une crève monstrueuse avec mal de gorge, sinusite, toux et mal de crâne. La totale. Mais à quoi pouvait-on s'attendre ? Est-ce que je pensais sérieusement que j'allais m'en sortir physiquement fortifié de ce week-end ? Tout compte fait, je n'avais pas fait que boire quelques cocktails avant d'aller repêcher un pote dans l'étang.

En réalité, c'est maman qui était malade, pas moi. Ça a toujours été comme ça pour elle ; le meilleur remède à ses propres soucis, ça a toujours été de pouvoir aider les autres. Pas comme la plupart des gens le font, en amplifiant leurs propres inquiétudes devant les souffrances d'autrui, en se sentant partie intégrante de cette confrérie charitable de dépressifs, en ressentant cette solidarité découragée et en se laissant avaler par l'apitoiement sur soi-même, non, elle se sent revigorée. Au lieu de ressentir un chagrin comparatif, c'est une joie comparative qu'elle ressent ; il y en a qui vont plus mal. Je n'allais pas plus mal qu'elle, elle avait perdu son job et traversait une authentique crise existentielle ; moi, j'étais jeune, j'avais pris une cuite, j'avais mis le bordel aussi bien pour moi que pour mes amis, et je faisais face à la première crise d'angoisse éthylique.

La crise d'angoisse éthylique.
Elle mérite l'attention.

Je connais des gens, des amis proches, qui sont aussi amis avec l'alcool, qui prétendent qu'ils n'en ont jamais été victimes. Des gens curieux. Des individus remarquables. Avant ce week-end de 1990, je ne savais pas moi non plus ce que c'était que la crise d'angoisse éthylique. J'avais déjà traînassé au lit avec un joli mal de crâne, pendant quelques heures un ou deux samedis matin après avoir passé la soirée en ville, il s'en était certainement fallu de peu, l'idée "putain, je n'aurais pas dû faire ça hier au soir" m'avait déjà effleuré, mais les choses n'étaient pas si catastrophiques pour que la perspective d'une nouvelle sauterie le soir même ne remette mon baromètre au beau fixe. Encore de la bière ? Et comment !

Il ne fut pas question de petit-déjeuner avec Helge, maman et moi ce dimanche matin. Helge se contenta de me déposer à ma porte comme un paquet avant de rentrer en taxi chez lui, tandis que je rentrais me coucher. J'essayai de penser posément à ce que j'allais faire dans la semaine qui s'annonçait, et je réussis à me persuader qu'aucune plaie n'était suffisamment étendue pour qu'elle ne pût guérir ; il suffit que je parle à Yngve. Il suffit que je parle à Katrine. Ça ira. Il n'y a sûrement personne qui a découvert qui avait massacré la voiture, la salle de bains et descendu des vitres à Buøy. Ça ira. Je passai mon dimanche entier au lit, à l'exception de quelques visites aux toilettes pour vomir, et ce ne fut que tard dans la soirée que je me levai pour essayer d'ingurgiter deux ou trois tartines avant de retourner me coucher. J'étais plus mal en point que jamais auparavant. Maman prenait soin de moi et me plaignait d'être dans un état aussi misérable.

Et elle arriva. *La crise d'angoisse éthylique.* Jusqu'à ce point, j'avais repoussé Yngve, la soirée de samedi, Katrine, Anette et tout le reste, pour penser "OK, Jarle, ça va s'arranger, tout ça va rentrer dans l'ordre." Mais elle arriva. Vers 11 heures le dimanche soir, je montai me coucher. Je n'avais pas vomi depuis plusieurs heures, mais mon rhume, la toux et l'engourdissement de mon corps s'étaient faits plus présents, et je compris qu'il me faudrait rester claquemuré quelques jours. Je dis bonne nuit à maman, qui nettoyait mes fringues de débauche - "il y a quelques grosses taches, ici, Jarle" - et montai dans ma chambre. Je me déshabillai, éteignis la lumière et me glissai sous la couette. C'est alors que j'eus de la visite.

Quand un événement arrive pour la première fois, on ne sait pas ce qui arrive et on le confond volontiers avec autre chose. Je sentis que je n'arrivais pas à garder assez de chaleur en moi, et je crus que c'était la fièvre qui apparaissait, ou qu'il faisait froid dehors. Je fus pris d'une sueur froide, les gouttes perlaient sur mon front, la température de mon corps faisait du yo-yo. Les yeux grands ouverts dans le noir, je me jetai de droite à gauche dans mon plumard, je fermai les yeux pour les rouvrir immédiatement, pris de panique. Vis-à-vis de quoi ? De moi, Jarle Klepp. La peur était apparue subitement, et j'en étais l'objet. La journée précédente me poursuivait. Jarle me poursuivait, ce Jarle qui avait tout à coup les traits d'un personnage méchant et bas. Au diable la connaissance de soi, au diable les certitudes.

Est-ce que papa se trouvait dans cet état tous les week-ends ? Non. Ce n'est pas possible. Une vie parfaitement adulte, avec cette haine envers soi-même pendant plusieurs jours chaque semaine, sans exception ? Détester ses mains, sa langue, ses actes, son corps, toutes les semaines durant toute sa vie ?

La panique me prit. Bon sang de bon sang, qu'est-ce que j'ai fait ? Je fus subitement convaincu que j'avais contracté une maladie sexuellement transmissible. Pas de doute, pensai-je en arrachant mon short. Je m'assis dans mon lit, terrifié et en nage, et me mis à fixer mon bas-ventre ; je tirai le prépuce vers l'arrière, certain que ma bite apparaîtrait couverte de verrues, de flammes, de gale, que sais-je. N'y avait-il pas quelque chose, là ? Je filai à la salle de bains, verrouillai la porte, me jetai sous la douche et me lavai le bas-ventre comme si c'était ma zigounette que je voulais faire disparaître ; ça ne fait pas un pli que cette nana de seconde était un nid à MST, et le SIDA, alors ? Bordel !

Je redescendis au trot, dis à maman que je voulais juste passer un coup de fil, veillai à ce qu'elle ne puisse pas m'entendre, ouvris l'annuaire d'un mouvement plein de panique et trouvai le numéro.
- Ici la pharmacie du Lion.
Super. Ils ne sont pas encore fermés.
- Oui, super, murmurai-je. Euh... oui, comment est-ce qu'on peut voir si on a attrapé le SIDA ?
Silence à l'autre bout du fil.
- Le SIDA, euh... Oui, non, le plus simple, c'est de passer un test. Vous avez eu un rapport sexuel non protégé ?
- Oui ! Hier !
- Ah... Vous ne verrez sans doute rien. Vous devez prendre contact avec le médecin et passer un test, si vous avez des doutes.
- OK, aller voir le toubib, oui, murmurai-je, terrifié. La fille à l'autre bout de la ligne s'apprêtait à raccrocher. Non, euh... encore une chose, murmurai-je.
- Oui ?
- Qu'est-ce qui se passe si... si on fume des pilules contraceptives ?
Nouveau silence.
- Si on fume des pilules contraceptives ?
- Oui, c'est un copain de 14 ans qui a fait ça.
- Pourquoi a-t-il *fumé* ce genre de choses ?
- Oh, euh... vous savez comment ils sont, ces jeunes...
- Un garçon ou une fille ?
- Un garçon, chuchotai-je. Est-ce que c'est dangereux ?
- Attendez, je vais demander à quelqu'un qui est plus au courant de ces choses-là.
Silence. J'avais la nausée, je grelottais et je voyais maman lire son journal dans le salon. La pharmacienne revint.
- Alors ? Qu'est-ce qui se passe ? On peut devenir stérile ?
- Ce n'est pas dangereux. Il sera simplement très, très malade.
- Ah.
- Mais ce n'est pas dangereux.
- Est-ce que ça fait mal de passer un test pour le SIDA ?

- Non, répondit-elle.
Je raccrochai.
La crise d'angoisse éthylique, c'est la fuite de l'estime de soi. Tandis que la connaissance de soi sert habituellement à une évaluation avisée de ses propres actes, la crise d'angoisse éthylique utilise des analyses paranoïaques pour vous diminuer. Elle transforme l'inhabituel en habituel, vous *devenez intrinsèquement* ce que vous n'avez fait qu'*une fois dans votre vie.* Elle vous dit que c'est *ainsi que vous êtes* au plus profond de vous, et c'est ce qu'elle me disait par cette nuit sans sommeil, alors que j'étais loin d'avoir été tranquillisé par cette conversation avec la pharmacienne, alors que ma tête gonflait sous l'effet de la grippe, que ma gorge brûlait, que ma cervelle mijotait dans ses propres scories : voilà ce que tu es, Jarle. Tu es celui qui offense les gens. Tu détruis le bien des autres. Tu vires junkie. Tu chopes le SIDA. Tu n'as aucune droiture. Bien sûr, c'est le manque de maîtrise de soi le pire. À 17 ans, tu comprends maintenant que tu n'as aucun contrôle. Pauvre de toi, tu croyais savoir qui tu étais. Tu pensais, espèce de con, que tu avais le contrôle. Tu croyais, pauvre imbécile, que la vie était simple, mais elle ne l'est pas. Et tandis que tu peux te haïr si intensément, quelle horreur ne suscites-tu pas dans les yeux des autres ?

Katrine ?
Yngve ?
Helge ?

Et pas seulement eux ; la crise d'angoisse éthylique invite tout le monde à la grande rigolade, le monde entier est convié, le monde entier a reçu une convocation par la poste — *venez voir Jarle Klepp tomber, venez voir Jarle Klepp devenir un idiot, venez voir Jarle Klepp devenir une personne veule, méchante, malsaine, minable* – et oui, regarde : le monde entier vient. Le monde entier se pointe pour te regarder choir. Tu le comprends tandis que tu te tortilles dans ton lit, que tu t'agites sous la couette, que tu ouvres les yeux pour éviter de voir la boue qui s'impose à eux quand ils sont fermés, que tu les fermes pour éviter le regard des autres qui t'observent quand ils sont ouverts : ils sont venus voir. Tu le vois. Ils étaient là, *le monde entier était là et t'a vu,* tout le monde a vu ce que tu as fait, tout le monde t'a vu aller voir cette gonzesse et lui dire " je vais te baiser jusqu'à ce que tu en chiales ", tout le monde était là quand tu as cassé les flacons de shampooing et quand tu as écrit PUTE À PÉTROLE sur le miroir de la salle de bains, tout le monde était là, sur le Bybru, tandis que tu forçais l'alcool à couler dans ta gorge et que tu gerbais dans le fjord, il est passé mille bagnoles, tous te regardaient et tous se disaient *merde, c'est Jarle Klepp, lui, on ne l'oubliera jamais,* et c'est le cas, parce qu'ils t'ont vu, ils t'ont vu quand tu as levé une main en disant "OK, on a une chatte ici, hein ?", ils t'ont vu rire à la tronche de ta copine qui pleurait, ils t'ont vu piétiner celui dont tu es amoureux, ils t'ont vu. Ils t'ont vu, Jarle. Ils ne t'oublieront jamais, et tu ne pourras plus jamais – *plus jamais* – regarder le monde en face, car le monde est venu à ta fête, il te déteste comme tu te détestes toi-même. Dans chaque maison, sur toute la planète, il y a quelqu'un qui t'a vu, et quand une famille en Pologne discute de la méchanceté à table, *de personnes petites, basses et méchantes,* elle appellent ça juste JARLE : "JARLE", dit le père à ses enfants, et ces derniers voient tout de suite de qui il est question. "Tu ne dois pas faire ce genre de choses, dit-il, c'est JARLE de faire ce genre de choses", dit le père, et ses gosses ouvrent de grands yeux terrifiés, la mère frissonne quand on reparle de Jarle, et tu le sais pertinemment, tandis que tu te démènes sous ton édredon, que tu gigotes en essayant de te fuir, tu sais pertinemment que les Polonais ont raison, les Polonais ont raison, c'est Jarle de faire ce genre de choses, tu le sais, et tu ne peux pas te fuir, comment serait-ce possible ? Maintenant ? Maintenant, alors que le monde entier sait qui tu es, ce que tu as fait, sait à quel point tu es petit, honteux et mauvais, maintenant que tu vas entrer dans l'encyclopédie et les livres d'histoire en tant qu'exemple de ce qu'il ne faut pas adopter comme ligne de vie, comment pourrais-tu t'éviter, parce qu'ils ont toujours raison, les Polonais, et ils auront toujours raison, les Polonais, les Russes, les Américains, les Argentins, les Chinois, eux qui disent tous la même chose dans leur langue : *c'est JARLE de faire ce genre de choses,* comment peux-tu te fuir ? Maintenant que le monde a une chose qui fédère les gens par-delà les frontières, un sentiment précis que tous les peuples peuvent reconnaître, qui va indépendamment de toutes les cultures, qu'un Italien peut reconnaître aussi bien qu'un Sud-Africain, cette *conduite JARLE*, quand le monde détient quelque chose qui fédère les peuples et les cultures, comment peux-tu te soustraire ? Et qui plus est : cette chose fédère le monde entier, elle renforce la communauté tout en excluant une seule et unique chose : toi-même.

À présent, tu es seul.

Là-bas, il y a le monde.

Et tu es seul.

Il fait froid. C'est un monde dur. Tu es mauvais dans un monde bon. Tu es ce qui rend la vie horrible. Tu es la méchanceté, la mesquinerie, l'horreur incarnées, et tu as attrapé le SIDA. Tu es seul. Et tu dois vivre avec. Le monde est beau. Tu es mauvais, parce que tu es *JARLE*.

Exagérations ?

Certainement pas. C'est comme ça.

Tu es un menteur, Jarle Klepp. Tu es quelqu'un de mauvais, Jarle Klepp. Tu es une honte, Jarle Klepp. Plus jamais tu ne connaîtras la paix.

16

NE PEUT-ON PAS COUCHER ENSEMBLE
UNE DERNIÈRE FOIS ?

I came to disappear
- REM

Personne ne répondit. Je passai toute la journée du lundi à la maison avec maman. Dehors, il pleuvait, il y avait du brouillard et le vent soufflait. Nous bûmes du thé en discutant, nous étions malades de conserve, et je tentais de chasser l'angoisse postcuite en étant le petit garçon à sa maman, en me cachant du monde dans sa sollicitude. J'essayais de prendre mon courage à deux mains, de me dire que non, bien sûr, je n'avais pas le SIDA, bien sûr que non, pas besoin de passer les tests, et j'essayai de penser clairement pour aller dans l'entrée décrocher le téléphone et composer le numéro d'Yngve. Dans la soirée, j'y étais, le combiné collé à la joue. Personne ne décrocha. Pas à 8 heures, pas à 9 heures, pas à 9 heures et demie, pas à 10 heures moins le quart, pas à 10 heures. Rien n'est plus louche que ça. C'est crispant quand c'est occupé, mais ça n'aide pas la cervelle enfiévrée d'une personne qui n'a pas confiance en soi quand personne ne répond. On le prend instantanément pour soi : qu'est-ce que j'ai fait de mal ? Pourquoi personne ne répond ?

Helge passa avec les cours tous les après-midi de cette semaine. Il n'avait pas été malade après les abus du week-end, et il n'était pas sur les rotules. Au contraire, il avait l'air heureux et insouciant.

- On s'en tape, dit-il, on arrangera ça. C'était nul, mais on s'en tape. On est bons, Jalla, et tu le sais. Le groupe est bon. Ça va s'arranger.

- Ouais, acquiesçai-je en prenant des notes dans mon bouquin de norvégien. Nous devions lire une saga islandaise. Oui, certainement. Je toussai, me mouchai et envoyai un énième mouchoir en papier par terre à côté du lit.

- Putain, ce n'est pas la grande forme, constata-t-il.
- Mais toi, tu es frais comme une quéquette de nouveau né !
Et il l'était vraiment. D'attaque, dispos, c'était presque surhumain.
- Il m'en faut plus, tu sais. Plus qu'un peu de bière, d'alcool, de tosh et de pilules pour me faire mordre la poussière.
- Mais... Ouais, et Katrine, alors ?
Helge baissa les yeux.
- Comment est-ce qu'elle va ?
- Oh, tu sais... répondit-il en me regardant de nouveau.
- Non, je ne sais pas, Helge. Est-ce que je dois l'appeler ?
- Non... Peut-être un peu plus tard.
- Elle est en rogne, c'est ça ?
Il ne dit rien.
- Hein ? Elle est en pétard ? C'est ça ?
Il hocha la tête. Puis il sortit une cassette de sa poche et me la tendit.
- Je t'ai apporté ça, dit-il. Velvet et Iggy. *Loaded* et *Lust for Life*. Gros trucs. Comme ça, tu auras quelque chose quand tu seras patraque.
- Merci. Mais... Et Yngve, alors, je veux dire, Yngve, est-ce que tu... l'as vu ?
- Non, répondit-il en secouant la tête. Je ne sais pas, je crois qu'il n'était pas là.
C'était bien ce que je pensais. Il était à nouveau malade.
J'essayai de lire les cours en me couchant ce soir-là. C'était inutile. Je passai Velvet Underground et laissai *Who loves the sun* emplir la pièce. Et maintenant ? Yngve ne répondait pas et était manifestement malade. Katrine ne voulait pas entendre parler de moi. Et maintenant ? Écrire une lettre ? C'est peut-être le mieux ? Une lettre à Yngve, une à Katrine, dans laquelle je leur expliquerai comment ça allait ?

Mais comment ça allait ?
Jarle, comment ça va ?
Je m'endormis.

Je fus réveillé tard le lendemain par des voix dans le salon et l'odeur de Pall Mall. Ragnhild était revenue. Dans mon crâne résonnèrent les mots de papa disant que "c'est reparti", et je constatai avec irritation que je me remettais à réfléchir avec son cerveau, que je pensais effectivement que "c'était reparti". Minable. Je sais ce que c'est. C'est la jalousie. Je ne supportais pas l'idée que maman pût avoir besoin de quelqu'un d'autre que moi. C'est aussi simple que cela. Dès que l'on entre dans une période où nos mauvaises qualités sont nourries et mignotées, il en apparaît facilement d'autres.

- Salut, Jarle, c'est chouette de te voir, dit Ragnhild quand je descendis après m'être douché. Toi aussi, tu es malade ?

Elle fumait, installée dans le fauteuil. Maman était dans le canapé, comme la dernière fois. Elle avait vraisemblablement raconté ce qui s'était passé, mais je n'étais pas persuadé que Ragnhild avait gobé sans sourciller ma version du samedi. Au contraire, Ragnhild était l'une de ces bonnes femmes qui pensait le contraire de maman : alors que maman ne demandait qu'à me croire, et pensait que je lui disais toujours la vérité, Ragnhild défendait le point de vue opposé. C'est toujours pire que ce qu'il raconte. Elle n'avait aucune illusion concernant la génération grandissante.

- Oui, on se traîne un peu, ici, répondis-je. Il y a à manger ?

Maman hocha la tête, et j'allai voir dans le frigo.

Depuis la cuisine, je pus voir Ragnhild se pencher vers maman et lui prendre les mains. Elles ne se disaient rien. Toutes deux avaient des larmes dans les yeux, mais à la différence de sa dernière visite, alors que maman était complètement out et que ses mains tremblaient nerveusement autour de sa tasse à café, elle avait l'air plus forte, ce jour-là. Je me fis des tartines en sentant derechef dans mon dos une abominable entente féminine à laquelle je ne pouvais prendre part.

Ragnild sortit du salon. Maman la suivit.

- Tu vas le faire, alors ? demanda Ragnhild.

- Oui.

- Il ne faut pas que tu aies peur. Et tu le sais. Ce n'est pas une honte. Tu m'entends ?
- Oui.
Je vis que quelque chose se tramait en entrant dans le salon. Maman m'attendait pratiquement. Je déposai mon assiette et mon verre de lait sur la table basse et la regardai. Oui ? Qu'est-ce qu'il y a ? Allez, dis-le, maman.
- On n'a plus de papier toilette, dis-je en avalant un morceau de ma tranche de pain.
Maman acquiesça. Je la regardai. Allez, dis-le, maman.
Ça vint un quart d'heure plus tard.
- J'ai besoin que tu me rendes un service, Jarle.
Seulement ?
- Bien sûr.
- J'ai besoin qu'on m'aide.
Rien d'autre ? Si je souhaitais quelque chose, c'était de pouvoir aider, rien ne seyait mieux à ma conscience en lambeaux, à mon impuissance et à la vision déplorable que j'avais de moi que de pouvoir rendre service.
- Bien sûr, maman. À quoi ?
Elle se mit à pleurer. Elle baissa rapidement les yeux et se mit à pleurer silencieusement dans le canapé devant moi. Elle sanglotait doucement, sa poitrine montait et descendait, les coins de sa bouche piquèrent vers le bas et elle reniflait brièvement à chaque inspiration spasmodique.
- Non, mais, maman, qu'est-ce qui se passe ?
- J'ai besoin d'aide, Jarle, réussit elle à dire.
- Oui, oui, je suis là, qu'est-ce qu'il y a ?
- Il faut que tu viennes.
- Oui, oui, qu'est-ce qu'il y a, où est-ce qu'il faut que je vienne ?
- À l'agence pour l'emploi.
- Oui... et c'est si terrible, ça ? dis-je presque involontairement. C'est pour ça que tu pleurniches ? Parce qu'il faut que tu ailles à l'agence pour l'emploi ?

Maman ouvrit les yeux et me regarda. Elle n'était pas triste. Elle me regardait durement. Qu'est-ce que c'était que ça ? Qu'est-ce que j'avais fait ? Elle se leva et se planta devant moi.

- Oui, Jarle, répondit-elle avec colère. C'est pour ça que ta mère pleure. Parce qu'il faut qu'elle aille à l'agence pour l'emploi, demain. C'est pour aller là-bas qu'elle envisageait que tu l'accompagnes.

Elle sortit alors brusquement du salon et s'habilla pour sortir. Je lui criai quelque chose en essayant de rechercher dans mon crâne une poignée d'intelligence, une poignée de connaissance qui puisse m'aider à comprendre ce qui venait de se produire, mais elle était déjà sortie, et je m'assis donc, une tranche de pain à la main. Je ne comprenais *rien*.

Hein ?
L'agence pour l'emploi ?
Qu'est-ce qui se passe ?

L'écart entre ce que je comprends et les événements en général est toujours inégal, mais il n'a probablement jamais été aussi criant que quand j'avais 17 ans, car comme la plupart des ados, je souffrais d'une maladie appelée *certitude*. Bien sûr, je pouvais douter de moi, en particulier ces temps-là, quand je n'étais qu'un immense chaos de sensations, mais je ne doutais jamais du fait d'avoir raison en ce qui concernait les autres ou ce que je pensais. Cette maladie se caractérise par la sensation qu'a le patient de *tout savoir*, de tout comprendre et d'avoir réponse à tout. En réalité, il sait très peu de choses, mais la force qu'il dégage cache admirablement le syndrome. Après tout, c'est parmi les jeunes de 17 ans que l'on trouve les personnes les plus fanatiques. Ce sont les *Hiltler-jugend*, ce sont les brûleurs d'églises, ce sont les fascistes, ce sont les membres des fans-clubs. Certains n'en sortent jamais, et on peut par conséquent trouver beaucoup de 17 ans chez ceux qui en ont 40, principalement des hommes. Ce n'est pas une idée agréable, et que ce soit dû à la biologie ou au patrimoine culturel, cela semble apparaître comme un fait : les hommes sont plus exposés à *la certitude* que les femmes. Ces dernières, en revanche, souffrent en général de la maladie appelée *doute*, qui les conduit à passer des heures à se demander si elles vont acheter cette robe-ci ou cette robe-là. Qui s'en sort le mieux, je ne sais pas trop. Je ne peux que me prononcer sur la certitude. C'est une maladie diabolique, et quand j'avais 17 ans, elle m'atteignait de plein fouet. C'est l'une des nombreuses boulettes de la nature de rendre un être aussi inexpérimenté, jeune et victime de ses hormones qu'un garçon de 17 ans capable de souffrir de cette pathologie. C'est à peu près aussi démentiel que le fait qu'un homme vive ses plus belles années sexuelles – sur le plan purement physique, s'entend – entre 14 et environ 20 ans, avec une apogée à 17 ans. Je sais de façon sûre et certaine que les femmes, dont on dit qu'elles atteignent leur plénitude à la trentaine, ont beaucoup plus de chance. À ce moment-là, on a davantage d'expérience pour gérer le désir qui vous envahit, on sait dans quoi on s'embringue, et la plupart du temps, cela peut être prodigieux de sentir qu'on connaît un nouveau printemps, comme on dit, et espérons que ces trentenaires surexcitées sentiront aussi qu'elles sont plus malignes. Il n'en est pas ainsi pour le jeune homme de 17 ans. Lui est stupide. Il est jeune. Il n'a pas la moindre idée de ce qu'il doit faire face à ce qu'il vit, mais cela ne fait aucun doute qu'il *le vit*, aucun doute, car à présent, il doit *baiser. Maintenant.* Les gens sont vraiment fichus n'importe comment. Je n'ai jamais pu concevoir qu'on puisse s'émerveiller aveuglément pour l'individu, comme l'ont fait bien des chrétiens à travers les âges. Un sorbier pourrait représenter une créature mieux composée qu'une personne, et la première chose que j'ordonnerais à un sorbier serait d'ajuster son activité sexuelle en fonction de l'âge et du sexe. La seconde chose que je demanderais serait moins de certitude dans les rangs des 17 ans, de sorte que moi et d'autres puissions éviter de nous demander *hein ? L'agence pour l'emploi ? Qu'est-ce qui se passe ?*

Ce qui se passait, c'est que maman commençait à entrevoir ce qui s'était produit et dans quelle société et dans quelle époque elle se retrouvait sans emploi. Parmi les employés de bureau, le chômage avait doublé en l'espace de deux ans, entre 1988 et 1990, avec un accent sur le chômage de longue durée. Il ne fallait pas croire qu'on retrouvait illico un nouveau job, car tandis que le chômage doublait, le nombre de postes était réduit de moitié sur la même période. Maman avait perdu son boulot au plus profond du creux de la vague. En 1990, il y avait à n'importe quel moment une moyenne de 279 postes dans sa branche, postes réclamés par environ 2 700 demandeurs d'emploi. À l'époque, nous n'avons pas vu que la démocratie sociale éclatait, que le turbocapitalisme nous tenait, que les années 80, les années fric et les crises bancaires avaient eu raison des cadres sociaux. Et qui était le plus mal placé pour le voir ? La classe moyenne protégée, représentée par exemple par une femme d'âge mûr comme maman, qui considérait le chômage comme quelque chose dont on était responsable. Une femme comme elle, qui ne pouvait concevoir que la vie professionnelle en Norvège fût régie par de cyniques lois d'offre et de demande. Assez paradoxalement, étant donné que maman n'avait jamais voté sociodémocrate – ou *socialiste*, comme papa disait quand il était à jeun, ou *communiste*, comme il disait quand il était rond. Elle n'avait jamais fait confiance aux forces responsables et bien comme il faut de droite. Ils prendront soin de nous. Ils s'occuperont de nous. Mais à présent, la réalité était toute autre : dans le Rogaland, il y avait 537 postes à pourvoir et 7 900 demandeurs inscrits à l'agence pour l'emploi en 1990. Plus les chiffres officieux. Les choses s'emballaient. Voilà ce que Ragnhild avait flanqué dans le crâne de maman ces derniers jours tout en essayant de lui enlever les idées selon lesquelles c'était de sa faute s'ils s'étaient passés de ses services au boulot, que Bærheim et les autres se préoccupaient en fait d'elle, qu'ils lui trouveraient un autre boulot si West-Consult ne pouvait pas la reprendre ; qu'en fin de compte, ça irait. Ragnhild avait dit les choses comme elles étaient : elle avait été jetée dans la mêlée, elle ne pourrait plus faire machine arrière, le moment était venu de se battre.

Et *hein, l'agence pour l'emploi...* de quoi s'agissait-il ?

Jarle, 17 ans, tu ne comprends donc pas de quoi il s'agit, assis devant ta tranche de pain, plein de morve, la tête pleine d'ouate, tandis que tu sens la nourriture descendre le long de ton œsophage douloureux, et que tu regardes en grimaçant par la fenêtre en te demandant ce que fait ta mère, toute seule dans le brouillard ? Non, tu ne comprends pas. Vous avez ici un jeune homme qui ne comprend pas sa mère. Il ne comprend pas la honte, la peur et l'angoisse avec lesquelles elle s'enfonce dans le brouillard. Il ne comprend pas pourquoi elle a pu éclater en sanglots, comme ça, sans prévenir. Il croyait qu'il se passait quelque chose de grave, concernant grand-mère, peut-être, sa santé, qu'il allait falloir aller à l'hôpital, mais pas qu'il allait devoir aller à l'agence pour l'emploi. Qu'y avait-il de si choquant là-dedans ?

C'était la honte qu'il y avait de choquant là-dedans. L'angoisse, la honte, la peur. Les gens disent qu'il n'y a pas de classes en Norvège, mais dans ce cas, d'où vient la peur d'être déclassé ? Car c'était bien elle que maman ressentait si douloureusement en 1990, c'était elle qui la déchirait et la laminait ; la peur affreuse d'attendre à l'agence pour l'emploi et de devenir comme *eux*. Des gens avec lesquels elle ne s'était jamais comparée, des gens à qui elle n'aurait jamais eu l'idée de s'associer, pas même dans ses délires les plus complets, des noirs, des pauvres, des alcooliques, des toxicos, des gens qui ne s'en sortaient pas tout seuls. C'est la logique de la bourgeoisie, celle de ceux qui ont vécu à l'abri, et elle est universelle : nous ne pouvons pas être comme eux. Les pauvres luttent pour aller vers le haut, pour faire partie de la bourgeoisie, pour peut-être devenir riches un jour, et qui sait, dans un pays pétrolier comptant tellement de nouveaux riches, c'est peut-être ce qui leur arrivera ? Il y a de l'espoir, non ?

C'était encore une de ces situations que je vivais dont je n'aurais eu aucune difficulté à comprendre si on me l'avait présentée dans un article. Quand elle faisait irruption dans la réalité, j'étais trop con pour m'y retrouver. Si j'en avais eu connaissance à travers des textes, ou si Helge me l'avait expliquée, je l'aurais comprise sur-le-champ. Mais pour l'heure, assis sur mon cul, je me demandais *ce qui se passait*.

Et si j'avais su ce qui se passait, alors que je n'en avais strictement aucune idée ?

Thomas Mann a écrit quelque part qu'on peut parfaitement prendre part à une histoire que l'on ne comprend pas. Il a raison. Ceux qui disent avoir des yeux derrière la tête pensent rarement que même eux ne voient pas tout.

Je feuilletai le journal de la veille. "Moscou retient son souffle", je lus sur la première page. Le comité central du Parti communiste était réuni depuis deux jours pour l'une de "ses réunions les plus importantes de tous les temps". Le combat entre les radicaux et les conservateurs allait trouver son terme, c'était le paragraphe concernant le monopole du pouvoir qui servait de détonateur, la question était de savoir si le Parti conserverait le pouvoir à lui seul ou si on arriverait à un multipartisme en Union soviétique. Plus d'un demi-million de personnes s'étaient rassemblées à Moscou pour une manifestation en faveur de la démocratie, soit le plus grand nombre depuis la Révolution de 1917.

Et merde, me dis-je, penché sur le *Stavanger Aftenblad*. Ils vont abandonner l'Union soviétique ? Ils vont laisser tomber ? À la différence de Helge, j'éprouvais de la sympathie pour Gorbatchev, mais est-ce que les choses n'allaient pas un peu loin ?

Il s'écoula peu de temps avant que maman ne revienne, trempée par la pluie. Je n'étais toujours qu'un gros point d'interrogation, je n'avais toujours rien compris d'autre que *hein ? L'agence pour l'emploi ?* ce n'était pas ce qu'il y avait de plus intelligent comme commentaire.

Elle pendit son manteau dans l'entrée et me rejoignit au salon. Elle posa un sac de rouleaux de papier toilette sur le pouf.

– Je suis désolée, Jarle. Il y a beaucoup de choses que tu ne peux pas concevoir.

– Oui ? dis-je platement en toussant.

– La seule chose dont j'ai besoin, c'est que tu m'accompagnes à l'agence pour l'emploi, demain. Juste que tu viennes. OK ? Viens avec moi, c'est tout. C'est dur pour moi, tu sais.

– Oui, mais tu aurais dû me le dire tout de suite !

- Tu n'es pas trop malade, alors ?
- Si, répondis-je en riant.
Maman se joignit à moi.
La même chose se produisit mardi après-midi. Helge passa avec les cours, il était d'une humeur radieuse, encore meilleure que la veille, et il me répéta que je devais me tenir à l'écart de Katrine et qu'Yngve avait disparu de l'école. Je le regardai extraire *Beggars Banquet*, des Stones, de ma collection de disques. Comment peux-tu être aussi heureux ? pensai-je.
- Comment ça va, ta mère ? demanda-t-il.
- Elle va à l'agence pour l'emploi demain.
- Bien. Elle y arrive, alors ?
- Comment ça... elle y arrive ?

Nous écoutâmes *Beggars Banquet* en nous adressant des hochements de tête à mesure que les tubes déferlaient des enceintes, et en fumant des Marlboro. Je ne sentais rien de la fumée, mais c'était bon. C'était Helge et moi. Nous écoutions les Stones en fumant des Marlboro.

Personne ne décrocha. J'appelai, une fois Helge parti, encore et encore, mais personne ne décrochait chez Yngve. Alors, quoi, toute la famille est malade, maintenant ?

- Maman, est-ce qu'on a des livres sur l'Égypte ?

Je l'imaginai. Ses yeux aimables, sa bouche qui souriait vers le bas, son corps tranquille assis sur un lit devant moi, son corps alerte qui jouait au tennis, son corps sous la douche. Sa voix, ses phrases simples.

Maman se leva du canapé où elle lisait un roman de Graham Greene. Elle alla à la bibliothèque.

- L'Égypte ? Comment ça ?
- Oh, juste... c'est un truc qu'on fait, au bahut.

Ses yeux enthousiastes quand il parlait de la pyramide de Khéops. Son corps tranquille assis sur le lit devant moi, en proie au mal d'une culture ancienne et lointaine.

- Non, on a bien l'encyclopédie, bien sûr, mais pas de livre à proprement parler sur l'Égypte.

- Bon, OK, merci.
- Il ne faut pas que tu te couches très tard, aujourd'hui, dit maman. On va se lever tôt, demain matin. On dit que ça peut être long, à l'agence pour l'emploi. Il y aura sûrement la queue.

Elle avait ses papiers devant elle. Pièces afférentes aux trois années écoulées, bulletins de salaire, avis d'imposition.
- Tu y arriveras, au fait ? demanda-t-elle. Pfff, que je doive t'emmener alors que tu es mal fichu...
- Bien sûr, que j'y arriverai, répondis-je au milieu d'une quinte de toux.

Le téléphone sonna. Je ressentis un coup à l'estomac, maman et moi nous levâmes de concert.
- Oui, je prends, dis-je très vite. C'est sans doute Helge, je vais m'arranger avec lui.

Je sortis au trot du salon, vers le téléphone qui criait *Yngve. Il appelle. Évidemment, qu'il appelle.* Je fermai la porte derrière moi et décrochai.
- Allô, ici Jarle ?
- Jarle, c'est papa.

Je restai pétrifié. Papa. Est-ce qu'il allait se mettre à appeler, maintenant ? Il n'avait pas osé le faire pendant très longtemps, mais ma visite chez lui la semaine passée l'avait sans doute incité à tenter sa chance. C'était moi qui devait l'appeler, c'était ça, l'accord, qu'il était en train de rompre. Heureusement que ce n'était pas maman qui avait décroché.
- Oui... salut. J'étais déçu que ce ne soit pas Yngve.
- Euh... je voulais juste appeler. J'ai pas mal pensé à vous, dit-il d'une voix pleine de sollicitude. Comment va ta mère ?
- Oui, oui, répondis-je, pressé d'en finir avec cette conversation. Ça va bien. Elle doit aller à l'agence pour l'emploi, demain.
- Bien.
- Oui.
- Et toi ? Tu t'en sors, avec... oui, ta nénette et Helge ?
- Oui, ça baigne, ça.

Il y eut un instant de silence avant que papa reprenne la parole.

- Alors, tu viendras me voir, ce week-end ?
- Oui, oui.
- Bien, ça me fait plaisir, dit-il d'une voix guillerette, sentant qu'il reprenait la main. Passe le bonjour à maman.
- Oui, répondis-je. Je m'apprêtais à lui dire de ne plus appeler comme ça, que c'était à moi d'appeler, mais il me dit salut et raccrocha.

Je retrouvai maman.
- C'était qui ?
- Katrine, répondis-je en l'embrassant.

Nous dînâmes, maman et moi. Nous n'échangeâmes que quelques mots, quelques sourires mal assurés, songeant à ce qui allait se passer. J'essayai de me sortir papa du caberlot.

Peu après 10 heures et demie, le téléphone sonna à nouveau. Craignant que ce fût papa qui avait encore des choses à raconter, avec le vague espoir que ce pût être Yngve, je me levai et allai dans l'entrée.
- C'est sûrement Katrine, encore une fois, mentis-je en refermant la porte derrière moi.
- Oui, allô ?
- Je parle bien à Jarle Klepp ? demanda une voix masculine mesurée.
- Oui, c'est moi.
- Ici Arne Torkildsen.

Je sursautai. Arne Torkildsen ? Est-ce que je connais un Arne Torkildsen ?
- Oui ?
- J'ai une facture pour vous, dit la voix qui se présentait comme Arne Torkildsen, toujours d'un ton froid et dégagé.
- Une facture, pour moi ?
- Une vitre cassée, la capote d'une Opel, un siège de cuir, des dégradations dans une salle de bains.

Silence. Et merde. Le père de Trond.
- Ça... commençai-je tandis que ma cervelle travaillait pour trouver une excuse qui puisse me tirer loin de tout ça. Ça...
- Oui ?

- Oui, abandonnai-je. Désolé. Combien. La facture.
- Elle a été arrondie par défaut à vingt mille.

J'avalai avec difficulté. Vingt mille couronnes* !

- Puis-je savoir comment vous en êtes arrivé à la conclusion que c'est moi qui vais payer cette facture ? demandai-je en toussant.
- Non. C'est superflu. Voulez-vous contester ?
- Non, répondis-je, perplexe. Non, je ne veux pas contester.
- Il y a probablement quelqu'un d'autre susceptible de payer, dit-il sèchement.

Je ne répondis pas.

- Et je pars du principe que nous ne vous verrons plus jamais chez nous. C'est entendu ?
- Oui, répondis-je faiblement.
- Alors il me faudra juste votre adresse personnelle.

Je la lui donnai.

- J'espère que vous réfléchissez à la façon dont vous vous êtes conduit, dit Torkildsen.
- Et j'espère que vous réfléchissez à la condition de votre fils, répondis-je calmement.
- Quoi ?
- Vous avez très bien entendu, j'espère que vous réfléchissez à la condition de votre fils, à la société dans laquelle vous vivez, et à quel genre d'enfoiré d'exploiteur vous êtes.

Il raccrocha.

- Qui est-ce qui appelait ? demanda maman.
- Seulement Helge.

Vingt mille. OK. Ça faisait vingt mille divisé par trois, presque sept mille chacun, Rune, Helge et moi, si on partageait comme ça... même si c'était Helge qui en avait fait le plus. Sept mille. Nom de Dieu, où est-ce que j'allais pouvoir dégoter sept mille couronnes ? Je ne voulais pas le dire à maman, alors où diable allais-je pouvoir dénicher sept mille couronnes ?

Il n'y avait qu'un endroit où je pouvais me procurer cette somme.

---

* Soit environ deux mille quatre cents euros.

Papa. Ça va être le projet du week-end. Il faut que je me fasse sept mille couronnes. En un week-end. Je dois y arriver.

J'appelai Helge pour lui raconter ce qui venait d'arriver, sans cacher que je le tenais pour responsable de la majeure partie des dégâts.

- Je m'en tape, répondit-il. Ils le méritaient.
- Putain, tu chies du pognon, peut-être ?
- Non. Mais ça en valait cent fois la peine.

Je retournai au salon et souhaitai bonne nuit à maman.

- Je te réveille, demain, dit-elle.

Je mis un petit moment à m'endormir. J'avais la tête pleine d'idées agitées, et elle était aussi hermétique qu'un abri antiaérien. Où était Yngve ? Comment iraient les choses pour le groupe ? Et Katrine, je devais régler cette question-là, et maman, qui devait aller à l'agence pour l'emploi, et papa, qui s'était remis à appeler, et auprès de qui je devais me procurer de l'argent. Je me mis des gouttes dans le nez, en pure perte, et continuai à me démener sous ma couette.

Les bureaux centraux de l'agence pour l'emploi de Stavanger étaient là où ils se trouvent toujours aujourd'hui, au Sverdrupsgata 27, dans un coin de la côte qui monte du Palais des concerts vers Tanke Svilands gate. Ce n'était qu'à quelques minutes à pied de la maison. L'agence pour l'emploi était pratiquement notre voisine.

Maman s'activait tant qu'elle pouvait quand je descendis dans la cuisine le lendemain matin. Elle me fit un grand sourire, le petit-déjeuner était prêt sur la table de la cuisine, et du thé fraîchement passé, des tranches de pain, diverses garnitures, des œufs brouillés m'attendaient sur une nappe décorée de bougies. Elle resplendissait, elle s'était joliment habillée, ses cheveux étaient tout propres. Je la regardai. Qu'est-ce que c'était que ça ?

- Salut, tu veux du pain grillé ?
- Oui, s'il te plaît.

Peut-être un peu échaudé, en tout cas pour plus de prudence, je décidai de ne rien dire, mais je trouvai bizarre ce que j'avais devant moi ; maman, qui la veille était brisée, s'agitait dans la cuisine comme si c'était un grand jour, comme si quelqu'un allait recevoir un diplôme, comme si c'était mon anniversaire.

- Oui, quand est-ce qu'on y va, d'ailleurs ? demandai-je ; la veille au soir, nous avions parlé de partir tôt.

- Oh, on partira quand on sera prêts, rien ne presse.

Je me fis une tartine jambon-œufs.

- Mais est-ce qu'il ne vaut pas mieux y aller de bonne heure ?

- Ça ira, Jarle, répondit maman tout tranquillement en me versant du thé. On a le temps. Tu as bien dormi ? Tu te sens un peu mieux, aujourd'hui ? En tout cas, tu as l'air d'aller un peu mieux.

- Oh oui.

Maman alluma la radio. C'était les nouvelles. On allait vers une victoire pour Gorbatchev en Union soviétique, et vers une fin du monopole du Parti en matière de pouvoir. Maman hocha la tête en entendant cela. Elle soutenait Gorbie. Je ne me concentrais pas sur les nouvelles, mais sur maman, en essayant de comprendre ce qui lui arrivait. Elle souriait régulièrement, me tendit les garnitures et les toasts, écouta avec beaucoup plus d'attention que de coutume les actualités, en insistant sur chaque phrase qu'ils disaient, approuvait avec force "mm" et "ouais" quand elle était d'accord, ouvrait tout grands les yeux quand les infos étaient plutôt inquiétantes, comme celle disant que les personnes âgées se sentaient trahies par les hommes politiques et de la part desquelles la critique était sévère contre les pouvoirs publics à cause de la situation jugée indigne en matière d'assistance aux personnes âgées. Maman y réagit vigoureusement, elle secoua la tête, s'éleva tant qu'elle put contre. La seule fois où elle ne se concentra pas durant le bulletin d'information, ce fut quand ils parlèrent de licenciements dans une grosse entreprise ; je vis alors son regard faiblir une seconde, pour redevenir brillant quand arriva la météo : plus froid, plus humide.

- Une autre tranche ?

- Non, merci ; ça suffit. Je vais m'habiller.

Je regardai l'heure. Il était 9 heures passées. L'agence pour l'emploi était ouverte.

- Tu es prête, alors ?
- Moi, oui. Oh oui, répondit maman comme si c'était la chose la plus naturelle au monde, comme si elle le faisait chaque jour.

Nous remontâmes Christen Thranes gate. Maman parlait du temps, excessivement froid et mordant, me souriait, et elle me dit que c'était sympa de m'avoir à la maison. Je ne disais rien, je me contentais de marcher derrière elle. Elle avait ses papiers dans son sac, elle avait mis un beau manteau, s'était mis du rouge à lèvres, avait brossé ses cheveux qu'elle protégeait contre le vent.

- Eh oui, c'est là, dit-elle lorsque nous arrivâmes au coin de Sverdrupsgata et que nous vîmes le bâtiment.

L'agence pour l'emploi n'avait pas l'air menaçant, c'était juste un gros cube un peu informe, un morceau imprécis d'architecture gris acier dans une rue terne.

- Oui. On entre sûrement par ici, dit maman en se dirigeant vers l'entrée. C'est certainement en haut, là-dedans, et puis on va prendre un ticket, là, et on va attendre notre tour, oui, c'est comme ça, et j'ai bien pris tout ce qu'il me fallait comme papiers, non ?

Maman s'était subitement mise à parler sans discontinuer ; elle fit halte devant l'entrée, en plein milieu de cette logorrhée soudaine et nerveuse censée dissimuler la panique, et elle se mit à farfouiller dans son sac. Elle en tira la grande enveloppe A4 contenant tous ses documents et les passa rapidement en revue, devant la porte de l'agence pour l'emploi. Elle ne regarda pas à l'intérieur et ne vit pas ce que je voyais derrière la porte vitrée, elle parlait sans relâche en manipulant ses papiers :

- Oui, on va entrer ici, prendre un ticket ; et j'ai tous les papiers, les informations fiscales... Est-ce que je n'ai pas... si, le voilà, si, on va juste entrer là, et on nous donnera un numéro, il faudra peut-être attendre un peu, il y a peut-être un peu de monde...

Je jetai un coup d'œil derrière la porte vitrée. Les choses ne s'annonçaient pas bien.

- Maman, tentai-je pour enrayer le flot verbal paniqué qui s'échappait d'elle, maman... on va entrer. Ça va bien se passer.

Elle me regarda.

— Bien sûr, que ça va bien se passer !

J'ouvris la porte, et maman vit la même chose que moi, l'agence pour l'emploi de Stavanger, un mercredi de février 1990 : plusieurs groupes de canapés occupaient l'espace, et derrière eux, le long des murs, il y avait des boxes dans lesquels des employés s'occupaient des demandeurs d'emploi, séparés par des cloisons. La pièce était pleine à craquer, il y avait environ cinquante ou soixante personnes debout dans cette queue humiliante, pour la plupart aussi désemparées, pour la plupart avec ce même mélange de dignité volée, de mésestime de soi et d'agacement croissant sur le visage, des jeunes, des vieux, des personnes d'âge moyen, aux mains nerveuses qui n'avaient rien d'autre à faire que tenir un gobelet de café, feuilleter sans conviction leurs papiers, en passant régulièrement d'un pied sur l'autre, en piétinant avec impatience le sol, en fuyant le monde du regard et en se mordant les lèvres. Des panneaux aux murs récapitulaient les offres d'emploi, fort rares, et les propositions de formation, fort nombreuses : gestion, informatique, traitement de texte, tableur.

— Mon Dieu, s'exclama maman ; on devrait peut-être revenir un autre jour ?

— Prends un numéro, maman, répondis-je en me retournant vers elle.

— Oui, c'est peut-être le mieux.

L'attente fut longue. Nous restâmes assis pendant plus de deux heures, dans un silence pesant, dans une pièce où chacun essaie d'éviter le regard des autres, où il paraît déplacé de parler à quelqu'un, où l'on est contraint d'attendre. On ne peut pas tout bêtement lire un bon bouquin et se détendre en attendant de pouvoir rencontrer un employé de l'agence pour l'emploi. J'étudiais les gens autour de moi, ceux qui attendaient, ceux qui entraient à tout moment. C'était une vision troublante. Tout aurait été plus simple à classer, à interpréter, si les gens avaient ressemblé à des demandeurs d'emploi, s'ils avaient ressemblé à ce que les demandeurs d'emploi *se doivent de ressembler* : doigts jaunis par la nicotine, lourdes poches bleuâtres sous les yeux, vêtements chiches et fatigués sur des gens usés, claire impression de pauvreté, claires caractéristiques sociales leur conférant leur place véritable : en dessous de nous. Mais telle n'était pas la réalité. Maman était loin d'être la seule dont la présence pouvait surprendre d'après la mythologie bourgeoise déterminant qui devait fréquenter l'agence pour l'emploi, avec ses cheveux soigneusement peignés, son beau manteau, bien au contraire : la majorité de ceux que nous avions autour de nous était comme elle, venait de sa classe sociale, leurs yeux étonnés exprimaient la même surprise, de sorte que toute cette séance fut une expérience étrange ; un groupe de personnes qui se lancent des regards rapides, des regards qui disent *avons-nous notre place ici ?* Devions-nous nous rencontrer ici, nous qui par ailleurs avions l'habitude de nous voir au théâtre, dans les restaurants, de nous croiser sur les parkings d'une des meilleures épiceries fines, le samedi après-midi – devions-nous nous rencontrer ici ? Autour de nous, il y avait davantage de gens portant attachés-cases et costumes que clopeaux et sacs plastique, et même moi, 17 ans, un bleu dans la réalité environnante, je sentais cette irréalité : *est-ce que quelqu'un se moque de nous ?* C'était comme si je m'attendais à ce qu'ils se déshabillent et révèlent à l'improviste que c'était une farce, en dévoilant leurs pulls délavés et leurs jeans usés sous leurs beaux costumes. Mais oui, on déconnait, c'est tout. Et où étaient tous les étrangers, pensai-je malgré moi, moi qui portais un badge *Touche pas à mon pote*, je me demandais où étaient passés tous les Noirs, jusqu'à ce que j'en voie un passer la porte. Il regarda autour de lui, déboussolé, avant de comprendre ce que je n'avais pas compris : les réfugiés et autres devaient s'adresser au sous-sol. Si Helge avait été là, il aurait rapidement analysé la situation, l'aurait replacée dans son contexte politique, il aurait expliqué tout ce qui se passait, dit que ceci est le prix qu'une société comme celle-là doit payer pour le capitalisme, et vous allez voir ce que c'est, aurait-il dit, la bourgeoisie va connaître ce que le travailleur a toujours connu.

Au bout de vingt minutes d'attente, nous entendîmes un sanglot discret. Exactement comme la plupart des gens choisissent de passer sans s'arrêter quand ils devinent un junkie étendu sans vie en pleine rue, ils choisissent également de faire comme si de rien n'était si quelqu'un se met à pleurer en public, mais c'est bien pire face à une personne en larmes que face à un toxico supposé mort, les larmes sont plus personnelles qu'un cadavre, une personne qui pleure semble vouloir quelque chose de nous, tandis qu'un mort ne réclame rien. Quand une crise de larmes survient en pleine rue, les spectateurs involontaires font tout leur possible pour donner l'impression qu'ils n'entendent pas, oui, ils peuvent même sourire un peu trop largement pour montrer qu'ils pensent à autre chose : des grandes vacances il y a longtemps, une femme aimée, en espérant que ces pleurs dérangeants cessent. Mais les sanglots redoublent d'intensité, ils ne se dissipent pas, ces sanglots qui étaient faibles il y a une minute – saccadés, discrets, qui font que même sans voir la femme, vous vous l'imaginez : une personne aux épaules rondes, le sac à main sur les genoux, les épaules et la nuque tressautant doucement – se font plus forts. Et quand ils sont devenus trop présents, quand il n'est plus possible de jouer à *je n'entends rien, je pense à des supers grandes vacances* pour les quarante, cinquante, peut-être soixante personnes qui attendent, alors on ne peut plus éviter de regarder son voisin, qui a les mêmes problèmes, comment allons-nous réagir à ce que nous entendrons, et on se regarde, deux personnes devant la même mission pitoyable, et on s'avoue, comme se l'avouent tous ceux qui sont là, qu'ils entendent. Ils entendent ces sanglots d'une femme assise entre deux cloisons, devant un employé, qui va se voir donner des conseils sur la façon de déposer des annonces et de suivre des formations en attendant les allocations, des sanglots qui s'amplifient, et on se regarde en affichant son empathie, on hausse les sourcils en pensant *la pauvre*, comme si on n'y était pas nous même, comme si on regardait un documentaire qui parlait de gens, loin de nous, qui souffraient, *la pauvre, heureusement que ce n'est pas la même chose pour nous.* Mais c'est la même chose. C'est ce qui se cache derrière les sourcils haussés, c'est ce que vous essayez de dissimuler en montrant maintenant à tous ceux qui se trouvent dans cette pièce que vous entendez ce qui se passe, que vous êtes dans la même situation, qu'il y aura bientôt l'un d'entre vous assis entre ces claustras, dans cet espace ouvert de l'agence pour l'emploi de Stavanger, en 1990, qui pleurera ou qui sanglotera comme cette femme. Des sanglots, faibles tout d'abord, puis plus forts, avant de monter progressivement vers des pleurs qu'elle ne contrôle plus, ponctués de petites phrases : *je ne dors plus* ou *il ne reviendra pas*.

- Pff, fit maman, il n'y a personne pour l'aider ?

Les sanglots décrurent, la femme qui avait pleuré passa devant nous et alla vers la porte. En sortant, elle croisa une autre femme qui entrait. Maman baissa instantanément les yeux.

- Qu'est-ce qu'il y a ?

Maman ne répondit pas. Mais ce qu'elle voulait éviter arriva.

- Sara !

La femme qui venait d'entrer arrivait vers nous. Je ne la connaissais pas, mais ce n'était manifestement pas le cas de maman.

- Sara... tu es là ?

- Ah, salut, Jorunn, c'est toi ? répondit maman en essayant de parler comme si elle avait rencontré l'autre devant un magasin de fringues en centre-ville.

- Ça fait longtemps, répondit en me regardant celle que maman avait appelée Jorunn. Mais... mais, c'est Jarle ? Hein ? C'est Jarle ?

- Oui, répondit maman avec un sourire.

- Tu ne te souviens certainement pas de moi, dit Jorunn.

Je lui fis un sourire mal assuré et regardai maman.

- Tu n'étais vraiment pas vieux la dernière fois que je t'ai vu, dit-elle, une main à la hanche.

- C'est Jorunn, dit maman, une copine de classe, oui, tu l'as vue quand tu étais petit, mais tu ne dois pas t'en souvenir.

- Non.

- Alors... tu es là, dit Jorunn.

- Oui.

- Oui.

Elles n'avaient tout à coup plus rien à se dire, ces vieilles amies qui se faisaient face dans un silence pesant, en s'adressant des sourires crispés.

- Bon, il va falloir que je prenne un ticket, dit Jorunn.

Je regardai maman. Je me levai, lui dis que ça avait l'air de stagner, et lui demandai si je pouvais descendre à la boulangerie voisine acheter quelques brioches et un journal. Maman hocha la tête.

Il était plus de 11 heures quand maman put rencontrer un employé. Il était convenu que je sois avec elle. Nous avions devant nous une femme d'une quarantaine d'année, à l'air sévère, vêtue de vêtements neutres et portant des lunettes. Maman se présenta, expliqua qui elle était et ce qu'était sa situation, et la bonne femme l'enregistra rapidement et avec professionnalisme, en notant toutes ses données personnelles.

Nom ? Âge ? Situation familiale ? Numéro d'immatriculation Sécu ? Emplois précédents ? Situation actuelle ? Aperçu des revenus sur ses trois dernières années ? Justificatifs ?

- Vos papiers sont en ordre, dit-elle. C'est bien, on ira plus vite comme ça.

Maman sourit, comme le rythme de traitement de l'affaire qu'on lui faisait miroiter impliquait qu'elle se verrait immédiatement proposer un autre boulot.

- Emploi de bureau, poursuivit la bonne femme ; ce n'est pas un secteur propice pour l'instant, comme vous le savez certainement.

- Oui.

- Vous avez jeté un coup d'œil aux panneaux d'affichage avant de venir me voir ?

- Oui.

- Et vous n'y avez rien vu ?

- Non.

- Non. Ce que l'on va faire maintenant, c'est mettre en route le versement de vos allocations ; ça prendra quelques semaines avant que vous ne les touchiez, et puis on va essayer de vous retrouver un emploi, vous voyez ?

Maman acquiesça.

- Je ne saurais trop vous conseiller d'envisager à la fois des formations et une inscription dans une agence d'intérim, nous avons de bons cours Amo qui pourraient vous aider, et il peut toujours survenir quelque chose du côté des agences d'intérim.

Maman acquiesça.

- Vous avez sans doute conscience que ça va nécessiter de la patience de votre part, tout ça.

Maman acquiesça. Ce fut tout ce qu'elle fit pendant que nous étions dans le box. Pendant que de l'autre côté de la cloison, un type à la voix de stentor en sortait des vertes et des pas mûres sur le système, déversait toute sa rancœur et son agressivité sur l'employé de l'État, ma mère hochait la tête, laissait échapper un petit "oui", "non", éventuellement "mm". C'était tout. Elle se conduisait correctement. Maman se conduisait correctement.

La bonne femme dit que si tout le monde avait fait comme maman en se préparant aussi bien avant de venir pointer au chômage, les files d'attente auraient été réduites de moitié. Maman sourit. Oui, apparemment, tout est en ordre, dit-elle en indiquant que le premier round était terminé, nous pouvions partir. Maman la remercia.

Je plissai le nez. Partir ? Je n'avais rien dit de toute la séance, je n'avais fait que suivre en toussant et en essayant de respirer malgré mon nez bouché, et en regardant maman se conduire correctement.

- Est-ce que maman aura un travail ? demandai-je.

- Non, pas encore, répondit la bonne femme avec un sourire poli.

- Elle va en trouver un, alors ?

- Il faut le souhaiter.

Il faut le souhaiter ? C'est tout ? N'étions-nous pas venus là pour que maman trouve un boulot ? Allions-nous partir, tout simplement, en espérant que la situation s'arrangerait ?

- Mais vous ne le croyez pas, dis-je.

- Ce n'est pas comme cela que nous pensons, dit-elle ; nous devons sans cesse croire qu'il y aura du travail à trouver.
- Mais vous savez que ce ne sera pas le cas.

La bonne femme ne répondit pas. Maman baissa les yeux.

Je me levai, fit un pas vers notre interlocutrice, et maman me regarda sans trop comprendre.

- Vous savez que maman va devoir rester un bon moment dans cette situation, dis-je tranquillement en regardant l'employée dans les yeux. Vous le savez. Vous mentez. Vous savez ce qui va se passer, c'est-à-dire rien. Il ne va rien se passer, hein ?
- Jarle, intervint nerveusement maman, ne...
- Non mais enfin, maman ! Ils te mentent !

L'employée pinça la bouche, mais je restai debout.

- Nous ne pouvons rien faire d'autre, dit-elle.
- Vous mentez, oui ou non ? demandai-je.

Maman se leva et me posa une main sur l'épaule.

- Jarle... viens.
- Est-ce que vous mentez ?

La bonne femme me regarda. Je fis un autre pas en avant et saisis les papiers de demande d'allocation de maman.

- C'est tout ce dont il est question, hein ? Trouver de l'argent pour maman ? Il n'y aura pas de boulot, pas vrai ?

La bonne femme chercha le regard de maman, elle m'évitait.

Je me retournai et m'en allai. Maman, restée sur place, prit la main de la bonne femme.

En ressortant du box, je pilai et sursautai.

Est-ce possible ?

Je regardai son dos. Ce dos avec une veste bleue, ces cheveux gris à l'arrière du crâne, ces oreilles, ce pantalon de costume, ces chaussures noires de travail. Il était assis sur une chaise, le dos tourné, et je le regardais, pétrifié, du centre de la pièce.

Bon sang. Il est là.

Maman arrivait derrière moi. Que faire ? Ce n'est pas possible. Je ne quittais pas papa des yeux, son dos massif, et je sentais mes avant-bras trembler. L'agence pour l'emploi n'était plus l'agence pour l'emploi, c'était notre maison, et ce dos n'était pas là en pleine journée de travail, ce mercredi 7 février 1990, il montait les marches, chez nous, un dos lourd qui se soulevait au rythme de la respiration, froid et solitaire au milieu de la semaine, en plein dans les années 80, il disparaissait derrière une porte qui se refermait violemment, dans le salon, au rez-de-chaussée, il y avait maman, tout aussi seule, qui entendait le même claquement que moi, le claquement d'une porte qui se refermait derrière l'homme avec qui elle ne parlait jamais pendant la semaine, ou c'était le dos d'un autre homme qui descendait l'escalier un samedi après-midi, un sourire humide sur les lèvres, en disant "oui oui, Jarle, alors ?"

Alors ?

J'entendis les pas de maman derrière moi, elle venait de quitter la bonne femme, elle ne devait pas le voir, mais pouvais-je l'empêcher ? Il était assis devant nous, il avait certainement tout entendu, toute la conversation, la faiblesse de maman, ma diatribe, l'humiliation, l'impuissance. Il savait ce qu'il faisait, papa, qui avait reçu toutes les informations nécessaires de ma propre bouche, de moi, moi qui avais rendu cela possible, seigneur, je l'avais littéralement *invité* ici, au premier rang pour assister à la chute de maman. C'était ma faute, et j'avais à présent irrationnellement peur de mon propre père, redoutant l'inévitable, que maman le voie ici. En fin de compte... jusqu'à présent, les choses s'étaient plutôt bien passées, en comparaison de ça, tout s'était passé comme sur des roulettes.

J'entendis les chaussures de maman sur le sol derrière moi. Elles s'arrêtèrent aussi brutalement que je m'étais arrêté.

Cela ne dura que quelques secondes, mais j'eus l'impression que ça durait une éternité. Maman derrière moi, absolument immobile, je ne l'entendais même pas respirer. Moi, devant elle, tout aussi muet, et encore devant, papa, le dos tourné.

Attendait-il ? Temporisait-il ?

Papa se leva. Il nous fit face, son sourire le plus doux sur les lèvres. Il avait un gros bouquet de roses dans les mains. Il nous fit un signe de tête. Je n'osai pas regarder maman.

- Sara, dit-il en avançant de quelques pas. Il tendit les fleurs. Sara, je... tiens, c'est pour toi. Juste un petit... oui, c'est triste.

Maman avança. Elle était livide.

Jorunn arriva et rendit la situation encore plus pénible en s'immisçant avec un sourire et en demandant comment ça allait.

- Parfaitement bien, répondit maman d'une voix sans timbre. Tout va très bien.

- Très bien, répondit Jorunn en allant vers les sièges. Très bien.

Papa était toujours devant nous, les yeux braqués sur maman et le bouquet tendu.

- Oui, Jarle m'a raconté comment ça allait, alors je voulais juste que tu saches que je pense à toi.

- Oui, bégaya maman tout bas. Mais...

Papa fit un pas en avant. Je ne bougeai pas. Je n'y arrivai pas. Il posa une main sur l'épaule de maman. Il n'avait pas le droit. Je voulais le lui interdire, il ne devait pas la toucher, mais il le faisait. Il posa lourdement une main sur son épaule, laissa pratiquement tomber les fleurs entre ses mains et approcha tout près d'elle.

- Oui, ce sont des temps pas marrants dans ta branche aussi, dit-il. Il faut que tu me le dises, si tu as besoin d'aide.

De l'aide ? Quelle sorte d'aide pouvait-il proposer ? Il était là, devant nous, comme s'il ne s'était jamais introduit chez nous, bien au contraire, il se conduisait comme si c'était la chose la plus naturelle, et bien sûr, qu'il savait qu'il avait le contrôle de la situation ; c'était lui qui nous avait surpris, c'était lui qui dirigeait cette pièce, dans un espace public, sous les yeux de tous, et le plus important : ceux qui nous entouraient et qui observaient la scène penseraient "ce qu'il est gentil. C'est un type bien".

- Merci, dit maman.

- De rien, répondit-il. C'est la moindre des choses. Vous voulez que je vous reconduise ?

Puis il se tourna vers moi et me regarda bien en face. Il me fit un signe de tête plein de fierté.

- C'est bien, Jarle. C'est bien, ce que tu as fait.

Je serrai les mâchoires, fis crisser mes dents avant d'ouvrir la bouche. Je regardai maman.

- Viens, maman. On rentre.

Elle hocha la tête et vint à côté de moi. Nous nous dirigeâmes vers la porte. Papa était de l'autre côté. Moi au milieu. Maman à ma gauche. Papa à droite. Nous trois. Je devais faire des efforts pour ne pas pleurer. Tout ce qui manquait, à présent, c'était que chacun me prenne par une main, que nous sortions, qu'il fasse beau, que la vieille voiture grise que nous avions eue dans les années 80 soit sur le parking et que nous montions dedans avant de partir pour un endroit sympa, pour vivre la vie que nous n'avions jamais vécue, maman, papa et moi.

- Vous voulez que je vous raccompagne ?

Maman secoua la tête.

- Non, c'est vrai que c'est tout près, dit-il avec un sourire. - Fais attention à toi, alors. Ne te laisse pas écraser, tu t'en sortiras. À bientôt. Il alla à sa voiture. Il faut que je retourne bosser, dit-il en s'installant au volant.

Parfait. Tout simplement parfait. Il s'y était pris aussi bien que faire se peut. Il pouvait le faire. Personne ne pouvait lui enlever ça. Personne ne pourrait dire qu'il avait dépassé certaines limites ou qu'il s'était mal comporté. Personne d'autre que maman et moi. Le reste du monde, dont lui, ne pensait qu'une chose : c'est un type bien.

Maman et moi regardâmes s'éloigner sa voiture.

- C'était désagréable ? demandai-je quand nous rentrâmes à la maison.

- Je me sens juste complètement vidée, Jarle, dit maman en posant le bouquet de fleurs sur le plan de travail de la cuisine. Complètement vide, simplement...

- Je suis désolé, maman, l'interrompis-je ; je ne voulais pas, pas ça, je ne me doutais pas qu'il viendrait et...

Elle me sourit.

- Non.

- Je suis désolé.

— Ça ne fait rien.

Maman alla se coucher. Il n'y avait aucune colère décelable chez elle, seulement une lassitude infinie. J'étais en pétard. Papa m'avait mis dans une situation plus que délicate. Il avait le dessus aussi bien psychologique que pécuniaire, et il avait renversé maman qui était déjà à terre. Il faudrait que j'aille le voir, ce week-end, il faudrait que je sois sympa avec lui, parce que je devais me procurer de l'argent.

Merde, merde, merde. Ne disparaîtra-t-il donc jamais de ma vie ?

Le jeudi, je restai au lit. Le voyage à l'agence pour l'emploi m'avait manifestement peu réussi, puisque la maladie fit un retour subit ; la température monta, mon ventre se contracta, ma gorge s'enflamma. Et je me sentais en outre dans un état intérieur lamentable. J'avais essayé d'appeler Yngve à plusieurs reprises, j'avais demandé à Helge s'il savait où était Yngve, mais c'était comme s'il s'était purement et simplement volatilisé. Personne ne décrochait, et Helge ne l'avait absolument pas vu. Je commençais à craindre qu'il se soit passé quelque chose. Et je commençais à craindre d'avoir ma part de responsabilité là-dedans.

Vers midi, je descendis avec ma couette dans le salon, me fis du thé et m'installai bien confortablement dans le canapé. J'allumai la télé. La NRK passait du sport, une file de skieurs traversait l'écran, à moitié redressés, les bâtons sur les côtés, ils prenaient un virage en épingle à cheveux pour entrer dans une forêt de sapins. Je poussai un gros soupir irrité en levant les yeux au ciel, en constatant que la NRK trouvait judicieux de gaspiller du temps et de l'argent pour ça alors qu'ils auraient pu diffuser des documentaires politiques ou de vieux films. Vont-il passer ce genre de trucs ? Qui regarde la télé en pleine journée ? Les vieux, les chômeurs, les malades et ceux qui restent chez eux. Et c'est ça qu'on leur donne à voir ? Du sport, du sport et encore du sport, est-ce que c'est tout ce à quoi pensent les gens, dans ce pays ? Et des sports d'hiver, par-dessus le marché, dont seule une petite poignée de gens d'Europe du Nord se soucient ? Des gens qui font du patin, des gens qui font du ski, qui s'agitent dans le froid devant des spectateurs épars, aux doigts gelés autour d'une tasse de chocolat et qui secouent une cloche à vache en criant "Allez, allez, allez !" pendant que cet idiot de fondeur passe à toute allure en essayant de négocier ce virage qui s'enfonce dans la forêt de sapins. C'était sûrement un skieur norvégien ? Non ? Si, si, bien sûr, c'était le championnat de Norvège. Il avait un second skieur sur les talons, et le commentateur, Kjell Kristian Rike, disait "allez, oui, oui, tu vas y arriver", sur un ton qui ne permettait pas de douter de son engagement, avant d'ajouter un nom que je ne parvins pas à reconnaître. Je n'éteignis pas la télé, je maudis l'inanité du paysage audiovisuel norvégien en regardant ces skieurs filiformes en collant déferler dans la forêt, remonter les traces dans les côtes escarpées, et je me mis soudain à penser à Yngve. Était-il malade, lui aussi ? Je trouvai tout à coup du réconfort dans cette idée, qu'Yngve puisse être malade lui aussi ; bien sûr qu'il l'était, et ce n'était probablement qu'une coïncidence que je n'aie pas réussi à le joindre au téléphone. Oui, c'est clair, et Yngve, il est seulement malade, il est dans son salon, sous sa couette, il boit du thé en regardant les sports d'hiver, il regarde le championnat de Norvège, tout comme moi, il regarde la même chose que moi, à cet instant précis, en ce moment même, il voit ce skieur-là lâcher les autres, ses cuisses puissantes, ses bras qui besognent, ses skis qui glissent sur la neige : nous regardons la même chose, Yngve et moi. C'est nous, Yngve.

Un peu plus tard dans l'après-midi, je m'endormis dans le salon, et ce fut maman qui me réveilla vers 3 heures. Nous dînâmes ensemble.

- La prochaine fois qu'il vient, dit maman, s'il recommence, il faut me le dire, Jarle. Je ne le supporterai pas. Je ne peux pas vivre comme ça.

- Oui.

Il était 10 heures, j'étais sous ma couette, quand j'entendis des pas monter du rez-de-chaussée. Ce n'était pas ceux de maman, ils ne sonnaient pas comme ça. Mais il ne faisait pas un pli que c'était ceux d'une personne qui venait vers ma chambre. Je me retournai et regardai la porte, attendis qu'elle s'ouvre, et en voyant la poignée s'abaisser, je pensai "Yngve, c'est Yngve, il vient me voir, il a regardé le championnat de Norvège de ski, il a pensé à moi, tout va bien aller".

À certaines occasions, on dirait que le cerveau sait ce qui va se passer, mais refuse de le communiquer, et envoie à la place une utopie, un peu à la façon d'un roi nerveux dans une vieille pièce de théâtre qui aurait pensé distribuer ses pièces d'or aux bourgeois pendant que la nation se disloque. Je savais pertinemment qui arrivait, qui produisait ces pas prestes et menaçants dans l'escalier, je les reconnaissais, et pourtant, je regardais la poignée de la porte en me disant que c'était Yngve, même si je savais que c'était elle.

Lorsqu'elle eut refermé la porte derrière elle, alors qu'elle se tenait près du lit, je me dis que jamais je n'avais vu Katrine aussi en colère. Je me recroquevillai sous la couette, seulement vêtu d'un caleçon, transpirant et malade, et je levai les yeux vers elle qui me fusillait du regard, silencieusement, durement.

- Salut, dis-je.
- Je ne vais pas parler fort, Jarle, commença-t-elle, mais seulement parce que ta mère est en dessous ; si elle n'avait pas été là, j'aurais hurlé.
- Qu'est-ce qu'il y a ? demandai-je, désemparé, comme si je ne comprenais rien.
- Tu sais que j'ai pensé que tu étais un abruti pendant toute la seconde ? demanda-t-elle sans élever le ton. Tu le sais ?

Je secouai la tête.

- J'avais raison, dit-elle. Tu es un petit faux-cul, aussi fort en gueule que tu es minable dans la vie.
- Mais, qu'est-ce que... parvins-je à dire avant qu'elle m'interrompe.
- Je t'ai démasqué, Jarle, j'ai découvert en toi quelque chose d'immonde, tu es le dernier des faux derches, tu envoies les gens balader autour de toi comme s'ils n'étaient rien, moi, ta mère, Helge, Andreas, et ce pauvre Yngve. Putain !
- Qu'est-ce que tu veux dire ? ânonnai-je. Qu'est-ce que j'ai fait ?

Katrine ouvrit une main et me lança quelque chose. Le bijou que je lui avais offert au bout de quelques semaines que nous sortions ensemble atterrit sur la couette devant moi.

- Tu sais foutrement bien ce que tu as fait, feula-t-elle. Tu le sais mieux que n'importe qui d'autre. Tu te fous éperdument de moi, tu te sers de moi comme tu te sers de tous les autres.

Debout devant moi, elle essayait d'être dure et froide, mais ses yeux se mirent à briller, ils s'emplissaient de larmes, et sa bouche se mit à frémir.

- Je t'ai fait confiance, Jarle, renifla-t-elle. Tu le sais ?
- Mais... je crois en nous !
- Arrête ! cria-t-elle soudain. Tu joues avec les gens, tu emploies de grands mots, mais tu ne penses rien de ce que tu dis, tu... tu... je te faisais confiance, Jarle. Ce devait être nous, tu as dit, je te faisais confiance.

Katrine essuya ses larmes, referma la bouche.

- Est-ce que tu as vu Yngve ? demandai-je.

Elle poussa un gros soupir.

- Tu l'as vu ? insistai-je.
- Tu es impossible.

Je perdis alors les pédales, je perdis le contrôle, une sensation lourde de désespoir me submergea, et je me mis à pleurer, en gros sanglots théâtraux.

- Tu ne peux pas me prendre dans tes bras ? demandai-je en pleurant. Hein ? Tu ne peux pas ? On ne peut pas coucher ensemble une dernière fois ?

Katrine semblait prête à me flinguer sur place, mais la porte s'ouvrit à nouveau, et maman entra. Je détournai le regard.

- Vous voulez que je vous monte quelque chose ? demanda maman avec un sourire.
- Non merci, répondit Katrine, je vais y aller, j'avais juste un truc à donner à Jarle.

Elle se retourna pour partir. Arrivée à la porte, elle s'arrêta de nouveau, devant maman, cette fois. Elle se mit à pleurer. Maman resta comme deux ronds de flan, elle me regarda, puis Katrine, qui pleurait. Katrine prit maman dans ses bras et la serra contre elle. Puis elle dit dans un sanglot "Au revoir, Sara, au revoir."

Katrine s'en alla. Je me laissai tomber sur le lit. Ahurie au milieu de la pièce, maman me regardait. Nous entendîmes la porte d'entrée claquer.

- Qu'est-ce... C'était quoi, ça ? demanda nerveusement maman.

- Je n'ai plus de petite copine, murmurai-je.

Maman fit volte-face, comme si elle voulait partir à la poursuite de Katrine et la ramener.

Elle vint vers moi.

- Mais Jarle...

- Laisse-moi tranquille, maman, dis-je en me tournant vers le mur.

17

UNE SURPRISE

It Wasn't a rock
It was a rock lobster
- The B-52's

Le chagrin anoblit, la tristesse embellit, la haine améliore, la faiblesse rend humain, l'amour donne de la valeur à vos jours, pénibles et agréables, et que peut-on dire de l'apitoiement sur soi-même ?

C'est un sentiment stupide. Mais comme la plupart de ces sentiments – l'envie, la mesquinerie, l'autosatisfaction, la rancune, le manque de générosité – l'apitoiement sur soi-même fait du bien à celui qui nage dedans, c'est une mesure immédiate pathétique et revigorante qui peut vous faire passer la nuit quand tout a été trop dur.

Je passai la nuit. J'arrachai le pull dont les circonstances m'avaient affublé et me racontais que j'étais un prince, un prince blessé, abandonné et victime d'injustices. Ils ne me comprennent pas, pensai-je. Ils ne me voient pas. Ils ne savent pas ce que j'éprouve. Il n'y a que maman qui me comprenne. Et Yngve, il m'aurait compris.

Vendredi après-midi, Helge était devant moi dans la cuisine, et me disait en souriant :

- On ne pourrait pas sortir, ce soir, hein, Jalla ? Toi et moi ? Tu es suffisamment retapé ?

Il faut tellement de temps pour retourner une sensation. Quelques secondes avant, j'avais nourri l'idée "ils peuvent tous aller se faire voir", mais le temps que Helge montre sa frimousse à la porte, tout avait changé, l'apitoiement sur soi avait disparu... c'est clair. C'est une des manifestations de la solitude, ça. Et il était là, à présent, Helge. Ce vieux Helge. Mon meilleur ami. Ne le savais-je pas ? Même si je perds tout le monde, il me reste au moins

Helge ; nous sommes comme des montagnes, Helge et moi, deux hautes montagnes l'une à côté de l'autre dans un massif, et bon Dieu, il faudra des choses plus sérieuses, des séismes plus importants pour nous détruire.

– Clair, dis-je.

– Cool, répondit-il.

– On se casse à un endroit où il n'y a pas trop de monde, hein ? Juste toi et moi, ça fait longtemps, faire un billard, hein ?

– Supercool, répondis-je gaiement à la perspective qu'une soirée avec Helge puisse refouler tout ce qui avait à ce point merdé.

– Tu y vas, alors ? demanda maman depuis le salon. Tu sors ? Tu vas encore être malade.

– Non, non, criai-je. Je vais bien, maintenant, maman, c'est rester enfermé à me tourner les pouces qui ne m'aide pas.

Nous convînmes de nous retrouver devant la Maison de la Culture à 8 heures. Helge me fila quelques cours, et je le raccompagnai dans l'entrée.

– J'ai acheté *Tender Prey*, aujourd'hui, dit-il en enfilant son blouson.

– C'est celui avec *The Mercy Seat* ?

Helge acquiesça.

– Putain de bon album.

– Il faudra que tu me l'apportes. Mais, dis voir... Est-ce que tu as parlé à Katrine ?

Il ouvrit la porte, le vent nous frappa le visage ; il tombait des cordes.

– Oui, répondit-il.

– Alors... tu es au courant ?

Il hocha la tête.

– À ce soir, alors !

Je fis un grand sourire. Il en faut si peu. J'avais subitement oublié tout le reste. Yngve qui me manquait, le malaise à propos de Katrine, l'angoisse, le chaos, tout le week-end précédent, papa, les vingt mille ; envolés. Parce que Helge était là, lui. Helge, nom de Dieu.

Je me réjouissais comme un gosse à la perspective d'une soirée avec lui, j'appelai papa pour lui dire que je ne viendrais pas avant le lendemain, et je veillai à ne pas être en retard pour mon rendez-vous avec Helge. Nous allions nous accrocher, jouer au billard, planifier l'avenir avec le Mathias Rust Band, boire des bières, être juste Helge et moi.

Il arriva à 8 heures 5. J'étais à l'abri de la pluie sous le bout de toit de la Maison de la Culture.

- Où est-ce qu'on va, alors ? demandai-je.
- Je pensais que le Ferdinand, peut-être... Je ne crois pas que ça pose de problème d'y entrer.
- Ferdinand ?
- C'est moisi, comme endroit, et quand je dis moisi... C'est le pub près du Breiavann, tu sais.
- Oh putain, c'est *là* qu'on va ?

Helge avait raison, il fut relativement aisé d'entrer au Ferdinand, un endroit sombre dans une vieille maison en bois le long du Breiavann, une clientèle dans la cinquantaine, encore plus grave que le Skipperstuen et le Korvetten, peut-être pas aussi merdique que le Christians Bodega, mais pas loin, l'un de ces pôles de la ville qui fonctionnent comme home d'alcoolos. L'endroit empestait la vieille cuite. Ils étaient là, les gens que je m'étais attendu à voir à l'agence pour l'emploi. Nous nous sentions relativement mal accueillis, il était manifeste que les vieux assis sur leurs pintes devant leur nécessaire à rouler n'appréciaient pas beaucoup notre visite, en tout cas pas si tôt dans la soirée. Nous commandâmes des bières et prîmes une table de billard.

- Skål, alors, dis-je avec un sourire en tendant ma pinte vers lui ; c'est vraiment sympa que tu aies voulu sortir.
- Bien sûr. Qui casse ?
- Toi. Je suis vraiment nul, pour ça.
- De toute façon, tu ne sais pas jouer au billard, répondit-il en riant.

J'étais incroyablement heureux que Helge ait voulu aller boire un coup avec moi ce soir-là, mais j'étais aussi nerveux à l'idée qu'il puisse penser la même chose que Katrine. Ils avaient bien dû discuter, sans compter que Helge m'en avait voulu, ces derniers jours, alors tout ne pouvait pas aller si bien que ça. Mais il ne dit rien. Nous bûmes comme des trous, au cours de plusieurs parties de billard, en fumant comme si nous devions arrêter le lendemain. Helge me demanda des nouvelles de maman, et je lui racontai que nous étions allés à l'agence pour l'emploi, que j'avais allumé l'employée, là-bas, ce que Helge n'apprécia pas : "Elle bosse, Jalla, et elle fait un boulot dont les gens ont besoin".

- Oui, mais alors ils pourraient dire la vérité, alors, merde !
- Alors, elle s'en sort, ta mère ? Elle garde la tête haute ? demanda Helge en envoyant une boule dans une blouse.
- Oui, je crois.
- Bien. Et ton père, ça va ?
- Non, répondis-je en buvant une gorgée. Même chose. Je vais le voir demain. Il me faut du fric.
- Merde.

Je ne lui dis pas que papa était venu à l'agence pour l'emploi. Je n'en eus pas le courage.

La bière aidant, le sujet du groupe revint sur le tapis, nous étions d'accord que ce concert raté, le week-end précédent, nous servirait, et je lui dis qu'il était grand temps d'aller en studio pour enregistrer ce single. Helge acquiesça, bien sûr, c'était clair, il fallait qu'on le fasse, nous sortir de ce local de répèt'.

Vers 10 heures et demie, je me sentais pas mal anesthésié, j'avais perdu le fil des pintes, et mon cerveau fonctionnait au ralenti.

- Helge, quand est-ce que tu vas te dégoter une gonzesse ? Tu n'es pas laid au point de ne pas y arriver ?
- Non, ça viendra sûrement.
- Oui, c'est venu le week-end dernier, si j'ai bien compris, répondis-je en riant. Siv Therese ! Bordel... il y a des limites !
- N'en parle pas, alors. En fait, elle était assez molle.
- Il faut se garder le plus possible des chattes molles, déclarai-je en vidant le restant de ma bière. Le plus loin possible. J'aime encore mieux virer pédé.

- Oui, je crois.
Je sursautai.
- Hein ?
- Rien.
Rien ? Que voulait-il dire ? J'allai au bar, c'était à moi de régaler, et commandai deux bières et deux porto. Le barman me jeta un regard sévère et s'enquit sans rire, à la façon des barmen, si nous allions bien, exactement comme le fait un barman qui sait qu'il a laissé entrer deux jeunes de 17 ans. Je fis un sourire éclatant et lui répondis que tout allait super bien.

- Dis voir, Hegga, dis-je en lui tendant les verres, Katrine est passée, hier au soir, oui, tu le sais déjà, et elle est foutrement en pétard contre moi. Elle dit que je suis comme ci et comme ça, elle a tout un tas de choses à dire, et c'est clair que j'ai dépassé les bornes le week-end dernier, mais... Je veux dire, c'est vraiment comme ça ?

Helge posa sa queue et baissa les yeux.

- Hegga, je veux dire, qu'est-ce qui se passe, elle a cassé, et moi, je ne sais plus où j'en suis.

Me croyais-je tandis que je racontais cela, ou voulais-je simplement le mettre à l'épreuve ? Il me regarda gravement.

- Il faut que je te dise quelque chose, Jarle.
- Oui, vas-y, répondis-je avec un sourire, on est que toi et moi, bordel.
- Je vais laisser tomber le groupe.
- Hein ?
- Je laisse tomber le groupe.
- Tu arrêtes ? Le groupe ? Mais on vient tout juste de dire que... Merde ! Laisser tomber le groupe ? Tu déconnes ?

Je m'assis lourdement sur une chaise.

- Non, je... Ça ne sera jamais assez bon, Jalla, en tout cas, ça ne sera pas comme j'aime, ça... Non, j'ai pris ma décision. Sorry.
- Bon Dieu ! C'est vraiment nul ! Le groupe. Merde. Mais on doit aller en studio !
- Et pour Katrine, ça...

- Oui, oui, allez, tu es d'accord avec elle, c'est ça ? demandai-je, frustré. Qu'est-ce que c'est que cette merde ?

- Non, je ne suis pas d'accord avec elle, elle est blessée, tu vois, moi, je... ouais, je ne sais pas, dit-il en cherchant ses mots. Tu es complètement aux fraises depuis quelques temps, et je ne suis pas sûr de bien piger ce que tu trafiques... cette coupe de cheveux, cet Yngve, et... Ouais, mais passons. Je laisse tomber le groupe. C'était juste ça.

- *Juste ça ?*

- Oui.

C'était juste ça ? Helge reprit sa queue pour jouer, et il disait qu'il n'y avait rien d'autre. Mais tout en lui indiquait le contraire. Qu'il y avait autre chose. De plus gros. De complètement différent.

- Helge, dis-je dans le plus grand calme. Accouche.

- Quoi ?

- Accouche. Vide ton sac. Je ne tiens plus.

Je ne l'avais jamais vu si gêné, Helge Ombo n'était absolument pas gêné, ce n'était pas une caractéristique qu'on lui aurait prêté, la gêne, la timidité, le doute n'apparaissaient jamais chez lui, mais je voyais soudain – subitement éclairé par l'ivresse montante – que Helge se débattait comme un beau diable devant moi. Il était sur des charbons ardents. Il ne savait pas comment gérer ce sentiment dont j'ignorais tout. Je ne comprenais pas ce qui se passait, mais je comprenais une chose, une chose m'apparaissait au milieu de ma quatrième, cinquième ou sixième pinte, c'était que Helge ne m'avait pas invité à sortir simplement parce qu'il en avait envie. Il était venu pour une bonne raison. Quelque chose de tout à fait concret qui touchait davantage qu'au groupe, de plus important que cette idée saugrenue de tout plaquer. Il n'était pas venu pour que nous soyons ensemble, lui et moi, pour que ce soit Jarle et Helge, deux montagnes qui seraient toujours potes.

- Alors, tu craches le morceau, oui ou non ?

- Oui, répondit-il en me regardant tristement.

- Alors, qu'est-ce que c'est, est-ce que c'est si difficile à dire ?

- Oui, en fait, oui.

- J'attends, dis-je en jouant mon coup.

- Oui, c'est à propos de Katrine, c'est...
- Oui ?
- Je suis avec elle.
- Hein ?
- Je suis avec Katrine.
Hein ?!
- Tu es avec Katrine ?
- Oui.

Tout à fait calme. J'étais tout à fait calme. Quelquefois, il survient des instants pendant lesquels le monde semble s'arrêter, et c'est peut-être bien ce qu'il fait. Les arbres ne poussent plus, le vent ne balaie plus les toits des maisons, la pluie ne tombe plus, les ongles ne poussent plus. Le monde s'arrêta pour moi, j'étais vidé de forces. C'était la dernière chose qui aurait pu me venir à l'idée, mais maintenant que je l'avais devant moi, tout devenait clair : c'était limpide. Helge et Katrine. Clair comme du cristal. Je vis sa bouche remuer devant moi, elle disait "je suis désolé, Jalla", et tout ce à quoi je pensais, c'était *Seigneur, c'est si évident, Helge et Katrine, quel con tu fais, Jarle, qu'il a fallu être con pour ne pas voir ça, dès le début.* Assis sur une chaise sous la fenêtre, je regardais Helge se tortiller nerveusement devant moi, et je comprenais, et je détestais ça. Je finis ma bière et attrapai mon verre de porto sur le rebord de la fenêtre.

- Mais dis quelque chose, Jalla !

Je finis mon verre de porto.

- Ne reste pas assis là ! Dis quelque chose ! Engueule-moi, n'importe quoi, mais parle !

Helge parlait relativement fort. Je reposai mon verre. Me levai devant lui. Derrière lui, je vis un couple de cinquantenaires, tous les deux en survêtement, qui suivait depuis le canapé où ils picolaient. La bonne femme faisait des clopes avec du papier Winnertip qu'elle mettait dans des paquets de Marlboro vides, mais elle laissa tomber sa tâche pour nous regarder. Je me foutais bien d'eux. Helge était nettement plus grand que moi, et plus costaud. Il n'était pas du tout épais, mais de constitution plus robuste.

Le coup l'atteignit sur la joue, sa tête partit joyeusement en arrière et il chancela vers le mur. J'étais étonné de ma force, et mes phalanges me lancèrent, je n'avais jamais donné un tel marron jusqu'alors, pas comme ça, pas le poing serré, par violence pure, comme on ne frappe que ceux que l'on aime. Je n'eus pas le temps de réfléchir posément à la situation que Helge ne se ressaisisse et me vole dans les plumes : ça devait arriver, il fallait que ça sorte. Il se déchaîna sur moi, jeta son corps lourd sur moi, me poussa des mains et des coudes et me fit perdre l'équilibre. Ma colonne vertébrale heurta le bord de la table de billard, la douleur se répandit dans tout le dos, et Helge fut sur moi, me pressant le thorax sur la table en appuyant son avant-bras sur ma gorge. Je sentis le feutre sous ma nuque, j'essayai de tourner la tête, mais la seule chose que je voyais devant moi, c'était des boules rouges, jaunes et vertes sur un tapis vert. Je sentais que je ne pouvais plus respirer, j'essayai de donner des coups de pied, mais Helge était fort, il me tenait, exactement comme il me tenait à l'époque, en 1988, quand nous étions en excursion à Høgjæren, quand nous nous détestions dans l'amitié, quand nous mesurions nos forces sous la pluie. Et à présent, il allait en avoir de la baston, j'en avais plus que marre, je prenais conscience de la haine que j'éprouvais pour ce prétentieux arrogant, enfoiré de communiste, *Helge Ombo de mes deux*, qui m'avait pris ma gonzesse ; *depuis combien de temps ça durait, hein, qui se fout de qui, ici, hein*, je sentais à quel point j'étais en rage, ne peut-on pas laisser les gens vivre leur vie, et qu'est-ce qu'ils ont à voir avec Yngve, de toute façon, ils ne le comprennent pas, ils ne voient pas à quel point il est beau et grand, grand par rapport à nous autres qui sommes petits, grognons et ridicules. Et maintenant, Helge, tu vas en prendre plein la gueule, tu me tiens, je te tiens, et tu vas en prendre plein la gueule, on se tient, Helge, hein ? Oui. Et on va en prendre plein la gueule.

Helge a toujours été plus fort que moi, mais la surprise est la meilleure arme du faible. J'en avais une sous la main, sous forme d'une boule de billard, rouge, toute ronde, numéro trois, et que ne ferait-on pas quand on déteste ses meilleurs amis ? C'était le seul choix que j'avais tandis que je gisais sous la puissance de Helge, avec son bras contre ma gorge, les jambes bloquées, avec une numéro trois à quelques petits centimètres de la main droite, sur laquelle Helge n'avait pas un contrôle total. Cette main droite parvint à attraper la boule, à la saisir fermement et l'abattre violemment sur l'occiput de Helge.

- Bordel !!!

Il me lâcha instantanément, tomba accroupi avec une grimace effrayante et se mit à gueuler en portant une main à sa tête. Je regardai autour de moi. Les vieux alcoolos se contentaient de nous regarder, comme si ce genre de choses arrivait tous les jours, et c'était probablement le cas au Ferdinand, quelques junkies nous regardaient en ricanant juste à côté des toilettes, et le barman s'approcha de nous. Il n'avait pas l'air en colère, juste agacé que cela dût se reproduire, les gens ne peuvent-ils donc pas se tenir tranquilles ? Était-ce si difficile d'aller faire un tour en ville, jouer un peu au billard, boire un peu, se rouler des clopes et rentrer bien sagement à la maison ?

- Arrêtez, les gars, dit-il. Qu'est-ce qui s'est passé, bon Dieu ?

Helge gémit sans lâcher son crâne.

- Tu lui as tapé dessus avec la boule ?
- Oui.
- Mais bordel, il ne faut pas faire ça !
- Non.
- Bordel de merde !!! dit Helge qui enleva la main de son crâne. Elle était couverte de sang.
- Joker ! s'écria le barman. Va chercher du papier toilette !
- Oui, oui, fit-on dans la pièce.

Le barman s'approcha de Helge et regarda son crâne. Il se passa le bout de la langue sur les incisives.

- Non, ça ira, ça, c'est juste une petite entaille, il faut juste tenir un peu de papier absorbant dessus pour que ça arrête de saigner. Il nous regarda. Mais au nom du ciel, les gars, qu'est-ce que ça veut dire ?

- Ils se battent pour une minette, répondit le mec en survêtement, un type chenu aux joues rouges, qui fumait du Gul Mix. Celui qui a ramassé la boule de billard sur le têtiau a piqué la gonzesse de l'autre.

- Mais pas du tout ! cria Helge en essuyant ses larmes.

- C'est pourtant ce qu'il nous a semblé à nous, dit la bonne femme de l'alcoolique chenu. Pas de doute là-dessus.

- Oui, je n'ai piqué la nana de personne ! Putain, ce que ça fait mal !

Je regardai Helge. Tu es mon meilleur ami, pensai-je.

Joker revint avec un énorme tas de papier toilette dans les mains. C'était un maigrichon d'une quarantaine d'années dont les premiers cheveux poussaient derrière les oreilles, avec une bouche à la Steve Buscemi et de gros yeux de poisson. Le barman lui prit le papier et fit le même signe de tête à Joker que les supérieurs aux subordonnés qui ont fait exactement ce qu'on leur demandait. Il ne faisait pas de doute que Joker avait trouvé le rôle de sa vie ; homme de main au Ferdinand. Je l'imagine, le jour où ils tourneront un documentaire sur ce pub, il dira "non, sans moi, ça n'aurait jamais fonctionné. Qui va chercher du papier toilette si quelqu'un se met à saigner, à votre avis ? Qui appelle la police si ça tourne à l'orage, selon vous ?"

Le barman posa une main sur le crâne de Helge. Celui-ci hurla, et le barman lui dit de se tenir tranquille s'il ne voulait pas aller se faire recoudre à l'hôpital, ce qu'il ne voulait certainement pas ?

- Bordel, dit Helge en me regardant pour la première fois depuis que je lui avais flanqué la boule de billard sur la calebasse.

- Merde, répondis-je.

Joker s'appuya sur la table de billard et croisa les bras. Il plissa ses énormes lèvres en cul-de-poule et hocha éloquemment la tête. Le barman tint fermement la tête de Helge, qui serra les dents. Je m'appuyai à l'encoignure de la fenêtre. Le couple imbibé vint aussi voir, nous constituions apparemment une attraction intéressante pour la clientèle. Même les junkies près des chiottes regardaient vers nous.

- Joker, dit rapidement le barman, tiens le bar à ma place un petit moment pendant que je m'occupe du gosse.

Joker bondit instantanément et fonça derrière le bar.

- Bon sang, il ne faut pas piquer la nana de ton meilleur pote, dit l'ivrogne aux cheveux blancs.

- Non, approuva sa bonne femme. Faut pas le faire.

- Je n'ai pas... ce n'est pas ça !! s'insurgea Helge. Et de quoi vous vous mêlez, d'abord ? Allez au diable !

- Calme-toi, enfin, dit le barman.

- On a peut-être un peu plus d'expérience que vous autres, dit le poivrot en descendant une demi-pinte. On en sait peut-être un peu plus que vous sur la vie, alors pas sûr que ce soit si con de nous écouter, voilà ce que je dis, on est peut-être passés par-là, et alors ce n'est pas si bête d'écouter un ou deux conseils. Je ne dirai qu'une chose... Tu ne dois pas piquer la nénette de ton meilleur pote.

- Non, tu ne dois pas le faire, approuva derechef sa bonne femme.

- Écoutez, vous n'avez pas la moindre idée de ce qui se passe... réagit Helge en se tortillant tellement que le barman lâcha presque le papier qu'il lui appuyait sur l'arrière du crâne.

- Tiens-toi tranquille, nom de Dieu ! dit le barman.

- Si je peux te dire une chose, dit l'arsouille qui fit quelques pas en direction de Helge ; il avait complètement cessé de me regarder ; si je peux te dire une chose, j'avais un pote, une fois, et c'était devenu son truc, oui, yess, tu vas savoir, c'était devenu son truc, il lui fallait les gonzesses de ses potes, alors... tu me suis ?

La bonne femme hocha vigoureusement la tête et but une solide gorgée de sa pinte avant d'extraire une Winnertip toute prête d'un paquet de Marlboro.

- Vous êtes complètement à côté de la plaque, dit Helge d'un ton las.

- Fais voir, dit le barman en ôtant la main de la tête de Helge. Il étudia son occiput, enleva quelques cheveux. Ouais. Ça ne saigne plus. Pour l'instant.

- Alors je me casse, dit Helge en me lançant un regard noir.

- Et moi donc.
- On ne part pas dans la même direction.
- Non, ça, tu peux en être sûr.

Nous partîmes pour la sortie. Derrière nous, le barman et le couple d'éponges nous regardèrent partir en chancelant vers la porte. Joker était à son poste derrière le comptoir. Il avait l'air inquiet, et il ouvrit tout grands ses yeux de poisson.

Helge et moi sortîmes. Il tombait des hallebardes sur le Breiavann. Nous nous regardâmes.

- Bon, bon, Fidel, dis-je...

Ce n'était pas seulement Helge que j'avais étonné en lui en mettant d'abord une sur la tronche avant de lui coller une boule de billard sur la caboche, je m'étais également étonné moi-même. Je n'avais pas l'habitude de me battre, je me rappelais m'être battu qu'une fois avant, et c'était avec papa. Mais ce fut à Helge de me surprendre.

Au lieu de répondre, il me mit un coup de boule. Je tombai à la renverse sur l'allée de gravier qui longe le Breiavann. Je vis Helge arriver sur moi, je partis à reculons sur les mains et les pieds, en essayant de me reprendre et de me relever. Je réussis à me redresser, et derrière Helge, je vis le barman, Joker et le couple d'alcoolos apparaître à la porte du Ferdinand. Ils secouaient la tête devant ce qu'ils voyaient : moi qui me relevais, prenais mon élan et me jetais sur mon meilleur pote, Helge qui faisait un pas de côté et partait en courant.

- Non, les gars, ça suffit, maintenant ! cria le barman au moment où je reprenais Helge dans ma ligne de mire.

Helge était plus fort que moi, mais il y avait une chose qu'il n'était pas, c'était plus rapide. Il était passablement lent. Je courais vite, et même si j'étais désorienté et si son coup de boule m'avait fait mal, je repris rapidement du terrain derrière lui le long du Breiavann. Quand nous approchâmes du kiosque, je n'étais qu'à quelques petits mètres à la traîne, la pluie tombait à seaux sur nous et nous étions beurrés, mais nous courions, moi derrière lui. Je pourrais bientôt l'attraper, mais au lieu de cela, je lançai une jambe en avant et lui fis un croche-pied. Il s'étala de tout son long. Je me jetai sur lui, essayai de m'asseoir sur lui, mais à quoi bon courir vite quand c'est pour se colleter avec quelqu'un de plus fort ? Helge m'envoya promener, et c'est lui qui s'assit sur moi. Il soufflait comme un phoque, et je vis que sa tête s'était remise à saigner. Le vent nous soufflait dans les oreilles, la pluie tombait du ciel.

- J'en ai plein les couilles, de ta sale gueule ! cria-t-il.
- Et moi donc ! Qu'est-ce que tu crois ?! criai-je en retour en essayant de me dégager, mais c'était impossible.
- Tu as des problèmes, dit-il, écumant.
- Allez, tu crois que j'ai peur ? Hein ? Tu crois que j'ai peur de toi, Helge ? Tu sais ce que tu es ? Tu n'as pas une seule idée originale, tu le sais, ça ? Tu n'as fait que copier tes parents, tu n'es qu'une sale putain de copie pathétique, tu le sais, ça ?
- Bon Dieu ! Et toi, alors ! Une copie ! Une copie de moi, voilà ce que tu es !
- Une copie de toi ? De toi ?! Pauvre connard ! Allez, viens, tu vas me casser la gueule ? Viens ! Viens casser la gueule à ta copie, alors !

Helge me tapa la tête contre le sol. Le gravier, la pluie et le vent claquaient autour de moi, mon cerveau résonnait dans mon crâne, baignant dans l'alcool, la peur et la fureur, et Helge était sur moi, il articulait quelque chose. Je clignai des yeux, mais je n'entendais pas ce qu'il disait.

- Hein ?

Helge me tapa de nouveau la tête par terre, tout en disant quelque chose.

- Hein ?
- ... et ils disent que c'est à cause de toi ! attrapai-je au vol tandis que la pluie claquait sur moi, tandis que ma tête tapait sur le sol, tandis que le vent soufflait dans mes oreilles.
- Hein ?

Helge se releva, j'étais décalqué, naze, sur le gravier. Il resta un instant à me regarder avant de s'en aller, je voyais que son crâne saignait toujours. *À cause de moi ?* Qu'est-ce qu'il avait dit ? Je me redressai sur les coudes, étourdi et endolori.

- Quoi, à cause de moi ? criai-je.
- Ce connard de Haugesund ! l'entendis-je crier au moment où il disparut.

Je m'assis sur le gravier, trempé, moulu, et je vis Helge partir le long du Breiavann, de la salle de chant de Kongsgård, puis disparaître.

Yngve ?

Je courus tout du long, exigeant le maximum de mes jambes, sous les trombes d'eau qui s'infiltraient sous mon manteau, sous mon pull, dans mes chaussures, dans mon T-shirt, tandis que le vent me fouettait le visage, je courus tant que je crus que j'allais m'effondrer. Je remontai jusqu'à Våland, passai devant Gamlingen*, à travers le bois de grands hêtres trempés, sur la passerelle au-dessus de l'autoroute, le long du Mosvann. Je glissai et tombai, mais je me remis sur mes jambes, couvert de boue, trempé jusqu'aux os, et me remis à courir. Je traversai le camping de Mosvangen, arrivai en haut, pris la route longeant le gymnase, arrivai à Tjensvoll, bourré, moulu, trempé, paniqué, mort de trouille ; *à cause de moi, à cause de moi ?* Qu'est-ce que j'ai fait, qu'est-ce qui se passe, qu'est-ce que tu as fait, Jarle ?

La maison d'Yngve était plongée dans l'obscurité. Pas une seule lumière. La pluie martelait le toit, le vent filait dans Tennisveien, et je m'étais arrêté, à bout de souffle, harassé. J'allai sonner. Je sonnai au beau milieu de la nuit, j'entendis la sonnerie résonner à l'intérieur, j'appuyai comme un possédé sur le bouton, mais personne n'ouvrit. Je reculai, traversai en courant la pelouse détrempée, collai mon visage à la fenêtre du salon, tentai de voir à l'intérieur, mais je ne vis rien ; une maison vide. Pas un meuble, sombre, vide, rien, des pièces vides, rien que le parquet, les murs et des plafonds, comme si personne n'avait jamais habité là. Je grimpai sur le toit du garage et m'étirai pour regarder par la fenêtre du premier, mais tout ce que je pus distinguer, ce fut la même chose qu'au rez-de-chaussée : le néant. Complètement vide, pas un

---

* Célèbre centre nautique en plein air.

meuble, rien que des murs, du sol et du plafond... *à cause de moi ?* Je redescendis, glissai sur les dalles en retombant, fis en clopinant le tour de la baraque, regardai par les fenêtres de derrière, mais je ne vis rien, rien du tout ; qu'est-ce qui s'était passé, qu'est-ce que c'était que ça, au nom du ciel, Yngve, qu'est-ce qui s'est passé ?

Je reculai sur la petite pelouse devant la maison désertée. La pluie me tombait durement dessus, avec la même force que s'il ne pleuvait que pour moi, comme si c'était sur moi et sur personne d'autre qu'il fallait qu'il pleuve. J'étais si fatigué que je voulais m'évanouir, et j'avais si peur que je pensais que mon cœur lâcherait.

J'ouvris la bouche.
- Yngve, c'est Jarle !

18

LE CHIEN AU-DESSUS DU RENNESØYHORN

*you and me were never meant to be part of the future
all we have is now*
                                              - The flaming lips

À présent, ça s'appelle l'Union européenne, mais nous n'en sommes toujours pas membres, ça s'appelle la Russie, mais ça ne fonctionne pas très bien dans le vieux bastion du communisme, et on dit – de façon assez révoltante – *Either you are with us or you are with the terrorists*. Il y a eu la guerre du Golfe, des génocides dans les Balkans, et il n'y a pas si longtemps, nous avons pu apprendre dans le journal qu'un gamin de 10 ans était mort à cause du LSD. Pratiquement tous les gens qui n'ont pas encore l'âge de la retraite ont une boîte à lettres électronique, on ne s'en sort plus sans Internet, et à la grande inquiétude du milieu du disque, les gens ont commencé à brûler leurs CD. Il y a déjà douze ans que Kurt Cobain chantait *Smells like teen spirit* et que c'était le grunge qui comptait, mais qu'est-il devenu ? Petit à petit, on nous a servi les Spice Girls, Boyzone et Destiny's Child, mais les groupes de ce type, aussi bien masculins que féminins, se trouvent dans un certain marasme depuis quelques années. Et ne semble-t-il pas qu'il y a longtemps que Keanu Reeves supprimait la gravité dans Matrix, que Michelle Yeoh décorait les cimes dans *Tigre et Dragon*, qu'Ernst Hugo Järegård criait "putains d'enfoirés de Danois" depuis le toit du Riget, à Copenhague ? N'est-ce pas déjà de l'histoire, tout ça ? Tout comme sont entrées dans l'histoire les séries télé que nous avons passé notre temps à regarder en 1990, *Mystères à Twin Peaks*, *Friends*, *Urgences* et *Cheers*... est-ce que quelqu'un s'en souvient ? Oui ça fait longtemps, c'est le webdesign et les SMS qui comptent à présent, pour l'instant, et si vous voulez, vous pouvez décrocher un job d'hôtesse de *chat*. Nous avons eu la carte de paiement depuis aussi longtemps qu'on se souvienne, nous avons pratiquement oublié Bill Clinton, Monica, c'était quoi, son nom, déjà, Lewinsky, oui, c'est ça ; ça fait longtemps, bien longtemps. La Princesse Diana, on se souvient quand même d'elle, elle est morte il y a quelques années... et Greta Garbo ? Est-ce qu'elle est morte ? Ah oui, ça aussi, ça doit faire pas mal de temps, comme Astrid Lindgren et le roi Olav. Ils ont disparu. Certains se souviennent encore des deux gamins, Robert Thompson et Jon Venables, qui avaient assassiné le petit James Bulger, 2 ans, sur une voie ferrée de Manchester, on en avait beaucoup parlé dans les années 90, les meurtres d'enfants et les meurtres scolaires, comme Eric Harris et Dylan Klebold, ces gosses qui avaient tué douze camarades de classe et un professeur à la Columbine High School, dans le Colorado... Si, vous ne vous rappelez pas ? Vous avez oublié ?

On a passé l'an 2000, vous vous en souvenez ? Y2K ? Nombreux étaient ceux qui pensaient que la machinerie mondiale allait s'effondrer à cause d'un chiffre. Amusant, comme si ça devait arriver, exactement comme dix ans auparavant, quand tout le monde croyait que la couche d'ozone allait se déchirer et que nous allions brûler en un tournemain apocalyptique. Mais ça ne s'est pas produit, hein ? Non. Ce qui s'est produit, ce sont les années 1990. On a vécu, n'est-ce pas ? On a vieilli.

Et Jarle Klepp ? Qu'est-il devenu ? Un petit homme dans une petite ville dans un tout petit pays, ce jeune marmot qui a vécu quelques semaines agitées à l'aube des années 90. Qu'est-il devenu ?

- Tu trouves que je lui ressemble ?

Maman me regarde. Elle penche un peu la tête de côté, les pointes de ses cheveux gris argenté se posent doucement sur son épaule. Elle jette un œil à la photo, puis sur moi.

- Oui, mais tu es un homme, maintenant. Celui-là, dit-elle avec un sourire, c'est un môme. Il projetait toujours quelque chose. Tu es plus mûr, maintenant.

Je mélange le miel à l'eau chaude du thé, je ne sais pas si j'apprécie d'être plus mûr, mais je souris à mon tour à maman, qui compare ses deux fils, celui de 17 ans et celui de 30.

Elle me tend la photo et se sert en café. Je suis si jeune que ça m'atteint durement, c'est presque inquiétant de voir à quel point je suis jeune sur cette photo prise devant la maison de maman pendant l'hiver 1990, ou est-ce en décembre 89 ? Manteau noir, écharpe palestinienne, cheveux gras, boutons autour de la bouche, et ce regard qui poursuit le monde, ce regard qui ne connaît pas de repos, qui n'a que de l'avenir, de l'avenir et des amourettes. Celui à qui appartient ce regard pense qu'il a le contrôle, tandis qu'il regarde fixement l'objectif, mais ce n'est pas le cas, me dis-je sans pouvoir m'empêcher de sourire vis-à-vis de moi-même. Ce n'est pas le cas, Jarle Klepp, tu as 17 ans, tu crois que tu as le contrôle, tu crois tout savoir, mais tu es livré à ce qui t'entoure, que tu aimes, que tu détestes. Je repose la photo. Il me regarde. Il voit que je suis adulte, que mes cheveux sont plus courts, que mes mâchoires sont plus fermes, que mes boutons ont disparu, que je suis assis plus calmement sur le canapé de maman que je l'étais à l'époque. Est-ce qu'il l'apprécie, ce type de 17 ans, lui qui ne voulait qu'être plus grand, lui qui courait après le monde en ayant le monde sur les talons, est-ce qu'il m'apprécie ?

– Lequel tu préfères ? demandai-je.

– Arrête, vous êtes chouettes tous les deux.

Et maman ? me demandé-je. Qui est-ce que je préfère ?

Je ne peux pas répondre à ça, tout comme maman ne peut pas me répondre. Maman est une personne qui sied au jour dans lequel elle s'éveille, il lui sied d'en faire partie, et pour nous qui l'avons, il paraît inconcevable qu'elle puisse ne pas être là. Et maintenant ? dirions-nous si elle disparaissait. Et maintenant ? Où est passé l'air, celui que nous respirions ? Où est passée l'eau ? Où s'est cachée la terre que nous avions sous les pieds ?

Il n'y a pas si longtemps que je suis retourné à la maison, chez maman, à Stavanger, la ville pétrolière qui n'a nullement baissé en standing depuis le jour où je l'ai quittée. Je l'ai remarqué immédiatement, et ça m'a fait du bien. Si vous avez des dispositions pour, un passage relativement court dans une ville comme Stavanger ou une autre ville similaire dans le monde vous radicalisera. La bourgeoisie, la richesse liée au pétrole et la parade inconsidérée de son propre bien-être sont insultantes. C'est comme allumer la télé un soir au hasard et avoir le malheur de tomber sur un épisode de *Sex and the city*, ou encore pire, sur Dorthe Skappel qui parle avec bonheur depuis son canapé d'un autre jour dans le showbiz mondial, exhibant ses longues jambes, sa bêtise fière et sa placidité face à la situation. Bien sûr, Stavanger n'est qu'un reflet de la Norvège, et la Norvège n'est qu'un reflet de l'Ouest, l'une des colonies modernes de l'Amérique, mais revenir à la maison m'a fait du bien, après de nombreuses années dans la léthargie des années 90, à l'université de Bergen ; le monde ne se cache pas ici. Il est lui-même, brutal, sans scrupules, heureux.

Maman a vécu quelques années pas marrantes, elle a pas mal changé, mais ça va bien pour elle. On fonctionne bien ensemble, elle et moi, comme nous l'avons toujours fait. Pourquoi pas ? dit maman. Il ne lui reste pas tant de temps que ça avant la retraite, seulement quelques années. Elle dit qu'elle s'en réjouit. Ses cheveux sont devenus gris argenté, ça lui va bien, ça fait une lueur douce autour de son visage.

- Tu vas chercher du boulot, alors ? demande-t-elle.
- Oui. Il faut bien.
- Avec tes études, tu trouveras bien quelque chose.
- Et il va falloir que je me trouve un appartement.
- Oui.
- Regarde, dit-elle en me montrant une autre photo dans l'album.
- Oui, réponds-je en riant.
- Comment vous vous appeliez, déjà ?
- Mathias Rust Band, dis-je en regardant la photo du groupe. Helge, au regard noir, Andreas, doux et puissant, et moi, le regard fixe.
- Vous êtes tellement jeunes.
- Oui. Je me rappelle le tout premier concert du Mathias Rust Band, à la maison de quartier de Hundvåg. Je me souviens des soirées avec Helge et Andreas dans le local de répétition enfumé de Kvernevik, je me souviens de Katrine vêtue d'un long T-shirt ; et tout, pensé-je, tout était si pêchu.

Ce récit touche à sa fin. Il ne traite pas des événements à Bergen. Il ne traite pas de la personne je suis devenu après 1990. Il ne traite pas de ce qui m'est arrivé avec Helge après ce soir où nous nous sommes battus près du Breiavann, ou de ce qui est advenu de Katrine, il ne traite pas de ce qui s'est passé pour maman et papa pendant les années 90. Il ne traite pas de ce que cette décennie a fait de nous, il ne traite pas de la distance qui s'est creusée avec le monde. Tout ça, c'est une autre histoire. La différence entre Jarle à 17 ans, qui regarde l'avenir depuis une photo, et Jarle à 30 ans, qui se regarde sur une photo, est importante. Ce n'est pas si fréquent que nous entrions en contact, le jeune Jarle et moi ; pour l'essentiel, nous nous regardons d'où nous sommes, il m'épie, il épie son propre avenir, il a de grandes espérances, et je le regarde, souvent un peu époustouflé, en me demandant par quoi il est passé. Mais il y a quelques jours, nous n'avons fait qu'un. Nous nous sommes repris par la main. Ce récit touche à sa fin. Encore un petit épisode, et il est terminé.

Maman est rentrée du boulot il y a une semaine, elle a posé ses sacs de commissions sur la table de la cuisine et m'a rejoint au salon où je lisais le journal en écoutant le dernier album des Queens of the Stone Age.

- Jarle, quand tu étais à Kongsgård, il n'y avait pas un certain Yngve Lima ?

Je posai mon journal et sentis ma bouche s'assécher instantanément. Yngve ? Mes mains se crispèrent sur mon ventre. Yngve ?

Je n'avais jamais su ce qui s'était passé. Qu'était-il devenu ? Ils avaient déménagé, les Lima, n'est-ce pas ? Ça faisait longtemps, maintenant. J'avais essayé de ne pas penser à lui. Ces semaines de 1990, quand j'avais mis un tel bordel après que je l'eus rencontré, j'avais choisi de les oublier. Mais de loin en loin, il était réapparu en moi, presque contre ma volonté, comme un vestige d'une ancienne fascination immature. Et quand je pensais à lui, quand je cédais à des souvenirs brusques, il m'était apparu différemment du reste de ma vie. Un secret, peut-être ? Presque comme une autre vie ; une autre vie que j'aurais pu vivre ? Yngve était quelque chose de simple, un secret simple et étrange. Comme la chose que l'on a dans une petite boîte, cette chose qu'on garde dans le tiroir de sa table de nuit, que l'on ressort de temps en temps pour la regarder, la toucher prudemment, à la fois avec angoisse et joie, et qu'on essaie de comprendre. De temps à autre au cours de ces années 90 quasi déconnectées, j'avais essayé de comparer mon amour pour Yngve avec celui pour les filles avec lesquelles j'avais été, et ça me faisait sourire. Pourquoi ? C'était si différent, presque mythologique, clair et simple, fort, comme une lumière, une espèce de lumière dans ma vie, une lumière secrète, douce, fragile, que je ne devais pas abîmer. Elle possédait une autre forme de force, faisait apparaître d'autres sentiments en moi. Comparer Yngve à des filles dont j'avais été amoureux revenait à comparer la nuit au jour. Si Yngve dormait, les autres étaient éveillés. Si les autres dormaient, Yngve s'éveillait. Il était toujours aussi seul en moi qu'il l'était la première fois que je l'avais vu dans la cour, et tout aussi inquiétant, aussi grand. Et il y avait ce petit tourment, qui était vraisemblablement la cause du souvenir d'Yngve qui surgissait contre mon gré : l'avais-je blessé ?

Ou était-ce le contraire ? Nous étions-nous fait du bien ?

- Si, répondis-je en l'aidant à ranger dans le frigo ce qu'elle avait acheté. Il n'est pas resté très longtemps, seulement quelques mois en première.

- Oui, j'ai une collègue au boulot qui s'appelle Unni Lima, c'est sa mère, et elle disait que tu étais allé les voir, il y a longtemps. Elle m'a parlé de son fils, une histoire plutôt violente...

Je sursautai. Une histoire plutôt violente ?

- Oui, mais tu l'as sûrement entendue.

Une histoire plutôt violente ?

- Oui, il était schizophrène, tu sais.

Schizophrène ?

- Non, ce doit être quelqu'un d'autre, dis-je en sentant mon pouls s'accélérer.

- Non, tu crois ? Yngve Lima, de Haugesund, ils habitaient à Tjensvoll, m'a dit sa mère.

- Ouii... mais, qu'est-ce que tu veux dire... schizophrène ?

Il fallut que je m'asseye. Qu'est-ce que maman racontait ?
- Vous ne le saviez pas ?
- Non, répondis-je sans force.
- Non, sa mère non plus n'était pas sûre que vous le sachiez. Non, c'est une histoire pas marrante. Elle te passe le bonjour.

Maman mit de l'eau à chauffer et fit du café. Nous allâmes nous asseoir dans le salon. Je ne dis rien, me contentant d'écouter, écouter en essayant de comprendre cette histoire dans laquelle j'avais moi aussi une place, dont je n'avais jamais vu les contours, exactement comme ses parents n'avaient pas vu ce qui arrivait à leur fils durant son enfance, alors qu'ils habitaient encore à Haugesund.

À 14 ans, Yngve était un garçon sain et joyeux. Facile à vivre, doté de ce que les gens appelleraient des intérêts sains : tennis, course à pied, football. Un garçon classique. Ni Unni ni Steinar Lima n'avaient véritablement réagi quand Yngve avait commencé à se conduire un peu différemment, à la puberté, ce devait être normal qu'il prenne un peu de recul vis-à-vis de ses camarades, qu'il ne sorte pas beaucoup, qu'il se laisse pousser les cheveux et se mette à ruminer. Nous le faisons tous à la puberté, je suppose. Ils n'ont pas spécialement réfléchi à l'intérêt subit qu'Yngve manifestait pour l'Égypte. Il rentrait de la bibliothèque les bras chargés de tout ce qui existait comme livres sur le pays, passait des jours et des jours à lire dans sa chambre des livres sur une culture tournée vers la mort. Ça aussi, c'était un centre d'intérêt sain, non ? Il passait beaucoup de temps couché, racontait sa mère, elle n'avait pas cherché à savoir comment Yngve pouvait passer des heures immobile sur son lit, le dos raide, avec une expression aussi calme et éveillée. Lui-même ne disait rien. Un jour, Unni reçut un coup de téléphone à son travail, elle était institutrice dans une école primaire de Haugesund. C'était la voisine qui appelait. Il fallait qu'elle rentre chez elle. Ah bon ? Qu'y avait-il ? La voisine, qui était femme au foyer avec deux jeunes enfants, avait entendu tout plein de coups et de bruits en tout genre dans le jardin voisin, une petite heure plus tôt. Elle était allée voir à la fenêtre, qui donnait sur le grand jardin des Lima. Oui ? Et alors ? Eh bien, dit la voisine, Yngve a abattu tous les arbres du jardin. Quoi ? Yngve a abattu tous les arbres du jardin ? Le pommier ? Oui. Le bouleau ? Le sorbier ? Oui. La voisine l'avait regardé faire, ce jeune de 15 ans, mince, dégingandé, qui maniait la hache avec une expression absorbée. Elle avait d'abord pensé que c'était un boulot qu'on lui avait demandé de faire, oui, que les Lima avaient décidé de débarrasser leur jardin de ses arbres. Mais elle avait réagi en constatant l'intensité avec laquelle travaillait Yngve, presque de la maniaquerie ; il avait l'air dangereux, et d'ailleurs, pourquoi n'était-il pas en classe ? On était mercredi, non ? Il n'aurait pas dû être à l'école ? Alors elle était allée le voir, ses deux marmots dans les bras, avait essayé d'entrer en contact avec lui, qui ne faisait qu'abattre sa hache sur les troncs, encore et encore, et il avait fini par arrêter.

- Qu'est-ce que tu fais, Yngve ?
- Je coupe les arbres.
- Oui, ça, je vois, mais... pourquoi est-ce que tu fais ça ?
- Ils font un de ces raffuts !

Impossible de l'arrêter, avait dit la dame ; et il se déchaînait maintenant sur leurs arbres à eux, sur le prunier de leur jardin, il avait presque l'air dangereux, d'après elle. Unni n'en avait pas cru ses oreilles – Yngve, dangereux ? – et s'était jetée dans sa voiture, était rentrée à la maison pour constater de ses yeux ce que la voisine racontait, son fils qui abattait les arbres du jardin des voisins, et son propre jardin jonché de troncs morts.

- Yngve ! Qu'est-ce que tu fais ?
- C'est ce boucan qu'ils font.

C'était la première crise psychotique d'Yngve, même si les médecins devaient conclure que l'évolution de la maladie avait pris des années. Il avait été impossible de l'arrêter, il n'avait pas lâché sa hache, menaçant pour ceux qui l'approchaient, et pour finir, une ambulance s'était arrêtée devant leur maison de Haugesund, les infirmiers l'avaient plaqué au sol avant de l'emmener à l'asile. Les arbres faisaient trop de barouf pour Yngve. Ils s'étaient mis à discuter tôt ce matin-là, dans une langue étrange, un mélange de grincements et de mots, un grincement profond dans le bois, un flot intarissable lui était parvenu depuis le jardin. Les arbres racontaient qu'ils étaient immortels, car ils avaient vaincu la mort ; ils devaient rester là, année après année, dans le vent et la pluie, et grandir sans cesse en grinçant dans le vent. Puis ils s'étaient soudain mis à changer de langue, les arbres, ils s'étaient mis à lui parler égyptien, un égyptien qu'Yngve comprenait, qu'il pouvait répéter, qu'il parlait souvent : un babil incessant fait d'étranges sons gutturaux qu'il ne pouvait pas expliquer pendant ses périodes de rémission, mais il savait ce que disaient les arbres, ce qu'ils lui racontaient, et ce qui les avaient conduits là, à cette victoire sur la mort, depuis la nuit des temps. Et Yngve finit par ne plus en pouvoir, de ce caquètement, de ce flot de paroles forcené venant du jardin, dont il comprit petit à petit qu'il émanait de tous les arbres de la ville, de toute la Norvège, du monde entier, de tous les arbres qu'il fallait abattre, ils devaient disparaître, car tout doit mourir, tout doit passer, il le comprenait, et tout parle trop, toutes les choses de ce monde parlent trop. Il n'y avait par conséquent qu'une seule et unique chose à faire, il n'y avait qu'une seule chose envers laquelle les arbres montraient du respect, c'était la hache ; Yngve alla la chercher dans le garage, l'emporta dans le jardin et se mit au travail.

Ce n'était pas la dernière fois qu'Yngve allait abattre des arbres, que ce soit à Haugesund ou à Stavanger, expliqua maman. Mais après ces premiers événements pathologiques, on l'hospitalisa au service psychiatrique, et il s'ensuivit une longue période de traitement, d'essais et d'échecs avant qu'on ne diagnostique une schizophrénie. Il avait 16 ans. Il était sous tranquillisants et antipsychotiques, ce qui le diminuait terriblement pendant certaines périodes. Mais les crises disparurent, et les médecins aussi bien que les parents purent se montrer optimistes. Ils pensaient avoir enrayé le développement de la maladie à un stade suffisamment précoce pour qu'il y ait de grandes chances qu'Yngve guérisse. Lui-même disait qu'il se sentait très bien, il parlait avec beaucoup de distance de ses psychoses, reconnaissait qu'elles avaient existé mais affirmait catégoriquement que ce n'était pas lui. Il recommença à jouer au tennis, alla en cours, ne se laissait pas aller, parlait normalement, ne passait plus des heures immobile sur son lit comme une momie, ne lisait plus de livres sur l'Égypte, ne parlait plus de langue étrangère et entretenait des relations normales avec ses copains. Les médecins décidèrent en accord avec la famille d'arrêter les traitements. Au même moment, le père d'Yngve se vit proposer un poste à Stavanger, un poste attractif dans le pétrole, et la famille prit la décision de déménager. Ils en discutèrent avec le personnel de l'hôpital, craignant que ce fût préjudiciable à Yngve de déménager aussi rapidement après s'être remis, et conclurent qu'il était suffisamment fort pour que ça aille bien, il suffisait de le surveiller. La perspective n'enchantait pas Yngve, mais il ne protesta pas. Ce n'était pas son genre de protester, avait dit Unni, l'Yngve en bonne santé n'était pas comme ça.

À la fin de l'automne 1990, ils arrivèrent à Stavanger et achetèrent une maison mitoyenne à Tjensvoll, dans Tennisveien. Ils avaient trouvé une place pour Yngve à Kongsgård, où il pourrait poursuivre en première, qu'il avait faite à Haugesund après avoir été hors du circuit scolaire pendant près d'un an lors de la dernière rechute. Yngve avait manifesté du plaisir à retourner en classe, disait Unni. Elle se souvenait bien des premières semaines à Kongsgård, de la joie qu'il avait éprouvée en dépit de la nervosité qu'il avait combattue à l'avance. Il avait craint que ce soit difficile de se faire de nouveaux amis, il s'était inquiété à l'idée que les gens puissent savoir qu'il avait été malade, et s'étonner qu'il ne soit pas en terminale bien qu'il fût né en 1971. Mais la famille avait décidé de l'épargner en mettant sur pieds une histoire racontant qu'il avait passé un an à l'étranger. Unni se souvenait bien de ces premières semaines, et c'était de cette période qu'elle pensait se souvenir de toi, me dit maman. C'était de cette époque-là qu'elle se souvenait de toi, qu'Yngve lui avait parlé de toi comme de quelqu'un qu'il aimait bien, l'un de ceux qui lui faisaient bon accueil à Kongsgård.

J'acquiesçai.

- Oui, n'est-ce pas ? Tu étais avec Katrine, à ce moment-là ? Ou est-ce que c'était déjà terminé ? C'était au même moment ?

- Oui, répondis-je à cette évocation pénible, à peu près.

- Oui. Elle était chouette, Katrine. Mais Unni dit malgré tout que ça a été des semaines bien, les premières. Yngve allait à l'école, il n'avait pas tant d'absences que ça, seulement quand il allait chez le psy ou quand il était énervé. Mais il jouait au tennis, ça allait. C'est à cette époque-là aussi que vous avez arrêté le groupe ?
- Oui. C'est ça.
- Oui. Je m'en souviens.
- Et qu'est-ce qui s'est passé ? demandai-je nerveusement.

Je sentis que j'avais les paumes moites.

En plein milieu de ce qu'Unni appelait la meilleure partie de la vie d'Yngve, les premières semaines à Kongsgård en janvier et février 1990, il fit une rechute aussi dure que subite. Elle avait pris tout le monde de court. Le téléphone avait sonné un samedi soir tard à Tennisveien. C'était la police. Ils avaient appréhendé une personne répondant au nom d'Yngve Lima. Ils l'avaient trouvé dans le bois de Våland, trempé comme une soupe, surexcité, en train de scier un hêtre tout en parlant dans une langue incompréhensible, en criant et en poussant des rugissements. Il était entré par effraction dans un garage de Våland, y avait chipé une scie et était monté dans la forêt où il avait jeté son dévolu sur l'un des plus gros hêtres. Unni n'avait jamais compris ce qui s'était passé. Yngve était sorti ce soir-là, dit-elle, quelque part sur Hundevåg ou Buøy, et il y avait eu cette spectaculaire rechute. Yngve avait été interné sur-le-champ à l'hôpital psychiatrique de Haugesund, et les parents avaient choisi de rentrer au bercail. Et à la suite de ça, Yngve n'a jamais complètement récupéré, dit maman. Il a des hauts et des bas, mais il est sous médicaments et il lui faut une surveillance constante. Sa famille est revenue à Stavanger, maintenant.

- Tu te souviens bien de lui ? demanda-t-elle.

Si je me souviens d'Yngve ?
- Oui. Je me souviens bien de lui.
- Tu as dû lui faire une grosse impression.

Hier, je me levai de bonne heure et pris mon petit-déjeuner avec maman. Elle fut surprise que je me lève en même temps qu'elle, que je ne dorme pas plus longtemps, comme à mon habitude. Avec ton rythme d'étudiant, dit-elle en souriant, tu dors jusque tard. Je lui dis devoir aller en ville, à la bibliothèque pour lire, et me chercher un job. Bien, dit maman ; avec les études que tu as faites, tu vas en trouver un sans problème.

Nous déjeunâmes. Œufs brouillés, café, thé, crème de jambon, exactement comme dans le temps. Tu te souviens, demanda maman, de nos petits-déjeuners quand tu allais au lycée ? J'acquiesçai. C'était sympa, hein ? Oui, c'était sympa. Elle tartina du beurre sur une tranche de pain et fit ce qu'elle fait systématiquement : elle la coupa en deux. Elle étala de la confiture de pommes sur la première moitié, et une tranche de fromage et de la tomate sur la deuxième. Puis elle leva les yeux vers moi. Tu t'es fait beau, aujourd'hui, constata-t-elle avec un sourire.

J'étais allé dans la salle de bains me regarder dans la glace. J'avais l'air fatigué, je trouvais, négligé et fatigué. Mes cheveux avaient besoin d'être coupés. Je pris une longue douche, me lavai soigneusement, empruntai une crème de maman, m'en passai et ordonnai mes cheveux.

Maman m'embrassa avent de partir.

- À plus tard, Jarle.
- Oui, à plus tard, maman.

Je n'allai pas à la bibliothèque, j'allai à l'arrêt de bus où je pris le premier à destination de Sandnes. J'avais mis un beau blouson, et des Adidas noir et blanc.

- Un billet pour Sandnes, dis-je au chauffeur. Quel est l'arrêt le plus proche d'Aspervika ?
- Non, il faut que vous changiez à Ruten.
- On ne peut pas aller d'Aspervika à Ruten à pied ?
- Si.

Je m'assis tout à l'arrière du bus. En pleine journée, il n'y a pas tant de monde dans les transports en commun. C'est un assortiment un peu étrange : quelques jeunes, sans qu'on sache pourquoi ils ne sont pas en cours. Ont-ils arrêté ? Sèchent-ils ? Ont-ils laissé tomber ? Quelques adultes qui viennent de quelque part, qui vont quelque part. En arrêt maladie ? Chômeurs ? Et les vieux. Les vieux prennent le bus en pleine journée. Ils viennent de quelque part et vont quelque part. Voir une amie, peut-être. Ou peut-être ont-ils déjà fait leurs courses en ville, et ils rentrent à Hinna, où ils habitent, à Gausel, peut-être, parce que leur mission est accomplie. Je regardai les gens autour de moi. Et moi, que pensaient-ils de moi ? Quel âge j'avais ? Que pensaient-ils que je faisais, s'ils y pensaient un tant soit peu ? L'un d'entre eux se disait peut-être que celui-là, on dirait qu'il est nerveux. On dirait qu'il se réjouit de quelque chose qu'il appréhende en même temps, à le voir regarder partout, se tordre les mains, respirer par à-coups, se tortiller sur son siège. Que va-t-il faire, allez savoir ? Va-t-il retrouver quelqu'un ? Va-t-il voir une personne pour qui il languit et qu'il appréhende de retrouver ?

Oui.

Va-t-il voir quelqu'un qui lui manque ?

Oui.

Je descendis du bus à Ruten, à Sandnes, et je choisis de marcher vers Aspervika en remontant le fjord. J'avais écrit l'adresse sur un morceau de papier et j'avais vérifié sur le plan de l'annuaire. Ça ne devrait pas être trop difficile à trouver.

À quoi m'attendais-je ? Pour moi, Yngve n'était pas un patient dans un service psychiatrique, ni maintenant ni à l'époque ; en 1990, il n'était pas un gosse ayant des problèmes psychiques, et à présent, il n'était pas un homme qui avait été malade la moitié de sa vie. J'avais peur, je me réjouissais, mais je m'attendais à voir Yngve, le bel Yngve.

Il se passa un phénomène curieux quand je descendis du bus pour m'engager dans Aspervika. Je sais que ça ne peut pas se produire, mais j'eus néanmoins l'impression de repartir dans le passé tandis que j'avançais sur l'asphalte. Les nuages flottaient au-dessus de ma tête, les arbres grimpaient sur les buttes, l'océan était lui-même, et je rajeunissais. Le monde environnant était d'une vieillesse infinie, l'océan montrait son âge étourdissant, les arbres parlaient de leurs ancêtres, les nuages de leurs amis du Moyen Âge, et j'étais absorbé, j'étais attiré dans ce mouvement vers le passé, mais tout ce que je pouvais afficher, c'était de petits pas en arrière dans une courte vie. Le vent me battait le visage, me soufflait dans les yeux, ma vue se brouillait à mesure que les larmes s'accumulaient dans mes yeux. Ça ne me dérangeait pas, car tandis que je sentais que pour la première fois depuis bien des années j'étais de nouveau Jarle Klepp, 17 ans, j'avais envie de pleurer. Pas de sentimentalité, pas d'apitoiement sur moi, mais de joie. Mais je ne pleurai pas, c'était le vent qui suscitait ces larmes, elles ne venaient pas de moi, elles venaient de l'extérieur, comme si quelqu'un me tendait la main, comme si quelqu'un m'aidait.

Un cycliste passa sur la piste à seulement un demi-mètre de moi, et je me réveillai au monde. Qu'est-ce que tu fabriques, Jarle, pensai-je en essayant de prendre de la distance vis-à-vis de moi-même. Pourquoi es-tu là ? Fallait-il que tu le fasses ?

Je levai les yeux vers le ciel. Lui était à sa place. Puis je pris sur la droite et attaquai l'escalade d'un raidillon.

Avez-vous ressenti cette impression, quand on comprend subitement qu'un lointain événement dans le passé n'a jamais connu sa suite, ou sa fin ? Le temps est passé, les jours se sont suivis, mais ce jour-là, cet événement-là n'a jamais connu de lendemain. Il est toujours suspendu dans l'athmosphère, il respire dans son propre inachèvement, et vous dedans.

Je me trouvais devant un bâtiment conçu sur trois niveaux. Datant des années 70. Simple, ni beau ni laid, fonctionnel, pas tape-à-l'œil. C'est ici qu'il vit, me dis-je. C'est ici qu'il vit, en compagnie d'autres personnes avec lesquelles il n'a pas choisi de vivre, des gens qui sont dans le même état que lui, qui savent que le quotidien est trop dur au dehors, parmi les autres, qui ont besoin de règles simples et immuables. Je n'y avais jamais pensé auparavant, mais je fus frappé de voir que la société est pleine de ces bâtiments, de ces endroits anonymes et fonctionnels, où l'on trouve ceux d'entre nous qui n'arrivent pas à vivre ce que l'on appelle une vie normale.

J'avançai et sonnai. J'essayai de sentir si la tension que j'éprouvais, qui me faisait déglutir, me passer la langue sur les dents, venait d'une joie ou d'un chagrin anticipé. Rien ne se passa. Je sonnai derechef. Il fallut encore quelques secondes avant que quelqu'un réponde. Une voix d'homme.

- Allô ?
Était-ce lui ?
- Oui, euh, je cherche Yngve Lima.
Silence. Était-il reparti, l'homme à qui appartenait la voix ?
- Allô ? dis-je.
- Qui est-ce ?
- Oui, je m'appelle Jarle Klepp, j'allais en classe avec Yngve, ou... plutôt pendant un court moment au lycée, à Kongsgård, je me demandais si...
- Salut, Jarle.
Je m'interrompis. Cette voix qui m'atteignait à travers l'interphone se modifia brusquement, et je la reconnus, sa voix chaude, jeune, mélodieuse, le dialecte de Haugesund de ce gamin qui levait les yeux vers la cour du lycée, le timbre de voix de ce type qui buvait à la fontaine, qui avait toujours un petit sourire tourné vers le bas.
- Salut, dis-je doucement.
- Salut, Jarle, dit-il à nouveau.
- Salut. Tu te souviens de moi ?
Je me penchai vers le micro qui charriait ma voix jusqu'à lui, qui charriait sa voix jusqu'à moi.
- Salut, Jarle, dit-il pour la troisième fois, un peu plus bas que précédemment, mais avec la même tonalité chaude. Il ne semblait pas avoir vieilli.
- Salut, Yngve.
Je déglutis. Fallait-il que je m'en aille ? Fallait-il que je parte d'ici ?
Il était toujours là. Je l'entendais respirer à travers l'interphone.
- Tu peux recevoir de la visite ? Tu veux que je monte ?
- Oui.
Il appuya sur un bouton, là-haut. J'essayai de demander à quel étage c'était, mais il n'entendit pas. J'entrai.
Il y a la même acoustique dans tous les édifices des années 70 de ce genre, les murs résonnent quand vous marchez, quand quelqu'un va chercher son courrier, quand on ouvre ou quand on ferme

une porte. Il n'habitait pas au rez-de-chaussée, je regardai toutes les portes mais ne reconnus aucun nom.

Au premier, il n'y avait qu'une porte. On avait dû construire autour, au fil des années. La porte était entrouverte. Je m'avançai prudemment, remarquai que mes doigts tremblaient, que mon visage ne parvenait pas à se tenir tranquille. J'entrai dans un couloir où donnaient les portes de plusieurs autres chambres. C'était un immeuble dans lequel vivaient des gens souffrant de psychopathologies, il en vivait vraisemblablement quatre, cinq, peut-être six, six destins différents. Je me sentis soudain perdu, comme si je les déshonorais en venant les voir, en constatant que chacun avait sa propre chambre, des pièces communes, les petits signes trahissant une vie bien réglée : le téléphone dans l'entrée, la liste de numéros de l'hôpital.

Je regardai autour de moi. Il régnait ici un silence assez curieux. J'entendais une radio dans l'une des chambres – peut-être celle d'Yngve ? Et dans l'un des salons, un homme était assis, le dos tourné, mais ce n'était pas lui, je m'en rendis compte. Ce type était costaud, épais, barbu, et il fumait. Il se retourna et me regarda.

Après avoir jeté un œil dans le salon, je regardai à droite.

Il était tout au bout du couloir.

Je ne pus m'empêcher de baisser les yeux une seconde et je dus serrer les dents pour ne pas pleurer. Yngve était au bout du couloir. Il portait une paire de pantoufles grises, des chaussettes de tennis blanches, et un jean bleu clair qui semblait trop grand d'au moins une taille. En haut, il portait une veste de survêtement bleue avec des rayures rouges sur les manches, presque comme des rubans de deuil rouges. Ses cheveux étaient beaucoup plus longs que dans mon souvenir, et bien plus clairsemés.

Je traversai le couloir. Yngve m'attendait, immobile. Il ne bougea pas d'un millimètre, gardant cette attitude un peu avachie. Il souriait, la bouche close, et ses yeux étaient grands, un peu nostalgiques. Je vins jusqu'à lui.

- Salut, Jarle.
- Salut, réussis-je à dire en déglutissant.

Il me précéda dans son appartement : un petit salon, une salle de bains, une petite chambre à coucher, une modeste cuisine. Yngve alla méthodiquement vers le canapé près de la fenêtre et s'assit. Je regardai autour de moi. L'ameublement était spartiate. Une télé, une radio, un canapé, quelques chaises, une table. Des affiches ornaient les murs. Je le savais, je ne fus pas surpris : elles touchaient toutes à l'Égypte. Au-dessus de la télé, il y avait la même que dans sa chambre treize ans auparavant, celle de la pyramide de Khéops.

- Tu te souviens de moi ? demandai-je en m'asseyant à côté de lui.

Yngve était assis tout à fait immobile.

- Ça fait longtemps, dis-je.

Il ne réagit pas.

- Égypte ? demandai-je en montrant l'une des affiches du doigt.

Il hocha la tête.

- Tu y es allé ?

Yngve secoua la tête et regarda par la fenêtre. Il doit être assez lourdement drogué, me dis-je en voyant ses yeux et ses gestes de plus près. Tout allait un peu plus lentement que prévu, tout faisait penser à une sorte de film au ralenti.

- Tu es bien, ici, alors ?

- Oui, je suis très bien, je me plais bien, c'est calme.

- Tu peux faire des choses ? Tu joues au tennis ?

- Non, mais on va faire des promenades en canoë, et tous les vendredis, on va au bingo, et on peut jouer au foot, marcher ou aller nager. J'aime bien.

Des promenades en canoë, le bingo, du foot et de la natation. C'était tout ? Était-ce la vie d'Yngve, à présent ?

- Tu veux du sirop ? demanda-t-il avec un sourire.

J'acquiesçai. Je voulais bien boire du sirop avec lui. Je le regardai faire le mélange, sentis qu'Yngve m'emplissait de la même paix, du même étrange éclat que treize ans plus tôt.

- Yngve, dis-je doucement lorsqu'il revint avec les verres, il faut que je te demande quelque chose.

Il évita mon regard.
- Dis-moi si tu ne veux pas que je te pose de question....
Il ne réagit pas.
- Alors j'y vais, commençai-je en essayant d'être le plus doux possible. Je voulais juste savoir si tu es en colère après moi ? Est-ce que je t'ai fait du mal ?

Yngve tourna la tête vers moi. Aucune réaction. Pas un mouvement, pas un frémissement autour des yeux, pas un éclat dedans. Rien ne révélait qu'il ait entendu ce que j'avais dit, ou que ça avait un sens pour lui.
- C'est le cas ?

Tout à coup, il se leva. Il alla à une penderie et ouvrit les portes. Il chercha. Puis il se retourna avec un sourire. Il avait un disque dans une main, et un livre dans l'autre. Il revint vers moi et s'assit dans le canapé.
- Regarde, me dit-il en tendant *365 Fri* des Tre Små Kinesere. Merci beaucoup pour le disque que tu m'as offert, j'ai beaucoup apprécié.
- Euh... Oui ? bafouillai-je. Super.
- Tu joues au tennis, mercredi ? demanda-t-il.
- Là ? Mercredi ? bégayai-je.
- Oui ?
- Euh, non, je ne crois pas ?
- Pourquoi pas ? demanda-t-il avec une expression de tristesse. Tu ne peux pas ? C'était chouette, la dernière fois, sourit-il. Tu étais doué.

Je comprenais. Je hochai la tête.
- Non, c'est toi qui sais jouer au tennis, moi, je viens tout juste de commencer.

Je pointai un doigt vers le vinyle qu'il tenait.
- Alors tu l'as aimé, ce disque ?
- Beaucoup, c'est le plus chouette que j'aie. Je l'écoute souvent.
- Moi aussi, mentis-je. Regarde, tu aimes bien cette chanson ? demandai-je en lui prenant la pochette. Je montrai la chanson numéro deux.

- Oui. Elle est bien.
- On l'écoute ?
Il hocha la tête. Je posai le disque sur la platine.

Personne ne peut dire qui
Et personne ne peut dire où
Mais tu es bien là ?
Personne ne peut dire quoi
Et personne ne peut dire pourquoi
Tu es

Yngve se leva brusquement, alla à la chaîne et coupa la musique. Il n'avait pas l'air en colère, mais il était évident qu'il ne voulait pas en entendre davantage. En revenant, il prit le livre qu'il était allé chercher dans le meuble. Je l'avais déjà vu. C'était un livre rose, assez gros, il était écrit "Classeur collage d'Yngve, 12 ans" sur la couverture, à la main. La couverture portait la mention enluminée "1984", entourée de photos de Big Ben, de la tour penchée de Pise, d'une pyramide et de la Grande Muraille de Chine.

Yngve se mit à le feuilleter.
- Tu veux le regarder aujourd'hui aussi, dit-il, non pas comme une question, mais comme une routine, comme si nous le faisions réellement chaque jour ; nous retrouver ici, boire du sirop, écouter un disque bien particulier et regarder son album perso.
- Oui, répondis-je.
Je distinguai des billets de train, des tickets de cinéma, des coupures de magazines, tandis qu'il tournait les pages de son livre. Il était clair qu'il savait ce qu'il voulait me montrer.
Il s'arrêta.
- Ici, me montra-t-il. Regarde. C'est moi, et ça, c'est Simon le Bon.
Je regardai la photo. Je l'avais déjà vue. Yngve et Simon le Bon. Un Yngve heureux et un chanteur un peu fatigué.
- C'est moi, dit Yngve. Tu trouves que j'ai l'air con ?
- Non. Tu as l'air heureux. C'est lui qui a l'air con.

Je lui souris. À quel point es-tu malade ? pensai-je. À quel point es-tu malade en ce moment même ? Je ne savais pas ce que j'en pensais. Était-il tout le temps comme ça ? Était-ce le monde d'Yngve, maintenant comme alors ? L'Égypte, quelques vieux souvenirs, un disque qu'il aimait écouter ?

Yngve gérait le temps d'une autre manière que moi, ou le temps le manipulait autrement, ce n'est pas facile à dire. Il parlait et réagissait à ce que je disais comme si nous n'avions pas été séparés pendant treize ans, comme s'il n'y avait que quelques secondes que nous nous étions vus dans la cour de Kongsgård, un jour de 1990, en janvier, comme si nous venions d'en sortir dans le vent et la pluie pour aller boire un pot en centre-ville. Et il le faisait à dessein, il insistait pour empêcher le temps de passer, ou était-ce la même chose pour lui, je ne sais pas. Mais je lui emboîtai le pas. Je souhaitais aussi qu'il y ait un lendemain.

- Tu es en colère après moi, Yngve ? demandai-je à nouveau. Je veux dire, pour ce que j'ai fait à cette soirée ?

Il ne me regarda pas, ne réagit pas.

- Tu l'es ?

Yngve sourit.

- Tu veux que je te raconte quelque chose, Jarle ?

Je hochai la tête.

- Si tu montes à la tour de Våland, à Stavanger, tu peux voir toute la ville. Un jour, j'étais là-haut, et j'ai vu des tas de nuages qui faisaient penser à des chats, des chiens et d'autres animaux. Tu as déjà vu ça ? Ils étaient suspendus dans le ciel. Et j'ai aperçu un nuage qui était au-dessus du Rennesøyhorn. Tu sais ce que c'est, le Rennesøyhorn ?

- Oui, acquiesçai-je. C'est cette butte qui pointe sur Rennesøy, comme une corne, c'est ça ?

Il hocha la tête.

- Oui, il y avait un nuage au-dessus du Rennesøyhorn, et il me faisait penser à un golden retriever en plein bond, et tu sais qu'il contrefait ?

- Contrefait ?

- Oui, tu sais que le nuage contrefait ?
- Non, répondis-je d'une voix mal assurée. Qu'est-ce que tu veux dire ?
- Oui, il singeait un golden retriever, il n'y faisait pas penser, c'est simplement moi qui me trompait, il singeait. Il flottait au-dessus du Rennesøyhorn et jouait au chien, je le voyais, il aboyait et remuait la queue dans le ciel, il jouait à un chien que j'avais vu sur terre, un chien qui courait après les moineaux, je l'ai vu, il sautait sur ses pattes arrière, le nuage sautait sur ses pattes arrière, battait des pattes vers un tronc d'arbre, mais tu sais quoi, Jarle ?

Je secouai la tête.
- Il le sait, répondit Yngve.
- Il le sait ? J'étais paumé.
- Oui.
- Qu'est-ce qu'il sait ?
- Il sait que c'est bientôt fini. Le temps où il était un chien au-dessus du Rennesøyhorn va bientôt lui manquer. Quand le nuage explose, tu sais, l'une des gouttes de pluie qui tombe au-dessus de Jæren et rencontre une terre pense que maintenant, maintenant, je meurs, je vais toucher la terre et devenir une partie de ce qui fait pousser les carottes et les pommes de terre dans les champs, oui. Mais tu sais quoi, Jarle ?
- Non.
- Tandis qu'elle pense cela, et tandis qu'elle est triste, elle se souvient de ce qu'elle a été, qu'elle a été un chien, que cette goutte de pluie, qui va cesser d'être une goutte de pluie, a été une petite partie de la queue battante d'un chien. J'étais au-dessus du Rennesøyhorn, et j'étais un chien, voilà ce qu'elle pense.
- Oui.
- C'est comme ça.
- Oui.
- C'est exactement comme les bananes.
- Les bananes ?

Yngve acquiesça.
- Oui, tu les vois dans les magasins, quand elles commencent à se couvrir de taches brunes. À ce moment-là, c'est presque fini.

Il montra du doigt le poster de la pyramide de Kheops.
- Tu sais pourquoi ils construisaient des pyramides, en Égypte ?
- Oui.
- Ils voulaient se protéger de la mort.
- Oui.
- Mais ils n'ont pas réussi.
- Non.
- De temps en temps, je m'allonge et je reste tout à fait immobile, dit Yngve en me regardant. Je reste allongé, tout simplement, sur le dos, sans bouger.

Je le regardai. Il s'était tu. Le flot de paroles subit s'était tari, et il ne disait plus rien. Il se pencha vers la table, prit son verre de sirop et but. Le verre entier. Puis il se renversa dans le canapé. Il souffla. Sa bouche était calme sur son visage. La bouche d'Yngve. Lèvres assez charnues, puissantes, pas féminines, légèrement projetées en avant, l'arc des lèvres faisant un peu penser à ceux d'une jeune fille, et ces commissures qui plongeaient légèrement vers le bas. Il souriait. Il ne me regardait pas, il souriait tout simplement, dans le canapé, la bouche close, et ses commissures dirigées vers le bas, un peu tristes, composaient un sourire. Ses joues tirèrent vers une couleur plus chaude, elles rougirent, s'enflammèrent, comme si ce qui le faisait sourire le réjouissait.

Yngve se tourna vers moi. Ses yeux étaient beaux et gais, il avait l'air plus éveillé, ce voile de torpeur avait disparu.
- Tu viens, alors, demain ? demanda-t-il.
- Oui.

Il sourit. Ce qu'il était beau !
- On joue au tennis, mercredi ?

Je hochai la tête.
- Oui. On jouera.

Alors je le fis. Je me penchai vers lui. J'embrassai Yngve.

L'Homme qui aimait Yngve

Citations tirées de :

Talking Heads, 77, *Uh-oh, Love comes to Town* (David Byrne), 1977
Eric Hobsbawm, *l'âge de l'extrémisme* (Ekstremismens tidsalder), Gyldendal Norsk Forlag, 1994
Thomas Mann, *Joseph et ses frères* (Josef og hans brødre), Gyldendal Norsk Forlag, 1995
Bob Hund, *Ett fall och en lösning, Nöden kräver handling*, (Bob Hund), 1997
Ben Folds, *Rockin' the Suburbs, Still fighting it*, (Ben Folds), 2001
Pere Ubu, The modern dance, Humor me, Herman, Krauss, Maimone, Thomas, Ravenstine), 1978
XTC, Wasp Star (Apple Venus vol. 2), *Playground*, (Andy Partridge), 2000
Björk, Homogenic, *Pluto*, (Björk), 1997
The Smiths, The Smiths, *Hand in Glove*, (Morrissey), 1984
Bonnie 'Prince' Billy, *I See a Darkness*, (Will Oldham), 1999
Che Guevara, cité par Andrew Sinclair, Che Guevara, Pax 2002
Eels, Electro-Shock-Blues, *Climbing to the Moon*, (E), 1998
The Stone Roses, The Stone Roses, *She Bangs the Drums* (Squire, Brown), 1989
Doktor Kosmos, Evas Story, *Doktor Vänster*, (Doktor Kosmos), 1999
Honoré de Balzac, *Illusions perdues* (Tapte Illusjoner), Aschehoug 1997
Tre Små Kinesere (Trois petits chinois), 365 Fri, *Tu dois l'être ?* (Du er det væl ?), (Ulf Riisnes), 1990
Kent, Kent, *Pojken med hålet i handen*, (Joakim Berg), 1995
The Pixies, Doolitle, *Hey*, (Black Francis), 1989
Karl Ove Knausgård, *Ute av Verden*, Tiden, 1998
The Smiths, The Smiths, *You've got Everything Now*, (Morrissey), 1984
REM., Reveal, *Disappear*, (Buck, Mills, Stipe), 2001
The B-52's, The B-52's, *Rock Lobster*, (Schneider, Wilson), 1979
The Flaming Lips, Yoshimi Battles the Pink Robots, *All we have is Now*, (Coyne, Drozd, Ivins), 2002

649292 - Avril 2016
Achevé d'imprimer par